W9-BEZ-893

Catherine Rihoit

Triomphe
de l'amour

Gallimard

Catherine Rihoit est née à Caen. Elle est agrégée d'anglais, maître de conférences à l'Université de Paris-Sorbonne. Depuis *Portrait de Gabriel* publié en 1977, elle a écrit sept romans et deux biographies. Elle est aussi auteur dramatique, scénariste et journaliste.

à Odette

1

L'amour masqué

Ce mec. Drôle de mec. Soi-disant, il voulait vérifier le compteur à eau. Tu parles. Je lui ai dit à travers la porte, je ne suis pas folle à ce point-là. J'ouvre pas après huit heures du soir quand je suis seule. Evidemment j'aurais pas dû dire que j'étais seule. Il faut toujours faire comme s'il y avait un homme dans le secteur, c'est plus prudent.

Il n'a pas insisté. Il s'est tiré sans rien dire. Il a descendu l'escalier, j'ai entendu son pas. Je ne l'avais pas reconnu. Le palier est obscur, il n'avait pas allumé. Par l'œilleton on voit mal. Dans ce studio, j'ai pas de chaîne à ma porte. C'est embêtant.

Ce jour-là, j'ai juste vu une vague silhouette d'homme, rien de plus. Il m'en est quand même resté un petit quelque chose. C'est plus tard que je me suis dit, tiens, ce soir-là, ça devait être lui. C'était bien son genre.

A cette époque-là, je couchais un peu avec n'importe qui. Je n'en suis pas particulièrement fière aujourd'hui. Je ne m'en excuse pas non plus. Ça me regarde. Ça fait partie des bêtises que j'ai faites dans ma vie. Il y en a un certain nombre. Le grand amour et tout et tout, pour moi ça n'a jamais été évident. Quelque chose me bloque. Qu'est-ce que vous voulez que je vous dise ? A

9

cette époque-là je pensais, on couche d'abord, on décide après. Je pensais ça parce qu'on le pensait autour de moi. Ça n'avait rien d'une philosophie. C'était de l'imitation. C'est tout ce que j'étais capable de faire. J'étais assez paumée.

Je dis ça et après, je regarde alentour. Je vois que la plupart des gens font pareil. Ils font ce qu'on leur dit, ou ce qu'ils voient. Panurge et Cie. Pavlov limited. Le conditionnement.

J'étais conditionnée à coucher. On m'avait dit que c'était mal, quand j'étais petite. Donc je le faisais. De toute façon, quoi que je fasse c'était toujours mal.

L'idée, dans ce genre de truc, c'est que c'est très facile. L'amour c'est comme une cigarette, qu'ils brament à la radio. L'ennui c'est que j'aime pas fumer. Je trouve ça âcre au goût.

Je ne faisais pas ça facilement du tout. C'était un effort terrible. Tout un travail. J'avais peur. A peine j'avais rencontré le type, à peine j'avais perçu pour la première fois ce regard, cette inflexion de la voix qui dit : « Celle-là je me la ferais bien », je commençais à paniquer. Dès lors je m'appliquais à contrôler. Il ne fallait surtout pas que ça se voie. De nos jours, la panique ça ne se fait pas.

Des types, j'en rencontrais n'importe où. Aux arrêts d'autobus. Dans le métro. Au bureau de tabac en allant acheter des chewing-gums. Dans les jardins publics. Sur les lieux de travail. Chez des amis. Partout, sauf chez mes parents. Je n'habitais plus chez mes parents.

En y repensant c'est toujours la même chose qui me vient à l'esprit : c'était à la fois très facile, et très difficile. Aucun désir. Ça n'avait pas d'importance, et même ça valait mieux. J'avais remarqué que quand je désirais un homme, ça lui faisait prendre la tangente. Non parce qu'il ne s'intéressait pas à moi. Parce qu'il était saisi de frousse, à l'idée d'avoir affaire à un être

10

humain. Les gens ne sont pas équipés pour faire face à cette éventualité.

Connaissant le problème, je m'évertuais à avoir l'air d'une poupée gonflable. Je ne bougeais pas. A la rigueur je flottais doucement. Je m'appliquais à ressentir un engourdissement intérieur. L'œil du mâle me repérait.

Il m'observait. Sans en avoir l'air. Qu'il croyait. Il se promenait autour de moi à petits pas. Il allait jusqu'à m'adresser la parole. Je répondais sur le ton savonneux et inexpressif d'une hôtesse d'aéroport. Surtout, je m'efforçais d'avoir l'air stupide. Ce n'est pas que les hommes aiment les filles stupides. Pas forcément. Au contraire. Ce qu'ils veulent, c'est qu'on sache en avoir l'air. Ils appellent ça « un mélange d'intelligence et de vulnérabilité ». Ça les botte. Allez savoir pourquoi exactement...

Ils n'aiment plus les petites femmes-oiseaux, les poupées pour qui on se crève au boulot, qui vous pompent du fric. La dame aux camélias, c'est fini. Maintenant ce serait plutôt le genre, dans la nouvelle génération, monsieur aux camélias. Ils ont découvert les vertus de la passivité. Ils ne veulent plus jouer au papa, mais ils vous demandent toujours de jouer à la maman.

J'avais appris à les rencontrer. C'est très simple : il ne faut rien faire. Simplement ne pas réagir. Se comporter comme un ours en peluche. Il y a des filles qui en font davantage. Qui prennent des risques. Quelquefois j'essaie. En général je me plante. Pour faire ça, il faut s'en foutre complètement, et respecter l'autre autant qu'une botte de radis. Je n'y parviens pas ; c'est pourquoi je ne suis pas « branchée » comme on dit. Mais vers cette époque, j'avais très bien appris à jouer l'appât. Il suffit de se laisser porter par le courant comme un ver nonchalant. Quelques substances brillantes à la surface de la peau arrangent les choses. Un peu de rouge aux joues, de laque sur les ongles, de petites feuilles d'or dégoulinant des oreilles. Sous la jupette en cuir, la marque du porte-jarretelles. Oui, j'avais appris.

C'est pourquoi j'ai été frappée, dès l'abord, d'une stupeur admirative en remarquant, au-dessus de la porte des Mollard-Smoldew, juste comme je m'approchais pour sonner, cette devise inscrite en lettres gothiques, dorées, précisément, à la feuille :

« Tout ce qui brille est d'or. »

Cette inscription avait l'air tout ce qu'il y a de sérieux. Pourtant je me crus victime d'une hallucination, qui après tout n'aurait été que l'effet retardé d'une ligne de cocaïne sniffée la veille, à l'instigation d'un amant de passage. Je reculai à nouveau de quelques pas, clignai des yeux. L'inscription était toujours là, gravée sur le mur de pierre au-dessus de la lourde sculpture, une tête de femme en cariatide, qui elle-même surplombait des torsades de bois vernies, hésitant entre le Napoléon III et le style nouille. Elles surchargeaient, alourdies par leur récolte monstrueuse où les fleurs et les fruits s'épanouissaient en même temps, la porte à deux battants, renfermant sur lui-même ce temple de la bourgeoisie, l'hôtel particulier de la famille Mollard.

NOTES D'ISABELLE

Le grand-père Mollard, l'aïeul, le mythique Désiré avait lui-même, en achetant la maison, fait graver l'inscription. A propos de cet homme, la presse à sensation, à la saison des marronniers, posait parfois la question de savoir si oui ou non, il était encore en vie. Dans ce cas, où se cachait-il, dans un ranch texan, au milieu du désert, ou dans un chalet suisse perdu dans des montagnes inaccessibles ? Ou bien peut-être simplement au fond de cette maison. Dans un Neuilly dévasté par les résidences style pompes funèbres, marbre et pierres taillées à quatre étages avec balcons pour cadres supérieurs. Mais de cette demeure se dégageait un esprit double, qui lui conférait un caractère obscurément délirant.

On n'avait pourtant pas, à la voir, l'impression d'une folie de la superposition comme devant celle du facteur Cheval. Cette idée, je l'aurais plus tard, lorsque les méandres de la tortueuse affaire qui devait me lier à cette famille me conduiraient jusqu'au terrain de Vitry-le-François, où elle avait son berceau.

Lorsqu'il avait acquis, juste avant la Seconde Guerre mondiale, l'hôtel de Neuilly, Désiré, sous le coup porté par l'accroissement soudain et inespéré de sa fortune, souffrait d'une sorte d'écrasement de la personnalité, conséquence malheureuse de sa rencontre tardive avec les valeurs bourgeoises, contre lesquelles il n'avait pas eu la force de lutter. C'était là qu'il avait plié, c'était là que la famille avait connu pour la première fois et à jamais, selon toute apparence, cet asservissement aux valeurs du temps qui devait faire à la fois sa pourriture et son succès — comme une putain superbe traîne sa vérole, et comme on dit que les plus belles fleurs poussent sur le fumier.

Désorienté, Désiré Mollard, pour la première fois de sa vie, avait, à la veille de la guerre de 40, souhaité plaire aux autres et non à lui-même. Ce deuxième conflit devait d'ailleurs comme le premier contribuer à sa puissance, grâce, paradoxalement, à la maladie de cœur qui faisait de lui un faible et lui laissait occuper le terrain civil. Flairant un de ces désastres qui faisaient sa fortune, il avait comme pour faire contrepoids cessé de se priver lui-même. Il avait soudain abandonné la ligne de conduite d'une avarice rigoureuse qui, suivie jusqu'alors sans défaillance, l'avait mis à la tête de l'empire du chiffon et de la peau de lapin. Les résultats de ses entreprises ayant, par une conjoncture historique et politique qui lui échappait, dépassé ses plus folles espérances, ses désirs se trouvaient comblés et au-delà, si bien qu'ils avaient débordé, satisfaisant en même temps d'autres désirs que les siens, désirs inconnus et sans propriétaires, désirs voraces, meurtriers. Il s'en était trouvé surchargé comme d'une maladie, un goitre monstrueux, un éléphantiasis tropical et déplacé. Son prénom lui avait été donné dans un instant d'aberration par une mère inconnue, qui s'était ensuite empressée de porter l'enfant à l'Assistance. Et pourtant cette appellation se révélait prophétique, avait fait retour. Désiré, se vengeant de faims anciennes, s'était trouvé gavé comme une oie, le foie hypertrophié. La vie, qui est toujours mauvaise mère, l'avait longtemps affamé, et puis les choses avaient changé de cours. Elle avait au contraire placé d'une main ferme et cruelle, dans le gosier d'un de ses fils (pourquoi celui-là?) un entonnoir, et tout était passé par là, comme il arrive à des rivières maigrichonnes qui connaissent au printemps, par un hasard des intempéries, une crue intempestive.

Les journaux se font, de temps à autre, l'écho d'un de ces faits divers malheureux qui frappent les êtres de condition modeste ayant un jour, par une aberration du sort, gagné à la loterie. On les photographie souriant béatement à côté de la Mercedes qu'ils viennent de s'acheter. Pourtant, si l'on regarde attentivement le mauvais cliché, on s'aperçoit que cette béatitude recouvre de ses eaux lourdes la nappe d'une terreur secrète. Puis, les choses se précipitent. Le favorisé du sort quitte son taudis pour aller s'installer dans une coquette villa avec parlophone. Il est déraciné. Ses anciens voisins lui manquent, les nouveaux le snobent, il vit dans une atroce solitude. Sa femme, saisie sur le tard d'une trompeuse ivresse du possible, s'offre des gigolos quand il la croit à sa partie de bridge. En réalité, elle n'a jamais rien compris au bridge. C'est un jeu qui exige une accoutumance héréditaire à l'argent... L'affaire culmine en un drame sordide de la jalousie. Averti de son infortune par une parente pauvre qui l'avait autrefois dédaigné, au temps où il était plus pauvre qu'elle encore, et qui, par ce manque de logique propre aux humains, lui en veut aujourd'hui de ce faux pas ancien, il tue, avec le pistolet acheté pour protéger sa fortune des voleurs, la petite frappe aux airs de danseur de tango qui distrait Madame. Les journaux publient alors un nouveau cliché du malheureux. Hagard, affligé d'une calvitie précoce par les soucis de la fortune, il déclare à la presse :

« Ce maudit billet de loterie a fait mon malheur ! », et engage fermement les pauvres mortels, ses frères, à ne jamais se laisser aller à des jeux d'argent.

Désiré Mollard avait été doté par le sort d'une âme ferme, d'une volonté de fer, et d'une croyance inébranlable en les vertus de l'alpinisme, sport qu'il n'eut cependant jamais le loisir de pratiquer en dehors de la Butte Montmartre et de la forêt de Fontainebleau, les jours anniversaires de sa première épouse, la douce Félicie, qui aimait tant les promenades en famille. Il n'avait pas dû l'accroissement brutal et vertigineux de ses revenus à un caprice de la roue du sort, mais à la prise de valeur considérable et inespérée de la peau de lapin, du chiffon, du vieux bois, des métaux non ferreux, et autres matériaux de récupération, consécutivement à la pénurie qui accompagna et suivit la Grande Guerre. Des années durant, derrière les murs du terrain vague de Vitry, aujourd'hui rebaptisé « verger » par la pudeur de ses descendants, les épaves s'étaient accumulées. Au grand mécontentement des voisins, des petits retraités qui n'oubliaient pas, chaque dimanche après-midi vers les trois heures, d'aller orner la bordure de leur parterre de deux coquilles Saint-Jacques supplémentaires, celles-là mêmes qu'ils venaient de déguster en récompense d'une vie de bons et loyaux efforts.

Ces gens-là récupéraient aussi, mais ils récupéraient discrètement. Ce pourquoi ils se trouvèrent définitivement ruinés par la chute de l'emprunt russe, alors que les valeurs du père Mollard, dans une redoutable puanteur, croissaient et multipliaient, au même rythme que la population de souris qui creusait des tunnels dans les tas de saloperies amoureusement entassées par Désiré. Le dimanche, Marcel, frère aîné de Jean-Edward, actuel P.D.G. du groupe de presse *Toujours plus haut,* y jouait avec Fiacre, ainsi prénommé parce qu'il naquit un 30 août, jour de la saint Fiacre, et que Désiré, enivré en cette circonstance à coups de Sauvignon dégusté au petit bar du coin, alla le déclarer ainsi au lieu de le prénommer Raoul comme le souhaitait Félicie. Fiacre est aujourd'hui directeur de la banque Mollard.

Le siècle n'avait pas encore vingt ans, cependant, lorsque Marcel Mollard, aujourd'hui exilé aux Etats-Unis et propriétaire d'une chaîne de fast-foods mexicains à l'enseigne de « Speedy Gonzales » (le droit d'utiliser le nom de cette rengaine célèbre dans les années cinquante lui a coûté affreusement cher, mais le revenu tiré des tamales débités en cartons jaunes marqués du sigle rouge piment « Speedy Gonzales », avec en dessous, en toutes petites lettres, « Mollard Ltd », l'a remboursé au centuple), Marcel, donc, portait encore des culottes courtes. Il apprit dès lors à s'exercer au tir en visant les souris à la carabine. Ces animaux faisaient de fréquentes incursions jusque dans la cuisine-salle à manger-salon-chambre matrimoniale de la masure Mollard, où elles provoquaient le désespoir de Félicie. Marcel, qui passe aujourd'hui pour un des meilleurs revolvers de Californie, maintes fois sacré champion dans les concours de tir, maintes fois gratifié par une majorette élevée au maïs du baiser de la victoire, Marcel ne se vante pas aujourd'hui de l'origine véritable de son habileté à ce sport. Avec le manque de simplicité et la dissimulation caractéristiques de toute la bande, il dit qu'il a appris à tirer dans les chasses familiales de Sologne.

Ces digressions, déplorables, ne sont malheureusement pas les dernières de ce récit. Les Mollard sont des gens tortueux ; leur histoire ne se laisse pas raconter en ligne droite. Ainsi, la devise inscrite au-dessus de la porte peut sembler ambiguë. Désiré n'y avait pourtant mis aucune ironie. A l'époque il manquait totalement du sens de l'humour. Ce défaut accompagne le plus souvent la mégalomanie et l'avarice. L'humour ramène les choses à leurs justes proportions, généralement peu considérables. Or, l'enflure était et reste la préoccupation principale des Mollard.

On pouvait s'en rendre compte, lorsque entendant Jean-Edward parler boutique, on constatait avec quelle fréquence il utilisait le mot « gonfler ». Tel événement devait être « gonflé », telle rubrique « gonflée ». Jean-Edward lui-même fonctionnait à la façon d'une chambre à air. Naturellement avide, il avalait tout ce qui passait à sa portée, y compris l'oxygène. Il engloutissait sans discernement, si bien qu'il souffrait de flatulences, origine des douleurs qui fréquemment lui tordaient le visage. Jean-Edward, surpassant en cela Désiré, récupérait tout, même l'air du temps.

2

Rencontre
avec le grand méchant loup

A l'époque où ce récit commence, je ne savais à peu près rien de cette famille. J'en appris ensuite trop en peu de temps, et toute cette matière indigeste s'échappe de moi maintenant à traits incontrôlés, comme un vomissement. Je ne sais pas par quel bout la prendre, et d'ailleurs je suis bien incapable de la prendre par quelque bout que ce soit, étant donné que je n'ai désormais qu'une idée, me laver d'eux, m'en débarrasser au plus vite, faire couler au-dessus de ma tête la douche bienfaisante de l'oubli.

On dit que les expériences, même pénibles, sont formatrices. En un sens effectivement celle-ci l'aura été, car la quantité de faits tranquillement et impunément monstrueux que j'ai pu observer pendant cette période représente, je m'en rends compte déjà, une sorte de dépucelage de l'esprit. Un dépucelage violent et négatif, comme de regarder un film pornographique quand on est tout à fait innocent des choses du sexe. Il y a même là-dedans, précisément, un certain élément d'excitation, celui de se dire, malgré la nausée : « Voilà, c'est aussi ça la vie. » Le sentiment d'y entrer, d'y participer davantage, d'en apprendre sur ce qui est habituellement tenu secret, recouvert de la toile peinte de la morale et de l'apparat. Les Mollard, qui se prennent perpétuellement les uns les autres pour des imbéciles, sont experts dans l'art de duper le gogo, et c'est là pour eux d'une importance absolue, car c'est parce qu'il se laisse duper que le gogo rapporte de l'argent. Or, l'argent est la seule chose qui donne aux Mollard le sentiment d'exister. Et ils n'existent que par là.

Qu'est-ce qui m'avait donc amenée à sonner à cette porte ? L'inscription faisait de cette maison une sorte de temple, puisqu'elle proclamait avec force qu'ici on adorait les idoles. La réponse est facile à donner, la seule possible : le besoin d'argent. Les Mollard ne vivant que pour l'argent, on ne pouvait avoir affaire à eux pour une autre raison.

Oh, je ne venais pas chercher fortune — d'autant que je n'avais en fait qu'une très vague idée des richesses trompeuses dissimulées par la fameuse porte. Je venais, tout simplement, trouver de quoi vivre, dans cette période de mon existence qui, comme je l'ai dit, représentait une dérive. Ce que je cherchais alors, c'était la liberté ; je ne savais pas qu'elle vous élude toujours, et que pour la trouver ne serait-ce que de brefs instants, il faut beaucoup de volonté, d'habileté et de réalisme aussi. La dérive est la liberté des pauvres d'esprit.

Le portail de l'hôtel Mollard ne comportait pas de sonnette. La sonnette, je l'apprendrais bientôt, existait pourtant ; mais elle jouxtait l'entrée de service, à laquelle on accédait par un portillon métallique peint en vert, à gauche de la grille. On remontait ensuite une petite allée boueuse et détrempée, qui vous faisait faire le tour de la maison. Ce périple, permettant d'éviter la confrontation avec l'inscription susdite, en constituait pourtant la parfaite illustration. L'hôtel Mollard ne possédait, sur les côtés, qu'un mètre de terrain. On passait donc tout près du mur de la maison. Le mur de face était fait de pierres de taille de dimensions considérables, comme celles d'une pyramide égyptienne. Dès qu'on passait sur le côté, le trompe-l'œil se révélait — la pierre si imposante n'était qu'un mince revêtement. D'affreux moellons aux contours irréguliers, aux joints de ciment grossier, constituaient l'être véritable du bâtiment. Cela ne gênait pas les Mollard, car seuls les visiteurs passant par cette petite porte en avaient connaissance, et ces gens-là ou rien, c'était tout comme. Je devrais à l'avenir emprunter cette issue latérale, à la suite d'une réflexion lancée d'un ton négligent et comme au hasard, par Guénolée Mollard-Smoldew :

« A propos, Isabelle, vous pourriez passer plutôt par la porte qui est sur le côté de la maison. Ce serait plus pratique, parce que la porte de devant n'a pas de sonnette, et quand on frappe, on n'entend pas toujours dans les étages. »

Cette première fois, toute innocence et surprise, je regardai quelques instants le lourd heurtoir de cuivre. Il représentait une tête d'éléphant, d'un travail très oriental. Cette tête venait en fait d'Indochine, où Désiré, dans les années trente, avait flirté quelque temps avec une plantation de café. Les oreilles de l'éléphant étaient fixées au bois par une charnière, et la trompe, lorsqu'on la soulevait, produisait sur le bois un écho caverneux, qui n'était pas sans évoquer un barrissement. A l'intérieur, le son était considérable, comme d'un tambour. Guénolée mentait donc avec sa petite phrase ; mais elle aurait été très surprise, voire indignée ou même méprisante, si on le lui avait reproché. A ses yeux, ce genre de chose n'était pas du mensonge, mais de l'éducation.

La porte s'ouvrit. Une jeune fille me fit signe d'entrer. Elle portait une robe noire, un tablier de dentelle blanche, et perchée sur ses boucles brunes, une coiffe amidonnée. Je cachai mon étonnement, j'aurais cru ce genre de costume remisé au rayon des accessoires folkloriques. Mais je pénétrais en contrée étrangère, et question folklore, j'allais effectivement être servie.

Le visage de la soubrette, sous la coiffe, était blanc et très pur. Ses yeux bleus étaient pâles, limpides, presque transparents. La fente qui séparait ses lèvres minuscules et naturellement très rouges était comme ces blessures succulentes sur les cerises très mûres, en été. Une rosée de salive y perlait comme un suc.

« Si Mademoiselle veut bien se donner la peine d'entrer par ici, je vais chercher Madame », dit-elle d'une voix cristalline, d'un ton parfaitement impersonnel. Guénolée, lorsqu'elle embauchait des gens, les « stylait ». Uniforme, vocabulaire, gestes, intonation, c'était pire que les hôtesses d'Orly. Le simple fait que l'on se prêtât à cette mascarade indiquait une docilité suffisante pour être admis à travailler dans cette maison.

La bonne ouvrit une double porte donnant sur une enfilade de pièces. Juste comme j'allais entrer, j'entendis derrière moi une cavalcade. Une jeune fille, aux cheveux dressés sur la tête en épis poisseux, portant battle-dress et baskets, dévalait le grand escalier de marbre. Me retournant, je la vis traverser le hall et sortir en courant.

Au premier étage, une porte claqua.

NOTES D'ISABELLE

Le boudoir de Guénolée était meublé principalement de bergères Louis XVI recouvertes de damas brun. Ces fauteuils faisaient partie des apports de Guénolée à l'hôtel Smoldew. Elle les avait apportés dans sa corbeille de mariage, avec une commode et une glace à trumeau. C'étaient des meubles de famille ; Guénolée descendait d'une ancienne lignée bretonne, était la première aristocrate à intégrer le clan Mollard. Ses titres d'ancienneté représentaient toute sa force, elle le savait et en tirait parti.

Elle avait pourtant été élevée dans la pauvreté. Dans le manoir breton, on mangeait à longueur d'année des tartines de pain de six livres trempées dans du lait chaud en attendant qu'un des poulets qui couraient dans la cour fût à point. Quand c'était le cas, ils étaient toujours durs car le muscle dont ils avaient eu à faire preuve pour survivre leur tenait lieu d'embonpoint. C'étaient des poulets écologiques. A ce régime, Guénolée acquit de bonnes dents, bien qu'un peu longues, et une éternelle peur du lendemain. Elle craignait toujours de venir à « manquer » et gérait son frigidaire comme une cave à vins. On faisait durer. Comme elle envoyait déjà son valet au marché avec un budget réduit — « ces gens-là en mettent toujours dans leur poche, il faut leur tenir la bride » — il avait tendance à acheter, sur le coup de midi trente, des fins d'étals. Ensuite, Guénolée répugnait à les utiliser. « Des radis ce soir ? Est-ce bien nécessaire ? » Lorsqu'on sortait enfin les radis, leurs fanes étaient toutes jaunes. Ça ne se verrait pas, car Firmin les épluchait très soigneusement. Il découpait le bout en tulipe, pour faire élégant.

Après son mariage, Guénolée avait fait recouvrir les bergères, dont la tapisserie d'un rose fané en avait beaucoup vu. Elle choisit du marron foncé pour la remplacer, parce que ça fait moderne et que ce n'est pas salissant. Ce point de vue explique pourquoi l'intérieur de l'hôtel Mollard est aujourd'hui presque totalement décoré dans des tons merdeux.

Guénolée était elle-même entièrement dans des teintes brunes. C'était une de ces Bretonnes dont on se demande si leur aïeule n'a pas fauté avec un rescapé de l'Invincible Armada, échoué dans les parages. Elle avait un teint de pruneau et de petits yeux noirs très rapprochés, signe d'un excès de consanguinité. Elle portait un tailleur de tweed genre Burberry's, couleur feuille morte, et un foulard Hermès noué autour du cou, avec par-dessus un collier de perles. Le foulard plus les perles, après tout ce n'était jamais que l'écho de la surcharge architecturale du bâtiment.

On ne pouvait pas dire qu'elle fût belle ; encore qu'elle ne fût pas laide non plus. Elle devait avoir entre quarante et cinquante ans. Elle était entrée dans ce no man's land de l'âge où l'on n'est ni jeune ni vieux. A priori on lui aurait donné la trentaine. Mais sa peau, ses cheveux, ses dents avaient cet aspect siliconé et poli propre aux riches, résultat de nettoyages, meulages, pétrissages, onctions et hydratations, dont ils croient que cela les empêche de vieillir, et qui fait d'eux, en réalité, des êtres très longtemps indécis, à la fois de jeunes vieux et de vieux jeunes.

Il rôdait, sur les contours du visage de Guénolée, le fantôme d'une beauté disparue. Elle s'était enfuie, non que la chair sous le menton fût avachie, que les rides eussent enfoui ses yeux dans un buisson creux et plissé les contours de sa bouche. Non, le menton de Guénolée était resté ferme : elle pratiquait chaque jour vingt fois la posture du tigre, apprise à son cours de yoga. A quatre pattes par terre devant sa glace, elle retroussait violemment ses babines en un rictus méchant, montrant les dents comme pour attaquer, puis fermait à nouveau la bouche, et recommençait, accompagnée par les aboiements intéressés de son chien Trésor II. Et elle dormait avec une mentonnière. Les applications de crème d'avocat avaient gardé aux entours de sa bouche leur souplesse. Un chirurgien astucieux et ami lui avait refait les paupières, affirmant que le lifting complet ne serait pas nécessaire avant cinq ans.

Cette beauté dont on sentait que Guénolée l'avait possédée, pour la perdre inéluctablement, c'était celle de l'innocence, la beauté de l'âme qu'aucune chirurgie, si hors de prix soit-elle, ne sait réparer. Guénolée se contrôlait extrêmement bien, les religieuses autrefois le lui avaient appris. Elle savait « prendre sur soi », ne pas céder aux impulsions fatales de la passion et du sentiment, considérer toujours, avant d'agir, son intérêt ultérieur, ou ce qu'elle croyait tel. Mais le mécontentement, jamais ouvertement exprimé, donnait un pli amer à sa bouche. Ses yeux, à refuser de voir les choses désagréables, étaient devenus myopes et larmoyaient sous les verres de contact ; son nez s'allongeait et contribuait à cette grise mine qu'un sourire carnassier et de commande cherchait désespérément à vaincre. Guénolée, aux approches de la cinquantaine, était donc une jolie laide. Les bouclettes à la Shirley Temple dispensées par son coiffeur démentaient la charpente chevaline de son visage. On disait d'elle, avec l'absence de pitié qui caractérise la jalousie, « qu'elle avait encore de l'allure ».

Elle avait de l'allure, en effet. Elle en avait sans doute toujours eu. Au berceau, elle devait déjà porter cette voilette brodée de confiance en soi et de suffisance. Guénolée avait été élevée dans l'idée que quoi qu'elle fît, dît, réussît ou ratât, elle était d'une essence différente. Ses échecs mêmes n'en étaient pas tout à fait, ses erreurs s'auréolaient de gloire. Elle n'avait qu'à dire son nom, tout le monde la reconnaissait. Elle n'avait pas, comme le commun des mortels, à prouver le bien-fondé de son existence par ses actions. De même que, dans son village natal, elle avait été « la petite demoiselle du château », « la fille de M. le Comte », elle était désormais et depuis l'âge de vingt ans, « la femme de Jean-Edward Mollard-Smoldew », et portait ce nom comme un titre, comme une couronne. Elle s'avançait droite et pincée sous le poids de cette tiare. Elle ne perdait que très rarement l'équilibre. Elle avait passé dans une finishing-school suisse l'année de ses fiançailles, financée par sa belle-mère, la redoutable Maryjane Mollard-Smoldew, matriarche et grande prêtresse, qui espérait par le moyen de cette libéralité, sous prétexte de « dégrossir » la petite Bretonne et de la rendre digne d'entrer dans le clan, donner à son beau-fils chéri le temps de la réflexion. Jean-Edward saurait peut-être, avant qu'il ne soit trop tard, se débrouiller mieux, épouser une petite Rockefeller ou quelque jeune Altesse royale égarée, par l'effet de son charme viril, dans l'empire du chiffon.

Durant cette année mémorable passée à rêver au bord du lac de Genève, Guénolée avait appris à porter des dictionnaires sur la tête sans faiblir, « car mesdemoiselles, l'une de vous pourrait un jour en venir à porter une couronne ». D'où ce port de tête guindé — « royal » disaient les flatteurs et courtisans.

Toutes les jeunes filles sorties de cette vénérable et champêtre institution, où Guénolée avait appris bien des choses utiles, entre autres les vertus du müesli au petit déjeuner, ne tenaient pas, quelque trente ans plus tard, la tête aussi droite. Un incident fâcheux était resté fixé dans bien des mémoires : la soirée où Marie-Charlotte de Fixot Baden-Powell avait porté pour la première fois la tiare de diamants, célèbre dans toute l'Europe, dont elle venait d'hériter par l'effet de la mort d'une grand-tante qui la tenait du grand-duc d'une principauté des Balkans, en remerciements de bons et loyaux services d'alcôve. Ce soir-là, la jeune fille s'était laissée aller à rire, parce que son cousin l'avait pincée sous la table. S'esclaffant, elle avait baissé la tête, et la tiare, mal attachée, avait atterri dans son assiettée de potage à la tortue avec un plouf qui éclaboussa non seulement sa robe mais le plastron du voisin fautif.

Maryjane Mollard, la seconde femme de Désiré, avait sous-estimé les qualités de caractère de sa future belle-fille : jamais Guénolée, toute bretonne et maigre en dot qu'elle fût, ne se serait laissée aller à éclater de rire, en portant pareil bijou. La chance d'en bénéficier

26

l'aurait emplie d'un bonheur quasi religieux et mystique. Elle n'aurait même pas senti les pincements du voisin. Elle n'aurait pensé qu'à la tiare. Jean-Edward, que sa belle-mère, malgré son amour, avait toujours sous-estimé, n'avait pas été égaré par l'odeur de foin fraîchement coupé des boucles de la jeune fille. Il avait reconnu, avec un flair remarquable, celle qui ferait, du navire Mollard dont il serait un jour ou l'autre amené à être le capitaine, l'infaillible second. Lorsque les devoirs de sa charge d'épouse se faisaient trop pesants, Guénolée pensait à la puissance des Mollard, tout comme Victoria, dans les bras d'Albert, pensait à l'Angleterre. Cette idée lui servait à la fois de Valium et de fortifiant.

D'où ce calme presque parfait, ce remarquable contrôle de soi, cet air de satisfaction bornée. A travers ces épaisseurs, perçait par instants l'éclair fugitif d'une angoisse. Guénolée soudain, d'un geste inconscient, portait sa main à son cou, passait deux doigts sur la ride horizontale juste au-dessus du foulard, comme une aristocrate sous la Terreur, qui vérifierait que sa tête est toujours en place. Ce geste qu'on pouvait lui voir effectuer dans les moments d'inquiétude était-il atavique, hérité d'ancêtres qui n'avaient pu se résoudre à l'émigration ?

3

Drôle d'enfant

Guénolée esquissa ce mouvement de guillotine dans les premiers instants, après qu'elle eut pris place en face de moi sur une des bergères. Elle avait d'abord lissé d'un geste impatient un pli de sa jupe. Puis elle avait joué un peu avec ses perles. Enfin, elle avait porté la main à son cou.

En même temps, elle disait, de cette voix de petite fille qui surprenait tout d'abord, qui était sa voix de charme, celle qu'elle utilisait lorsqu'elle voulait manipuler quelqu'un, en obtenir quelque faveur au rabais, et qui, si les choses n'allaient pas à son gré, baissait d'une octave et prenait des sonorités métalliques :

« Votre curriculum vitae est excellent. A vrai dire, il est trop bon pour un travail, intéressant certes, mais qui requiert principalement des qualités pratiques et morales... »

« J'ai seulement besoin d'un peu d'argent, pour l'instant. Je ne veux qu'un job à temps partiel... »

« Certainement, certainement, j'ai bien compris, dit Guénolée. C'est caractéristique de votre génération. Les jeunes, aujourd'hui, répugnent à un travail régulier... Nous les avons trop gâtés, probablement... Enfin après tout... C'est votre vie privée, cela vous regarde... »

« J'ai déjà fait du baby-sitting quand j'étais étudiante. Ça s'est toujours très bien passé. J'aime beaucoup les enfants, et je crois que je sais m'y prendre avec eux. Quand ils sentent qu'on les aime, ils sont tout de suite plus faciles. »

Guénolée porte à nouveau la main à son cou. Un nuage de mécontentement passe sur son visage :

« Vraiment... enfin je ne sais pas si ça a grand-chose à voir... »

Je la regarde, étonnée. Ses yeux brillent d'une flamme méchante. Sa voix a changé. Je ne sais pas encore, j'apprendrai bientôt, qu'il ne faut jamais dire devant Guénolée qu'on aime faire son travail. Théoriquement, un patron devrait se dire qu'un employé qui aime son travail le fera mieux. C'est son intérêt. Cependant, rares sont ceux pour qui l'intérêt passe en premier. Ce qui vient d'abord, c'est le fait incontournable qu'eux-mêmes s'ennuient généralement dans la vie. En conséquence de quoi, il leur est intolérable qu'il n'en soit pas de même de leurs employés. Déjà qu'ils les paient ! Si en plus ils prennent leur pied ! La plupart d'entre eux ressentent comme une profonde injustice, et même une escroquerie, le fait d'avoir à payer un employé qui aime ce qu'il fait.

Ceci ne signifie pas qu'il faille en aucun cas dire à son patron que le travail qu'il vous confie vous emmerde. Cela, il ne le supporte pas non plus. Ce travail vient de lui, il le paie, il lui appartient, donc il ne se critique pas, il doit au contraire être valorisé. La façon de se sentir valorisé, pour un patron, c'est de voir un employé qui lui dit : « Merci, merci de m'avoir donné ce travail merveilleux », alors que de toute évidence, on sent bien derrière les mots, que l'employé se fait chier et même, souffre. Le patron se trouve alors dans cette position idéale, que d'aucuns croient à tort impossible, et qu'on appelle en anglais, « avoir son gâteau et le manger ».

Ce récit est compliqué par toute l'expérience acquise, depuis le début des faits. Toutefois, comme ces événements sont intéressants, principalement par les enseignements qu'on peut en tirer, et que, par ailleurs, je suis maintenant bien incapable d'assumer la position de relative innocence — car est-on jamais vraiment innocent ? — qui était la mienne alors, je ne peux qu'en montrer à la fois le recto et le verso.

Guénolée, cependant, dut s'apercevoir rapidement que son air méchant ne m'avait pas échappé. Or, pour l'instant, elle tenait le poisson dans son filet, pas question de le laisser s'enfuir. Elle toussota, posa les mains sur les accoudoirs du fauteuil, respira profondément. Son cou se contracta comme elle avalait sa salive. Sa bouche se plissa à nouveau en un sourire enjôleur. Elle battit des cils. Une étonnante transformation de ce visage avait eu lieu en l'espace de quelques secondes. Le bout de son nez semblait s'être redressé et pointait, mutin. Elle avait cet air de mouton enrubanné des poupées de cire anciennes. Le but de tout ce théâtre était toujours, au moment où elle voulait obtenir quelque chose, de dire autrement que par des mots — et il est habile de s'en passer, chaque fois qu'on le peut — « Vous ne pouvez pas me refuser ça, à moi ». Non, on pouvait difficilement alors refuser quoi que ce soit à Guénolée. On lui aurait, selon l'expression du vieux Désiré, « donné le bon Dieu sans confession ».

Cette expression de charme paisible était cependant démentie par les mains, qui agrippaient les bras du fauteuil en un mouvement convulsif. Les jointures en étaient blanchies. Je ne pus détacher les yeux de cet indice si révélateur. Mon interlocutrice s'en aperçut. Elle lâcha prise rapidement, et, ne sachant plus que faire de ses extrémités, les agita quelques instants en l'air comme deux papillons affolés. Puis, l'une d'elles vint se poser gracieusement et sans hâte sur le pied-de-

31

poule de la jupe, tandis que l'autre, une fois de plus, vint imaginairement trancher le cou.

Elle dit en hésitant :

« Oui... mais vous savez... Avec les enfants, on a parfois bien des déconvenues... »

Je la fixai, surprise. Elle me regardait, anxieuse. Qu'est-ce qu'il avait, cet enfant, pour qu'elle prenne ainsi des gants ?

Dans le silence, le cartel sur la cheminée sonna. Par six fois, le berger et la bergère s'y donnèrent la main. Puis, ils reprirent leurs places, distants, figés dans leur sourire, mal à l'aise sur un pied.

Je me jetai à l'eau :

« Vous avez... des difficultés, avec cet enfant ? »

« Des difficultés, dit Guénolée, c'est beaucoup dire. Mais enfin... ce n'est pas un enfant comme les autres. »

La pitoyable vision de la mère martyre d'un monstre baveur passa devant mes yeux. Je n'avais pas pensé à ça.

On entendit un bruit de meuble qu'on traîne. En avant, en arrière, en avant, en arrière. Un raclement exaspérant.

Guénolée leva les yeux au plafond.

« Voilà, c'est lui, dit-elle avec un petit sourire d'excuse. Voulez-vous que nous allions le voir ? »

Dans l'escalier, Guénolée me précédait, très droite. Au premier étage, elle poussa une porte, entra, et fit signe de la suivre.

Dans une chaise roulante, un vieillard était assis. De la main droite, il malmenait une table à deux plateaux sur laquelle était posé un électrophone. Cette table, éloignée puis rapprochée d'une main rageuse, à grand danger pour l'appareil dont le haut-parleur tremblait et menaçait la chute, avait produit le bruit entendu quelques instants plus tôt.

Le vieillard, voyant venir du monde, avait arrêté son geste en pleine course. Il ramena d'un mouvement coupable et enfantin sa main sous la couverture qui lui protégeait les genoux.

Je restais à l'entrée de la pièce, médusée. C'était comme un de ces tableaux anciens de Bosch ou d'Arcimboldo, dont la structure est faite de complications, en sorte qu'on n'y voit quelque chose qu'après les avoir scrutés morceau par morceau.

Je tentai de me secouer : on m'avait appris qu'il est impoli d'observer les gens avec curiosité. A vrai dire, il s'agissait plutôt de stupéfaction. Je lorgnai Guénolée, mais elle se tenait de côté, examinant discrètement le sol, comme une vendeuse qui laisserait à sa cliente le temps d'examiner la marchandise avant de se décider.

Je manquais de courage pour tout voir d'un coup ; c'était comme de regarder un blessé de la circulation, en pleine rue, ou même une victime de guerre dans un magazine, enfin une monstruosité quelconque ; d'abord on détourne les yeux, et puis on y revient, par une fascination malsaine.

Guénolée jugea que le moment était venu d'intervenir, et fit les présentations.

« Mon beau-père, Désiré Mollard. » Puis : « Beau-papa, voici la jeune fille qui va venir s'occuper de vous. »

Elle avait parlé en criant. En effet, l'homme portait un sonotone à l'oreille gauche.

Le vieillard, pour toute réponse, racla à nouveau la table sur le plancher, avec une force et une violence inattendues chez un être apparemment si détruit.

« Tout à l'heure, beau-papa, dit Guénolée très fort, dans quelques instants. »

Le vieillard émit une espèce de barrissement qui rappelait l'éléphant frappeur. Il porta rapidement la main à une assiette située à sa droite sur un guéridon, qui contenait des olives. Il s'en fourra une dans la bouche, d'un mouvement saccadé de sa main décharnée où les veines saillaient comme de grosses couleuvres sur la terre desséchée par l'été, contracta les joues en un mouvement de succion, et rejeta l'olive qui tomba sur la toile cirée couvrant le sol. Une dizaine de ces petits fruits gisaient intacts sur ce revêtement, apparemment destiné à protéger le tapis.

« Il ne peut plus en manger, dit Guénolée, mais il adore ça, alors, il les suce seulement. »

Le vieillard avait eu un mouvement de la tête, comme un oiseau en colère. Puis il était comme rentré en lui-même, ses yeux bleus devenus transparents et limpides, des yeux d'aveugle ou d'enfant qui vient de naître.

« Nous allons vous laisser maintenant, beau-papa », cria Guénolée.

L'homme tourna légèrement la tête. Il recommença à secouer la table à l'électrophone.

Guénolée s'approcha, prit la tête de lecture et la posa sur le disque qui se trouvait en attente.

Une voix de soprano s'éleva :

L'amour est enfant de bohème...

Le vieillard renversa la tête, le visage barré par un sourire de béatitude. Guénolée fit signe de la suivre hors de la pièce.

Comme nous descendions l'escalier, les accents cuivrés de la musique de Bizet s'affaiblirent peu à peu.

« Il n'y a plus que ça qui lui fait plaisir, dit Guénolée. A son âge... »

Je l'avais suivie docilement. Nous nous trouvions à nouveau dans le salon aux bergères.

« Je ne comprends pas bien », dis-je.

« Je vais vous expliquer, dit Guénolée. Je ne pouvais pas mettre une annonce pour la garde d'un vieillard. Avec mon nom, on aurait tout de suite deviné de qui il s'agissait. La presse se serait immédiatement répandue en suppositions alarmistes. Nous avons des ennemis, évidemment : je ne veux pas d'histoires. Mon beau-père est parfaitement lucide. Seulement, sa maladie est impressionnante, et comme un certain nombre de gens ne seraient pas fâchés de le voir mourir, ou même d'affirmer qu'il est gâteux... Je suis maintenant convaincue que vous vous acquitterez très bien de ce travail. M. Mollard a fait semblant de ne pas vous remarquer. Ne vous y trompez pas, c'est un truc pour juger son monde. Il fait comme bien des vieillards : il grossit ses infirmités de façon à s'abriter derrière elles et en tirer parti. Et puis, c'est un homme fier, habitué à dominer ; il est très humiliant pour lui de se trouver à la merci d'une jeune personne. Toutefois, on ne peut guère faire autrement. Il supporterait encore moins un homme, ou une femme plus âgée. Ma belle-mère, Maryjane Mollard, a vingt ans de moins que lui, elle dispose de toutes ses facultés. Cependant, elle commence à être un peu fatiguée, elle a les nerfs fragiles. Le médecin pense qu'il est indispensable qu'elle dispose chaque jour de quelques heures de repos pour se changer les idées. Et mon beau-père a toujours été un homme actif. L'immobilité à laquelle sa maladie le contraint lui est très pénible à supporter. En conséquence, comme son esprit est toujours alerte, il a besoin d'une attention de tous les instants, de quelqu'un qui accomplisse pour lui les petites choses qu'il ne peut plus faire, mettre un disque, aller lui chercher des olives, lui lire les journaux, le pousser près de la fenêtre pour voir le temps qu'il fait, allumer la télévision...

« Mon beau-père a un faible pour les jeunes femmes. Oh, entendons-nous bien : rien de gênant... Enfin vous voyez ce que je veux dire... Il a toujours été un mari parfaitement fidèle, il est très attaché à son épouse... Mais la vue de la jeunesse le fait se sentir lui-même plus jeune à nouveau. Pourtant, c'est un homme difficile dans le choix de ceux qui l'entourent. J'ai bien vu aujourd'hui qu'il vous acceptait, et même que vous lui étiez sympathique. Sinon, il aurait trouvé le moyen d'exprimer son déplaisir, et je vous assure que ça se serait senti.

« Si vous acceptez de faire ce travail, vous percevrez à l'heure un salaire double de celui habituellement versé à une garde d'enfants. Mais à une condition : je vous demanderai une discrétion absolue. Officiellement, vous aurez été engagée pour donner des cours à ma plus jeune fille, Mandarine, que je vous présenterai bientôt. En aucun cas, vous ne devrez parler à qui que ce soit de la véritable nature de votre travail ici, ou de votre rencontre avec M. Mollard. Vous ne savez rien de lui, vous ne l'avez jamais rencontré. Cette condition est impérative. Au cas où la moindre fuite se produirait, je me vois dans l'obligation de vous dire que nous prendrions des mesures sérieuses. »

Tout d'un coup, je voyais Guénolée en uniforme noir, bottes cavalières et casquette, cravache à la main : « Nous afons des moyens de fous faire parler... »

Je ne pus m'empêcher de dire : « La confiance règne ! »

« Vous devez comprendre, dit Mme Mollard sèchement. Vous n'êtes pas chez n'importe qui. Notre position nous oblige à prendre certaines mesures de protection. »

4

Une nouvelle vie

Je comprenais. Ou du moins je le crus. Il me fallut vivre un certain temps avec les Mollard afin d'apprécier l'étendue de leur paranoïa, ainsi que sa justification. Pour l'instant, je ne comprenais encore qu'une chose : je vivais en pays étranger. Ses habitants obéissaient à d'autres lois. Bien sûr, je le saurais au terme de mon aventure, Hemingway avait raison : ces gens n'étaient aucunement différents, ils avaient simplement plus d'argent. Faire passer cette différence partielle pour une différence totale, l'étendre à tous les domaines de la vie, était un tour de passe-passe sur lequel reposait une partie de leur puissance. Mais voilà : tout ce qui brillait était d'or, l'or contaminait tout, j'étais abusée. Je croyais aux paroles aussi facilement que quelque héroïne de Sade, j'avais pénétré comme elle, avec la même naïveté coupable, le même désir de facilité, la même curiosité innocente et voyeuse, dans le château du vice. En sortirais-je Justine ou Juliette ?

Pour l'instant, j'étais loin de me poser ces questions. Je sentais bien comme une vague odeur de pourriture s'exhalant de ce qui m'entourait. Elle ne m'était pas sur l'instant désagréable. J'avais besoin d'argent, et je ne voulais pas me donner trop de mal pour en gagner.

En somme, la maison Mollard était comme un fromage, un peu trop fait peut-être mais d'autant plus comestible. Celui qui m'aurait suggéré de le jeter à la poubelle pour aller chercher plus loin des raisins verts, des pommes acides, je l'aurais traité de fou. Je me flattais d'acquérir du bon sens.

« Je suis quelqu'un de discret, dis-je à Guénolée. Vous n'aurez pas de problèmes avec moi. »

Elle me serra la main d'un air soulagé.

« Alors, c'est entendu. »

Lorsqu'il fut établi que je viendrais prendre mon service le lendemain à quatorze heures, elle sembla très pressée de se débarrasser de moi. L'affaire était faite. Elle n'avait plus besoin de se donner du mal. Elle pouvait désormais se consacrer à des choses plus importantes. Elle me mit pour ainsi dire à la porte. De toute façon, je n'avais nulle envie, pour ma part, de prolonger mon séjour dans cette maison au-delà de la stricte nécessité. Nous étions donc parfaitement d'accord. L'association s'annonçait bien.

Je retournai, par de petites rues austères et désertes, entre des immeubles de pierre aux façades sévères, à la station de métro Pont-de-Neuilly. Un vent piquant s'engouffrait dans mon ciré noir. En arrivant à l'entrée du métro, un homme s'approcha de moi et me demanda d'un ton bas, presque suppliant, où j'avais acheté mon imperméable.

« Aux Galeries Lafayette, en solde, il y a trois ans. Vous n'en trouverez plus. »

« Galeries Lafayette », répétait l'homme d'un ton pénétré.

« Offrez-lui plutôt des fleurs », criai-je en riant au pervers perplexe, tout comme je dévalais l'escalier.

Je sortis à Montparnasse-Bienvenüe. J'avais rendez-vous rue Delambre, chez un type rencontré un soir de la semaine précédente à onze heures, alors que je traînais au Sélect devant une bière. Le type était plutôt beau, genre branché Hechter. Il portait des petites lunettes cerclées de métal turquoise. Dans ces cas-là je ne donnais pas facilement mon adresse. Je n'avais pas perdu toute prudence. J'avais, en me rendant sur place, un sentiment de danger qui pimentait les choses. Bien entendu, c'était imbécile. Mais j'avais cessé d'essayer de me comporter de façon intelligente. De toute façon, ça ratait toujours.

A ce jeune homme, pourtant, je n'avais pas refusé mes coordonnées. Son air gentil m'avait plu. Mais il m'avait invitée chez lui.

Au bas de l'escalier, une Noire superbe tapinait, en jean de satin mauve ultra-serré. Elle devait avoir dix-huit ans. Elle détourna la tête lorsqu'elle me vit.

Le garçon que j'avais rencontré habitait au cinquième étage — le dernier. A cet endroit, la moquette rouge élimée qui recouvrait les marches s'arrêtait, laissant place à un carrelage aux carreaux brisés. Le bruit d'une musique arabe et des odeurs de friture m'assaillirent.

Le nom que je cherchais était punaisé sur la porte du fond. Je frappai, et le type vint ouvrir.

Maxime m'embrassa tout de suite sur les deux joues et me serra contre lui, de manière à situer la relation sur un pied d'intimité. Ensuite, il m'offrit un whisky, tirant la bouteille du fond d'un placard. Je m'assis dans un vieux fauteuil défoncé.

La chambre, à première vue, ne correspondait pas à son propriétaire. Ce jeune homme, très soigneux de sa personne, on l'aurait plutôt vu dans un autre décor, un loft meublé Habitat. Mais, comme on sait, les apparences sont trompeuses, etc.

« Je ne t'attendais pas si tôt », dit-il, fourrant à la hâte sous son lit trois chaussettes sales et une chemise douteuse, éparpillées sur le sol à mon arrivée.

Je regardai ma montre.

« Il est sept heures. Tu m'avais dit de venir à sept heures. »

« Ah bon, répondit-il l'air vague, je ne croyais pas qu'il était si tard. »

Il m'emmena dîner dans une crêperie non loin de là. Je n'aime pas les crêpes, ça me donne mal au cœur. Seulement, c'est toujours pareil, je n'ose pas dire non.

Maxime, lui, ne rechignait pas devant la marchandise. Après une première commande œufs-jambon, il passa à une seconde, chocolat chaud-Chantilly. Il y a des gens qui n'ont peur de rien.

Tout cela présageait une bonne santé. Après le repas, il me ramena chez lui pour prendre le café. Evidemment nous avons fait l'amour. Ses cheveux sentaient un peu les crêpes, ou bien peut-être était-ce l'odeur de beignets qui imprégnait le couloir. Il avait de grandes mains carrées, étonnantes au bout de membres frêles. Sa langue chaude et dure fouillait mon corps, comme s'il avait encore très faim. Je me suis accrochée à ses épaules lisses. Il soutenait mes hanches avec ses mains. Il était debout, appuyé nu au radiateur sous la fenêtre, le dos contre la vitre.

« On va nous voir », dis-je les yeux fermés, le visage dans son cou.

« On s'en fiche », répondit-il. Ses mains me soulevaient lentement, fortement, le long de l'axe de son sexe, puis m'enfonçaient à nouveau jusqu'à la racine, contre les poils rêches de son pubis. Il m'embrassa sur la bouche, sa langue me fouillait comme s'il cherchait une chose introuvable. Il respira plus fort et poussa quelques cris profonds et étouffés, du fond de la gorge, comme un animal très sérieusement occupé. Il bougeait plus vite, plus loin. Quand il devint très chaud et liquide, un point au fond de moi s'embrasa, très haut, plus loin que mon vagin, plus loin que son sexe, un lieu que sa semence habile et véloce avait pu atteindre. Je criai. Il me soutenait maintenant d'un seul bras et me caressait les cheveux. Il me porta jusqu'au lit. Nous

nous y abattîmes tous les deux et restâmes ainsi sans parler quelques minutes, respirant doucement l'un contre l'autre. Quelque part dans l'immeuble, un carillon sonnait neuf heures.

Après, on est ressortis, boire un café au Sélect. Le type devenait romantique.

« On a des souvenirs, ici, disait-il en me pressant la main. Première rencontre. »

Je ne répondais pas. Je regardais au loin. J'avais trop peur de m'impliquer. Ça cause toujours des ennuis. Mes histoires avec les hommes ne durent jamais. Je ne sais pas pourquoi, mais c'est comme ça. Alors, inutile de s'enfoncer profond. C'est plus compliqué de s'extraire après, et ça fait plus mal. Et puis, j'ai appris à me méfier des romantiques. Leurs belles paroles jouent le rôle du gruyère dans le piège à souris.

« T'es une grande sensible, au fond », dit le type, qui n'est pas entièrement dupe.

« T'occupe pas de mes états d'âme », je réponds brutale. Il se renfrogne. Je l'ai vexé. Tant pis. C'est la guerre.

« Qu'est-ce que t'as fait, aujourd'hui ? » dit-il après un silence, pour ramener la conversation en terrain neutre.

« Trouvé du boulot. »

« Ah bon, quoi ça ? »

Je me rappelle à temps les recommandations de Guénolée.

« Donner des leçons de français à une gosse de riches qu'est nulle en classe. »

« C'est quand même pas ça qui va te faire vivre ! »

« Si, parce que c'est plusieurs heures par jour. Il y a aussi des leçons de latin. Comme elle se fait vider de partout, elle va plus à l'école, elle prend des cours particuliers. Je crois qu'elle est un peu caractérielle. En tout cas, c'est super-payé. »

« Ben dis donc, qu'est-ce que les parents doivent

avoir comme blé, pour se permettre ça ! J'aurais pas cru que ça existait encore ! Comment ils s'appellent ? »

« Ça ne te regarde pas. »

« Tiens, pourquoi tu veux pas le dire ? Y'a un gros secret derrière ? Quelque chose qui cloche ? »

« Peut-être bien. Ça me regarde. »

« Possible mais moi, je trouve quand même ça bizarre que tu ne puisses pas me dire le nom de ton employeur. »

« C'est pas que je ne peux pas, c'est que je n'en vois pas l'utilité. »

« Bon, bon, bon... Si Mademoiselle a quelque chose à cacher... Si Mademoiselle est dans les services secrets... French Connection, espionnage industriel, est-ce que je sais... »

« Oh, ça va ! Ils s'appellent Mollard-Smoldew, mes patrons... Je ne vois pas bien ce que ça t'apporte de le savoir... »

Je me trompais. Mon interlocuteur en a le souffle coupé et les yeux comme des boules de loto :

« Mollard-Smoldew ? Ils habitent une grande baraque, là, à Neuilly ? »

« Oui, c'est ça. »

« Nom de Dieu ! Tu bosses chez les Mollard ! »

« Ça a vraiment l'air de te faire de l'effet ! »

« Un peu, que ça m'en fait ! Tu te rends compte ! »

« Comment, je me rends compte ? Je me rends compte de quoi ? »

« Enfin, les Mollard ! La banque ! Les journaux ! *Toujours plus haut ! La France qui monte ! La Belle Revue ! La Femme libre !* »

« Ah bon, c'est eux, les journaux ? Je ne savais pas. »

« Tu m'étonnes ! Ecoute, j'ai besoin de toi. Tu peux bien me rendre un service ? »

« Ça dépend lequel. »

« Ecoute, voilà. Tâche de te renseigner sur le vieux. »

« Quel vieux ? »

« Le vieux Mollard. Le grand-père. Désiré. Tu l'as pas vu ? »

« Non. »

« Ils ne t'en ont pas parlé ? »

« Non. »

« Tu ne sais pas s'il y a un vieux dans la maison ? »

« Non. »

« Ah bon. Eh bien, essaie de le savoir. Essaie de savoir au moins s'il est encore en vie. Je t'ai bien dit que j'étais journaliste ? Si tu pouvais m'avoir des tuyaux sur le vieux, mon canard te paierait bien. Tu pourrais même essayer de m'introduire dans la baraque. Je me débrouillerais pour faire l'enquête moi-même. On partagerait le fric, fifty-fifty. »

« Oh écoute, c'est une histoire bizarre, moi je ne veux pas d'emmerdements avec des gens qui me paient bien. »

« Bon, O.K., O.K. Mais tâche quand même de savoir quelque chose sur le vieux. Je te dis que ça paierait. Mon patron, à *Haut les mains*, il rêve d'un scoop sur le vieux Mollard. Ça fait trois ans qu'il a disparu, personne ne l'a vu, on n'en entend jamais parler, et les Mollard se contentent de dire que tout va très bien. C'est le vieux qui a tout le pouvoir, alors tu imagines, s'il était mort ou même simplement gâteux, ça ferait de l'effet qu'on le sache ! »

« En tout cas, moi j'en sais rien. »

« La fille, celle dont tu t'occupes, ça doit être Mandarine ? »

« Ben dis donc, t'es renseigné ! »

« Oui mais ce qui m'étonne, c'est qu'elle soit en état de prendre des leçons... Il paraît qu'elle est débile ! »

Tiens donc. De mieux en mieux. On en apprend tous les jours !

« Ah bon ? enfin, moi j'en sais rien, la gamine je l'ai à peine vue, j'ai surtout parlé avec la mère. »

« Ah oui ? Eh bien dis donc, tu fonces dans le

brouillard... Tu risques d'avoir des surprises... Enfin, même sur la gamine des tuyaux ça m'intéresse... Tu me diras ça... »

« Je ne te dirai rien du tout, de toute façon. Je te l'ai déjà dit, j'ai trouvé du boulot, j'ai pas l'intention de le perdre. »

« Oh bon, ça va, ça va. J'ai compris, j'insiste pas. »

Il n'insiste pas (il a déjà assez insisté comme ça), mais il est vexé.

Je le regarde. Dans le contre-jour, sa silhouette me rappelle quelque chose.

« Le type du compteur l'autre jour c'était toi ? » dis-je prise d'une illumination soudaine.

« Le compteur ? Quel compteur ? » répond Maxime l'air sincèrement surpris.

« Ah bon, tiens, je croyais... Je me suis trompée... »

Le lendemain, je me suis réveillée la tête lourde, avec l'impression qu'il était tard. Effectivement un soleil filtré baignait mon lit. Une lumière rose passait à travers les rideaux. La matinée était déjà bien avancée. J'habite dans le quatorzième, rue Ernest-Cresson, un studio qui donne sur l'arrière. Le soleil, d'un bout de l'année à l'autre et d'un bout à l'autre de la journée, tourne d'un bout à l'autre de la cour. La fenêtre est au-dessus de mon lit. J'ai ouvert les rideaux en bâillant. Le soleil est entré sans frapper. Sur le rebord de la fenêtre, un pigeon, arquant la patte et tendant le cou, se prenait pour Fred Astaire. Je l'ai reconnu. C'est souvent le même, il a une petite touffe de duvets blancs sur la poitrine. J'ai dit hello Fred, comment ça va ? Mais il a continué à tendre le cou de droite et de gauche, au rythme du phono qu'il a dans la tête.

Je me suis levée. J'ai allumé la radio. Trenet chantait *Je me souviens*. J'ai branché la machine à café. Il y avait toujours autant de soleil. Trenet chantait : *Tout ce qui fut et qui n'est plus*...

Pendant que l'eau chauffait, je me suis mise à danser

la valse, toute seule, puis je me suis souvenue que j'étais toute nue et que j'allais choquer les voisins. De fait, le petit vieux d'en face, devant sa fenêtre ouverte, avait arrêté les mouvements de gymnastique suédoise qu'il exécute chaque matin, et restait là en tricot de corps, les bras étendus, bouche bée. Je lui ai tiré la langue et je suis allée passer un tee-shirt. Le temps que je revienne, il se dépensait à nouveau en flexions énergiques.

Je me suis assise pour boire mon café. Trenet chantait *Mes jeunes années*. Je me sentais vaguement mal, comme chaque fois que j'ai fait l'amour à tort et à travers. La chair est toujours triste le lendemain matin, j'ai une gueule de bois sexuelle. Je devrais le savoir mais c'est comme pour les alcooliques, c'est pas de se raisonner qui sert à quelque chose. Tous ces exercices, je te monte tu me montes... Je ferais aussi bien de faire de l'équitation, au moins je prendrais l'air...

Le pigeon Fred s'envole dans un frou-frou d'ailes. Trenet chante *Douce France*. C'est un festival. Je ne suis pas tout à fait contente mais je suis quand même heureuse. La radio ferme la gueule à Trenet pour le remplacer par Nicole Croisille. J'arrête le poste et j'entends à travers le mur :

Bonheurs fanés, cheveux au vent...

Ça doit être un voisin.

Je vais me laver. L'eau de la douche m'enferme dans un ruisseau fugace, je suis neuve comme un cadeau sous la cascade de cellophane. Je sors de chez moi. En bas dans la cour, à travers les vitres, les petites filles de l'école de danse, tutu blanc et collant rose, lèvent en mesure leurs petites jambes tendres et fragiles comme des escalopes. Leurs mères, visages tendus, permanentes dérangées, volailles qui attendent le grain, patientent à la porte. Les petites filles ne seront jamais Brigitte Bardot, pourtant leurs mamans auront beaucoup souffert. Au passage, il s'échappe d'une fenêtre :

> *Demain, par la fenêtre ouverte*
> *Le soleil lui f'ra les doux yeux...*

Je dois avoir un voisin trenetphile. Instinctivement, je lève le regard. Le chant s'arrête. Un voyeur guette derrière ses rideaux. Je baisse les yeux. Derrière moi le chant reprend.

Dans la rue je prends le soleil en pleine figure, comme une claque de bonheur chaud. Sur le trottoir devant l'Uniprix un homme vend des colifichets, des tours Eiffel miniatures et des petites coquilles de moule pour se mettre aux oreilles. J'achète une tour. J'aime mieux les moules mais évidemment ça fait vulgaire. Je me mets la tour à l'oreille, avec l'aide d'un petit miroir que le colporteur me tend obligeamment. Je salue le lion de Denfert au passage. Dans le square, un clochard dort, la casquette sur les yeux, serrant tendrement dans ses bras sa bouteille en guise de nounours. Je descends le boulevard. Je veux de la vraie verdure. Au moins assez pour ne pas voir une voiture se profiler derrière l'arbre. Mais aussi j'ai faim. Je vais d'abord chez McDonald's m'acheter un hamburger.

Devant moi, deux babas hollandais attendent, le cheveu long et graisseux. Trois mômes en perfecto et banane sont perchés sur un tabouret et tètent des milk-shakes l'air absorbé. La fille derrière le comptoir, en blouse blanche et casquette de petite soldate rayée de vert, a l'air triste. Ça fait quoi comme effet de servir des frites toute la journée ? De mariner dans la friture ? De respirer les vapeurs huileuses ? Elle a des boutons. Ça doit être la graisse qui lui rentre par les pores.

Elle me sert, je sors, en serrant mon cheese-burger dans un petit sachet. Près de la porte, au sol, une trappe s'ouvre, qui donne sans doute sur l'enfer. Précautionneuse, je baisse le nez : l'enfer est pavé de frites. Je passe avec un détour. Le gigantesque container de patates crues remonte lentement, comme une cargaison de vers blancs.

A l'entrée, trois jeunes punks sont assis sur les marches du trottoir, dans les flaques de café et de bière. Ils regardent passer le monde avec des yeux fureteurs et vides. Ils me barrent la route. Je m'arrête : ils ont étendu leurs jambes moulées de léopard synthétique en travers du trottoir, ils n'ont pas l'intention de se déranger. Ils portent des badges qui tirent la langue. Encore une fois je fais un détour. Dans la vie je prends toujours des rues barrées. Mais je suis accrocheuse, je trouve des solutions. Il suffit de marcher un peu plus longtemps. J'ai de bonnes jambes. Je ne m'use pas comme ça.

Je traverse. Plein de monde. Les trottoirs bondés. Ça passe, ça passe. Des intellos tristes en imper avec *Le Monde* sous le bras. Des minettes avec un peigne dans les cheveux, « disco » marqué dessus en lettres d'argent. Un grand Noir maigre vêtu de jaune avec des patins à roulettes et un walkman. Ils zigzaguent entre les voitures. Ils effraient les pigeons. Le ciel s'est voilé de nuages, le soleil est blanc comme la perle dans une huître. Ça ne va pas durer, le beau temps est au coin du quart d'heure. J'entre au Luxembourg. L'herbe est vert-papier de soie, elle enveloppe les œillets d'Inde avec sollicitude, comme des oranges. Les chaises sont encore humides d'une pluie récente. Tant pis, je m'assois. Je sors mon cheese-burger du sac. Le ketchup a un peu coulé. Les frites ont un parfum de vieille viande. La viande a un arrière-goût de serpillière. Le cornichon est mou. Je jette ce qui reste en vitesse. De toute façon, je n'ai déjà plus faim.

Devant moi, sur la pelouse, un pigeon fait la cour à une pigeonne. Je l'ai vu arriver, un petit oiseau minable et râpé au corps frêle, à la patte gauche écorchée. Du plus loin qu'il vient, il a repéré la femelle qui picore des miettes en se dandinant, le cul en l'air, gras et plaisamment garni de plumes, dans un swing gai et insouciant.

Le pigeon pendant ce temps-là approche par-derrière, il avance droit vers elle de toute la force de ses pattes pressées qui griffent l'herbe. Il enfonce un peu là où c'est boueux mais vite il dégage sa patte d'un effort. La femelle picore toujours. Le mâle la rejoint. Il gonfle ses plumes. Devient lui aussi rebondi, jovial et gras. S'approche de la pigeonne. Passe devant d'un air important comme un homme politique à la télé. Jette de petits regards de côté pour voir si ça marche. Mais elle a changé de course en le voyant, comme devant un obstacle sans importance. Le pigeon s'amenuise à vue d'œil. La femelle, démarche affairée, disparaît à l'horizon. Le mâle défrisé réfléchit mélancolique. Se couche un peu dans ses plumes. Aperçoit une autre donzelle au loin. Se regonfle et repart... Pour neuf qui disent non, il y en aura toujours une qui dira oui...

5

Affinités électives

Je n'ai pas vu le temps passer. Deux heures moins vingt : l'heure du Mollard. D'un pas alourdi par le doute et l'appréhension, je me dirige vers le métro. Je me dis soudain que je suis cinglée d'accepter un boulot pareil. Puis je réfléchis. Ça sera sûrement moins pénible que de vendre des frites au McDo.

Aux abords de la demeure Mollard, la foule parisienne se raréfie, un coup de balai gigantesque semble avoir vidé les rues. Malgré moi je ralentis le pas, mes jambes refusent d'avancer. Je me traîne. Je donne un coup de pied dans un réverbère au passage, je me surprends à jurer à mi-voix :

« Salauds... Bande de dégueulasses... Sales richards tarés à la mords-moi le nœud... »

Mais fini de tergiverser. Imposant, lourd, massif, l'hôtel Mollard est posé sur sa pelouse comme une grosse motte de beurre qui aurait ranci. Je gueule dans le parlophone :

« C'est Isabelle ! »

Un déclic se fait. Le vantail s'ouvre. Je rentre. Je contourne la pelouse rase, pour atteindre l'allée qui mène à l'entrée de service. Je n'ai plus droit à actionner la trompe de l'éléphant.

Le long du mur de clôture, de maigres poiriers en

espaliers sont crucifiés. Je monte les marches du petit perron de côté, tapote le code — AE632 — qui permet d'entrer sans déplacer la soubrette à coiffe immaculée. A son tour, la porte de service s'ouvre avec un déclic. A l'intérieur, c'est un petit couloir aux murs gris, au dallage à damiers noirs et blancs, un peu vétuste. Un grand portemanteau de bambou dans le style colonial, avec une glace en son milieu, invite à la pose des manteaux et chapeaux. Je reste là un instant. J'hésite sur la conduite à tenir. Le tain de la glace est abîmé, et la pénombre du couloir me renvoie mon image brouillée. Soudain je perçois une présence ; je me tourne vers le fond du couloir. Une jeune femme est là, qui me regarde. De son visage, de sa silhouette, je ne discerne qu'un demi-sourire ambigu. Elle pourrait être assise sur une branche d'arbre, comme le chat du Cheshire. Mais au lieu de disparaître complètement, elle s'approche, puis s'arrête à un mètre de moi, les mains derrière le dos comme un enfant. En un peu plus âgé, elle ressemble à la punkette aperçue lors de ma première visite.

« Je viens m'occuper de M. Désiré », dis-je alors. J'ai à peine parlé, que je me rends compte que j'utilise une terminologie de larbin. C'est trop tard. Aspirée par le vortex de la galaxie Mollard, je nage déjà dans la veulerie, l'humiliation et la servilité.

« Je suis Clémentine », répond le sourire.

Clémentine, la fille aînée, la jeune héritière Mollard. Sa tronche dans le carnet de *Vogue*. Je l'ai vue chez le coiffeur. Clémentine au sourire d'ange, en robe blanche au bras d'un boutonneux aux cheveux bouclés.

« Mademoiselle Mollard-Smoldew, Monsieur Paul-Yves Perlier, des parfums Perlier », disait la légende. La photo avait été prise au cours du mariage d'un journaliste arrière-cousin du garde des sceaux, qui avait cru bon de partir, après la cérémonie nuptiale, pour son voyage de noces, sur la Marne, dans une gondole conduite par un authentique gondolier, arrivé de Venise par la S.N.C.F. ainsi que son véhicule. Tandis que l'embarcation s'éloignait sous les vivats des spectateurs massés sur les rives, la mariée détachait une à une les orchidées blanches de son bouquet (Maxim's fleurs, envoyées le matin même par l'heureux élu), et les abandonnait au fil de l'eau, en un geste quelque peu mortuaire, mais que la presse qualifia d'original. Le jeune Philippe de Fleurperdue, ami d'enfance de l'épousée et amoureux transi de longue date, se jeta à l'eau en habit, dans un geste désespéré destiné à la fois à noyer sa peine, à récolter un témoignage romantique de cette terrible journée, et à prouver trop tard à l'élue de son cœur qu'il ne reculait devant rien pour elle. Mais l'héroïne, tout occupée à saluer gracieusement de la main ses admirateurs, ne se retourna pas. L'eau était glacée en cette fin de printemps, et le jeune Fleurperdue, repêché de justesse, expia sa folie à l'Hôpital Américain.

Cette histoire d'un romantisme faisandé convenait mal à la jeune femme que j'avais devant moi. Elle avait maintenant reculé dans le couloir, et débouchait à l'entrée de l'office. Ses yeux étaient d'un bleu très clair et transparent, comme ceux du grand-père Désiré. Ce regard n'était donc pas vidé par la sénilité. Il avait toujours dû être le sien. Un regard de visionnaire ou de saint. La roublardise, pourtant nécessaire à l'édification d'une fortune comme la sienne, en était totalement absente, par une espèce d'aberration naturelle. On en était surpris et presque frustré, comme lorsque plongeant le nez au cœur de certaines fleurs d'apparence capiteuse, on ne hume qu'une petite odeur de rien, fade et neutre. Ou comme une ménagère avisant un fromage d'allure sensuelle et épanouie, le découvre inodore pour cause de réfrigération.

Cette expression inspirée, par contre, racontait bien l'envers de la saga Mollard. Car du jardin de Vitry à

51

l'hôtel de Neuilly, l'ascension était vertigineuse et ne pouvait s'expliquer que par une profondeur et une force de vision comparables à celle d'un chef religieux ou politique, de ceux qui entraînent les gueux sur les routes avec leurs guenilles et leurs bâtons, et les amènent à chasser la royauté du palais pour ensuite s'installer à sa place. Seulement Désiré Mollard s'était conduit lui-même, il avait été le seul gueux de sa cohorte. Le mendiant avait mué, laissant sa vieille peau de Vitry au bord du chemin, et le prince était apparu resplendissant dans son habit plaqué or. La métamorphose avait si bien réussi que son regard même avait été lavé. La boue en avait totalement disparu. Il ne restait que la pureté du diamant.

La pureté du diamant, c'est effectivement ce qui caractérisait Clémentine au premier regard. Je restais devant elle comme éblouie par tant de limpidité. Elle était mince et fine, avec un cou de biche, et un nez un peu fort mais noble, des cheveux châtains coupés court comme un garçon d'une manière qui ne faisait que rehausser par contraste sa jeune féminité, l'air digne et innocent d'Audrey Hepburn dans *Vacances romaines*. Elle était à la fois très jeune et un peu fanée, elle pouvait avoir aussi bien seize ans que trente. Elle était vêtue d'un Levi's très usé et d'un tee-shirt blanc. Ses pieds étaient chaussés de petites pantoufles chinoises en velours noir à brides. Elle passait et repassait sa main gauche sur son coude droit dans un geste d'embarras et de lassitude.

« C'est la première fois que vous passez par ici ? » dit-elle.

« Oui. »

« Venez, je vais vous montrer. »

Et elle montra en effet le chemin qui menait des régions infernales et ancillaires jusqu'au piano nobile, aux cellules royales de cette grande ruche gluante et brunâtre, à travers d'autres couloirs, tournant des commutateurs à l'antique pour faire apparaître de maigres lumières distillées du plafond sous des abat-jour de tôle rouillée. Enfin elle ouvrit une dernière porte, et nous nous retrouvâmes dans le hall de marbre, au pied du grand escalier.

« Il va bientôt y avoir des travaux ici, dit-elle d'une voix d'enfant qui joue les maîtresses de maison en l'absence de sa mère. Maman va faire installer un ascenseur. A l'heure actuelle, quand grand-père veut descendre, il faut s'y mettre à deux pour le porter, et ensuite il y a la chaise, c'est très lourd. »

« Eh bien, je crois que je peux vous laisser monter, grand-mère va s'occuper de vous », ajouta-t-elle avec un geste de la main vers le haut.

Je levai les yeux. Au sommet de la volute majestueuse de l'escalier, contre le verre gravé de la fenêtre palière, une silhouette se détachait. Maryjane Smoldew se dressait de toute sa hauteur, de toute sa minceur, un mètre soixante-quinze auxquels s'ajoutaient les neuf centimètres supplémentaires de ses mules de soie vert canard à houpette de cygne assortie et talons aiguilles, plus un empilage de boucles neigeuses à reflets bleutés, maintenues par la magie du peigne passé à rebrousse-poil, selon le principe de la fameuse choucroute de la fin des années cinquante. Ces années avaient vu le triomphe de Maryjane sur le plan des élégances mondaines, et artificiellement elle se maintenait à jamais dans ce temps perdu, comme une momie qu'on a entourée des objets usuels qui ont accompagné sa vie, avant de sceller son tombeau.

Entre les mules et le visage, un fourreau de soie à longues manches et petit col montant, à la chinoise, et du même ton que les mules, moulait un corps apparemment parfait. Seuls les angles excessivement aigus dénotaient l'atteinte des années.

Ce personnage, sans dire un mot, déplia une main fine comme une serre d'oiseau, dont l'index se replia dans un mouvement d'invite. Hypnotisée, je commençai à gravir les degrés de marbre, sans quitter des yeux la haute silhouette. Approchant, je discernai les traits du visage. Ils étaient une réplique exagérée du corps. La peau lisse, brillante et jaune, comme cirée, moulait les os tel un fourreau les chairs. On s'attendait à chaque instant à voir les pommettes et le menton saillir au point de trouer cette enveloppe fine et vulnérable, tendue à craquer. Le nez était aigu et minuscule, réduit à un cartilage. La bouche mince comme un trait. Cette bouche s'élargissait maintenant en un sourire hésitant et difficultueux, presque douloureux. La main s'étendit à nouveau en un geste royal de bienvenue, s'attarda un instant à la hauteur de mon visage, et je me demandai l'espace d'une seconde si elle s'attendait à ce que je la baise. Mais elle redescendit et serra la mienne en un mouvement alangui et inattendu chez cette femme polie comme une armure. La féminité de Maryjane perçait là, cette féminité réduite en caricature par les années, et qu'un principe masculin autrefois caché envahissait peu à peu avec la ténacité d'une mauvaise herbe, indésirable mais si résistante. En Maryjane, comme il est fréquent, la vieille dame rejoignait la jeune fille, et le triomphe gracieusement amolli de sa période dorée n'était plus que vestige.

NOTES D'ISABELLE

Cette période, qui ne la connaissait ? Des traces en réapparaissaient parfois dans les magazines féminins, lorsqu'ils publiaient une rétrospective de la mode. L'inévitable photo noir et blanc de Maryjane figurait alors systématiquement aux côtés de clichés de Brigitte Bardot, Jane Mansfield et la présidente Coty. Pendant quelques années, en effet, elle avait été l'arbitre des élégances. Le lendemain d'une de ses célèbres soirées, sa toilette de la veille était copiée par une dizaine de petites couturières de quartier. Les envoyés des stylistes américains se battaient pour assister à ces thés où elle paraissait vêtue d'une de ses somptueuses mais discrètes robes d'après-midi. *Vogue* lui ouvrait généreusement ses colonnes, elle y donnait sa recette de la bisque de homard glacée.

Elle avait lancé la mode à la Suzy Wong, le règne des fourreaux longs et fendus et des pyjamas de soirée, des soies sauvages accompagnées de bijoux barbares, de jades précieux en collier de chien qui rappelaient l'éclair mentholé de ses yeux verts, accentuaient la pâleur ivoirine de sa peau d'Anglaise. On ne savait pas — car Maryjane était d'une discrétion totale quant à ses antécédents — que ce qui apparaissait comme de l'ordre de l'imagination, de la création, n'était que réminiscence, fatalité du passé où se mêlaient une enfance orientale — le père de Maryjane avait été petit fonctionnaire dans l'administration britannique des colonies — et son ancien métier de nurse. Les bibis célèbres, dont la simplicité « presque monacale », écrivaient les chroniqueuses, s'agrémentait d'une aérienne voilette au travers de laquelle le regard glacé brillait dangereusement, n'étaient que le rappel inconscient de la coiffe d'uniforme. Le chic militaire et rigoureux de ses tenues, toujours coupées dans des tissus raides et comme amidonnés, était le prolongement de la tenue réglementaire, caractéristique à cette époque encore des arpenteuses post-méridiennes du parc Monceau. Les fameux pyjamas du soir étaient la duplication raffinée et parisianisée des costumes traditionnels de l'Orient.

Lorsque Maryjane atteignit seize ans, son père fut rapatrié dans les brumes natales et londoniennes avec une maigre retraite. Elle se trouva dans la nécessité de gagner sa vie, alors que les années passées dans les écoles paresseuses destinées aux filles de colons ne lui avaient guère appris autre chose que la confection de nappes brodées et de pains de Gênes. Maryjane choisit d'être nurse, occupation respectable et qui permet à l'occasion de voyager. D'ailleurs, son métier lui avait été beaucoup plus utile qu'on ne le croyait. Certaines pratiques sexuelles inavouables, liées de près à l'exercice de cette profession apparemment innocente, avaient enchaîné à jamais le cœur de Désiré, faisant de Maryjane sa seconde épouse, qui devait partager avec lui la puissance et la gloire.

Félicie, la douce Félicie, celle qui, sanglée dans ses éternels tabliers de coton fermière à fleurs sur fond noir, avait désespérément tenté, sans jamais y renoncer, d'amener un semblant d'hygiène dans la cabane de Vitry, venait de mourir, à l'âge précoce de quarante-cinq ans. Le médecin ayant déclaré ce décès lié à des conditions de vie insalubres, Désiré Mollard résolut enfin de déménager, action que sa fortune désormais considérable rendait d'ailleurs presque inévitable.

C'était un homme qui ne faisait pas les choses à moitié. Dans un premier temps, il loua rue Murillo un appartement de trois cent cinquante mètres carrés, dans lequel il se sentit tout de suite à l'aise, malgré l'obstination qu'il avait mise, des années durant, à refuser à Félicie le Sam Suffit dont elle rêvait. Parallèlement, il se mit en quête d'une propriété digne de le représenter. Il aimait, au dîner, à dire hypocritement à ses fils :

« Ah, mes enfants, si votre pauvre mère était encore là, comme elle serait heureuse ! »

Ces remarques lui valurent la haine accrue de Marcel, son fils aîné, qui avait adoré sa mère. Le geste inouï par lequel Marcel devait réussir à s'arracher au nid familial pour émigrer n'avait d'autre origine. Son génie pour la multiplication de nourritures méridionales cuisinées à la va-vite dans des conditions industrielles, devait provenir de son horreur des compotes, purées et autres plats « sains » que sa belle-mère l'avait forcé à ingurgiter, en lieu et place des daubes et parmentiers dont Félicie avait été prodigue.

Si Désiré se sentait dans l'appartement de la rue Murillo comme un poisson dans l'eau, ses trois fils y erraient comme des âmes en peine.

« Il leur faut une seconde maman », se dit Désiré. Il avait déjà donné cours à des tendances anglophiles en baptisant son troisième rejeton Jean-Edward contre l'avis de Félicie éberluée. Lesdites tendances n'étaient que de la reconnaissance. La revente, après la Première Guerre mondiale, de stocks considérables de toile d'avion britannique achetée à bas prix et retaillée en forme de combinaisons de femmes, avait assis définitivement une fortune en voie de constitution. Il décida donc d'offrir à ses fils ce qu'il y avait de plus chic en guise de substitut maternel — une gouvernante anglaise. Il mit à cette fin une petite annonce dans le journal.

6

Peinture anglaise

A ce moment, Maryjane était déjà une nurse che-vronnée. Elle avait commencé sous-nurse chez un lord, heureux père d'une famille de huit enfants. Ces reje-tons, tous ronds et roux — on prenait souvent Mary-jane pour leur sœur aînée — s'ébattaient en quasi-liberté dans les nombreux hectares de prairies qui entouraient un grand manoir un peu délabré dans le Dorsetshire. Miss Smythe, la nurse en chef, était une brave femme un peu débordée par les événements, d'autant qu'elle venait de découvrir l'amour physique à quarante ans, grâce à une liaison passionnée avec le garde-chasse, dans la plus pure tradition britannique. Cet individu avait obtenu ses faveurs de haute lutte après plusieurs mois d'une cour acharnée. C'était un jeune homme qui arrivait de Londres, où il avait été garçon de café. Lassé des miasmes de la vie citadine, il satisfaisait avec Miss Smythe un vieux fantasme à la D. H. Lawrence. La châtelaine se trouvait inaccessible, car pleine neuf mois de l'année en moyenne, le lord étant d'un fort tempérament.

Ces amours clandestines n'avaient pourtant échappé à personne, dans un village endormi que le moindre événement tirait avec enthousiasme de sa torpeur. La châtelaine, personne d'un tempérament languide et naïf, avait été informée la dernière des frasques de sa fidèle nurse par les soins de Benjamin, quatre ans, qui était venu trouver sa mère dans son boudoir pour lui dire :

« Maman, pourquoi Miss Smythe joue à cache-cache dans le bois de noisetiers avec John, toute nue sauf une couronne de coucous sur la tête ? »

L'enfant regardait sa mère en mâchonnant un bâton de réglisse, sûr et inoffensif moyen de calmer les nerfs d'un bambin turbulent.

Lady Lamour, de saisissement, laissa glisser à terre un roman rose que la fille du pasteur lui avait prêté.

« Tu as mal vu, voyons, Benjamin, dit-elle doucement. Et puis il ne faut pas aller tout seul dans le bois de noisetiers, il y a des vipères. »

Le soir même, cependant, Lord Lamour étant rentré de son voyage hebdomadaire à la Chambre par le dernier train, elle lui répéta l'histoire. Cela ne le surprit pas, car la postière l'avait déjà mis au courant, « pour le bien des enfants ». Il se rendit dare-dare dans la chambre de Miss Smythe. Il la surprit en train de lire un ouvrage d'anthropologie intitulé : *Cultes phalliques*. Devant l'irruption de son maître, elle ramena dans un geste aussi chaste qu'inutile sa main sur son sein, déjà bien protégé par une chemise de nuit d'interlock.

« Oh non, Milord, pas après tout ce temps ! » cria-t-elle effarouchée.

« Il s'agit bien de ça ! » s'exclama le lord impatienté. Rosie, sa nouvelle secrétaire, lui donnait pour l'instant toute satisfaction. Cependant, Lord Lamour était un homme reconnaissant. Il gardait toujours pour ses anciennes maîtresses un reste d'affection. Entre son aventure avec Miss Smythe et ses amours actuelles, celle-ci avait vécu de longues années de célibat forcé. Il ne voulait pas l'arracher à des instants de bonheur qui promettaient d'être brefs, car le jeune chenapan, songeait-il, se lasserait bientôt d'une conquête devenue trop aisée.

Alors, Aretha Smythe se calmerait. Elle redeviendrait l'auxiliaire modèle, la seconde mère de ses enfants, celle qui ne se plaignait jamais du surcroît de travail occasionné par le nombre toujours croissant de sa descendance. Et même, elle serait plus efficace, car cet intermède lui aurait donné des couleurs et de l'énergie. En attendant, il lui fallait de l'aide.

Lord Lamour raisonnait en homme volage. Sa connaissance de la psychologie féminine se résumait en quelques idées fort simples, qui toutes se rejoignaient en ce seul point : comment forcer la place. Il considérait la nurse de ses enfants comme une vache supplémentaire de ses étables, quoique d'une catégorie plus luxueuse. Cela ne pouvait que lui faire du bien d'aller au taureau de temps en temps.

Lord Lamour mit une petite annonce dans le *Times*. « Cherche jeune fille en bonne santé, références morales sérieuses exigées, pour stage gratuit de nurse d'enfants d'une durée de six mois, dans manoir du Dorset. »

Maryjane Smoldew lut cette annonce. L'idée des six mois lui plut ; elle pensa que ce laps de temps lui permettrait de comprendre si, oui ou non, la profession de gouvernante lui convenait. Le mot de « stage gratuit » lui donna à penser qu'il devait s'agir d'une sorte d'école de nurses. Elle écrivit, avec références et photo. Le nom de Smoldew plut à lord Lamour. Il reçut et lut la lettre de la jeune fille à son club, où son voisin de fauteuil se trouva être un ancien consul ayant connu M. Smoldew père, et même la petite Maryjane en nattes et robe de vichy. Il certifia à lord Lamour que l'enfant avait toujours été robuste, et élevée dans la plus pure tradition anglicane par un père qui votait conservateur. Il décida donc sur-le-champ d'engager la jeune fille. Le ton de sa missive lui semblait de bon augure. Maryjane, en effet, écrivait qu'elle serait « si heureuse de bénéficier de ce merveilleux stage gratuit, mais combien, s'il vous plaît, coûtait l'hébergement » ? L'hébergement était également gratuit, répondit magnanimement Lord Lamour, ainsi que la nourriture, qui était saine et abondante. Il ne regrettait qu'une chose : sur la photo d'identité accompagnant cette correspondance, la jeune personne avait un visage quelque peu maigre et anguleux, qui ne correspondait pas du tout aux goûts de Lord Lamour. Mais enfin, songea-t-il, on ne peut pas tout avoir. Et d'ailleurs, aucune autre candidate ne s'était proposée pour bénéficier du stage.

Maryjane emballa ses richelieus de cuir marron, ses daims noirs à talons pour le cas où il y aurait un bal ou une garden-party (qui savait où elle allait tomber exactement ?). Elle prit encore sa robe de tulle blanc, ses gants au coude, son clip de strass en forme de nœud, hérité de sa mère, une brave femme morte victime de la fièvre jaune. Elle alla retirer ses maigres économies de la caisse d'épargne et prit un train de banlieue pour Londres dans le but d'effectuer quelques emplettes supplémentaires. Elle arriva à onze heures un jour radieux de juin. Le matin, elle s'acheta, au grand magasin Army and Navy Stores, trois culottes de rayonne rose saumon un peu fendues sur le côté, un soutien-gorge de satin piqué et enfin son premier uniforme de percale blanche, amidonné et éblouissant comme un champ de neige. A midi, elle déjeuna, dans un Lyon's Corner House près de Marble Arch, d'une tasse de thé boueux agrémentée d'un sandwich à la sardine et d'un tout petit gâteau recouvert d'un glaçage jaune canari. L'après-midi, elle alla regarder la relève de la garde à Buckingham Palace, car elle n'était pas encore blasée des shows de base d'un pays natal qu'elle apprenait tardivement à connaître. Enfin, elle revint dans la petite maison de brique de Wembley, où son père, installé avec une chope de bière sous un arceau de roses trémières, mangea en ronchonnant les pâtés au porc qu'elle avait rapportés pour le thé. Lorsqu'elle déballa ses achats, il la traita de folle, puis lui enjoignit de débarrasser le terrain tandis qu'il écoutait à la T.S.F. son feuilleton favori, une histoire de troufions en goguette, truffée de rires en boîte. Rentré des contrées lointaines avec un ulcère à l'estomac et le palu, il ne croyait plus à grand-chose et sa fille après tout pouvait bien faire de sa vie ce qu'elle voulait. D'autant qu'il projetait secrètement une nouvelle union avec la tenancière du pub du coin, une veuve joviale au bas de laine bien garni, qui lui assurerait sa ration de bière quotidienne, des déjeuners alternativement à base de pâté en croûte au steak et aux rognons, et de roastbeef au pudding du Yorkshire, avec une partie de fléchettes pour digérer.

Ce serait plus facile si Maryjane prenait le large, car elle vouait à la mémoire de sa mère une passion somme toute excessive. Dans sa petite chambre mansardée, Maryjane s'endormit ce soir-là en pensant à son jeune roi, Edouard VIII, le charmant célibataire.

A son arrivée à Lamour, Lady Violetta l'accueillit très aimablement. Le lord était à Londres pour affaires politiques. Lady Lamour, après lui avoir offert un verre de citronnade, la présenta aux enfants, du moins à ceux qu'elle avait sous la main, car certains restaient introuvables. (« Ils rentrent toujours à l'heure du dîner, s'excusa en souriant Milady, la faim les ramène. ») Elle proposa ensuite à Maryjane de faire un tour guidé du parc en compagnie du petit Benjamin, un bambin caressant et plein de bonne volonté, qui montrait déjà pour la compagnie des femmes un goût sans doute hérité de son père.

Après lui avoir montré les ifs taillés, l'enfant proposa d'aller dans le bois de noisetiers, « car on y trouve des coucous ». Ils pénétrèrent dans le bois, endroit charmant où la lumière jouait à cache-cache avec les feuilles, sur un accompagnement de chants d'oiseaux. Ils parvinrent à une clairière. Sur le sol moussu, une femme nue était couchée. Agenouillé, penché au-dessus d'elle, un jeune homme à l'expression intense entrelaçait de myosotis les poils du pubis de sa compagne. L'état turgescent du point focal de son anatomie n'échappa pas à Maryjane et la confirma dans l'impression que cette occupation, quoique proche de celles recommandées aux fillettes dans les patronages, n'était somme toute pas entièrement innocente. Elle poussa un petit cri ; le jeune homme la vit et sourit. Sans un mot, Maryjane tourna les talons accompagnée de l'enfant dont elle serrait la main très fort. Lorsqu'ils furent sortis du bois, elle recommanda à son petit protégé de ne jamais rien dire de cette scène. L'enfant exigea pour prix de son silence un baiser sur la bouche. Maryjane le lui accorda, plantant ses lèvres fermes sur la petite bouche juteuse et molle, sans songer à mal ou, peut-être, en songeant justement à la frontière si mince qui sépare les jeux enfantins des joutes adultes.

Le soir, au dîner, elle regardait médusée la femme assise en face d'elle, créature apparemment pleine de pudeur et de bon sens, qui dévorait son hareng-pommes bouillies avec une saine voracité, les joues rosies par la promenade au grand air. Aretha avait ramené à Milady un petit bouquet de myosotis qui, planté dans un pot d'argent aux armes des Lamour, décorait maintenant la table du dîner. De temps à autre, le jeune Benjamin prenait le pot, y enfouissait son nez retroussé tout en regardant Maryjane dans les yeux, jusqu'à ce que sa mère lui ordonne d'un air las de cesser ce manège.

Maryjane se plaisait au château. Le stage s'avérait plus désordonné mais aussi plus facile qu'elle ne l'aurait cru. Le matin, elle avalait de bon appétit un plein bol de porridge brûlant suivi d'un œuf à la coque qu'un des enfants, le plus matinal, venait d'aller dénicher. Puis elle partait, armée de son tricot — un pull au point d'Aran qu'elle destinait à son père — et trouvait quelque endroit tranquille, éloigné du bois de noisetiers, où elle pourrait faire lire les enfants, ou leur lire elle-même quelque épisode de la glorieuse histoire d'Angleterre. C'était sa première rencontre avec la campagne britannique, ses charmes acides et ses parfums verts. L'odeur des églantiers lui tournait doucement la tête. Elle se sentait mûrir sous le soleil timide.

A la fin de la semaine, Lord Lamour revint. On dîna d'un faisan aux groseilles en l'honneur de sa présence. Il regarda avec intérêt les seins de Maryjane, que le soutien-gorge nouveau modèle faisait pointer sous la percale. L'atmosphère était dangereuse. Aretha laissait fondre les groseilles piquantes sur sa langue avec une lenteur lascive. Lady Violetta s'excusa et se leva de table au beau milieu du repas, signe bien connu de la maisonnée. Le lord ferma les yeux un instant et pensa à Rosie.

Maryjane put continuer son séjour à Lamour sans encombre. L'été passé, elle eut moins de travail car les plus âgés des enfants étaient retournés en pension. Les trois petits restaient à sa charge. Miss Smythe était chargée de leur faire la classe, ce qui consistait principalement en pages à copier, pendant lesquelles elle rêvassait tout à son aise, ou rattrapait les heures de sommeil manquées. Les beaux jours passés, ses rendez-vous avec le garde-chasse n'avaient plus lieu en plein air mais dans le petit pavillon au milieu des bois, annoncé par une Diane chasseresse de pierre, où le jeune homme était logé. Quelqu'un — sans doute un des enfants — avait gravé sur la statue des gribouillis suggestifs, qui donnaient à ce lieu, dès l'abord, l'aspect d'un temple de l'amour, et le lord, badin, ne l'appelait plus autrement.

Pendant ce temps, les fonctions de gouvernante en

second remplies par Maryjane s'étaient étendues à Lady Lamour, avec qui pendant les heures de classe elle jouait au rami. Violetta avait pris la jeune fille en amitié, peut-être parce qu'elle savait ne pas redouter en elle une rivale. Parfois, elles montaient toutes les deux dans la Daimler conduite par Patrick, le brave Irlandais, homme à tout faire du château, et se rendaient à la cure pour déguster au coin d'un feu de bois de pommier les tartes à la cannelle et les scones brûlants de la femme du vicaire. Benjamin, qui n'était pas encore en âge d'apprendre à écrire, les accompagnait et martyrisait les deux chats noirs tachetés de blanc qui sommeillaient à l'ordinaire sur le rebord d'une fenêtre.

Maryjane appréciait cette existence douce et ordonnée. La seule ombre au tableau était le froid. Elle avait gardé pour elle le pull-over destiné à son père, et Lady Lamour lui avait obligeamment fait cadeau d'une vieille pelisse de ragondin au poil terni par les ans. La nuit, Maryjane l'étendait sur son lit par-dessus les couvertures, car on ne chauffait pas les chambres, et il fallait au matin casser la glace dans les cuvettes pour se laver. Pourtant, la jeune fille s'inquiétait à propos de son avenir. Elle avait pris goût à cette vie à la fois simple et luxueuse. Elle redoutait, après son stage, de se trouver dans un endroit moins agréable. Et surtout, elle ne pouvait plus maintenant envisager sans effroi une union avec un employé de banque ou un clerc de notaire, voire un jeune pasteur. Et c'était tout ce que ses relations de famille, son absence de fortune et sa beauté anguleuse et incertaine pouvaient lui permettre d'espérer.

Elle pensait précisément à ces perspectives par un après-midi pluvieux de novembre, alors qu'elle préparait des toasts pour servir avec le thé, la bonne étant partie au village faire des courses. Elle se tenait devant l'immense cuisinière de l'office, et surveillait la cuisson des tranches de pain sur la plaque, prête, au moment précis où elles seraient idéalement saisies, à intervenir avec un couteau et le beurrier. La porte s'ouvrit, et le garde-chasse entra. Il tenait par les oreilles un lièvre sanguinolent, qui s'agitait par soubresauts convulsifs.

« Donnez-moi donc un peu de ficelle, dit John, je m'en vais attacher cette bête en attendant qu'on la transforme en civet. Je l'ai prise grâce aux nouveaux collets que j'ai posés. »

Maryjane posa son couteau sur le bord d'une assiette, ôta précautionneusement les toasts du feu en pestant intérieurement qu'ils allaient refroidir, et sortit la pelote de ficelle du placard. John immobilisa la bête en quelques mouvements prestes. Puis, il tira de sa poche un bouquet de roses de Noël, lié d'une branche de lierre, et l'offrit à la jeune fille tout en mettant un genou en terre, et en disant de ce sourire mi-sensuel, mi-moqueur qui lui gagnait si aisément les cœurs :

« Pour la plus belle des belles ! »

Maryjane, saisie, le regarda avec de grands yeux. Machinalement, elle prit le bouquet et le porta à son nez, car elle adorait les parfums. Chaque fois qu'elle mettait la vieille pelisse de lady Lamour, elle en reniflait longuement le col, en quête des effluves de « Shocking » de Schiaparelli qui imprégnaient encore la fourrure après toutes ces années. Un de ses regrets, dans cette Angleterre qu'elle avait appris à aimer, était l'absence de ces senteurs épicées qui avaient enchanté son enfance exotique. Le plaisir provoqué par l'odeur délicate et boisée des fleurs, mêlée à celle à la fois acide et amère du lierre blessé dont un suc blanchâtre s'échappait, lui fit oublier de retirer d'emblée une main que le jeune homme, sans perdre de temps, couvrait de baisers. Enfin, elle revint à la raison avec un petit cri et, jetant le bouquet sur la table où il vint s'écraser sur les toasts, elle s'écria :

« Voulez-vous arrêter ça tout de suite ! Qu'est-ce qui vous prend ? »

« Je ne sais pas, balbutia le garde-chasse, c'est une impulsion irrésistible... Je n'apportais pas ces fleurs pour vous... »

« Je m'en doute bien ! s'écria Maryjane vexée. Ça n'est pas la peine de me le préciser ! »

« J'étais juste venu livrer le gibier, ajouta-t-il d'une voix oppressée par l'émotion, et je suis passé par l'entrée de service, à cause du sang par terre... »

Il désigna le sol. Maryjane regarda avec dégoût les gouttes qui s'étaient écrasées sur le carrelage, où elles prenaient déjà une teinte brunâtre.

« Mais c'est quand je vous ai vue... Là, en train de préparer des tartines... que ça m'a pris tout d'un coup ! » ajouta le malheureux, à qui un goût trop vif pour la lecture enflammait indûment l'imagination.

La porte de l'office s'ouvrit à nouveau, et se referma avec un grand claquement. Devant Maryjane éberluée, Aretha Smythe se dressait furieuse, du haut d'un mètre soixante-dix d'amidon.

« J'ai tout entendu ! siffla-t-elle. Inutile de nier ! C'est honteux, mademoiselle, honteux, mais je vous avais à l'œil... Je vous ai soupçonnée dès le premier jour, sous vos airs froids... Je me doutais de ce que ça cachait... Et toi ! s'écria-t-elle à l'adresse du jeune homme maintenant aussi rouge que le sang du lièvre. Ah, tu as honte, eh bien il y a de quoi ! Quelle vipère j'ai réchauffée en mon sein ! Quand je pense que je t'ai tout donné... »

Maryjane, refusant d'assister à une scène qui ne la concernait pas, quitta brusquement la pièce, faisant à son tour claquer la porte, et abandonnant derrière elle le lièvre, les toasts, les fleurs et les amants en bataille.

« Vous pouvez vous le garder, votre type ! s'écria-t-elle à l'adresse de Miss Smythe avant de disparaître. J'en ai rien à faire ! De toute façon, j'aime pas les hommes ! On n'a que des ennuis avec eux, ma mère me l'a toujours dit ! »

Et elle courut se réfugier auprès de Lady Lamour. Ayant envoyé Arctha à la cuisine s'enquérir de ces toasts qui mettaient bien longtemps à venir, celle-ci était loin de se douter de l'orage que cette intervention allait provoquer.

Lady Lamour, dans le salon, avait entendu ces dernières paroles, jetées du couloir avant que la porte de la cuisine se referme. Elles lui allèrent droit au cœur, car Maryjane venait d'exprimer tout haut ce que Lady Violetta pensait tout bas depuis longtemps sans oser le dire. Lord Lamour, après tout, ne lui avait jamais causé que de la souffrance et des ennuis. Le spectacle de Miss Smythe livrée à ses débordements avait ravivé en elle une vieille douleur : c'était avec Aretha que le lord l'avait trompée pour la première fois, à la naissance de leur premier enfant, un an après leur mariage. Cette femme qui, sous prétexte de connaissances supérieures en matière de puériculture, lui avait enlevé son fils (« il serait peu convenable, ma chère, que vous vous en occupiez entièrement vous-même », disait Lord Lamour), lui avait également pris son mari. Aretha était alors dans l'éclat de la jeunesse, les roses fleurissaient sur ses joues, et elle ne doutait de rien.

Plus tard, lorsque le lord inconstant avait volé vers un troisième amour, les deux femmes avaient fait la paix, réconciliées par un deuil commun. Mais Lady Violetta avait renoncé pour toujours au sentiment dont, par une coïncidence cruelle et dérisoire, elle portait le nom. La paix si douce et confortable, bien que rustique, qui régnait au manoir était le fait de cruels renoncements, de la pénible emprise du deuil sur un corps autrefois fougueux. Alors que chez Aretha, Milady le comprenait maintenant, la bête s'était seulement assoupie, attendant des jours meilleurs pour bondir à nouveau, exécuter autour du château sa parade obscène. Seule, Maryjane était pure, et lady Violetta la prenait soudain dans ses bras, la serrait convulsivement contre elle, gémissant : « Ma pauvre enfant, si vous saviez ! » Tombée de Charybde en Scylla, Maryjane la sévère n'avait échappé à l'étreinte joyeuse du garde-chasse que pour subir celle, triste et chaste, de la maîtresse du château.

Cependant, des bruits se faisaient entendre, provenant de l'office. On entendit se fermer la porte qui donnait sur le parc. Ceci précipita les deux femmes aux fenêtres. Elles y furent à temps pour observer la fuite du garde-chasse poursuivi par les assiettes du service de Staffordshire qu'Aretha jetait depuis le seuil de la cuisine, avec le geste élégant du discobole. Le jeune homme disparut bientôt parmi les ifs. Le sol resta jonché d'innombrables morceaux de faïence blanche et bleue, que les enfants récupérèrent plus tard pour leurs jeux.

Le pas lourd d'Aretha monta l'escalier. Assourdi par les murs épais, l'écho de ses sanglots parvint jusqu'au salon. Lady Violetta sonna le chauffeur, et les deux femmes quittèrent le théâtre des opérations. La femme du vicaire, surprise de cette visite inopinée, leur servit du cake aux fruits. Plus tard, Lady Violetta déballa le service en Wedgwood hérité de sa mère, qui avait jusque-là dormi au grenier. Rentré pour le dîner, Milord la félicita du changement. Aretha fut excusée pour cause d'indisposition. Le lendemain matin à la première heure, le garde-chasse reprit le train pour sa ville natale. Quant à Aretha, le lord décréta qu'on la garderait. Les enfants s'étaient si bien habitués à elle ! Cet argument fit se résigner Milady, qui était mère avant tout. Mais il fut résolu de ne pas exposer Maryjane à la vindicte de la nurse. D'ailleurs, le stage touchait à sa fin. Lady Dorothy Pomfritt, la sœur de lord Lamour, résidait à Londres et devait accoucher de son premier enfant dans les huit jours. Formée par les soins de sa belle-sœur, Maryjane serait parfaite pour s'occuper du bébé, et aurait la satisfaction d'être promue nurse en chef.

7

Débuts d'une amitié

NOTES D'ISABELLE

Maryjane emballa ses affaires et partit. Lady Violetta la conduisit elle-même à la gare, et lui fit promettre de lui écrire et de ne jamais l'oublier. Les larmes roulaient sur les joues de la châtelaine, comme le train s'éloignait emportant sa protégée.

Maryjane s'attacha immédiatement à son jeune fardeau, Archibald, dont la venue dans l'hôtel particulier de Kensington suivit de quelques heures la sienne. Elle s'entendit moins bien avec Lady Dorothy, une femme étrange, qui s'imaginait que les oiseaux dans le jardin lui parlaient et qui se trouvait prise, soudain et sans crier gare, d'épouvantables crises de nerfs durant lesquelles elle se roulait par terre et cassait tout ce qui se trouvait à sa portée. Elle ne s'entendit guère mieux avec son mari, petit homme incolore qui, aux rares moments où il était chez lui, s'absorbait dans la lecture du *Times*. Par contre, elle trouva un ami en la personne de Bob, le frère de Lady Dorothy, jeune homme élégant et languide aux boucles blondes. Il revenait des Etats-Unis où il avait effectué un stage auprès de Jean-Louis, le couturier des vedettes de Hollywood. Car Bob avait deux passions : les chiffons et les hommes. La première des deux provoquait par ricochet un intérêt pour les femmes, car c'était sur elles que les chiffons faisaient le plus d'effet. En drapant artistement une étoffe sur leur corps, Bob pouvait s'imaginer posséder lui-même les courbes tentatrices qui faisaient s'allumer des yeux masculins.

Ces goûts rendaient Bob malheureux, car ils lui attiraient l'animosité de sa famille. Les talents qu'il avait développés à Hollywood étaient pour l'instant inemployés. Maryjane, jeune, disponible, inexpérimentée et potentiellement charmante, constituait le cobaye idéal. Elle lui avait confié ses angoisses, son désespoir devant une vie de semi-domestique. Elle ne disposait d'aucun talent particulier. Rien, sauf une volonté de fer, latente, mais qui, il le devinait, ne demandait pour s'affirmer que les conditions propices. Une volonté absolue d'échapper à son sort, à laquelle il ne manquait que l'impulsion de départ. Une fois lancée, Maryjane ne dévierait plus de sa trajectoire, il en était sûr. Elle n'était pas belle, ce qui était parfait : elle aurait absolument besoin de lui, elle ne lui claquerait pas dans les doigts à la première occasion. Il devinait, dans cette sécheresse, cette androgynie anguleuse, le mannequin parfait.

« Je ne sais pas pourquoi tu t'intéresses à ce grand porte-manteau », avait dit lady Dorothy à Bob dans une de leurs rares conversations. Justement : Maryjane avait tout du portemanteau, c'était l'idéal. Quand elle porterait les somptueuses toilettes réalisées par Bob, ce serait elles qu'on regarderait, pas le visage. Maryjane était terriblement correcte, froide comme un glaçon et au centre de cet iceberg brillait le feu d'une obstination farouche. L'ère de la vulgarité allait bientôt se terminer. On voudrait du bon genre, pour aller avec la prospérité renaissante. L'avenir verrait le triomphe définitif de la bourgeoisie, Bob le pressentait. Maryjane, si convenable, plairait à ces gens-là. Son absence de sensualité exciterait ces puritains.

Et puis, elle ne lui demandait rien. Elle était ravie de

son amitié, de sa présence. Il la sortait un petit peu ; cela faisait sourire. On prenait ça pour une extravagance de plus.

« Bob n'en fait jamais d'autres ! Il sort la nurse ! »

« Je l'ai toujours trouvé si original. C'est un provocateur-né. Juste comme on s'attendrait... Il sort une jeune fille tout ce qu'il y a de plus... Eh bien, au moins, c'est rassurant... Ça dément tous ces vilains bruits qui couraient, ces derniers temps... Aussi longtemps qu'il ne se met pas dans le crâne de l'épouser... »

« Pourquoi t'intéresses-tu à moi comme ça, c'est ce que je ne comprends pas ! disait Maryjane. Il y a tellement de débutantes riches et jolies qui seraient bien contentes de sortir avec toi ! »

« Justement, ma chérie, répondait Bob avec un sourire, je m'intéresse à toi parce que tu n'es rien. Tu es une argile vierge, mais de qualité, malléable et qui tient le coup une fois modelée. Et c'est pourquoi tu réussiras. Tu trouveras toujours un homme épris de pouvoir pour s'intéresser à toi. Un homme qui aime le pouvoir plus que lui-même, parce qu'en lui-même il n'est rien ou pas assez, alors il a besoin d'un complément.

« Je m'intéresse à l'élégance, et tu ne sais absolument pas t'habiller. C'est très bien. Parce que si tu savais, tu aurais tes petites idées, tu insisterais pour porter ci ou ça et ça ne me conviendrait pas. Mais tu mettras uniquement ce que je désire. Ce que je porterais, moi, si j'étais une femme, mais finalement je ne regrette rien parce qu'on n'a jamais assez de distance avec soi-même pour pouvoir jouir vraiment de soi. On ne peut pas être tout à la fois, il faut de l'aide. Et toi, ma chérie, tu as cette qualité si peu répandue, le bon sens. Suffisamment pour comprendre que j'ai du génie. Et tu as une telle envie de paraître, que ça passe avant tout et que tu ferais n'importe quoi pour ça. Si je te disais : " Enfonce-toi trois plumes d'autruche dans le

cul, et tu auras ta photo dans *Vogue* le mois prochain ",
tu le ferais. Parce que tu sais que ce ne sont ni les
plumes d'autruche ni le cul qui comptent, c'est *Vogue*.
Je ne supporterais pas une petite conne qui me dise :
" Des plumes d'autruche ? Mais c'est vulgaire ! Dans le
cul ? Mais ça fait mal ! " Ce qu'aucune de ces petites
debs élevées dans le coton ne manquerait de faire.
Elles aimeraient bien sortir avec moi un peu, mais en
fait elles s'en foutent, elles ont la couronne de baron de
papa dans une main et la cuillère en argent de maman
dans l'autre. Toi, tu n'as même pas toi-même. Tu n'as
que moi, absolument que moi. Voilà pourquoi je
m'occupe de ta personne. Un jour je n'aurai plus
besoin de toi, et tu n'auras plus besoin de moi, et ça
sera très bien. On se rencontrera de temps en temps
dans les soirées, et on se saluera gentiment. On aura
laissé ça derrière nous. Maintenant, on débute.

« Et puis, ma chérie, tu as encore une qualité
importante quoique négative : tu n'aimes pas le sexe.
Les femmes qui n'aiment pas le sexe peuvent aller très
loin. Car les hommes qui n'aiment pas les femmes — et
ils sont nombreux — ne se sentent pas en danger avec
elles. »

Bob faisait feu de tout bois. Le grenier de l'hôtel de
Kensington était transformé en salon d'essayage. La
rente qui lui avait été conférée par un *trust fund*
jusqu'à ce qu'il atteigne trente ans, âge où il pourrait
enfin disposer librement d'une fortune confortable,
passait en étoffes. Il écumait tout Londres, rentrait le
sourire aux lèvres, et montrait à Maryjane étonnée ses
dernières trouvailles. Il s'intéressait particulièrement
aux tissus d'ameublement. Les brochés et tapisseries
pour fauteuils, et même le velours d'Utrecht, le sédui-
saient. « C'est riche, c'est sec, ça habille bien l'os,
disait-il. Tout ce qui est sec est chic. »

Bob ne parlait jamais de chair : on aurait cru qu'il ne
savait pas ce que c'était. Ce qui l'intéressait, c'étaient

les os. Il appréciait une femme en termes de paléontologie. Il disait : « Elle a l'ossature très fine » : ou au contraire, « Elle a le fémur un peu court », ou bien encore : « Beau spécimen. » Il les datait également : « Une silhouette très xviiie. » Ce genre d'appréciation mettait Maryjane un peu mal à l'aise, mais flattait par ailleurs son sens de l'ordre et des classifications.

« Et moi, demanda-t-elle à Bob, je suis de quelle période ? »

« Années cinquante, répondit-il. Tu es en avance sur ton temps. »

Il la décolletait, plantait ses épingles de plus en plus bas sur la poitrine.

« Mais on va finir par me voir les seins ! protestait-elle. C'est indécent et de toute façon, je n'en ai pas ! »

« Pas besoin de seins ! répliquait-il la bouche pleine d'épingles. Bientôt, les seins ne se feront plus. Les mamelles, tout le monde en a marre ! D'ailleurs, les gens utilisent de plus en plus de lait concentré en boîte ! »

Mais il l'emmena dans une boutique de lingerie fine, et lui acheta un soutien-gorge de marque française, avec rembourrage. Les deux pointes vides qui menaçaient de trouer le corsage se retrouvèrent au fond d'un tiroir. Maryjane avait maintenant deux petites pommes rondes, environ dix centimètres plus haut. La modification de sa topologie était si surprenante que même le lord le remarqua.

« A mon avis, elle a un cancer », dit-il à Dorothy.

« C'est ça, une tumeur à deux bosses, comme les chameaux ! » répondit-elle sans cesser de faire les mots croisés de *Punch*.

Le cœur de Maryjane battait. Elle sentait que la fortune était au coin de la rue. Si son buste, qui l'avait toujours désespérée, pouvait devenir aussi radicalement chic par le simple effet d'un accessoire, alors tout était possible. Elle cessa de lorgner, dans les publicités de la presse du cœur, les photographies de Sénégalaises aux seins comme des pastèques, grâce à une boue miraculeuse puisée aux sources du Niger et mise en boîte spécialement pour nos lectrices, contre mandat postal, discrétion absolue garantie et remboursement assuré si non satisfaite au bout de quinze jours.

Toutefois, elle eut le mauvais goût de faire observer à Bob :

« C'est quand même dommage qu'ils ne soient pas vrais ! »

Le jeune homme poussa un hurlement :

« Mais tu n'as donc rien compris ! Tu devrais remercier le ciel de t'avoir faite plate comme une planche à pain ! Les seins changent de forme avec la longueur des robes. Une femme qui a des seins en obus les garde en obus jusqu'à la ptôse, qui vient toujours plus tôt qu'on ne croyait ! Je te dis que, dans dix ans, il n'y aura plus de seins du tout ! A la poubelle, Mae West, remisée au magasin des accessoires ! Elle essaiera de se bander, la pauvre, mais ça dépassera par tous les bouts ! Alors que toi, ce jour-là, tu n'auras qu'à jeter ton soutien-gorge, et le tour sera joué ! Je te le dis, je te le répète, enfonce-toi ça dans le crâne à la fin : le rien, c'est le secret de la réussite mondaine ! »

« Mais toi, Robert, tu as du génie ! »

« Oui mais moi, ma chère, je suis un homme ! »

Sur ces paroles, Maryjane alla se coucher dans l'étroit petit lit de pensionnaire qui, à lui seul, occupait presque toute la chambrette aménagée pour elle dans un ancien placard à balais. Elle était grisée par sa soirée, un bal organisé par la femme du roi de l'automobile au profit des orphelins. A une heure du matin, on avait fait un lâcher de ballons, et les invités avaient reçu chacun un pistolet à amorces, afin de s'en donner à cœur joie pour viser les globes de couleurs vives qui s'ébattaient, indécis comme des papillons, sous l'averse de cristal des lustres. Maryjane en avait touché trois, et son cavalier du moment, un vicomte chauve et cacochyme, l'avait traitée de « brave petit soldat ».

Cette histoire de seins la préoccupait. Elle avait jusqu'ici toujours rêvé d'avoir une grosse poitrine, et voilà que c'était interdit. Elle s'endormit, rêvant d'un désert de dunes dorées, parcouru par des bulldozers féroces qui rasaient sans pitié ces douces protubérances, laissant derrière eux une plaine sévère et ratissée. Maryjane vivait de riches nuits ; son imagination, bloquée par les préceptes sévères de l'éducation britannique, s'épanchait dans le songe avec la violence d'une mer qui fait céder sa digue.

8

Fleurs

Je rentrai ce soir-là sur les six heures trente, complètement épuisée par mon premier après-midi de service au Mollard's Club. La seule chose qui me soutenait, tandis que je montais les cinq étages menant à mon appartement, était l'idée d'un bain très chaud et plein de mousse, dans lequel j'allais pouvoir mariner une demi-heure en écoutant « Boulevard du Rock », ma radio préférée.

Le dernier étage est toujours le plus dur. Les mollets secoués par un début de tétanie, le souffle court, je crus d'abord être victime d'un mirage lorsque je vis l'état de mon paillasson.

Ça ressemblait à l'Arc de Triomphe les grands jours. Je n'avais jamais contemplé tant de fleurs d'un coup. Si j'avais habité au rez-de-chaussée, j'aurais pensé qu'un marchand des quatre-saisons, victime d'un accident, avait vu sa charrette verser, précisément devant ma porte.

Il se posait tout d'abord un problème purement pratique. Je ne pouvais pas entrer. Une gerbe de roses jaunes était tout en haut, sur le dessus. Je l'ai prise et mise sur le côté. En dessous, il y avait des roses roses et des pivoines blanches, et encore des pivoines rouges. Les lupins étaient tout en bas, avec les campanules. Il y avait des lupins roses, mauves et jaunes. Les campanules étaient bleues. Elles faisaient comme un lit de ciel pour les autres fleurs. Leur poids les avait un peu écrasées. Des cassures violettes les traversaient. Lorsque je les ai soulevées, de nombreuses clochettes sont restées par terre, jonchant le paillasson. Je les ai enjambées, pour ne pas faire un massacre. Une par une, j'ai porté les bottes de fleurs sur l'évier. Une carte était épinglée sur les roses, avec dessus : « Pour Isabelle. »

J'ai mis les fleurs à tremper dans des seaux et des cuvettes, pour qu'elles ne s'abîment pas. Puis, je suis allée trouver la concierge. Elle était assise sur un pliant, devant sa loge, dans la position du guetteur.

« Qui est-ce qui a apporté les fleurs pour moi, madame Poupinot ? »

« Quelles fleurs, mademoiselle de Santis ? »

« Les fleurs, là, devant ma porte. »

« Personne n'a apporté de fleurs. »

« Mais si, il y en a plein mon palier. »

« Ecoutez, moi je vois tout le monde qui rentre, et tout le monde qui sort. Il n'est entré que des locataires ce matin, et personne avec des fleurs. Je sais tout ce qui se passe ici, vous savez. Rien ne m'échappe. »

Je suis remontée. J'ai commencé à disposer les fleurs, dans des vases puis dans des bocaux à jus de fruits. Il y en avait partout. On aurait dit une loge d'Opéra. Quand j'ai eu fini il y avait des feuilles par terre. Je les ai ramassées une à une.

Une demi-heure plus tard, on a sonné à la porte. J'ai pensé que, peut-être, c'était l'inconnu aux fleurs. Je suis allée ouvrir, toute titillée. Pas du tout, c'était le mec du Sélect. Maxime, je me dis qu'il s'appelait. Je n'étais pas sûre de son nom. En ce temps-là je ne me souvenais jamais du nom des hommes. Il avait les cheveux bouclés, et l'air gentil, mais c'était sans doute une illusion. Pour l'instant il faisait de son mieux pour

avoir la mine sympa. Il se tenait sur le seuil un petit
bouquet à la main. Des anémones.

« Je ne sais pas si tu aimes les fleurs », a-t-il dit en
me les tendant.

« Oui », j'ai dit en m'empêchant de rire. Je lui ai fait
signe d'entrer. Quand il a vu les bouquets il est devenu
tout drôle.

« Je ne savais pas que tu en vendais », a-t-il dit pour
avoir l'air malin.

« Je n'en vends pas, on m'en offre, ai-je dit très digne.
Tu vois, tu n'es pas le seul. »

« Bon, bon, a-t-il répondu. Pour une fois que j'ai un
bon mouvement, évidemment, je fais minable. »

Il s'est assis, et il a attendu que je propose de lui faire
à dîner. Je connais le coup. Il avait apporté des fleurs,
alors il pensait que je lui devais la bouffe en échange.
Mais je ne marche pas. Parce qu'une fois qu'on commence, on n'a pas fini. D'ailleurs tout ce que j'avais au
frigo, c'était de la soupe en sachet.

Moi aussi, j'ai poireauté. J'ai attendu qu'il propose
de m'emmener au restaurant. C'était la guerre d'usure.
Au bout d'un moment, comme j'en avais assez, j'ai mis
un disque de reggae. *Toots and the Maytals.* Je me suis
mise à danser devant la glace. Je danse plutôt bien le
reggae. Le type s'est levé, il m'a prise par la taille et il
s'est mis à danser aussi, juste derrière moi. Je sentais
son sexe, dur et gonflé contre mes fesses. Je me suis
retournée, et je l'ai embrassé sur la bouche. Il avait la
bouche pleine de miel. Il s'est mis à me caresser les
seins. Ça me démangeait. On s'est déshabillés à toute
vitesse, et on est tombés sur le lit. Il n'y avait pas loin à
aller, j'ai un grand lit dans une toute petite pièce. On a
fait l'amour dans l'odeur des fleurs qui montait,
l'amertume des campanules mêlée au parfum sucré
des roses. Il m'allait bien, ce garçon, juste à ma taille.
Il ne pouvait plus s'arrêter. Il disait : « Je ne sais pas ce
qui me prend. » Ça me faisait rire. Je mettais une

mèche de mes cheveux dans sa bouche, et il la mordait. Je lui donnais des petits baisers partout sur les épaules et le cou. J'empoignais ses fesses dures à deux mains. Il aimait ça, il frémissait. J'aimais ça aussi, mais en même temps je n'avais pas vraiment de plaisir. Pas comme la première fois. J'étais un peu bloquée. Je me disais qu'on n'a pas vraiment de plaisir avec un homme qu'on n'aime pas. C'est pas la peine de raconter le contraire. C'est seulement de la comédie. La comédie, parfois ça vaut mieux que rien du tout.

Il s'en est aperçu. Il a dit : « Je ne veux pas avoir de plaisir si tu n'en as pas aussi », et il s'est arrêté de bouger. Mais ça ne me convenait pas, parce que j'aime faire jouir les hommes. Alors j'ai recommencé à le caresser très bien. Il a eu un grand frisson et il est venu, en grognant un peu. Après il est retombé sur le côté, son sexe a glissé du mien comme une anguille d'un trou de roche. Il ruisselait de sueur. Il avait l'air épuisé, comme d'avoir couru trop longtemps. Il a dit, d'une voix éteinte : « Je ne voulais pas, pas encore. » Je lui ai caressé la joue. Je suis allée enfiler un peignoir, je me suis coiffée, et j'ai mis l'eau à chauffer pour la soupe en sachet.

NOTES D'ISABELLE

Maryjane commençait à se faire remarquer, plus qu'il n'était séant pour une gouvernante. Un soir, elle parut à un bal de charité, coiffée d'une chiffonnade de cellophane, ornée d'une frisure de ficelle à faire les paquets cadeau. Cette invention révolutionnaire — que Bob devait réutiliser trente ans plus tard, pour la commercialiser avec un grand succès — bénéficia de l'accueil réservé à toutes les idées de génie : elle scandalisa. On murmura que le jeune homme allait trop loin, et le lendemain Lady Dorothy, alertée par téléphone, convoqua la gouvernante à son chevet.

A l'arrivée de la jeune fille, elle posa le numéro de *Woman's Own* qu'elle était en train de lire, à l'envers sur la courtepointe de satin piqué, afin de le retrouver plus tard à la bonne page — « Comment donner des thés que vos amies vous envieront ».

C'était la première fois que Maryjane pénétrait dans la chambre à coucher de son employeuse. Elle était à peine entrée qu'elle recula. Lady Dorothy offrait un spectacle inhabituel. La tête ornée de papillotes à l'instar d'un carré de veau, et le visage badigeonné d'une sorte de marinade épaisse et blanchâtre, Milady ne pouvait parler qu'avec difficulté. La pâte argileuse dont elle s'était enduite se solidifiait peu à peu, formant une croûte épaisse que le moindre mouvement menaçait de faire craquer. Après avoir fait signe à Maryjane d'approcher, elle se mit en devoir de lui dire que les soins donnés à son fils étaient entièrement satisfaisants ; cependant, ses apparitions dans le monde défrayaient la chronique, ce qui était incompatible avec le rôle modeste et effacé d'une nurse. D'autre part, la façon dont elle avait suborné un jeune homme faible et inexpérimenté d'un milieu plus élevé que le sien était à la fois choquante et inacceptable. Ou les choses rentraient dans l'ordre, et Maryjane renonçait à fréquenter Bob, ou bien Lady Dorothy, à son grand regret, se verrait contrainte de se séparer d'elle. Ce discours était prononcé du bout des lèvres, à cause de l'argile. Une partie des sons gutturaux qui s'échappaient de la bouche en cul-de-poule de Lady Dorothy était incompréhensible. Maryjane, qui avait l'oreille musicale, fut cependant à même d'en saisir la teneur générale. Elle quitta précipitamment la pièce. Le masque de sa patronne avait malgré ses efforts craqué de toutes parts. Elle semblait sortie droit du château de Dracula. Maryjane monta en toute hâte les escaliers qui menaient à sa chambre, où elle passa la journée à pleurer tandis qu'Archibald, abandonné, exaspérait sa mère par ses hurlements.

Au soir de cette journée de désolation, Bob vint trouver Maryjane dans sa chambre. Elle n'avait pas paru au dîner, aussi avait-elle manqué la visite de Peggy, riche héritière invitée à point pour convaincre Bob de la nécessité d'un mariage rapide et sûr qui le poserait dans l'existence. Après quoi, lui dit son beau-frère, il pourrait faire tout ce qu'il voudrait, à condition de se montrer discret.

Le père de Peggy était un homme austère, membre d'une secte religieuse protestante dont le dogme se fondait sur les vertus du travail. Sa foi l'avait bien servi, car il se trouvait désormais à la tête d'une chaîne d'usines de chocolat. Le nom de famille de Peggy s'étalait sur toutes les confiseries. Aujourd'hui, déclara cet homme important, tout permettait de penser que les années d'austérité qui avaient suivi la crise de 29 allaient bientôt prendre fin. L'Angleterre connaîtrait une prospérité sans précédent, un renouveau d'activité. Les gens, frustrés trop longtemps, se jetteraient avec frénésie sur tout ce qui leur permettrait de satisfaire leurs désirs si durement réprimés. On pouvait être sûr que le chocolat se trouverait alors en première ligne, car c'était un aliment peu coûteux, peu encombrant et procurant une satisfaction immédiate. Sa teinte sombre et profonde, sa texture crémeuse et fondante en faisaient une sorte de résumé du luxe, accessible à toutes les bouches et à tous les palais. Le père de Peggy seul ne saurait suffire à la tâche exaltante qui se présentait. Un jeune homme énergique et plein d'idées, comme Bob, serait idéal pour le seconder dans sa tâche.

Peggy ne disait rien et penchait le nez en direction de son assiette, seul objet qui semblât l'intéresser. Elle avait été élevée dans le chocolat — une odeur de lait et de vanille s'échappait d'elle. Ses rondeurs plus que généreuses étaient soulignées par une robe de mousse-line en forme de chou, qui tentait vainement de contenir leurs débordements. Au milieu du visage bouffi et rayonnant de santé, le nez pointait comme un groin — c'était sans doute pour cela qu'elle s'obstinait à le diriger vers le sol, comme un porc en quête de truffes.

« Même pour la forme, se dit Bob, je ne peux pas me résoudre à ça. »

Le dîner traîna en longueur. Il se termina après que Peggy eut englouti des quantités étonnantes d'un dessert étrange et gluant dont la teinte rappelait la pâte dentifrice. Bob s'apprêta à rejoindre son beau-frère dans le fumoir afin de se réconforter d'un verre de porto. Lord Pomfritt, cependant, ne l'entendait pas de cette oreille :

« Je pense, dit-il raide comme un piquet et dardant sur Robert un regard dépourvu de sa mollesse habi-tuelle, que vous pourriez aller montrer à Peggy les rosiers de votre sœur. »

Bob, surpris par cette fermeté, acquiesça malgré lui. Il tendit son bras à Peggy, qui le prit non sans l'avoir gratifié au passage d'un renvoi de crème dentifrice.

Lorsqu'ils se trouvèrent devant les rosiers, Peggy lui confia qu'elle était amoureuse du chauffeur de son père et qu'en conséquence elle souhaitait vivement que ce mariage ne se fasse pas.

« Vous n'avez rien à redouter de moi », dit-elle à Bob.

Et, profitant de la lueur du réverbère, elle saisit entre deux des doigts de sa main droite, semblables à des boudins en miniature, un puceron tendre et gorgé de vert qui reposait mollement au cœur d'une rose thé. Elle essuya ses doigts sur sa robe et se tourna à nouveau vers Bob :

« Je pense que nous pourrions maintenant rentrer », dit-elle.

9

Triomphe de l'amour

Cette nuit-là, Bob pénétra sans frapper dans la chambre de Maryjane. Elle dormait, d'un sommeil lourd d'épuisement et de larmes. Elle avait dû beaucoup s'agiter et ses pieds avaient rejeté, dans leur danse nocturne, les couvertures au bout du lit. Sa chemise de nuit était relevée, entortillée autour de sa taille austère. Bob ramena un pan d'étoffe sur la flamme froide du pubis. Puis il tira de sa poche une des roses de Lady Dorothy, cueillie tout à l'heure lors de sa promenade avec Peggy-boudin, et qu'il avait dans son énervement fourrée dans sa poche. Car en revenant au salon, l'assistance aurait sans doute pensé qu'il l'avait choisie en tribut pré-matrimonial.

La rose était un peu froissée. Elle exhalait une odeur légère et douce. Bob la promena sous le nez de Maryjane qui éternua puis se réveilla. Ses bras desserrèrent l'étreinte dans laquelle ils enlaçaient le polochon. Par ce geste, pensa Bob, Maryjane la sévère montrait combien elle avait besoin d'affection.

« On va te trouver un mari, murmura-t-il. Un riche mari. Très, très riche. »

« Comment ? Mais qu'est-ce que tu fais là ? » balbutia Maryjane en se frottant les yeux. La clarté lunaire, pénétrant par le vasistas au-dessus du lit, agrémentait de contours bleus la silhouette du jeune homme.

« On s'en va, dit-il. On part. Tous les deux. Je t'emmène à Paris. Tout de suite. Fais ta valise. »

« C'est un enlèvement ? » demanda Maryjane très sérieuse.

« Si on veut. Tu ne peux pas rester ici et moi non plus. Paris est plein de vieilles dames qui savent ce que c'est que la couture et de vieux messieurs qui adorent les petites Anglaises rousses à peau laiteuse. Si tu m'accompagnes, je réponds de toi. En revanche, si tu ne veux pas venir, je te laisse tomber complètement. Voilà. »

« Je viens », dit Maryjane, et elle se leva. Bob tourna le dos et regarda le mur, pendant qu'elle passait sa chemise de nuit par-dessus ses épaules, s'habillait.

Ils voyagèrent de nuit. Au départ de Victoria Station, Maryjane regardait autour d'elle comme pour vérifier qu'on ne la suivait pas, ou peut-être pour voir une dernière fois un pays qui n'avait pu être pour elle qu'étranger. Avant de monter dans le train, ils s'arrêtèrent au buffet et burent un thé épais presque comme un yaourt, servi dans des chopes de porcelaine blanche. Son amertume fit frissonner Bob, habitué à des breuvages plus légers provenant de Chine. Hâtivement, Maryjane rédigea une lettre à l'usage de son père :

« Cher Papa,

« Je vais passer quelque temps de l'autre côté de la Manche dans le but d'améliorer mon français. Je sais que je ne te manquerai pas et je te souhaite bien du bonheur au cours de ta nouvelle vie, dans laquelle il n'y a manifestement aucune place pour moi.

« Ta fille affectueuse,

Maryjane »

Maryjane jeta rageusement la lettre dans la borne peinte en rouge aux armes du royaume d'Angleterre.

Le remariage de son père n'avait pas été étranger à sa décision de suivre Bob. La dame du pub avait gagné, et la petite maison de briques rouges aux roses trémières avait été abandonnée au profit d'un sordide appartement situé au-dessus du débit de boisson. Mme Smoldew numéro deux n'avait manifestement aucune envie de s'encombrer d'une belle-fille. Quant au père de Maryjane, il passait désormais ses journées dans le pub à raconter aux clients des histoires d'indigènes féroces et cruels, qui le devenaient plus encore à chaque récit. La bière lui avait fait prendre du poids, et il ne se levait plus guère que pour lancer, sans y croire, une ou deux fléchettes qui manquaient la cible.

Maryjane était allée passer un week-end dans cet endroit sinistre. Le samedi soir, on l'avait installée sur le canapé du living-room. Elle avait entendu craquer rythmiquement les ressorts du grand lit, dans la chambre à côté. Répugnant. A leur âge ! Le lendemain, la bistrotière avait l'air épuisé au-dessus de ses œufs au bacon. Maryjane n'avait pas pu avaler les siens, ce qui était passé pour de la mauvaise éducation.

« A cet âge, elles ne pensent qu'à maigrir, avait dit la bistrotière d'un ton indulgent. Comme si une femme, ça avait quelque chose à voir avec un échalas ! »

Et elle avait secoué, avec complaisance, la graisse de ses petits bras courts.

Maryjane s'était bien juré de ne jamais remettre les pieds dans cet endroit.

Bob la prit par le bras, la sortit de sa songerie. Le train était là. Sur le quai, un bonhomme en casquette leur vendit un quart de litre de lait dans une bouteille de verre épais, et deux pommes vertes et luisantes. Ils montèrent dans leur compartiment, un wagon-lit double dont la couchette du haut était pour l'heure relevée. Bientôt, les environs de Londres défilaient sous leurs yeux, une banlieue noire avec des rangées de petites maisons toutes pareilles, W.-C. dans la cour et enfants rachitiques en tricot de corps qui les regardaient passer. Les canyons des rues étaient sillonnés des voitures rouges de la poste royale, des voitures blanches du marchand de glaces. Puis les maisons s'éclaircirent. Ilot par îlot la campagne apparut, comme une maladie sur le corps de l'Angleterre, une pelade verte qui s'étendait.

Maryjane s'aperçut qu'elle avait les larmes aux yeux. Bob, assis en face d'elle, décapsula la bouteille de lait et la lui tendit. Sur le dessus s'étalait une couche de crème jaune, épaisse comme du beurre. Maryjane refusa dans un haut-le-cœur. Bob haussa les épaules et se mit à boire, tétant au goulot comme un nourrisson avide.

« Il y a des verres dans le petit placard », dit Maryjane qui se sentait dans une maison de poupée et avait pour la première fois de sa vie l'envie de se transformer en maîtresse de maison.

« Je sais, mais j'adore boire le lait à la bouteille », dit Bob, révélant une propension à la sauvagerie.

La matinée était déjà avancée lorsqu'ils arrivèrent à Paris le lendemain, après une nuit dans le ventre du bateau, bercés par le mouvement des vagues. Maryjane se sentait sale. Elle avait mal dormi et ses yeux piquaient. La voûte de la gare du Nord, noire de crasse, ne changeait guère de Londres.

Bob la fit monter dans un taxi qui les conduisit au Café de la Paix. Là, il commanda des croissants, des brioches et deux cafés-crème. Pendant que Maryjane regardait autour d'elle, anxieuse d'apercevoir et de détailler ces Parisiennes dont on disait qu'elles étaient les femmes les plus élégantes du monde, il se plongea dans la lecture d'un journal.

« Je t'ai trouvé du travail », dit-il au bout d'un instant.

Maryjane regarda. Là, effectivement, dans les

colonnes du quotidien : « Veuf, exc. sit., cherch. gouv. angl. pour enf., trois garç. Réf. sér. exigées. »

« C'est ce qu'il te faut, dit Bob. Un veuf. »

« Pourquoi un veuf ? » demanda innocemment Maryjane.

« Les veufs sont de vieux messieurs très malheureux. Ils rêvent de chair fraîche. Tu pourrais te marier. »

« Pourquoi un vieux ? dit Maryjane. J'aimerais mieux un jeune. »

« Les jeunes cherchent des héritières, dit Bob. Moi par exemple, dans quelques années je me chercherai une héritière, et une jolie, qui assure ma descendance. Il ne me viendrait pas à l'idée d'épouser une fille comme toi. »

Maryjane soupira.

« Et ne viens pas me dire que tu crois à l'amour. L'amour, c'est pour les gens qui n'ont rien à faire de leur vie. »

Maryjane regarda autour d'elle. Elle voyait des individus affairés qui semblaient tous contents d'eux. Ils avaient une place dans la vie. Celle qu'on lui avait assignée, à elle, était si petite qu'elle devait se mettre en chasse pour en trouver une autre. Passer d'un seul coup du strapontin au coin fenêtre, c'était probablement beaucoup demander.

« Je n'ai pas de références sérieuses », dit la jeune fille, comme si c'était là le dernier rempart qui la séparât d'un avenir redouté.

Bob se mit en devoir de lui fabriquer aussitôt la missive suivante, qu'il rédigea en français d'abord, en anglais ensuite :

« Moi, Lady Pomfritt, certifie n'avoir eu qu'à me louer des services de Mlle Maryjane Smoldew, que j'ai employée en qualité de nurse de mon fils. Cette jeune fille, issue d'une famille honnête, s'est montrée d'une parfaite égalité de caractère et d'une grande douceur.

Bien que je regrette de devoir me passer de ses services, son désir d'améliorer sa connaissance de la langue française dans le but de l'enseigner à ses jeunes pupilles me semble louable et je ne peux que l'approuver.

« Dorothy, lady Pomfritt. »

Munie de cette missive dûment rédigée sur du papier aux armes des Pomfritt, Dorothy se fit conduire en taxi jusqu'à la rue Murillo. Désiré venait de se faire livrer une salle à manger Haute Epoque. Parmi la crédence, la table et deux fauteuils, le mobilier de camping rescapé de la cabane de Vitry détonnait étrangement. Désiré la fit asseoir dans un fauteuil pliant dont la toile avait été, sur les bords, grignotée par les rats. Pendant ce temps, Marcel et Fiacre se poursuivaient, vêtus des déguisements de Peau-Rouge et de trappeur que le jeune frère Jean-Edward avait reçus pour Noël. Comme ils avaient quinze et treize ans, ils semblaient parfaitement ridicules dans ces costumes. Leurs mollets musclés et maigres, déjà velus, semblaient obscènes dans leurs culottes de scouts. Les oreilles décollées de Fiacre, le gros nez de Marcel complétaient le tableau, leur donnant l'air d'arriérés mentaux. Maryjane frissonna lorsqu'ils passèrent près d'elle en hululant.

« Arrêtez, grands imbéciles ! s'écria Désiré. Venez ici et dites bonjour à la demoiselle. »

Les imbéciles freinèrent du bout des pieds avec des crissements. Ils s'arrêtèrent devant Maryjane et clamèrent d'une seule voix :

« Bonjour, mademoiselle ! »

« Mlle Maryjane que voilà, et qui arrive d'Angleterre, sera votre gouvernante, dit Désiré. Vous devrez l'appeler Miss. »

« Good morning, Miss Maryjane ! » ânonnèrent Fiacre et Marcel avec l'accent de Maurice Chevalier.

Maryjane pensait que les choses s'étaient faites bien vite. Cet homme ne lui avait pas posé trois questions, et il l'avait déjà embauchée. La maison avait un air bizarre. Et ces garnements...

« Est-ce qu'ils ne sont pas trop grands pour avoir une gouvernante ? » dit-elle avec espoir. Elle n'avait soudain envie que d'une chose — partir d'ici, le plus vite possible, pour ne jamais revenir. Cet endroit la mettait mal à l'aise — elle percevait, indistinctement, un déséquilibre. L'angoisse étreignait Désiré, Marcel et Fiacre, provoquée par le saut vertigineux qu'ils venaient d'accomplir, du prolétariat à la haute. Ils ne la disaient à quiconque et encore moins à eux-mêmes. Mais chacun de leurs gestes, chacune de leurs attitudes criait que ce raccommodage, ce rapiècement doré cachait la saleté et la misère. Cela, bien sûr, Maryjane ne pouvait le comprendre, car elle ne savait rien alors de son employeur. Mais comme elle se préparait elle-même à accomplir un saut comparable quoique moins vertigineux, elle était extrêmement perméable à cette atmosphère. Le désarroi qui en suintait était l'écho du sien. C'est pourquoi, alors même qu'elle souhaitait de tout son cœur partir, quelque chose la retint là, une force, un vent contraire. Elle ne pouvait bouger, et elle restait vissée sur sa chaise, suivant d'une main nerveuse les contours dentelés des morsures de rats sur l'étoffe. Son avenir était en train de se décider là, en cette minute ; et elle ne le savait pas. Cependant, elle sentait un grand poids qui la clouait sur place. Elle n'aurait su lui donner un nom. C'était le poids de la destinée.

Elle regardait autour d'elle. Il n'y avait pas de rideaux aux fenêtres. La perspective qui s'ouvrait sur le parc Monceau était, dans la lumière violente de ce début d'après-midi, éclatante et nue, sensuelle et riche. Maryjane pensa aux ombrages du château de Lamour qu'elle regrettait d'avoir quittés, car elle y avait connu

95

les heures les plus douces de sa vie. Et tandis que s'offraient à elle, dans le lointain, la multitude des feuilles gonflées de sève, les trilles ironiques et charmeurs des cris d'oiseaux, Maryjane sut qu'elle resterait. Elle tourna ses yeux éblouis vers l'homme qui lui faisait face. Dans le temps qu'il lui fallut pour accoutumer de nouveau sa vue à l'ombre de la pièce, elle vit qu'il la regardait intensément, et elle comprit qu'il était aussi important pour elle que pour lui qu'elle décide de rester. Désiré Mollard la dévisageait avec insistance. Il sentait dans ce corps frêle, assis très droit sur la chaise, une tension, une énergie contenue qui le faisait frère du sien. Violemment, il sentait qu'il avait besoin de cette jeune fille. Il ne fallait absolument pas qu'elle s'en aille. Il réfléchissait. Il se demandait comment la retenir. Il ne trouvait pas les mots. Il fallait qu'elle comprenne à quel point il la voulait, et en même temps, elle ne devait pas savoir l'intensité de ce désir, car alors elle risquerait de s'en aller, effrayée. Ce fut Maryjane qui parla, rompant le silence :

« Est-ce qu'ils ne sont pas trop grands pour avoir une gouvernante ? » dit-elle à nouveau, désignant d'un geste timide Marcel et Fiacre qui se tenaient là décontenancés, affectés par l'électricité de l'atmosphère.

« Eux ? » dit Désiré. Il sentit que ses fils étaient de trop et souhaita les faire disparaître, les envoyer dans quelque pensionnat de luxe d'où ils ne reviendraient que pour de courtes vacances. « Non... C'est-à-dire, ils ont besoin d'une seconde maman, et puis, c'est surtout mon petit Jean-Edward... »

« Jean-Edward ? » demanda la jeune fille étonnée.

« Oui, je l'ai appelé comme ça à cause de la toile d'avion... »

Maryjane comprenait encore moins. Mais elle n'eut pas le loisir de se poser davantage de questions, car au même instant Jean-Edward faisait irruption dans la pièce.

Il avait huit ans, portait des culottes de golf de tweed grain de poussière à fond gris. Ses chaussures lacées étaient couvertes de terre. Ses chaussettes de laine grise lui tombaient sur les mollets. Il tenait d'une main un cerceau et sa baguette, et de l'autre, il tentait d'aplatir ses cheveux bruns, ébouriffés par le jeu. Jean-Edward n'avait ni les oreilles de Marcel ni le nez de Fiacre. Il était beau, avec un petit nez fin et une jolie bouche ourlée, des oreilles nacrées, des cheveux soyeux — tout le portrait de Félicie jeune. Lui aussi, immobile, se taisait et regardait la jeune fille qui se tenait devant lui.

« Voilà, c'est surtout lui », dit Désiré qui venait de comprendre que l'appât se présentait. Pour Jean-Edward, Maryjane resterait. « Il a perdu sa mère très jeune, vous comprenez, il a besoin de douceur et d'affection. Les autres — et Désiré engloba dans un geste méprisant Fiacre et Marcel — partiront en pension la semaine prochaine. »

« Quoi ? » s'écrièrent les deux garçons. Mais ce cri s'étrangla à mi-gorge. Gagnés eux aussi par l'émotion générale, ils ne parvenaient pas à se défendre. A cet instant, l'empire Mollard à peine constitué se dérobait sous leurs pieds. Ils ne devaient jamais s'en remettre. Mais ils ne purent trouver d'autre réponse que de quitter soudain la pièce, ce qui signait leur défaite. Jean-Edward, timide, leur emboîta le pas. Maryjane et Désiré restaient face à face.

Une semaine plus tard, Marcel et Fiacre avaient bel et bien quitté la rue Murillo. Ils avaient été envoyés en province, dans un collège qui n'accordait que de rares visites familiales, afin de ne pas briser le cours de la discipline. Dans le train qui les amenait à destination, les frères, rendus plus laids encore par l'uniforme disgracieux endossé à contrecœur, juraient que, puisque c'était ainsi, ils ne pardonneraient jamais à leur père. Ils ne comptaient pas alors avec l'attrait puissant de la fortune Mollard. Si Fiacre parvint à ses fins par ses propres moyens, il n'en rompit pas pour autant ses liens avec son père. Quant à Marcel, il s'échapperait de la toile d'araignée de l'argent familial, partant aux Etats-Unis presque sans un sou. Il accomplirait une seconde fois le miracle Mollard, se retrouvant au bout de dix ans à la tête d'un empire financier entièrement personnel bien que graisseux. Et il serait un jour amené à comprendre, lors de douloureuses stations allongées sur le divan du docteur Mjövotar, son second psychanalyste, qu'il n'avait fait à son insu, croyant y échapper, que répéter le trajet paternel. N'avait-il pas dit un jour, insinua le docteur dans une de ses interventions verbales, d'autant plus chères qu'elles étaient rares, que l'entrée de sa villa de Beverly Hills s'ornait de la tête empaillée d'un éléphant que Marcel avait tué lui-même lors d'un safari au Kenya, ou du moins il le croyait ? En effet, la carcasse de l'animal s'était avérée percée de deux trous, alors que Marcel savait n'avoir tiré qu'une seule fois, avant de voir l'énorme masse s'affaler stupide, comme un poivrot qui lâche le zinc malgré lui. En tout cas, cette bête, que le décorateur de la villa « Mes désirs » avait eu la riche idée de transformer en portemanteau — on pouvait suspendre son pardessus à la trompe, des chapeaux aux oreilles — n'était-elle pas, persistait Mjövotar d'une voix mielleuse, la réplique grandie du heurtoir indochinois à la porte de l'hôtel de Neuilly ?

Marcel, par des interjections et dénégations multiples, tentait de faire taire cette voix qui coulait derrière lui avec une calme assurance. Les paroles de Mjövotar étaient comme les gouttes de pluie dans le désert — on en avait soif et elles se faisaient désespérément attendre ; mais quand elles se décidaient, elles noyaient tout en l'espace de quelques instants, pour disparaître ensuite, laissant Marcel aussi desséché qu'auparavant.

Cette fois pourtant le psychanalyste refusait de se taire, et Marcel gueulait, assuré qu'on ne l'entendait pas de la salle d'attente bardée de liège, où un haut-parleur diffusait en permanence un enregistrement des bruits de l'océan. Ce système était censé empêcher le patient suivant d'écouter les litanies geignardes égrenées dans le saint des saints, et en même temps, le calmer. Mjövotar, armé d'un chronomètre de gousset, ne dépassait jamais les quarante-cinq minutes de séance réglementaires, sauf lorsqu'il lui arrivait de manger une pomme l'espace d'un quart d'heure de rêve, suite à un rendez-vous éprouvant. Marcel, qu'un premier essai de thérapie primale avait laissé insatisfait, les cordes vocales fatiguées, avait ensuite tenté sa chance chez Mjövotar, freudien strict, qui lui en faisait baver. Sortant de là, l'homme d'affaires furieux raya de ses clés de voiture la Cadillac blanche de son ennemi, puis soupira. Comme à l'habitude, Mjövotar avait raison. L'éléphant portemanteau n'était qu'une réplique enflée et ridicule du heurtoir de Désiré. Le lendemain même, il ferait redécorer toute sa maison à la japonaise et la rebaptiserait « Sayonara Villa ».

Peu après, Marcel toujours secoué par la révélation de Mjövotar, s'envolait pour Las Vegas, ayant décidé de manquer quelques séances pour se remettre. Juste avant de partir, il recevait une facture d'un garage de Beverly Hills, pour retouches de peinture à la carrosserie de Björn Mjövotar. Bien entendu, celui-ci s'était embusqué derrière ses stores vénitiens pour guetter le départ de Marcel.

Le soir de son arrivée à Vegas, dans un bouge miteux des environs, Marcel vit Joujou Larue pour la première fois. L'intervention de Mjövotar n'avait pas tardé à porter ses fruits.

10

Chiens de faïence

Au bas de mon immeuble se trouvait un magasin de brocante, comme il y en a tant à Paris, avec une vitrine encombrée de tout et de rien. Deux ou trois objets d'un peu de valeur en relevaient d'autres qui n'en avaient aucune. Les brocs de faïence en forme de coq aux plumes ébouriffées, les services de Sarreguemines dépareillés voisinaient avec de vieilles dentelles, et des coussins qui l'étaient moins. Quelque chose dans le choix de ces épaves, dans l'agencement des couleurs et des formes, rendait la boutique attirante à l'œil. C'était comme un coin d'enfance qu'on aimait retrouver, une maison de poupée qu'une fillette aurait ordonnée différemment chaque jour.

La boutique était tenue par deux sœurs un peu grasses, aux cheveux gris. Elles évoluaient dans cet univers de conte de fées comme Boucles d'Or et Blanche-Neige qui auraient vieilli en oubliant de grandir.

Je me sentais à l'étroit dans mon studio, avec pour seul horizon les rideaux de guipure des fenêtres d'en face. J'avais pris l'habitude, le matin vers neuf heures, de sortir. Je passais rue Daguerre où les premières ménagères s'attardaient devant les étals du marché. Au kiosque, à l'entrée du métro Denfert, j'achetais *Libé*.

Je traversais la place sur le côté, saluant au passage le Lion qui avait toujours l'air de chasser quelque énorme mouche avec sa queue. Puis, je m'asseyais au café Le Belfort, situé au coin du carrefour, avec vue sur les arbres de l'avenue, et sur le manège incessant et têtu des voitures. S'il ne faisait pas froid, je m'installais en terrasse, sur le trottoir. Ou bien, je choisissais une table à l'abri, juste derrière les vitres.

Le Belfort est un bistrot caverneux, recelant une arrière-salle aux profondeurs inespérées. C'est un lieu d'habitués et de joueurs d'échecs. Un des innombrables cafés où la rumeur publique dit que Sartre venait autrefois, tout comme Napoléon coucha dans d'innombrables lits. Il s'y fourvoie quelques touristes qui arrivent de la gare, de l'autre côté de la place, et d'autres qui débarquent, sac au dos, du bus qui arrive d'Orly et stationne non loin de là. C'est confortable et aérien.

A force d'y lire le journal en avalant un café et un croissant, je m'y étais fait des connaissances. J'y rencontrais en particulier un couple curieux. Bébert et Mimi avaient dépassé la trentaine et gardé la beauté du diable. Ils se ressemblaient par leurs visages un peu cassés, comme des Picasso plus vrais que nature. Bébert ne travaillait pas. Il avait été vaguement acteur autrefois. Il bricolait un peu de temps en temps et traînait beaucoup, toujours mal rasé, avec un air de grand gamin vulnérable, un Poujouly qui se croirait toujours à *Jeux interdits* vingt ans plus tard. Mimi gagnait le pain du ménage en faisant du rewriting pour *Haut les mains*. C'était une collègue de Maxime, qui me l'avait d'ailleurs présentée. Elle me parlait parfois de lui. Elle l'aimait bien. Elle me fascinait parce que son visage, au milieu d'une partie d'échecs, prenait soudain une expression tragique et désespérée, comme on n'en voit que dans les très beaux films. Puis elle secouait la tête, et ses traits se remettaient en place.

Ils ne parlaient pas beaucoup. Bébert vous regardait par en dessous, comme un enfant qui attend qu'on le prenne par la main. Mais on ne bouge pas, parce qu'on sait qu'on ne peut rien pour lui. Mimi me contemplait d'un air méfiant et pinçait les lèvres. On voyait qu'elle avait l'habitude de souffrir. Je leur disais salut, je les regardais un peu jouer et j'allais m'asseoir à l'écart.

A côté de moi, deux Noires bavardaient dans leur langue. Elles étaient superbes, avec plein de petites tresses emperlousées. Je buvais mon café. Je regardais le fond de la tasse, comme une cartomancienne. Je n'y voyais rien de bon. Les continents se rejoignaient. Ça ne fait rien, j'étais plutôt en forme. J'aimais bien Paris. C'est une ville où on se sent invisible. J'allais mieux petit à petit. Je ne savais pas bien pourquoi. Le boulot chez Mollard n'était pas drôle, mais finalement s'occuper d'un vieillard au lieu d'une classe de trente mômes qui préféreraient être ailleurs, c'est moins fatigant. Je ne regrettais pas le job de prof que j'avais quitté sur un coup de tête. Je me sentais libre. Je savais que du jour au lendemain, si j'en avais trop marre je pouvais me tirer pour trouver un autre travail con — je ne sais pas, moi, vendre des encyclopédies au porte à porte... La joie d'avoir échappé au fonctionnariat, je la payais de la peur du lendemain. Si je leur crachais à la gueule, avec quoi je boufferais la semaine suivante ? Je les haïssais. J'avais cru haïr auparavant l'Education nationale, ses bagnes mous, ses associations de parents d'élèves, ses feuilles de notes, ses catalogues de la Camif et ses caisses de retraite. L'enseignement, c'était la retraite tout de suite, la retraite à vingt ans.

Je m'étais tirée. J'avais accompli l'impensable : j'avais craché sur mon agrégation. Au caniveau le beau diplôme, chèrement gagné à coups d'années d'ennui. Triomphe et joie devant la stupeur et l'incompréhension des parents et supérieurs hiérarchiques unissant leurs forces pour me retenir au bord de l'abîme.

« On ne fiche pas son avenir en l'air comme ça ! Cette petite est folle ! Elle ne sait plus ce qu'elle fait ! On l'y a poussée ! Elle a subi de mauvaises influences ! On ne pourrait pas l'interner un peu, ça lui ferait du bien, ça la reposerait ? »

J'avais fichu mon avenir en l'air. Jamais plus je ne boufferais de l'andouillette à goût de cambouis à une table de cantine. Fini l'œil rivé sur la montre — encore dix minutes, qu'est-ce que je vais leur faire faire pendant les dix minutes qui restent, j'en peux plus — fini ! J'étais libre ! J'avais tout quitté...

Libre d'aller bosser chez Mollard. Sans caisse de retraite, mais avec sourire obligatoire. A l'Education, au moins, on peut tirer la gueule tant qu'on veut. On peut cracher dans la soupe. A moins de se livrer à des actes carrément obscènes devant ses petits élèves, rien n'empêche le salaire de tomber. J'avais un copain comme ça, qui voulait qu'on le vire. Il avait pris l'habitude de sortir de sa salle de classe, située au deuxième étage, avec une corde à nœuds. En remerciement, l'administration lui accorda un séjour gratuit de six mois à La Verrière, hôtel de première catégorie dans la verdure, pour enseignants surmenés ou trop voyants. Avec shootage à l'Equanil garanti, remboursé par la Mutuelle.

La Verrière ! Solution ardemment souhaitée par mes parents, à l'époque de la décision fatidique :

« Que tu sois fatiguée, mon petit, on le comprend très bien. Tu as fait des études longues et difficiles, et puis tu as toujours été si fragile ! Alors, plutôt que de prendre des décisions hâtives, tu ferais mieux d'aller te reposer quelques mois à La Verrière, ça te changerait les idées. Mlle Gicourt-Givaule y est allée l'année dernière, suite à, tu sais, les peines de cœur qu'elle avait eues avec cet aviateur rencontré en voyage organisé et qui n'était pas du tout un type sérieux. Elle en a été très contente. Non, pas de l'aviateur, ne fais pas l'idiote! De La Verrière! Tu n'as pas à t'inquiéter, tu sais, ils ne te feraient pas d'électrochocs. Tu y rencontrerais des gens très gentils, juste un peu fatigués, on n'y met pas les dangereux. »

J'avais refusé de m'interner. Au contraire, je rêvais d'externat.

« Vous le regretterez toute votre vie », me dit Mme la directrice en guise de paroles d'adieu.

« Si encore elle était partie pour se marier, on comprendrait », ajoutait la surveillante générale.

J'avais déjà tourné le coin du couloir. Mais j'avais entendu quand même. Je m'en foutais, je rigolais toute seule. Je n'irais plus jamais à l'école.

Je n'allais pas tarder à comprendre que l'école m'avait dispensée d'apprendre à vivre. Et maintenant, j'avais perdu cet avantage-là. Qui allait peser beaucoup plus lourd, dans la balance, que la Camif, les mois sabbatiques à La Verrière et même la retraite.

« Ça va t'apprendre à vivre! » C'est ce qu'on me disait, quand j'étais gosse et que j'étais punie. Ça laissait entendre que la vie était ce qu'il y avait de pire, et qu'il fallait de loin lui préférer la mort, seule alternative. Mais comme j'étais d'un tempérament sournois, et que le feu de la rébellion couvait sous mes airs de soumission morne, tout ce qui était interdit ou anathème me paraissait digne d'être convoité. Je ne voulais pas mourir en collant des timbres-remises. Je voulais bien claquer à la rigueur mais d'une façon scandaleuse — par exemple en crevant de faim.

C'est plus facile à dire qu'à faire. Je me livrais à d'autres formes de provocation. Je n'avais pas encore compris ce que mon obstination à faire l'amour quand je n'en avais pas envie avait de minable. « Ça lui passera », disait à mes parents une grand-tante, seule personne sensée de la famille. Elle avait raison — ça me passerait. Pour l'heure, je m'envoyais en l'air tant que je pouvais et je prenais le malaise que j'en ressentais pour un reste de culpabilité judéo-chrétienne. Ça m'incitait à coucher encore plus — à traiter le mal par le mal. Mais manger — ça je n'étais pas prête à y renoncer, même pour enquiquiner la galerie. J'avais de la santé, une belle santé, quoi qu'en disent papa-maman. J'avais avalé les préceptes de l'école laïque et obligatoire au biberon, et ils avaient goût de patronage. Je voulais du nouveau, de verts pâturages où nulle vache marquée au sceau de Jules Ferry n'ait ruminé.

Laïques ou pas, les pâturages, de nos jours, sont toujours cloisonnés. Où trouver l'aventure, quand au bout du monde elle s'appelle Club Méditerranée ?

A Paris, pour l'instant, l'aventure s'appelait Mollard, et j'étais servie. Evidemment, je n'allais pas m'en vanter auprès de ma famille — avec qui j'avais cessé toutes relations. Je les entendais d'ici :

« C'est pour servir de bonne à un vieux gâteux que tu as quitté ton poste ? Mais elle est à enfermer, ma parole ! »

Ils n'avaient jamais rêvé que de ça : m'enfermer. Me mater. Me mettre sous clé. A vrai dire, je m'y étais si bien habituée, que j'accomplissais le travail moi-même. Il n'y avait rien à faire. Docilement, j'allais me calfeutrer chez les Mollard, tous les après-midi.

Prévenus de la situation, mes parents n'auraient pas manqué de voir là quelque invention obscène et salace — le vieux cochon, qu'est-ce qu'il faisait enfermé avec une jeune femme bien fraîche ?

Eh bien, ils auraient eu tort. Nul caprice sénile et dégoûtant, nul fantasme du troisième âge ne semblait agiter l'ancêtre Mollard, à mon propos. Tout juste, un jour, m'avait-il fait signe de lui passer certain album rangé, en face de lui, sur les rayonnages de la bibliothèque, et que j'avais pris d'abord pour un recueil de photos de famille. L'objet, d'aspect tout à fait innocent, recouvert de simili-cuir rouge et diagonalement traversé du mot « Souvenirs » en lettres d'or à l'anglaise, sentait le bricolé pour kodak-parties dominicales. Aussi n'y avais-je d'abord pas prêté attention, car je ne tenais nullement à contempler davantage de Mollard, morts ou vifs, noir et blanc ou en couleur. Je m'étais plongée dans mon crochet — je confectionnais, dans le but d'en faire des garnitures de coussins, de petits carrés de couleurs vives. Travail stupide et sans but, car je n'avais aucune envie d'avoir ce genre de coussins. Simplement, je me sentais incapable d'entreprendre un ouvrage de plus grande envergure, et puis d'ailleurs je n'aimais pas tricoter. Mais d'avoir ainsi les deux mains occupées à gambader de l'aiguille m'évitait de céder à des tentations : par exemple, de m'en servir pour étrangler le grand-père Mollard.

Assis en ce moment dans sa sempiternelle chaise roulante, l'album que je venais de lui apporter posé sur ses genoux, il tournait les pages avec l'air de plaisir d'un enfant qui lit *Tintin*. Ce corps que l'inaction forcée agitait perpétuellement de tressaillements involontaires et de tremblements nerveux s'était calmé tout d'un coup, comme si la paix y était enfin descendue. Que la contemplation de faces de Mollard puisse avoir cet effet me surprit. Malgré ma résolution, je coulai un regard en direction de la feuille que le vieux Désiré contemplait avec une attention dévote. Juste alors, il tourna la page. Mais ce geste était sans importance, car ce que montrait la page suivante était semblable à la précédente : des seins. Le livre à l'aspect candide était en fait une collection de cartes postales et de photos cochonnes dont chacune représentait la même partie d'une anatomie féminine.

« Rigolo, hein ? » articula Désiré de cette voix éraillée qui me surprenait toujours, car elle semblait venir de très loin, avoir contourné beaucoup d'obstacles, comme une de ces plantes du désert dont la racine, forcée d'aller chercher très profond la source qui lui permettra de survivre, n'en parvient pas moins à faire jaillir vers le soleil un surgeon ligneux. J'étais toujours étonnée de la façon dont le vieillard passait d'une somnolence sénile à un état de perception vivace, tel sans doute qu'il avait été autrefois, du temps de sa puissance. Je fus surprise, aussi, du ton franc et dénué de salacité, de l'accent, somme toute, de camaraderie, avec lequel il relevait que j'avais louché sur ses images. Etait-ce le laisser-aller de la vieillesse, ou bien au contraire se plaçait-il au-dessus de toute pudibonderie hypocrite ? Avait-il deviné en moi, bien que mon attitude en tous points correcte et réservée n'eût pas dû lui en fournir l'occasion, un intérêt pour les choses du sexe ? Ostensiblement, il me désignait une photo de l'album. Une femme, en costume de nurse, la blouse ouverte, y donnait le sein à un homme mûr. Stupéfaite, je détournai les yeux. Je sentis une rougeur ridicule me monter aux joues.

« Dans ma jeunesse, poursuivait Désiré décidément en veine de confidences, les femmes avaient plus de poitrine qu'aujourd'hui. Sauf la mienne, qui était plate comme une planche. Je veux parler de Maryjane, que vous connaissez. Félicie, ma première épouse, c'était différent. Elle avait des seins comme des miches de pain de campagne, quand elles sortent juste du four, gonflées de chaleur, à peine blondes. J'avais toujours envie de mordre dedans. Je ne m'en privais pas, d'ailleurs. Elle me laissait faire. Elle était d'une nature patiente. Je n'ai pas eu de chance : chaque fois, j'ai épousé une femme qui n'aimait pas ça. Ça ne l'a pas empêchée de me faire des enfants. Qui sont ce qu'ils sont, mais enfin...

« Maryjane, évidemment, c'était différent. C'est une Anglaise, vous comprenez. Les Anglaises ont un teint superbe, de belles dents, des jambes longues — mais enfin, généralement, elles sont plates. Il n'y a pas que les Anglaises, d'ailleurs. Ma belle-fille Guénolée, c'est

108

encore pire. Rien du tout. J'ai souvent dit à Jean-Edward qu'il aurait dû la faire traiter aux silicones, mais ça n'a pas l'air de le gêner. Pour ce qu'il connaît des femmes, celui-là !

« Je ne devrais peut-être pas vous parler comme ça, ajouta Désiré de sa voix qui, d'avoir trop servi, se tarissait, devenait à la fois plus rauque et plus aigre, comme prête à se briser. Mais je me sens à l'aise avec vous, alors je ne fais pas attention. Et puis, je suis vieux. Il n'y a rien à faire, quand on est vieux, on se laisse aller. On parle comme on pisse. »

A ces mots, une goutte d'eau perla aux yeux du vieillard. Je la vis s'étaler un instant dans le caniveau rougeâtre, semblable à un morceau de mou, de la paupière inférieure. Puis elle hésita un instant, grandissant par réfraction le minuscule triangle de chair rosâtre et nue qui loge au coin de l'œil comme une perle dans son huître. Enfin elle roula en avant et descendit sur un centimètre avant de s'arrêter dans le pli de peau de la poche sous-oculaire, où elle se dilua et disparut.

Pendant ce temps, l'album gisait abandonné sur les genoux du vieil homme. Me sentant choquée, il avait tourné la page. D'en haut et à l'envers, les photographies étaient comme des vues du Sahara, ou des publicités pour biberons. Tant de monotonie dans la diversité me frappa. Tandis que je prenais le livre, le refermais et me levais pour le remettre à sa place sur les rayonnages, je me surpris à cacher mes propres seins avec mes bras, comme une écolière honteuse au passage de garnements.

L'incident de l'album, à la réflexion, m'avait plutôt amusée. C'étaient donc ça les distractions de la grande bourgeoisie ? En tout cas ça changeait de la lecture des cours de la Bourse à laquelle le vieillard m'astreignait habituellement. Cependant, je me reprochais d'avoir accueilli cet incident avec flegme. La représentation de parties du corps féminin ne me faisait guère plus d'effet que la contemplation d'un atlas. Qu'un homme mûr se comporte en nourrisson ne me paraissait ni très nouveau ni très excitant. Toutefois il n'en allait sûrement pas de même pour mon pensionnaire, qui ne se serait pas donné la peine d'assembler avec de la colle et des ciseaux des vues touristiques. Je devais me méfier — cet événement n'était peut-être pas anodin. Sans doute le vieil homme, dont j'avais déjà pu mesurer la rouerie, avait ainsi donné un coup de sonde, pris mon calme pour de la complaisance. On m'avait bien dit que les vieillards étaient obsédés de sexualité. Mais après tout, s'il devenait embêtant, je n'aurais qu'à rendre mon tablier et m'en aller.

Rendre mon tablier ! C'était bien de cela qu'il s'agissait ! Je commençais à le comprendre, on ne va pas impunément travailler chez les Mollard. Oh, bien sûr, on se donne des alibis. On se dit qu'on le fait juste pour le fric, qu'on s'en fout. Sitôt sortie de là, on n'y pense plus. On fait la maligne, pour un peu on se persuaderait qu'on les roule. Mais ce n'est pas vrai. Les Mollard ne sont pas une administration ; ils ne sont pas aveugles. Au contraire, ils ont des yeux comme des tentacules, qui vous palpent. Ils vous enserrent et mine de rien, petit à petit, ils vous sucent le sang. Vous n'êtes victime que parce que vous le voulez bien ; libre à vous de ne pas marcher dans la combine. C'est très simple : il suffit de s'en aller, de leur dire au revoir pour toujours. Vous êtes libre. Libre de répondre à nouveau à une petite annonce.

Inutile de s'y méprendre : les Mollard ont ce qu'ils ont, c'est-à-dire de la fortune et du pouvoir. Forts de cette certitude tangible, ils sont contents d'eux. Ils ne doutent presque jamais. Et lorsque ça leur arrive, ils paient quelqu'un pour les remettre sur le chemin de leurs convictions. Pour de l'argent, on trouve toujours des gens qui vous disent que vous avez raison.

Vous n'êtes pas comme eux, vous êtes cent lieues au-dessus : vous méprisez l'argent. Oui, mais les Mollard ricanent. Leur argent vous en avez besoin. Pour vivre. Et puis aussi, parce que parfois vous avez des faiblesses, n'est-ce pas ? Comme tout le monde. C'est humain. Il vous arrive d'acheter des choses qui ne vous sont nullement nécessaires. Simplement parce que — avouons-le — ça fait du bien de claquer du fric, comme ça, gratuitement. Ça chatouille au bon endroit.

Seulement, ensuite, vous avez encore plus besoin des Mollard. Et comme les Mollard ont besoin que vous ayez besoin d'eux, chaque fois que vous avez, comme ça, une défaillance, ils le sentent. Ils éprouvent une petite décharge, très agréable. Et dans leur nid aux œufs d'or, ils ricanent de plaisir.

Quoi qu'on s'imagine, on n'est pas l'employée des Mollard, jamais : on est leur domestique. Ces gens-là n'ont pas encore compris que le servage était aboli. Comme dans l'ancienne Russie, ils se figurent qu'ils possèdent non des heures de travail, non même des gens, mais des âmes. Du jour où ils vous paient vous êtes à eux, entièrement. Vos pensées et vos désirs leur appartiennent. Bientôt, très bientôt, ils vous contrôlent. Vous les trouvez laids, bêtes, désagréables, dérisoires : mais ils vous paient. Il faut qu'ils continuent à vous payer. Alors, vous leur souriez. Vous êtes aimable. Vous cherchez quelque chose à dire, qui leur serait agréable à entendre. En conséquence, vous vous mettez dans leur peau, vous pensez Mollard. Vous êtes cuite. Ils vous ont eue, déjà. Vous ne vous comportez plus en être humain. Vous ne marchez plus, vous rampez.

Ils n'ont pas exigé de vous le port de la livrée — mais ce n'est pas par respect : c'est parce que c'est inutile. Sans le savoir, vous portez leurs couleurs. Partir, ce serait, effectivement, rendre votre tablier. Parce que vous portez un tablier. Pas en tergal, ni en coton. En concessions, et en servilités, brodé de compromis. Comme un fruit tavelé contamine les autres par simple contact, les Mollard, gâtés jusqu'à la moelle, vous pourrissent. Inutile de vous leurrer : vous n'y pouvez rien.

Je me faisais ces réflexions, le soir, après l'incident de l'album mammographique. J'avais pris l'autobus — depuis quelque temps, je ne supportais plus le métro. Le 82 m'emmenait de la porte Maillot jusqu'à la rue Auguste-Comte, au coin du Luxembourg. Ensuite, je traversais et j'attrapais le 38, boulevard Saint-Michel. Il me déposait à deux pas de chez moi.

En remontant ma rue, je vis que la boutique de brocante, contrairement à l'habitude, n'avait pas baissé rideau. Les vieilles dames avaient de la compagnie, elles conversaient avec animation au milieu de leurs objets que la lumière électrique rendait plus attirants encore. J'en remarquai deux que je n'y avais pas vus le matin. Il s'agissait d'un couple de chiens de faïence peinte, aux oreilles tombantes, assis sur leur derrière. Installés sur un reste de dentelle jaunie, ils me regardaient de leurs yeux peints et ronds, et il y avait dans ce double regard immobile quelque chose de rassurant, comme un point d'appui. Ces animaux en faction dans la vitrine contemplaient le monde avec la placidité d'une vache qui regarde passer un train. Ils avaient vu beaucoup d'autres spectacles. J'étais là devant eux et ils ne s'en émouvaient pas, et rien d'ailleurs n'aurait su les émouvoir. Ils étaient pleins de sagesse.

Sur une impulsion j'entrai et demandai le prix.

« Ce sont des chiens de fidélité, dit la vieille dame qui m'avait accueillie. On les mettait à la fenêtre derrière la vitre. On raconte que lorsqu'une femme était occupée avec son amant, elle retournait les chiens qui ne montraient que leur dos aux passants. Ainsi, le mari savait qu'il n'était pas l'heure de rentrer et allait faire un tour. »

112

Les chiens de faïence étaient trop chers pour ma bourse. Et puis, je m'étais bien promis de ne plus m'encombrer d'objets inutiles. Je remerciai et sortis de la boutique.

J'hésitai à remonter tout de suite chez moi. Le soir était rose. Au loin, on voyait des arbres. J'eus envie, un instant, d'aller jusqu'à ce petit morceau de forêt urbaine, de découvrir des rues inconnues, des enfilades de maisons différentes. L'automne ressemblait à un été qui refusait de finir, avec des ciels bleus et profonds et des soirs d'abricot. Mais comme j'allais m'élancer vers ces horizons de chlorophylle, une fatigue me prit qui me scia les jambes. Je rentrai.

Je me promenais beaucoup dans Paris. J'avais toujours aimé marcher, et je le faisais davantage depuis quelque temps, à cause d'une espèce d'allégresse, de santé nouvelle. Lorsque je m'interrogeais pour savoir ce qui pouvait causer ce mieux dans ma vie, je ne voyais rien, et puis je trouvais quand même quelque chose.

J'avais revu Maxime, le type du Sélect, celui dont je disais avoir oublié le nom. Mais, bien sûr, je ne l'avais pas oublié. C'est seulement la façon que j'avais alors de prétendre que rien n'avait d'importance. Cool, baby. C'est encore une de nos plaisanteries favorites avec Maxime aujourd'hui, je dis :

« Ah, tu te souviens, quand je t'ai rencontré, je disais que je ne savais même pas comment tu t'appelais. »

Il s'appelait Maxime et je le voyais une fois par semaine, pas plus, par une espèce d'accord tacite venu de notre peur mutuelle. Mais nous avions un rapport facile et gai. Nous nous retrouvions toujours au Sélect, et nous allions dîner dans un restaurant chinois ou japonais. Nous nous comportions comme deux vieux amis. Quand nous n'étions pas d'accord, nous en riions tous les deux. Nous n'étions pas d'accord souvent, mais ça n'avait pas d'importance. Souvent, nous ne parlions pas. Nous restions là à regarder passer les gens, ou bien nous aimions écouter du jazz dans une de ces caves comme il en restait encore quelques-unes, disséminées sous le quartier de l'Odéon ou de Saint-Germain. C'était un alibi pour rester très tard ensemble. Parfois, aussi, nous allions faire l'amour. Pas toujours. Nous n'étions pas jetés l'un vers l'autre par un très grand appétit. Pas de passion, sauf en de rares accès de fureur sexuelle. Mais dans ce domaine aussi nous nous entendions joyeusement, par une de ces camaraderies qui ne font pas souffrir et où l'on reste soi-même. Il y avait là quelque chose d'un peu incomplet, comme un vide, mais c'était bien ainsi. Je préférais cela au trop plein, aux problèmes, et aux angoisses de l'amour.

Il m'arrivait encore des rencontres éphémères, mais Maxime était un point fixe. La gaieté avec laquelle nous évoquions mes après-midi de labeur aidait à mettre en perspective les Mollard, les rapetissait, leur ôtait tout aspect redoutable. Vus ainsi, avec le recul, ils apparaissaient ridicules, et même un peu pitoyables. Je ne savais toujours pas ce que je voulais faire de ma vie mais je ne m'en alarmais pas. Je savais que cette période était un temps de réflexion. C'était ce que j'avais décidé en quittant l'enseignement. Je ne voulais pas me retrouver engagée de façon hâtive dans une voie qui à nouveau n'aurait pas été la mienne. J'attendais. Je voyais venir. Et souvent, dans ces moments d'amitié, je respirais, tout simplement.

Je m'entendais somme toute assez bien avec le vieux. J'ai toujours eu de la tendresse pour les vieillards, et réciproquement. Ils sont aussi cassés à l'extérieur que moi à l'intérieur. Après tout, Désiré n'est pas très exigeant. Il faut lui lire et relire les cours de la Bourse. Il ne se lasse jamais de les entendre, cela semble le plonger dans le ravissement. A part ça, revue de presse — lecture du *Figaro* d'un bout à l'autre. Rien que ça prend la majeure partie de l'après-midi. Le reste du temps, il me raconte sa vie. Et puis, il écoute *Carmen*. Oui, vous avez bien lu. *Carmen*, de Bizet. Toujours le même air — devinez lequel ? Je vous le donne en mille ! Bravo, vous avez gagné ! Deux paquets de Banania ! Z'êtes des chefs ! C'était pas une question facile ! Il écoute *L'amour est enfant de bohème*... Celui-là et rien que celui-là... Il l'écoute une fois... Il l'écoute deux fois... Et trois, et quatre... Et encore et encore...

« Vous en aurez vite assez, dit Guénolée. C'est une scie, vous comprenez. J'avoue que nous-mêmes... Evidemment, nous avons bien pensé à insonoriser sa chambre, mais nous avons toujours peur... A cet âge, un accident est si vite arrivé... Nous voulions pouvoir l'entendre à tout moment, alors tant pis, nous supportons... Enfin d'ailleurs vous verrez, finalement on s'y habitue... Ça a commencé il y a trois ans. Il a eu une petite attaque... Oh, rien de grave, en réalité ses facultés sont intactes... Mais malgré tout depuis il est un peu bizarre... C'est à ce moment-là qu'il s'est entiché de cette rengaine... Il l'écoute tellement que ça s'use. Il faut changer le disque souvent. J'ai un arrangement avec le disquaire. Nous sommes livrés régulièrement. Il me fait dix pour cent. »

« Vous n'avez pas la tête qui éclate, parfois ? »

« Non, vous savez, à vrai dire maintenant je ne l'entends plus... C'est comme un bruit de fond, vous voyez, comme la circulation... »

Par moments, le vieux n'y pensait pas. Et puis tout d'un coup, ça le prenait. Il ne disait rien ; pourtant il était tout à fait capable de parler quand il le voulait. Mais là, il se conduisait comme un sauvage, un sale gosse, un retombé complètement en enfance. Il se mettait à racler la table de toute la force de sa vieille main tavelée et tremblante. Je me précipitais. Ce bruit discordant était pire encore que ce qui allait suivre. Je n'avais pas à sortir le disque : il était toujours en attente sur la platine. Je mettais le bras. Il aurait très bien pu le faire lui-même. Mais il ne voulait pas. Il y avait comme ça des gestes auxquels il semblait avoir renoncé. Tous ces petits trucs emmerdants de la vie quotidienne. Désiré, comme beaucoup de vieillards, prenait prétexte de sa faiblesse pour tyranniser son entourage. Ça lui permettait de se conduire en pacha. C'était comme si, sachant qu'il ne lui restait plus beaucoup de temps, il avait décidé d'en profiter à fond. Il ne voulait plus, aux repas de la vie, manger que le dessert. Et moi, à sa place, me disais-je, est-ce que je ne ferais pas la même chose ? En réfléchissant, la réponse était non. Se réserver le dessert, ça veut dire que les autres n'ont droit qu'au potage, et j'avais mangé suffisamment de soupe dans mon existence pour ne pas faire subir le même sort à autrui. Mais les vertus chrétiennes n'ont pas cours chez les Mollard, qui en sont restés aux marchands du temple. Et c'est ainsi qu'inlassablement je remettais la tête de lecture à « *L'amour...* ».

Bizet, c'est de la musique de bazar, du disco avant la lettre, une guimauve insidieuse. Au bout d'un moment, ça donne envie de hurler, de casser le disque. Pendant ce temps-là, le vieux dodeline du chef, perdu dans on ne sait quel rêve béat.

« Pourquoi est-ce qu'il aime tant cet air-là ? » ai-je demandé à Guénolée.

« On ne sait pas, répondit-elle. On ne l'avait jamais entendu l'écouter avant. Ça lui est venu comme ça, tout d'un coup. »

« Je vois que vous aimez beaucoup Bizet », dis-je par litote.

Il ne répond pas. Il fait l'innocent, l'imbécile.

« Vieux macaque », pensai-je. Mais je ne dis rien, car j'avais besoin du chèque, à la fin du mois.

11

Le mystère s'épaissit

JOURNAL D'ISABELLE

J'apprenais le silence. Je l'apprenais ? Je le réapprenais plutôt. Car à bien réfléchir, je n'avais jamais fonctionné autrement. Ferme ta gueule. T'as rien à dire. Tais-toi, ça vaut mieux pour toi.

Je m'étais tue. Très tôt. En famille. L'endroit où tout le monde se tait. Les mômes se taisent pour pas prendre de tartes. Moins on les voit moins on les entend mieux ça vaut. Les parents se taisent pour éviter les scènes. La paix d'abord. Et puis d'ailleurs il faut bien se taire, sans ça on n'entend pas la télé.

Après aussi on se tait, pendant qu'on fait ses études. On écoute les profs. Qui se plaignent qu'on parle pas mais qui n'aiment pas beaucoup qu'on parle. Ça les dérange. Des fois qu'on dirait pas exactement ce qui est prévu dans le scénario. Là aussi quand on veut pas d'ennuis on se tait.

C'est seulement quand on est prof qu'on l'ouvre tout le temps. On est payée pour ça. Mais pas pour dire n'importe quoi, hein ! pour dire le programme. As-tu bien déjeuné Jacquot ?

De toute façon ça vaut mieux. Parce que, quand on l'ouvre, on s'aperçoit qu'on n'a rien à dire.

Le lendemain du jour où j'avais vu les chiens de faïence, en rentrant chez moi, je trouvai un paquet sur mon paillasson, enveloppé de papier journal. Mon nom était dessus, tapé à la machine sur une carte. J'ouvris. C'était eux. Ils me regardaient de leurs beaux yeux ronds et calmes. Un petit bout de langue sortait d'entre les poils du museau.

Je descendis les escaliers quatre à quatre, et m'arrêtai devant la loge de la concierge.

« Qui est-ce qui est venu apporter un paquet pour moi, madame Poupinot ? Mais si, un paquet enveloppé dans du papier journal ! »

Mais Mme Poupinot secouait mélancoliquement la tête :

« Ah non, mademoiselle de Santis, ça je ne sais pas. Vraiment, j'ai rien vu. C'est pas normal, d'ailleurs. Je rate jamais personne. Même quand j'ai le dos tourné, que je fais ma cuisine — parce que je suis bien obligée, forcément, je peux quand même pas mettre la cuisinière face à la porte ! Eh bien même le dos tourné, j'entends. C'est que j'ai de l'oreille ! Pensez que je reconnais tous mes locataires au pas ! Ah, rien ne m'échappe, tenez ! Je sais tout sur ce qui se passe ici, moi, tout ! Même des choses... que je ne dis pas... Parce que je suis pas concierge, moi, hein ! C'est pas mon genre ! Les choses que je sais, et il y en a des gratinées que si je vous les racontais vous ne les croiriez pas, eh bien je les garde pour moi ! Mais là je vous jure qu'il n'y a personne qui est monté chez vous aujourd'hui ! »

Le « je ne suis pas concierge » de Mme Poupinot, slogan répété systématiquement à l'heure du courrier, ne laissait jamais de me plonger dans l'étonnement. Cependant j'avais cessé de m'interroger à ce propos, depuis qu'un jour, rassemblant tout mon courage, je lui avais rétorqué :

« Pourquoi dites-vous que vous n'êtes pas concierge, madame Poupinot ? Enfin, c'est bien vous, la concierge de l'immeuble ? »

A ces mots, Mme Poupinot avait grandi d'une dizaine

de centimètres. Me toisant de sa nouvelle hauteur, elle dit, parlant lentement contrairement à l'habitude, et détachant ses mots :

« Je suis pas la concierge. Je suis la gardienne. C'est pas pareil. Ça n'a rien à voir. »

Là-dessus, elle profita de mon air sidéré, eut un petit mouvement du menton qui semblait vouloir dire, « celle-là je lui ai bien rivé son clou », reprit sa taille habituelle, tourna les talons et referma derrière elle la porte de la loge.

Ainsi donc Mme Poupinot, « l'œil qui regardait Caïn », comme la surnommait à mi-voix et en ricanant le petit vieux du sixième, Mme Poupinot n'avait rien vu. Et moi, je rêvais de découvrir le mystérieux donateur — d'autant que les chiens, à n'en pas douter, provenaient de la même source que l'avalanche de fleurs qui avait dévalé sur mon paillasson, trois semaines plus tôt.

Je décidai de poursuivre l'enquête. Traversant la cour, j'atteignis la rue Ernest-Cresson et bientôt, le magasin de curiosités. Mais le rideau de fer était déjà baissé, la boutique fermée. Je rentrai chez moi perplexe. Evidemment, je pouvais refuser le cadeau. Je pouvais le descendre devant la porte d'entrée ; sans doute, l'admirateur caché ne pourrait manquer de les y trouver. Il viendrait jusque dans ma cour faire des stations, afin de voir si j'avais bien disposé les animaux sur le rebord de ma fenêtre, exprès pour lui.

Cependant, je ne pouvais me résoudre à un acte aussi brutal. Ces animaux étaient très beaux. Maintenant que je les avais à portée de ma main, ils me semblaient encore plus séduisants que la veille, perdus dans le chaos de la boutique. Leur faïence était recouverte d'un vernis qui luisait doucement, prenant des nuances bleues et mordorées dans la lumière. Enfin il semblait y avoir, entre ces objets et moi, un destin commun. C'était bien simple : je n'avais pas le cœur de

119

m'en séparer. Si je les abandonnais en bas, ne serait-ce qu'une demi-heure, ils disparaîtraient pour toujours. Un vol est si vite arrivé ! Plus je regardais ces bêtes, plus il était clair qu'elles m'appartenaient, tout comme les roses et les pivoines, quelque temps plus tôt, avaient prêté à mon petit appartement des couleurs, le transfigurant.

Car je n'avais pas choisi cet endroit. Je n'avais pas d'argent, m'étant mise en congé sans solde, avec tout juste quelques économies destinées à fondre comme neige au soleil après mon arrivée dans Babylone, Paris la ville-sirène, la métropole des riches, où les cafés sont comme de l'or liquide et où le Paris-beurre vous vide une bourse un peu plate. Mais j'avais bénéficié du studio d'amis partis passer un an à l'étranger. Ils me l'avaient laissé, à moi de payer les seules charges, qui n'étaient pas bien lourdes vu l'absence d'ascenseur et de vide-ordures, et le maigre radiateur électrique qui me promettait des frissons, les froids venus. C'était un endroit nu et pauvre. Un placard aux laides portes métalliques, une fenêtre sans voilages. Sous la fenêtre, un matelas jeté par terre, recouvert d'une couette bleue usée, deux oreillers assortis. Une table de jardin de métal laqué blanc, et deux chaises. Même pas le coussin rituel, la plante verte anémique, le noyau d'avocat monté en graine, qui sont le signe de reconnaissance des appartements parisiens pour bohèmes fauchés. Une porte s'ouvrait sur un placard éclairé d'une lucarne, muni d'un réchaud et d'un frigidaire miniature. Une autre menait à un cagibi décoré d'une baignoire-sabot dont le rideau de plastique à demi déchiré pendouillait, d'un lavabo fossilisé sous les traces de dentifrice et de savon, et d'une cuvette de W.-C. ornée de mammouths jaunâtres rappelant vaguement les grottes de Lascaux. Bref, un de ces appartements que les petites annonces vous dépeignent comme « studio de caractère, lumineux et tout

120

confort ». Pas de téléphone. J'avais dû en arrivant m'éclairer à la bougie, et payer, afin de pouvoir bénéficier à nouveau des services de la fée Wonder, un arriéré de note d'électricité, laissé en cadeau par les voyageurs embarqués de l'autre côté de l'Atlantique, comme une maladie vénérienne rappelle le marin disparu à la fille restée au port. Seule chose susceptible de réchauffer cet environnement période glaciaire, griffe Emmaüs : une étagère de livres, située au-dessus du lit. De vieux bouquins écornés, jaunis de soleil, des Folio, des 10-18. Ils semblaient avoir été achetés en solde ou trouvés sur un banc de square, mais enfin, c'étaient des livres. L'insomnie dirigeait souvent ma main vers la lampe, faite d'une bouteille de champagne Perrier-Jouët. Je puisais dans la réserve au-dessus de ma tête. Bientôt quelque histoire curieuse venait égayer de ses coraux et coquillages les plages de sable noir de la nuit.

Le parquet craquait. Ses lames disjointes avalaient, minces bouches insatiables, les épingles, barrettes à cheveux et, même, les crayons qui s'aventuraient dans leurs jointures. Mais je m'étais interdit d'humaniser l'endroit. Je gardais le souvenir de l'appartement que j'avais occupé pendant deux ans à Ypallage, où j'avais été logée pour cause de poste d'enseignement mal situé. De bouilloire en théière, d'affiche en coussin, l'endroit s'était rempli de saloperies qui loin d'en dissimuler le caractère provisoire et minable, l'avaient accentué. J'avais laissé ces épaves derrière moi en partant. Dans mon idée, la liberté s'accommodait mal de cendriers armoriés « Souvenir de Cancale ».

Il y avait un étrange décalage entre la nudité du lieu — nudité étrangère, il était évident qu'un couple avait vécu là, y vivrait encore, témoin les deux chaises, les deux tabourets de cuisine, le grand lit — et la surabondance rococo du pâté en croûte appelé « l'hôtel Mollard ». Lorsque j'arrivais chez les Mollard, chaque jour à quatorze heures, je ressentais un choc. Cet excès d'objets constituait une jungle. Les fleurs qui s'étalaient, obscènes, sur le tissu râpé des fauteuils étaient carnivores, avec leurs corolles béantes prêtes à dévorer le moindre moucheron — moi — qui passerait à leur portée. Les perroquets de porcelaine perchés sur des appliques de bois doré, tout au long de l'escalier, me suivaient de leurs petits yeux durs, leurs becs crochus prêts à mordre. Le portemanteau de l'entrée de service était comme quelque cerf monstrueux, dont les ramures gigantesques s'élevaient dans la pénombre du sous-bois. J'étouffais dans cet air chaud et raréfié. Les Mollard étaient habitués à d'autres altitudes que les miennes. Peureuse, je me cachais dans les coins à la moindre alerte — mais les Mollard, eux, étaient à leur aise. Ils vivaient leur vie de Mollard, comme les dinosaures de la préhistoire se trouvaient à l'aise dans les eaux stagnantes des marais. Jusqu'au jour où...

« Qu'ils crèvent ! me disais-je en montant l'escalier qui menait à la chambre de Désiré. Qu'ils crèvent, tous, qu'ils claquent, que la peste les emporte ! »

Il y avait quelque chose chez ces gens-là, qui réveillait des haines anciennes, oubliées.

Un sifflement retentit. Je sursautai, portai les yeux sur le vilain volatile peinturluré qui disgraciait le mur. Le perroquet me regardait avec l'air con d'un perroquet, a fortiori un perroquet de porcelaine. Non, le sifflement venait d'en bas. En effet, baissant les yeux, je vis un type au pied de la cage d'escalier. Vêtu d'un bleu de travail, armé d'une clé à molette, il bayait aux corneilles avec le suprême mépris des travailleurs manuels dont les non-manuels ont absolument besoin et dont, en conséquence, ils tolèrent les paresses comme celles d'enfants gâtés. Les Mollard, qui méprisent tout le monde, tâtent le pouls de leur plombier, filent des vitamines à leur fumiste et des pilules pour la toux à l'électricien. Malheureusement, on ne peut pas se passer des primaires.

Je devinai, aux caisses éparses, que la salopette était venue en éclaireur, pour les travaux préliminaires à l'installation d'un ascenseur hisse-Mollard, afin que le vieux puisse aller humer les doyennés du comice sur ses espaliers — un de ses plaisirs quand il est en forme, paraît-il. En attendant, l'homme en bleu de chauffe se comportait comme chez lui, où il n'agissait d'ailleurs sans doute pas de même car, obéissant à Bobonne, ce genre de colosse emprunte habituellement les patins. Donc il se conduisait, à la Mollardière, comme il n'aurait osé se conduire au-dehors, et c'était pas *La Marseillaise* qu'il sifflait, c'était mon cul.

« Tu te trompes, mon vieux, moi je m'occupe que du troisième âge, pour toi c'est par là », dis-je en montrant du doigt la porte du boudoir de Guénolée.

Mais, à cette heure, Guénolée n'était en fait pas au bercail : « Je laisse les mondanités à ma belle-mère », disait-elle avec un rire qui se voulait gracieux, piquant au passage d'un coup d'épingle Maryjane dont l'ombre pesait tant sur sa vie.

« Moi, je travaille. De nos jours, n'est-ce pas, on ne peut plus se permettre... Et puis, je suis d'un tempérament actif. »

Ce trait de caractère s'était révélé sur le tard. A peine sortie de son école à fabriquer de parfaits strudels, Guénolée, mariée, s'était sans peine contentée d'un rôle de représentation auprès de « la jeune génération », membres du Rotary Club junior et partenaires de tennis du Racing. Elle organisait, le dimanche, des barbecues sur la pelouse derrière l'hôtel. Maryjane se plaignait de voir le jardin transformé en gargote des bords de Marne. Guénolée commençait à peine à se lasser des joies de la dînette, qu'elle attendait Clémentine, sa fille aînée, qui serait suivie par Mandarine. Elle s'acheta alors une panoplie complète de la parfaite petite maman au Berceau de France et se mit à lire Laurence Pernoud et consorts. Lorsque ses deux filles allèrent à l'école Guénolée, qui ne s'était dépensée que par nurse interposée, se réveilla, et se rendit compte qu'avant d'être mère, elle était femme.

Elle se réveilla trompée. Jean-Edward, habitué à être le centre de l'attention, s'était mal accommodé de la folie éducative de son épouse. Il se sentait rejeté. Les débuts du couple dans la vie commune n'avaient pas été aussi heureux qu'on aurait pu l'espérer. Guénolée s'était mariée par nécessité plus que par amour. Dans la foulée elle avait réussi à « placer » sa sœur Berthil qui avait épousé un camarade de promotion de Jean-Edward. Sans l'aide des Mollard une telle union eût été impensable pour la jeune campagnarde désargentée. Puis, elle avait pu verser à ses parents une pension qui assurait l'entretien du manoir dont les toits crevaient, les fenêtres béaient et les murs se boursouflaient. L'honneur de sa famille était sauf, grâce à un sacrifice somme toute léger. Si Guénolée n'aimait pas Jean-Edward, elle n'avait aimé personne d'autre, ce qui lui rendait aisé de prendre son intérêt pour de l'amour.

Elle ne s'était pas trop étonnée de ne rien ressentir entre les bras de son mari. Elle était de toute façon, à cette époque, imperméable aux sensations de quelque nature qu'elles fussent.

Sa nuit de noces, elle y avait parfois songé à l'avance, avec satisfaction. Elle faisait partie de la panoplie du mariage, qui lui serait livrée sous cellophane avec robe Lanvin. Finalement, elle n'avait pas eu Lanvin, Jean-Edward avait insisté sur Bob, l'honneur de la famille en dépendait. Elle voyait ça comme une variante moins fatigante et plus réussie de la masturbation. La conduite automatique, en quelque sorte. Pas de vitesses à passer. Relaxe-toi et jouis. Jean-Edward, dans l'histoire, se transformait en masseur thaïlandais, avec des doigts au bout du sexe.

Elle n'avait pas imaginé qu'on lui demanderait de se donner du mal. Dans le jargon de son pensionnat, c'était l'homme qui « faisait quelque chose », et même « des choses », à la femme. D'ailleurs ses quelques occasions de flirt confirmaient cette idée. Ainsi, elle avait, chance inespérée, rencontré lors de vacances chez une amie de pension un fils d'ambassadeur en poste au Venezuela — « une chance extraordinaire, avait dit sa mère au téléphone, j'espère que tu sauras te débrouiller. Sois gracieuse, aimable, ne fais pas la sotte. Enfin, tu vois ce que je veux dire ».

Le fils d'ambassadeur était blond et un peu rouge au-dessus du col. Il portait des blazers anglais à écusson et l'avait emmenée voir les Compagnons de la chanson. En la ramenant, il chantonnait *Mes jeunes années* dans la Versailles de son père. Rue de la Pompe, il avait stoppé, tous feux éteints, au bas de l'immeuble. Guéno-lée retournait dans sa tête la phrase de sa mère, « Ne fais pas la sotte », dont le sens lui paraissait ambigu. D'un doigt preste, le rougeaud, qui s'appelait Paul-Marie, avait fait basculer le siège qui devenait cou-chette — le dernier cri. Allongée malgré elle, Guénolée se serrait contre la portière en glapissant, « Ah non pas ça ! » une main entre les cuisses par-dessus sa mousse-line rose de chez Lempereur, l'autre sur ses seins drapés de broderie anglaise.

« Bon, bon », avait grommelé Paul-Marie, rendant d'une pression Guénolée à la position assise. Se rappe-lant toujours sa mère, la jeune fille s'était alors laissé embrasser sans façon. La bouche du garçon s'écrasait sur la sienne comme une pêche trop mûre. Guénolée pensait à Caracas, aux teintes gaies des cocktails dans les jardins de l'ambassade. Si elle se montrait conci-liante, elle serait peut-être invitée. La main du garçon remontait, taquinait le haut du bas, la jarretelle. Guénolée ne bougeait plus. C'est comme avec les chevaux, pensait-elle, il suffit de ne pas avoir peur. Deux doigts s'inséraient maintenant entre la dentelle du slip et les poils du pubis. « Heureusement qu'il fait noir », se dit la jeune fille. Sa mère refusait exprès de lui acheter de la lingerie neuve. « Comme ça tu auras honte d'être nue devant un garçon. » Les doigts se promenaient et le sexe de Guénolée devenait glissant comme des fruits au sirop.

« Ça suffit, maintenant, dit-elle consciente d'avoir jeté l'appât. Je crois que nous perdons la tête. »

Paul-Marie retira ses doigts et les tint un instant au-dessus du volant, empreints d'une odeur aiguë. Il ne savait plus quoi en faire. Guénolée mit la main sur la portière.

Paul-Marie, avec un soupir, s'essuya les doigts avec le chiffon à pare-brise. Puis, il rajusta sa cravate avec un mouvement bizarre du cou, comme un dindon. En ouvrant la porte, il ne proposa pas de la revoir.

Guénolée avait beaucoup médité cette expérience. Elle lui laissait un goût de trop peu. Elle avait, selon le cliché, lâché la proie pour l'ombre. Seule, au creux de son lit, elle avait beau s'activer dans l'antre noir au bas de sa chemise de nuit, elle ne retrouvait pas cet effet d'omelette norvégienne interne produit par le lardon du diplomate, dont pourtant avec les semaines le souvenir s'estompait. L'infortuné goujat se trouvait réduit à une main géante qui elle aussi peu à peu s'évanouissait.

« Si je n'avais pas écouté ma mère, se disait Guénolée, il m'aurait tout fait et j'en aurais eu pour mon argent. Mais là, que dalle. »

Elle se trouva quelque temps plus tard à nouveau seule en voiture avec un fils de quelqu'un — cette fois le père était boucher en gros, ce qui était évidemment moins reluisant, mais enfin tous ces abattoirs, dévidoirs à tripes, chaînes à crochets rapportaient. La femme du boucher, quand elle se rendait à la messe le dimanche, ressemblait à un sapin de Noël, croulait sous les boules et les guirlandes achetées place Vendôme.

C'était un soir de tempête, noir et venteux, excellente excuse. La Lucky Strike du type rougeoyait dans le cendrier fixé au tableau de bord, donnant à l'endroit une atmosphère de dîner aux chandelles. Bref, la situation était propice, et pourtant, Guénolée, dont les seins la démangeaient sous les mains voraces du prince de la tripe, ne se décidait pas. Quelque chose se bloquait. Son corps était comme coupé en deux au niveau de la ceinture.

« Mais que sommes-nous en train de faire ? » dit-elle d'une voix glaciale au jeune sanguin qui fourrageait dans son Lou à balconnet.

L'autre, douché, s'écarta, toussota, et tendit la main vers la clé de contact, tandis que Guénolée tirait sur son jumper.

Couchée dans son petit lit de jeune fille, trois quarts d'heure plus tard, elle comprit qu'elle ne regrettait pas. Le cap difficile était passé. Guénolée serait une femme vertueuse.

« J'ai décidé de me garder pour mon mari », dit-elle à Berthil le lendemain matin, comme elle se débarbouillait au Cadum.

Celle-ci sursauta. « Cela va de soi ! » s'écria-t-elle en jetant à sa sœur un regard soupçonneux.

Elle eut, cependant, un prix à payer pour sa vertu.

Six mois plus tard, elle rencontra Jean-Edward. C'était à un bal de sous-préfecture. Le jeune homme venait du camp scout voisin, où il « encadrait » des louveteaux qui campaient sur les terres de la Genouillère, le manoir familial de Guénolée. Le sous-préfet avait connu Désiré à un meeting de la S.F.I.O. car Désiré prétendait se souvenir de ses origines et profes-

127

sait un socialisme délavé. Son fils prêta à Jean-Edward un smoking. La robe de mousseline de Guénolée, taillée par la couturière du village d'après un patron trouvé dans *Marie-Claire*, bâillait devant, ce qui révélait, lorsqu'elle se penchait un peu, des salières maigres mais troublantes de pré-chlorotique. Consciente du défaut, la jeune fille croisait plus souvent qu'à son tour les bras sur sa poitrine, geste de vierge qui alla droit au cœur du jeune homme. Il n'entendait pas être trompé sur la marchandise, il ne voulait pas de seconde main. Il alla dare-dare lui chercher une coupe de glace au café.

Ils parlèrent. Guénolée révéla qu'elle aimait la couture et les animaux.

« J'ai cousu ma robe moi-même, c'est pourquoi elle a un petit défaut », mentit-elle en rougissant.

Jean-Edward vit dans cet embrasement l'indice d'une future fée du foyer. Manifestant un érotisme hypocrite et détourné, elle révélerait, avec du temps et des encouragements, des trésors de perversité fidèle. Quelque part au bas de lui, un tissu spongieux s'engorgea.

Le lendemain, Guénolée reçut, dans un panier décoré d'un ruban bleu, un caniche. L'animal s'échappa en jappant et alla pisser sur le fauteuil le plus proche, tandis que Guénolée lisait la carte : « Pour une jeune fille au cœur tendre, ce trésor d'affection. Jean-Edward Mollard-Smoldew. »

« Tu comprends ce qui te reste à faire », dit sa mère.

Guénolée comprit en effet. Cette nuit-là, comme le petit animal aboyait sans trêve, elle le prit dans son lit. Tandis qu'elle pensait à l'argent Mollard, il mordilla le bas de sa chemise de nuit, lui lécha les cuisses, et par jeu, fouilla de la langue. Guénolée, rêveuse et à demi endormie, s'abandonna, et ressentit pour la première fois un tressaillement surprenant et sec, comme une corde de violon qui lâche.

128

Le lendemain au réveil, elle se dit qu'elle aimait Jean-Edward. Elle descendit, en chemise, dans la grande cuisine froide du manoir, se coupa une tartine, la beurra, et courut la manger dans le verger. Sous un vieux poirier se trouvait une auge de pierre renversée où elle aimait aller s'asseoir, parfois, pour penser à l'avenir. Elle commença à mordre dans la tartine, tout en observant le manège d'une colonie de fourmis. Soudain, au-delà des insectes, se trouvaient les grandes jambes poilues de Jean-Edward, terminées à un bout par un short, et à l'autre par des pataugas. Guénolée, avant même de lever la tête, sut à qui ces guibolles appartenaient. Son regard monta, et rencontra, au-dessus de la chemise et du foulard scout, le joli minois de l'héritier Mollard, dont les jeunes filles murmuraient qu'il ressemblait à Jean Marais.

Sous le béret, Jean-Edward avait l'air à la fois viril et monté en graine. Le cœur de Guénolée se mit à battre très fort lorsqu'elle vit briller, à sa main droite, une chevalière sur laquelle les lettres MS s'entrecroisaient. Cette bague, elle l'apprendrait par la suite, avait été offerte à Jean-Edward par Maryjane, pour les dix-huit ans du garçon. Celui-ci s'assit aux pieds de sa bien-aimée.

« Merci pour le chien », dit Guénolée en rougissant.

Pour toute réponse, Jean-Edward lui prit la main. Cette main se laissa faire. Guénolée regardait d'un air absorbé le soleil jouer dans les branches du poirier, comme si cette partie d'elle eût été coupée du reste de son corps et qu'elle n'en eût rien su. Jean-Edward s'approcha et d'un mouvement brusque embrassa la jeune fille au-dessus de la bouche. Guénolée, toujours immobile, comme une statue de la virginité, attendait la suite. Jean-Edward l'entoura alors de ses bras, la renversa et lui roula un patin vorace, comme cherchant sur les boursouflures roses des lèvres quelque chose d'inconnu qu'il lui fallait absolument trouver très vite. Guénolée avait fermé les yeux. Elle voyait, sous ses paupières, les entrelacs rouges du soleil. La bouche de Jean-Edward sur la sienne l'irritait comme un tissu trop rêche, qui fait passer dans le dos un frisson désagréable, électrique. Mais elle s'était dit qu'elle l'aimait. Et puis il fallait bien en finir, devenir adulte.

Jean-Edward se sentait presque un homme. La conquête se révélant facile, il s'enhardissait. A travers le coton de la chemise, il percevait sur ses genoux la moiteur de la peau de Guénolée. Il s'encourageait intérieurement. Il lui semblait d'ailleurs n'avoir plus peur de rien. Il passa une main sous la dentelle du décolleté, toucha le bouton froid et exaspéré d'un sein.

La jeune fille se redressa, écarta les bras du jeune homme.

« Mais que sommes-nous en train de faire ? » dit-elle.

Jean-Edward la regarda l'air stupide. Il sentit sa timidité revenir, et pensa que son seul salut était dans la phrase qu'il avait longuement répétée :

« Je pense que nous devrions nous marier. »

« Allons annoncer la nouvelle à Maman », répondit la fiancée.

Ils s'en allèrent, main dans la main, vers la vieille maison cachée dans les arbres.

Aldérande de la Genouillère, au saut du lit, accueillit l'annonce avec juste assez d'émotion pour ne pas trahir sa classe. Ce flegme relatif n'était cependant que l'effet d'une éducation. En fait, Mme de la Genouillère avait cru, l'espace d'un instant long et terrible, que son cœur allait s'arrêter. Lorsqu'il se remit à battre, ce fut avec une précipitation féroce, comme s'il avait entrepris, dans son vieux corps, de courir un marathon de joie qui le mènerait à sa perte et elle avec.

Enfin, l'un de ses enfants lui donnait de la satisfaction ! L'aîné, Yann-Ludovic, l'avait bien déçue. Hémophile, sourd d'une oreille, il avait fait une fin comme gigolo d'une pharmacienne de Romorantin. Gigolo, passe encore ; mais pharmacienne ! Mais Romorantin ! Depuis dix ans, le nom de Yann-Ludovic n'avait plus été prononcé dans la famille. La mention même en avait été effacée de l'arbre généalogique qui s'étalait sur tout un mur du bureau du comte Lothar. Quant à Berthil, la seconde, elle était affublée d'un grand nez, ce qui conjointement à son absence de dot, rendait le casage difficile. Maintenant, avec le beau mariage de sa sœur, on trouverait bien assez d'argent pour lui faire retailler le pif, après quoi, grâce à l'alliance Mollard, on la « placerait » somme toute facilement.

Evidemment, la joie de cette mère dévouée n'était pas sans mélange. La famille Mollard ne remontait pas à très loin — pour parler par euphémisme — et la devise inventée par Désiré et malencontreusement gravée sur la façade de l'hôtel était d'une vulgarité affligeante. « Tout ce qui brille est d'or ! » Vraiment ! Si, au moins, les Mollard avaient pu montrer un minimum, une vague noblesse d'Empire... On n'aurait pas pavoisé, mais on aurait pu faire avec... Mais là, non, rien, moins que rien... Rien moins que du fric...

« Mais enfin, soupira Mᵐᵉ de la Genouillère en son for intérieur, il ne faut pas être trop gourmand. »

Cet aphorisme lui tenait lieu de philosophie. Tous les renoncements de sa vie en avaient été ponctués. Cela servait au propre et au figuré. « Il ne faut pas être trop gourmand », soufflait-elle en posant sur la table du dîner le plat de nouilles à la colle qui constituait tout le repas.

« Berthil, n'en prends pas trop, tu vas grossir », ajoutait-elle craintive.

« J'ai faim ! » geignait Berthil sachant qu'il n'y en aurait pas assez pour tout le monde. Aldérande cédait :

« Je n'ai pas beaucoup d'appétit ces temps-ci ! » murmurait-elle en raclant le plat, la dernière. Car le second volet de sa philosophie personnelle était : « Il faut sauver les apparences. »

Pour l'instant, son principal souci, en laissant les tourtereaux affamés par l'amour se bourrer de tranches de pain de six livres et de confiture de sureau, était de parvenir à faire avaler la nouvelle à son mari. Les palpitations cardiaques survenues tout à l'heure ne la quittaient pas tandis qu'elle longeait le couloir qui menait au bureau où Lothar de la Genouillère était dès cette heure matinale occupé à ses recherches généalogiques. Celles-ci constituaient l'œuvre de sa vie, une œuvre fantomatique et donquichottesque, certes, mais dont on ne parlait, en famille, qu'avec le plus grand respect.

« Que me voulez-vous, Aldérande ? » demanda le comte, mécontent d'être dérangé au moment précis où il croyait pouvoir enfin déterminer qu'un sien ancêtre, Roland de la Genouillère, né au temps des Croisades, était un bâtard de la Maison de France.

Aldérande prit un siège. Dans son hésitation, elle avait oublié de s'asseoir sur la bergère de droite, et venait de se piquer les fesses avec un ressort traîtreusement caché dans la bourre, hélas apparente, de la bergère de gauche.

« Ils me feront mourir », songea-t-elle en changeant de fauteuil, après avoir vérifié que sa robe avait un accroc.

Elle toussota.

« Votre fille va se marier », souffla-t-elle en direction du comte Lothar qui se figea net, la loupe à la main.

« Berthil ! s'écria Lothar. Enfin ! »

« Non, Guénolée, mon ami. »

Le comte s'assombrit. Guénolée, la benjamine, était sa préférée.

« Avec qui ? » proféra-t-il soupçonneux.

« Un jeune homme très bien. Charmant, je vous assure », chuchota-t-elle anxieuse, quêtant dans les yeux du comte une approbation, comme un chien qui ramène un lapin, à la chasse.

« Le nom ? » jappa le comte.

« Mollard, dit la comtesse dans une respiration. Mollard-Smoldew. Jean-Edward. »

« Je vous ai déjà dit de parler plus fort. On se croirait toujours dans une église. C'est exaspérant, à la fin ! Qu'est-ce que c'est que ça, Mollard ? »

« Le nom de votre futur gendre, mon ami ! » articula Aldérande, la bouche sèche.

« Mollard, ça n'est pas un nom, c'est un crachat », énonça le comte.

« Mollard-Smoldew, mon ami », précisa la comtesse.

« En plus, ils sont juifs ! C'est hors de question. »

« Ça s'écrit *ew*, mais ça se prononce *iou*. Smoldew, comme le mildiou. C'est un nom anglais, pas juif du tout. »

« Anglais, anglais, je demande à voir ! Avec ces gens-là, sait-on jamais ! Avant d'atterrir à Londres, ils auront fait un crochet par l'Europe centrale ! »

« Lothar, je vous jure que non. J'ai pris mes renseignements. Ils ne sont pas juifs, et ils sont très riches. Ce sont les Mollard de la peau. »

« La peau de quoi ? »

« La peau de lapin... »

« Qu'est-ce que je vous disais ! Pourquoi pas la peau des fesses ! Jamais ! »

Alors, Aldérande de la Genouillère eut la grande audace de sa vie :

« En fait de peau des fesses, mon ami, c'est de refaire le toit de la Genouillère, qui vous la coûtera. »

Le comte Lothar fit pivoter son fauteuil de bureau en citronnier et à roulettes, de façon à tourner le dos à sa femme.

« Mollard, ce n'est même pas un crachat, c'est une merde, dit-il face au mur. Mais enfin, il faut de tout pour faire un monde. »

De retour à la cuisine, la comtesse ouvrit le placard et se servit un verre de Schoum.

« Ton père est d'accord », dit-elle à Guénolée.

Contrairement à ce qu'on aurait pu penser, le consentement du côté Mollard ne fut pas si facile à obtenir. Car si à la Genouillère on avait besoin de la fortune dérivée des peaux de lapin, à Neuilly on n'avait que faire d'une alliance avec « cette bande de chouans décavés », comme disait Désiré.

En effet, il appartenait à cette première génération d'enrichis qui n'a pas encore atteint le stade du superflu. Son fils Jean-Edward, s'il n'était pas né avec une cuillère d'argent dans la bouche, n'avait pas eu longtemps à attendre. La bourgeoisie était sa nature, et il convoitait ces privilèges apparemment désuets qui font si aisément venir l'argent à des gens qui n'en ont pas, non qu'ils n'en aient jamais eu mais parce qu'ils ont tout dépensé. Ces tonneaux des Danaïdes que sont les familles dites nobles lui apparaissaient du dernier chic. Si sa famille à lui gagnait du fric, ces gens-là se contentaient d'en claquer, et en plus ils se payaient le luxe de cracher dans la soupe. L'aspect délabré de la Genouillère avait été plus qu'un soulagement, presque un éblouissement. Dans la soie brûlée des fauteuils, les trous de souris des tapisseries, il retrouvait sans le savoir de très vieux souvenirs, la chaleur des bras de Félicie près du petit poêle en fonte, l'hiver dans le baraquement de Vitry, la chasse aux rats. Il n'était pas jusqu'aux plats de nouilles qui ne lui rappelassent dans leur austérité bourrative les platées de queue de bœuf aux lentilles. Car les jours où il était convié à dîner, Aldérande, si elle ne changeait pas l'ordinaire (« Nous sommes entre nous, n'est-ce pas mon petit Edward, vous faites déjà partie de la famille »), mettait deux paquets de macaronis au lieu d'un.

« On ne va quand même pas se gêner pour ces gens-là, avait-elle prévenu Guénolée. Nous n'avons pas à entrer en compétition avec eux. Tout riches qu'ils sont, il faut qu'ils comprennent que nous sommes au-dessus d'eux. Seulement, je ne veux pas qu'on dise que nous lésinons sur la quantité. Il faut sauver les apparences. Qu'il soit clair que nous ne manquons de rien. »

Elle aurait eu tort de se gêner. Jean-Edward ne marchait pas, il courait. Servis dans un plat d'argent aux armes des Genouillère, les macaronis à l'amidon, parsemés d'un peu de chapelure pour faire un effet de gratin, se transfiguraient. Et comme avec chaque cuillerée qu'elle lui servait, Aldérande ajoutait une invisible mais épaisse portion de mépris, Jean-Edward absorbait ce mépris, le digérait, et commençait lui aussi à voir les Mollard de haut. Il se félicitait aujourd'hui d'avoir laissé attacher à son patronyme ce Smoldew, concession de Désiré à l'inconsolable anglomanie de sa seconde femme, ainsi qu'à son attachement pour son fils cadet. Jean-Edward comprenait maintenant que cette consonance anglaise rattrapait l'intolérable platitude de Mollard.

« Rien à dire, confia-t-il à Maryjane dans un moment d'abandon, Mollard ça fait brasserie de gare, douzaine d'huîtres, ça s'étale comme un glaviot. »

Après tout, le trait d'union représentait le premier pas vers les hauteurs béantes des patronymes à particules. On prenait, dans les registres, de la place pour deux.

Au contact de ces hobereaux désargentés, Jean-Edward apprenait cet art nécessaire à tout adepte de la grimpette sociale : le mépris de ses parents.

A l'issue de son premier repas au manoir, le comte Lothar, considérant qu'il avait fait bien assez d'honneur à ce jeune plouc en le laissant partager ses nouilles, était retourné à ses chères études, tandis qu'Aldérande, pour adoucir le coup, servait au futur gendre un petit verre d'eau-de-vie de prune maison. Intoxiqué par ce breuvage d'autant plus raide que des années d'attente le rapprochaient de l'alcool à 90°, Jean-Edward eut une illumination : le journal de ses rêves, celui qu'il projetait de fonder, il l'appellerait *Toujours plus haut*. Ainsi, il drainerait tous les ambitieux de France et de Navarre, tous les enflés de la francophonie, les adeptes de la gonflette sociale, les Monsieur Muscle du standing, enfin un public prometteur et pour lequel, dans l'état actuel et vétuste de la presse, il n'y avait pas de signe de ralliement.

« *Toujours plus haut*, expliqua sans plus attendre Jean-Edward à sa future belle-doche, sera le journal de l'homme de demain. »

Aldérande hochait du chef, l'air ravi. Elle pensait à la toiture.

C'est par ce type d'incident que s'explique la force de l'union qui attache encore aujourd'hui Jean-Edward et Guénolée, malgré les vicissitudes de leur couple. Condamnés à se regarder en chiens de faïence jusqu'à la fin de leurs jours, Jean-Edward et Guénolée Mollard-Smoldew n'en sont pas moins aussi inséparables que ce duo d'animaux de porcelaine qu'une main inconnue avait, un jour récent, déposé devant une porte.

12

L'amour à la cloche

J'ai mal à la tête. Les draps sont sales. J'ai encore fait les quatre cents coups et ce matin au réveil, non seulement je constate, en tirant les rideaux, que le ciel est gris, mais encore que j'ai la gueule de bois.

Hier soir en sortant de chez les Mollard, j'en pouvais plus. J'avais déjà la migraine. La migraine pour rien, pour toutes ces histoires de Mollard qui s'emmêlent dans ma tête.

En sortant du métro à la station Luxembourg j'avais un peu faim, ce qui n'a rien d'étonnant puisqu'il était l'heure de dîner. Par ailleurs, ces temps-ci, je suis fauchée, devant payer la facture du téléphone que j'ai fait installer, sous peine de coupage de fil. Evidemment, je n'ai guère besoin de ça, puisque personne ne m'appelle jamais, sauf Maxime, de temps en temps. Je ne connais personne à Paris, à part justement des inconnus à qui je ne donne pas mon numéro. Pourtant j'y tiens, au téléphone, je ne veux pas qu'on m'en prive, j'aurais l'impression d'être déjà un peu morte. Mademoiselle, ne coupez pas ! Je tiens à la vie !

Comme je n'avais guère de sous, je me suis arrêtée à la Croissanterie, un fast-food du boulevard Saint-Michel. J'ai acheté un feuilleté aux pommes et un pain au chocolat, le tout arrosé d'un cocktail de fruits, boisson douteuse au goût de sucette. La fille m'a compté neuf francs quatre-vingt-dix, ce qui était le prix marqué à l'écran de la calculeuse mais c'était une erreur, j'aurais dû payer davantage. Enfin je n'ai pas protesté. Après tout c'est leur problème. J'ai pris une serviette en papier ornée d'une serveuse en minijupe avec un plateau, une silhouette rouge sur fond blanc, et j'ai commencé par le feuilleté, parce que c'est mou à l'intérieur et c'est tiède, de la compote de pommes en conserve comme on en servait à la cantine à l'école. Entre deux bouchées j'avalais une gorgée du cocktail de fruits à goût de roudoudous. Je m'appuyais du coude sur le comptoir de formica. En face de moi le mur était recouvert d'un grand miroir. Il s'y reflétait, derrière ma tronche, des rangées de fours où cuisaient, malingres, les larves blanches des croissants, comme des nouveau-nés à la morgue après le passage d'Hérode.

Je pensais aux chiens de faïence. Je n'avais pas eu le fin mot de l'histoire. La boutique de brocante avait fermé, tristement remplacée par un négoce de mobilier de bureau.

Un clochard est venu s'installer à côté de moi. Il venait de s'acheter son petit déjeuner, avec l'argent obtenu en faisant la manche à la sortie du métro.

« Je les emmerde un peu, y en a bien deux-trois qui donnent. Forcément, je suis sale, je leur fais peur », m'explique-t-il en trempant délicatement son croissant dans son café.

C'est vrai qu'il est sale. Son crâne rasé est parcouru de traces noirâtres dont on ne sait si c'est la crasse, ou les cheveux qui commencent à repousser. Son nez, dans la boule rosâtre de la tête, privée du relief des cheveux, ressort comme un bec de pioche. Il n'est pas laid pourtant, avec un air de rapace. Le cou sortant d'un vieux pardessus de tweed, il a l'air d'attendre, perché sur un fil télégraphique, le passage d'un train.

Comme il voit que je ne suis pas très réceptive, il se tourne vers la fille de l'autre côté de lui, une teen-ager anglaise qui mange un feuilleté au fromage. Dans cette crèmerie-là, c'est le feuilleté à toutes les sauces. Il lui parle anglais, il explique que son pardessus est en tweed, un tweed très chic, du *homespun*.

« See ? » fait-il en montrant l'étiquette au revers. La fille hoche la tête avec un sourire gêné. Elle a une miette blonde au coin des lèvres. Il se tourne vers moi : « Le mieux en ce moment, le soir, pour manger, c'est les Galeries Barbès. Il y a un buffet campagnard gratuit jusqu'à vingt-deux heures. »

L'Anglaise est partie. J'ai fini mon roudoudou liquide. La paille faisait un bruit d'intestins. Je suis sortie et le clochard m'a suivie. Il est monté dans le 38, il est descendu en même temps que moi, à l'arrêt Daguerre.

A ce moment-là j'avais déjà compris qu'il me suivait, et il avait déjà compris que je me laissais suivre. Arrivée devant ma porte je l'ai invité à entrer. J'ai commencé à me déshabiller. Je n'avais jamais fait l'amour avec quelqu'un de très sale.

Il m'a demandé si je n'avais pas quelque chose à boire. J'ai sorti la bouteille de gin. Il s'est servi au goulot et moi après lui. Je n'ai pas l'habitude de boire. Ça me surprend toujours, ça a un goût de pansement. Je me demande pourquoi les gens aiment ça. Mais évidemment, ça fait chaud à l'intérieur.

Le type a commencé à se déshabiller lui aussi, sans rien dire. Il avait un corps tout maigre avec des côtes qui saillaient. J'ai pensé à Maxime, et puis je me suis dit qu'il ne fallait pas. J'ai avalé encore du gin, à grandes lampées. J'avais l'impression d'être un sucre avec de l'alcool dessus, prête à fondre, prête à flamber. Je me suis couchée et je me suis laissé baiser. Le type a eu du mal à entrer, parce que je ne le désirais pas. Il a humecté le bout de son sexe avec de la salive, du doigt, pour que ça glisse mieux. J'avais hâte que ce soit fini. Il me traversait à grands coups. Il a joui très vite. Je faisais la morte. Puis il s'est levé, a pris ses vêtements, s'est habillé. Il est sorti en fermant doucement la porte. J'ai entendu son pas décroître dans l'escalier. Il posait les pieds sur les marches avec précaution.

Le silence me réveillait lentement. Il me criait dans les oreilles. J'ai mis la radio.

> *Chacun ses misères*
> *chacun ses crises de nerfs,*

geignait Couture. Un type qui chante comme un clochard qui se défoncerait à l'Ajax ammoniaqué, pour avoir la tête pleine de tornades blanches.

Je me rendais compte que j'avais encore fauté.

T'es tout nu devant le micro, tout nu en kimono,

chante Charlélie. Et moi, j'ai encore fait une connerie. Je sais pas ce qui m'arrive dans ces moments-là. J'oublie tout. Je suis plus moi-même. En tout cas c'est ce que je me raconte pour m'excuser auprès de l'autre, la fille convenable.

« C'est ton côté pute, dit Maxime. Faut pas t'inquiéter, c'est pas bien grave. »

« C'est parce qu'il ne m'aime pas, qu'il dit ça », pensais-je.

« C'est pas parce que je ne t'aime pas que je dis ça, dit Maxime. C'est seulement que je ne suis pas encore tout à fait prêt à t'aimer. Profitons du temps qui nous reste avant l'orage. »

J'ai dormi exprès dans les draps noircis par le clochard, qui sentaient l'alcool et la crasse.

« C'est ton côté mystique, dit Maxime. C'est pas facile à vivre mais c'est plutôt sympathique. »

« Mais toi, tu n'en baises pas d'autres ? »

« Moi, j'ai pas besoin. J'ai de l'imagination. »

« J'y comprends rien, moi, à la vie, j'y ai jamais rien compris. »

« Ceux qui comprennent, ils comprennent encore moins que les autres », dit Maxime en allumant deux Camel à la fois.

Et tous les jours je vais chez les Mollard, je vais chez les Mollard faire la pute, car bien entendu il y a de multiples façons d'arpenter le trottoir. Chez les Mollard je souris, je souris tout le temps, d'un sourire en plastique qui me fatigue les zygomatiques, je souris tellement faux que c'est comme si je pleurais. Ils s'en foutent, d'ailleurs. Ils s'en foutent complètement. Pour eux, du faux, du vrai, c'est pareil, ce qui compte c'est que ça s'achète. Tout a son prix. Et il ne faut pas oublier de marchander.

« Je pourrais t'aimer, si j'osais », dis-je tout haut en pensant à Maxime. Et puis, je me mets la main sur la bouche d'avoir parlé. Mais le vieux n'a rien entendu. Il n'entend jamais que lui-même.

L'histoire des Mollard s'étend devant moi comme une énorme pelote de laine emmêlée. Il faudrait refaire l'écheveau. Mais de toute façon c'est impossible. Une histoire de famille, c'est toujours un sac de nœuds, et ça ne tient que par là.

Je m'y perds avec toutes ces sources, toutes ces voix, toutes ces écritures. J'avance, comme dans une jungle pleine de fleurs vénéneuses et cannibales. Je fais attention, j'essaie de ne pas me piquer.

« Quand t'en auras marre t'arrêteras, dit Maxime. De toute façon t'auras appris quelque chose. Il y a des expériences pénibles qu'on ne peut pas éviter. Un jour tu prendras le large, tu t'apercevras que le fil qui te reliait à eux s'est cassé. Alors ce fil invisible deviendra une grosse ficelle. Tu comprendras tout. On ne peut aller trop vite. C'est comme ça. »

J'ai apporté un bol d'olives à Désiré qui les recrache partout après les avoir sucées.

« Le mariage de Jean-James et Guénolée, soupire-t-il. Deux petits cons. »

Il dit ça en plissant les paupières, ouvrant à peine la bouche, avec l'expression faux derche d'un crocodile qui prend le soleil. On ne sait jamais ce qu'il pense. Il a une carapace si épaisse.

Un caprice du destin a fait que je doive raconter cette histoire à sa place. Mais ne me demandez pas de le faire dans l'ordre. Car les histoires de famille sont toujours des histoires de désordres, et même de débordements. Tout cela soigneusement enfoui dans un placard, un coffre, une valise. Et lorsqu'on ouvre, attention. Cela s'échappe d'un coup, avec d'affreux badaboum de ferblanterie, sans compter les chocs mous des cadavres. Si vous ne reculez pas à temps, vous prenez ça en plein dans la figure.

NOTES D'ISABELLE

Le principal obstacle au mariage de Guénolée et de Jean-Edward ne vint pas de Désiré mais de sa seconde épouse Maryjane.

On a vu plus haut que Jean-Edward était resté dans l'appartement de la rue Murillo. Il justifiait la présence de la jeune Maryjane. Désiré, la voyant pour la première fois, en un éclair de lucidité, aperçut en elle son avenir. Un rayon de soleil tombant obliquement de la fenêtre vint un instant souligner la finesse translucide de la peau de la jeune fille, comme un filet d'eau courante, glissant sur les pierres d'un torrent, en révèle la couleur. L'épiderme de Maryjane, à la lumière, paraissait si fin qu'il révélait les réseaux capillaires sous-jacents en une brume rosée, comme si ce visage se fût offert à l'écorchement. Il exprimait une nudité extrême, proche de l'absolu, comme la chute d'au

142

vêtement n'eût pu la garantir. Sa peau était comme un dernier linge, celui qui par sa présence révèle de la chair profonde davantage que la chair elle-même ne saurait le faire. De même, on croit mieux voir la moiteur d'une jambe de femme, à travers les mailles légères d'un bas résille. Lorsqu'elle enlève ce bas, elle est moins nue. Désiré ne voyait en cet instant que cette peau bleutée comme du lait, à la fois parfaitement lisse et légèrement duveteuse, de ces petits duvets fous et impalpables des blondes. Il oublia la sécheresse et l'angularité du corps. Ou plutôt sans doute, cette angularité même ne fit que rehausser la douceur vallonnée de la pommette, comme un cercle ressort mieux à l'intérieur d'un carré. Il connut la plus forte émotion érotique de sa vie, et se sentit irrésistiblement attiré vers la jeune fille. Il l'aimait déjà de cette forme incomplète d'amour qu'on ne parvient pas à justifier, à s'expliquer, et qui entraîne vers la perversion. Et, dans cet instant aussi, il sut que ce qui l'avait conduit à insérer la petite annonce n'était pas le souci du bien-être de ses fils, qui d'ailleurs effectivement étaient déjà ridiculement grands pour avoir une gouvernante. C'était lui qui voulait être gouverné. Ayant au long de sa vie trop dirigé et lui-même et les autres, il lui fallait en quelque sorte de temps à autre pouvoir passer la main. Il avait besoin de repos. Cette jeune fille, qui paraissait si bien savoir où elle allait et ce qu'il fallait faire, dont il semblait que le doute, l'hésitation et le trouble ne dussent jamais l'effleurer, le prendrait sur ses genoux blancs et empesés. Elle passerait sur son corps une main fraîche, consolatrice et crémeuse, elle lui offrirait de bonnes odeurs et de bonnes nourritures, il se sentirait en sécurité. Ses deux grands dadais de Fiacre et de Marcel pouvaient bien aller au diable, devant cette nécessité impérieuse. Désiré engagea Maryjane.

Cet homme n'était pas un caractère franc. Son

aptitude à dissimuler, à se tapir et attendre son heure était presque infinie, ce qui l'avait beaucoup servi. Cependant cette médaille avait un revers. Désiré, à force de vouloir ruser avec autrui, en était venu à se mentir à lui-même, à tel point qu'il ne pouvait plus aller droit au but, et que l'expression interne de ses sentiments passait toujours par des méandres compliqués. Aussi avait-il été incapable, en cet instant de tonnerre, de dire franchement et simplement à la jeune fille qu'il la voulait. Il fallait qu'il mette entre lui et cette étrange passion la façade d'une respectabilité, ou de ce qui lui apparaissait comme tel. Car l'amour à ses yeux n'était pas respectable, précisément, mais une chose cachée dont il convenait d'avoir honte. Et comme il ne connaissait d'autre honorabilité que celle de l'argent, il s'apprêtait à acheter Maryjane. Ce salaire qu'il lui donnerait pour s'occuper de Jean-Edward serait en fait le prix de soins donnés à lui, Désiré.

Maryjane, paralysée sur sa chaise, se sentait bizarre. Une bouffée de chaleur lui monta au front.

« C'est la fatigue du voyage, se dit-elle, le changement d'atmosphère. »

Car la jeune fille non plus — et en cela elle ressemblait à Désiré, ils étaient en quelque sorte faits l'un pour l'autre et pour ne pas se comprendre — ne regardait jamais ses sentiments en face. Cette bouffée de chaleur qu'elle venait de ressentir n'avait d'autre cause que le désir de l'homme assis en face d'elle. Ce désir rayonnait jusqu'à elle et la chauffait comme un soleil. Sous sa peau, la glace commençait à fondre.

« Il est mignon », fit-elle en regardant Jean-Edward, pour dire quelque chose.

« C'est un vrai petit diable, mais il a bon cœur », répondit Désiré, non parce que cela correspondait à la réalité ou au sentiment qu'il en avait, mais parce que c'était le genre de remarque qu'il pensait devoir faire.

144

Pendant ce temps, l'enfant, plissant les yeux, fixait les chaussures de la dame qui venait d'entrer dans sa vie. C'est de cette époque que date son habitude de regarder les gens de biais, sauf lorsqu'il se force pour avoir l'air franc.

Lui non plus ne devait pas sortir indemne de cette entrevue. Les enfants, même s'ils n'en savent pas assez long sur l'univers des adultes pour comprendre ce qui s'y passe, ont cependant les sens plus en éveil, car ils n'ont pas encore appris à se protéger des émotions et des sensations. Ce sont des buvards, qui absorbent tout à leur insu. Il était porté par ce courant qui reliait Désiré à Maryjane. Celle-ci s'en était dès l'abord trouvée investie pour lui d'une sensualité autoritaire et puissante. Elle était la femme qui pouvait faire perdre les pédales à son père, cet homme qui contrôlait toujours tout, ne s'émouvait jamais de rien. Il ne l'avait en tout cas jamais vu s'émouvoir devant sa mère, et encore moins, bien entendu, devant lui-même.

Jean-Edward constatait que son père si raisonnable était prêt à faire des folies pour cette fille. Elle avait d'un mot fait renvoyer Fiacre et Marcel, ce qui comblait les vœux secrets de l'enfant que ses grands frères se plaisaient à torturer. Désormais, il n'y aurait plus entre son père et lui que cette femme et par cette femme, s'il savait s'y prendre, il atteindrait son père.

Maryjane se trouvait ainsi assurée, dès le premier instant, de la docilité de son élève. Jean-Edward ne demandait qu'à lui obéir, qu'à l'imiter, qu'à apprendre d'elle. Parce qu'il avait senti que son père l'aimait il l'aima. Elle détenait, croyait-il, tous les secrets.

Le récit de cette rencontre suffit à éclairer ce qui se passa, beaucoup plus tard, lorsque Jean-Edward, rentrant euphorique et bronzé de Bretagne, s'en fut trouver son père pour lui expliquer qu'il venait de choisir la compagne de sa vie.

Désiré le prit alors de front, lui représentant qu'il

s'agissait là d'un caprice, et qu'il pouvait fort bien se donner du bon temps avec la fille sans pour autant l'épouser. Ceci provoqua les protestations indignées et méprisantes du jeune homme : « Guénolée n'était pas le genre de fille avec qui on s'amuse, et puis lui, Jean-Edward, en avait assez de courir les filles, les putes le fatiguaient, il était quelqu'un de raisonnable, d'un tempérament régulier, il souhaitait bâtir du solide. »

C'était d'ailleurs le fond de l'affaire. Jean-Edward était alors extrêmement timide avec les femmes. Il garderait toute sa vie une part de honte et de cachotterie dans l'amour, héritée de son père. Pour l'instant il voulait tout simplement la baise à domicile, comme il avait ses croissants sur un plateau le matin. Pourquoi se fatiguer à courir jusqu'à une boulangerie ?

Bien sûr, en bon Mollard, il ne se formulait pas les choses ainsi. Il se disait qu'il voulait Guénolée, et que Guénolée était de celles avec qui l'on fonde un foyer. C'était un garçon d'habitudes, qui mangeait tous les matins, religieusement, son œuf à la coque.

Maryjane, devant cette résistance, montra beaucoup plus de tact. Elle démontra à son beau-fils que le mariage était, précisément, une affaire sérieuse. On ne s'y engageait pas à la légère. Le passage du temps, un peu d'éloignement étaient excellents pour éprouver et renforcer les sentiments. Guénolée avait certainement reçu des Sœurs et de sa mère une bonne éducation. Toutefois la situation économique manifestement étroite de sa famille ne lui avait sans doute pas permis d'acquérir le complément d'aisance et de manières qui serait nécessaire à l'épouse de l'héritier Mollard, afin de faire figure dans le monde. Maryjane suggéra donc d'offrir à la jeune fille une année dans le pensionnat suisse le plus huppé.

Maryjane avait touché Jean-Edward au point sensible : le snobisme. Soudain, celle qu'il avait aimée dans sa simplicité désuète de pensionnaire en vacances lui apparut sous un autre jour. Bien sûr, c'était cette simplicité, les petites roses sur la chemise de nuit de finette, la trace de rallonge au bas de la jupe de vichy, qui l'avaient séduit. Auprès d'elle, il s'était senti supérieur et sûr de lui, alors qu'avec celles qu'il rencontrait à Paris dans les rallyes de la jeunesse snob, il se sentait empêtré, grossier, plouc malgré tout son argent. Auprès de Guénolée, au contraire, il s'était senti auréolé du chic parisien. Mais les jeunes filles d'Auteuil ou de la porte Maillot, laquées jusqu'au bout des cils, avec leurs ongles de nacre blanche et leur rouge à lèvres corail de chez Peggy Sage, qui donnait à leurs bouches la mollesse des glaïeuls, l'impressionnaient. Leur petit orteil replié sous la plante du pied par le port de leurs vernis pointus, leur goût pour les orchidées, les disques des Platters et les danses bizarres le figeaient. Il ne savait pas danser le cha-cha-cha, quant au twist n'en parlons pas. Pouvait-on imaginer quelque chose de plus idiot ? Il y avait même des figures plus compliquées : se trémousser en faisant glisser les mains le long du corps de bas en haut, figure dénommée « Brigitte Bardot », et une autre qui s'appelait « Ray Charles » et qui consistait à se passer la main devant les yeux en criant « waouh ». Après un an de cours pris en désespoir de cause chez Mado et Charly, professeurs de danse de salon spécialisés dans le rattrapage des vilains petits canards de bonne famille, il ne s'en sortait guère mieux. Terrorisé, il s'était trouvé pendant une demi-heure serré sur l'ample poitrine à sequins de Mado tandis que Sinatra bramait à la lune et qu'à l'autre bout du plancher luisant comme un miroir, Charly, les reins sanglés dans une ceinture de toréador et l'air blasé, lançait en direction des murs la fille obèse d'un chirurgien du cerveau, qui rebondissait avec autant d'allant qu'un sac de patates. Puis on les lâchait tous les deux, Jean-Edward et la grosse fille, un boudin qui se faisait appeler Bonbon. Mais pour la croquer fallait pas être dégoûté ! D'ailleurs, évidemment, elle avait de la vertu.

Jean-Edward faisait ce qu'on lui disait de faire, il la jetait sur le parquet ou du moins il essayait, car elle avait peur de glisser et s'agrippait à lui avec l'énergie du désespoir. Charly assis, le souffle court, se tapait sur les cuisses en rythme et en criant, « Yé, les enfants, go », ce qui n'arrangeait rien. Devant les murs recouverts de glaces, les chaises laquées or aux pieds fins comme des allumettes se figeaient dans la réprobation. Bobby Solo geignait, Salvador enchaînait, puis les Beach Boys gnangnantaient des histoires de sea, surf and sex. Charly et Mado se vantaient d'avoir une discothèque « up to date ». Les chandeliers de cristal étaient comme des soleils ridicules. Le Teppaz crachotait. Bonbon transpirait dans sa robe de poupée Peynet. On ne lui avait pas appris l'usage de l'Odorono.

Guénolée, elle, au bal du sous-préfet, avait doucement tourné sur l'air de *Smoke gets in your eyes*, s'était vaguement tortillée sur *Diana*, enfin rien de méchant. Jean-Edward s'était senti très à l'aise. Maintenant, sa belle-mère, qui n'avait peur de rien et qui, à quarante ans, dansait chez Castel pendant que Désiré était à des dîners de banquiers, voulait faire de Guénolée une petite pimbêche. Mais Guénolée lui appartenait. Sa mère lui avait conseillé de ne jamais danser mieux que son cavalier. Si on la raffinait, ce ne serait pas pour qu'elle regarde de haut mais pour qu'elle épate les amis de Jean-Edward, jeune homme complexé pour qui impressionner les autres était un but permanent et rarement atteint. Jean-Edward rêvait d'une épouse qui éblouirait le monde par son aisance et sa classe, mais qui pour lui serait toujours la petite provinciale pauvre et guindée, empêtrée dans son éducation de couvent. Il pourrait dire, en cas de problèmes :

« Souviens-toi d'où je t'ai tirée. »

Jean-Edward s'apprêtait à acheter la jeune fille, il en

était parfaitement conscient. Il avait un cynisme innocent ou une innocence cynique, comme on voudra. Guénolée aurait la jouissance de l'argent et de la puissance Mollard, mais elle ne l'aurait que par procuration. Et elle l'adorerait, lui, Jean-Edward, comme l'incarnation moderne du veau d'or.

Bien sûr, l'héritier Mollard était convaincu que la jeune fille l'aimait, mais il ne savait pas qu'aimer pouvait se comprendre dans un sens différent qu'aimer les spaghetti ou les Porsche. C'était un garçon à la fois simple et compliqué, qui ne se posait guère de questions. Il allait son petit bonhomme de chemin dans la vie, marchant droit sur les sentiers glorieux de son intérêt ou de ce qu'il prenait pour tel. Il accepta la proposition de Maryjane, qui lui promettait une épouse de première qualité, marque suisse, la précision horlogère. En même temps, cela lui donnerait un répit, car après coup, sans toutefois souhaiter revenir sur sa décision, il en était un peu effrayé. Il voyait là quelque chose de brusque et d'irréfléchi qui s'apparentait à la passion, chose dangereuse. Une décision irraisonnée deviendrait par l'aval du temps raisonnable.

Guénolée, elle aussi, se rallia immédiatement à cette proposition.

« Il ne faut rien brusquer, dit Aldérande, et de toute façon, tu seras toujours plus facile à caser après. »

La toiture attendrait un peu, mais, d'un autre côté, un mariage précipité n'était pas convenable, et puis Berthil venait de rencontrer Adhémar Lethuillier, des émaux et baignoires Lethuillier, le copain de promo de Jean-Edward. Tous les espoirs étaient permis de ce côté-là.

« D'une pierre deux coups, il suffit d'attendre un peu ! » se félicitait Aldérande.

Les obstacles d'abord mis par Désiré à la fréquentation des jeunes gens furent bientôt levés par le départ de Marcel à destination de l'Amérique. Il ne donnait pas d'adresse et laissait un mot à son père :

« Tu ne m'as jamais aimé. Je reviendrai quand j'aurai fait mes preuves. »

Désiré se voyait gêné par cette fuite. Il avait en effet prévu, grâce à sa progéniture, une mainmise sur les destinées de la France. Jean-Edward devait assurer l'avenir politique de la Famille. Fiacre gérerait la banque, cependant que Marcel conserverait la haute main sur Récup'Mollard, filiales dans quarante villes françaises, traitement des peaux et papiers usagés ; sur les usines Mollopillo, matelas révolutionnaires à injection, brevet exclusif, animés par un moteur d'un léger mouvement de balancier rappelant au dormeur en puissance des souvenirs très anciens, et l'assurant d'un sommeil rapide et agréable ; sur les fabriques de glaces alimentaires Mollfroid ; sur les magasins de confection, sans compter Smoldew-laines, qui fournissait à Bob ses matières premières. Au-delà, sur diverses autres entreprises, compagnies immobilières y compris.

La défection de Marcel creusait donc un trou béant dans les perspectives d'avenir de Désiré. Momentanément absorbé par ce problème, il vit son attention détournée des projets matrimoniaux de Jean-Edward.

Guénolée, munie d'une valise Vuitton offerte par son fiancé et accompagnée par la promesse d'un solitaire de chez Boucheron à venir dans six mois, partit pour Genève.

13

Débauche

« Profite du temps qui te reste pour t'amuser, mon petit », dit Maryjane à son beau-fils avec un soupir perfide.

A peine celui-ci revenu de la gare de Lyon, elle l'emmena prendre le thé au Plaza, « pour le consoler un peu ». Assise à côté de lui dans la galerie donnant sur le jardin intérieur de l'hôtel, elle vit arriver une jeune fille, ou plutôt une immense créature, blonde, mince, éthérée, vêtue d'un tailleur Chanel, qui après avoir été invitée à sa table dit à Jean-Edward, d'une voix rauque comme un souffle, qu'elle était mannequin volant.

« C'est une amie de Bob, mon cher », dit Maryjane à son beau-fils.

La protégée de Bob invita incontinent le jeune homme à une fondue qu'elle donnait pour quelques amis, le surlendemain.

Jean-Edward, marinant dans les effluves du N° 5, chatouillé par les poils de l'étole de renard que la créature, qui disait s'appeler Pamela, lui balançait sous le nez, enivré par la vue de jambes apparemment infinies, accepta. Il ne se sentait même pas coupable.

Le surlendemain, les « amis » partis — deux autres mannequins arrivés en couple avec un photographe et un joueur de tuba — Jean-Edward aima Pamela sur la peau de zèbre devant la cheminée de son studio de la rue Saint-André-des-Arts.

Pamela était américaine. Elle avait détenu le titre envié de « Rose du Texas ». Puis, elle était venue tenter sa chance dans les maisons de couture françaises. Ce petit pays lointain et hexagonal lui apparaissait comme le summum du chic. Elle avait assez vite maîtrisé son accent et suivait les cours de comédie de la rue Blanche, sans grand succès. Il y avait en elle quelque chose d'un peu sensuel, d'un peu vulgaire qui plaisait aux hommes mais qui nuisait à son travail de mannequin. Sous le vêtement on voyait les seins de Pamela, les cuisses de Pamela. Elle avait une présence de femme très forte. On la remarquait trop. La cliente voyait bien que dans le même vêtement, elle n'aurait pas la même allure. Elle vendait mal les modèles.

Comme elle n'avait aucun goût pour l'austérité et beaucoup de pragmatisme, elle s'était rapidement décidée à exploiter son côté pute distinguée, en se rendant deux après-midi par semaine dans une célèbre maison sise dans une petite rue calme du quartier de l'Etoile. Les pensionnaires portaient l'uniforme, jeans corsaire en soie sauvage de chez Pucci, pull de cachemire. Le salon principal était meublé en Régence d'époque. On y rencontrait de tout, y compris des bourgeoises en mal de distractions. L'éclectisme de la marchandise était une des principales raisons du succès du 19, comme on l'appelait. Les visiteuses célèbres portaient un loup, ce qui attisait les curiosités.

Les messieurs qui se rendaient à ces thés dansants très chaloupés étaient liés par la fraternité du porte-monnaie. On y envoyait souvent des plénipotentiaires en visite, ce qui ajoutait au sentiment érotique. Les hommes n'allaient pas là se payer une pute parce qu'ils ne pouvaient pas avoir une femme gratuitement. C'est un club privé, on n'y est pas admis comme ça. Ici n'entre que l'élite du fric, du pouvoir et de la notoriété. On y va comme dans un restaurant à la mode, pour se montrer plus encore que pour consommer. Bien sûr, on se montre discrètement — au coin d'un paravent dans le salon, en train de feuilleter le catalogue qui donne les photos de ces dames et leurs spécialités ; dans l'escalier, caché par la fille qui vous précède ; ou bien au bar ensuite, par un profil qu'on peut discerner dans la pénombre, derrière le cristal d'un whisky. Un sourire complice, un salut murmuré — c'est tout, cela suffit. Faute d'avoir ses entrées au Parlement, on les a au 19, où c'est le même monde qui fréquente. Du moins, c'est ce qu'on croit.

Maryjane avait très bien flairé que Jean-Edward n'était pas assez dégrossi pour fréquenter ce genre d'endroit. Il était encore trop fleur bleue, trop con. Elle lui avait donc servi Pamela à domicile, sur un plateau, avec pour consigne de jouer les enfants de Marie, culottées bien sûr — mais ça mon cher, c'est l'Amérique, des enfants de la nature, ils n'ont pas de pudeur.

Pamela avait passé ses dimanches enfantins à l'église baptiste, elle avait appris très tôt les ruses de la bigoterie, il lui en restait quelque chose dont elle savait se servir quand il fallait. Sa sexualité était à l'image de la religion de ses pères, exhibitionniste et Ancien Testament. C'était une pute de rêve, froide et en conséquence prête à tout, roublarde et naïve, vraiment ce qu'il y avait de mieux, le dessus du panier. Jean-Edward, au premier rendez-vous devant la cheminée, n'y vit littéralement que du feu. Plus encore que les flammes dans l'âtre, qui dansaient sur le corps nu de Pamela en ombres mouvantes, il fut ému par l'ardeur de sa toison pubienne, qu'il eut la surprise de découvrir rousse, alors qu'elle avait les cheveux platine, presque blancs. Ce n'était pas une vraie blonde, mais il ne le comprit même pas, il ne connaissait rien aux femmes et prit cela pour un caprice charmant de la nature.

153

Pamela se faisait épiler, il ne lui restait là qu'un petit triangle parfait et mignon, comme un cache-sexe. Elle avait les genoux ronds, des cuisses fuselées, un ventre si plat qu'il en semblait creux, avec au milieu le bouton du nombril, spiralé comme l'intérieur d'un coquillage. Et plus haut les petits seins, posés sur le torse comme deux pétales, leurs pointes un peu fripées comme la chair d'une rose fatiguée par un excès de soleil. Au bout de la tige très longue du cou le visage pur comme une statue, les yeux fermés, les paupières vertes de fard et au bord les faux cils lourds comme des pleurs. Et les mèches éparses des cheveux qui s'étalaient en tous sens comme des flammes blanches.

Jean-Edward regardait cela sans savoir par où commencer. La jeune fille s'était sans crier gare dévêtue d'une lourde djellaba marocaine et s'était étendue devant le feu, le vêtement chiffonné tombé à son côté. Jean-Edward, qui ne pouvait deviner qu'il s'agissait là d'un raccourci vénal, crut à une simplicité sauvage. Ce corps si nu lui paraissait si vêtu dans sa complexité qu'il eut un peu honte du désir qui surgissait en lui. Mais Pamela, sans même relever la tête, défaisait déjà sa ceinture. Le garçon comme hypnotisé se laissait faire.

Elle l'attira, et il entra en elle comme dans un couloir sombre, en ayant un peu peur du loup. Pamela soulevait rythmiquement ses reins et psalmodiait une chanson gémissante, que Jean-Edward prit pour l'expression de la volupté. Tout en chantant sa partition, la jeune femme, les yeux clos, pensait que, le lendemain, il faudrait qu'elle rachète du whisky. Jean-Edward, après avoir joui, lui caressa les cheveux d'un geste de propriétaire. Il s'imaginait qu'enfin il se sentait un homme.

Il la revit trois jours plus tard, au bar du Ritz. Elle portait une robe bouffante, prêtée par Bob, taillée dans

154

un satin ivoire qui mettait en valeur le grain poudré de sa peau. Ses cheveux étaient relevés en chou au sommet de sa tête. Un petit sac de perles était posé sur ses genoux, à l'endroit du sexe, auquel il faisait irrésistiblement penser. Jean-Edward, qui dévorait cette apparition des yeux, ne vit pas le salut complice qu'elle adressa à un de ses clients du 19, assis dans le fauteuil d'à côté.

Le jeune homme écourta l'apéritif. Il n'avait qu'une idée : faire l'amour. Mais il pensait qu'on ne faisait pas ça avant le dîner avec une jeune fille bien. Il dut aller se soulager dans les toilettes avant de l'emmener dîner chez Lucas Carton, où elle fut encore plus belle éclaboussée de velours rouge, si pure parmi ces nourritures trop riches. Elle n'avait pas encore fini ses huîtres que Jean-Edward, arrêté à la moitié de son ris de veau, étranglé de désir, la regardait médusé gober ces petites choses bleutées dont les plis humides lui rappelaient le mollusque palpitant qu'elle cachait au creux de ses cuisses.

Pamela goba le dernier coquillage, s'essuya les lèvres d'un coin de serviette damassée et dit, de sa voix perlée à laquelle un reste d'accent étranger donnait une distinction attendrissante et sexy :

« Nous pouvons y aller maintenant, si vous voulez. »

« Mais... » couina son vis-à-vis rouge comme la banquette.

Pamela se leva, droite comme une ballerine, et se dirigea vers la sortie, attendant son vestiaire tandis que Jean-Edward payait hâtivement, laissant pour la première fois de sa vie un énorme pourboire. L'Américaine, tandis qu'il posait avec précaution son étole sur ses épaules, comme s'il avait eu peur de la casser, songeait qu'ainsi elle ne grossirait pas, ce qui était inutile puisqu'elle ne grossissait jamais de toute façon. Mais cela lui donnait l'impression rassurante d'avoir dit sa prière avant de se coucher.

Bientôt, Pamela eut des audaces. Les instructions reçues de Maryjane étaient claires. Il s'agissait de dessaler Jean-Edward de telle façon que les charmes virginaux et campagnards de Guénolée lui paraissent ensuite bien fades, d'autant qu'on ne pouvait guère compter sur le régime müesli pour lui donner du piquant. Guénolée sortirait du pensionnat « Les Etourneaux » encore plus convenable qu'avant. Il importait de mettre ce temps à profit pour faire goûter à Jean-Edward des mets autrement épicés dont il ne pourrait plus se passer par la suite. Il serait ainsi amené à comprendre que son intérêt résidait dans un vrai mariage de raison, avec compensations à côté. Car Maryjane et Désiré, sous-estimant Guénolée qu'ils ne connaissaient pas, pensaient qu'elle ferait de Jean-Edward un petit-bourgeois, réduisant à néant le grand rêve Mollard.

Pamela voulait continuer à percevoir les stipendes importants versés par Maryjane, qu'elle convertissait chaque mois en obligations, dans le but de réaliser un jour son rêve : rentrer au Texas et ouvrir à Houston sa propre boutique de mode, où viendrait s'habiller tout le gratin pétrolier, ébloui par sa science de l'élégance et du chic.

Lorsqu'elle s'allongeait sous le corps un peu malsain, un peu suant, un peu froid, de Jean-Edward Mollard-Smoldew, elle pensait au chèque de Maryjane et soudain elle cessait de grelotter. Elle se sentait presque bien, assez bien en tout cas pour allumer les sunlights et commencer son numéro, dont l'enchaînement était parfaitement au point.

Elle fermait les yeux. Susurrait « humm... baby... » d'une voix mourante. Cette introduction avait pour effet d'amener Jean-Edward à une chorégraphie de marteau-piqueur un peu monotone, certes, mais pleine d'énergie. Alors Pamela, du mieux qu'elle pouvait, car Jean-Edward qui n'avait pas tellement le sens des délicatesses pesait sur elle de ses quatre-vingts kilos, se mettait à onduler des hanches, compliquait le pas au moyen d'effets giratoires des fesses d'où froissement des draps, et chantait « C'est bon, oh, c'est bon », paroles auxquelles son accent d'outre-Atlantique donnait quelque chose d'exotique et de séduisant. A partir de là, elle s'en tenait au refrain, chanté de plus en plus fort, avec entre deux quelques roucoulements et cris. Si les choses n'avançaient pas assez vite, elle allait jusqu'à des soubresauts des reins qui avaient pour effet, très littéralement, d'envoyer Jean-Edward en l'air.

« Quel volcan ! » se disait l'héritier des Mollard, s'imaginant tombé sur l'affaire du siècle. Il ne croyait pas si bien dire, ou penser. Le sens des affaires, Pamela l'avait jusqu'au bout des ongles, menaçant de reprendre l'avion pour les States aux bons moments, et se faisant ainsi augmenter par Maryjane terrifiée à l'idée que le cadet et favori puisse la suivre. Il ne devait surtout pas marcher sur les traces de Marcel, que son père vouait aux gémonies et à une fin rapide du côté d'Alcatraz.

Ainsi donc, Jean-Edward, qui croyait baiser comme un dieu, ne devait cette sensation gratifiante qu'aux chèques de sa belle-mère. Maryjane faisait preuve, à l'égard du garçon, d'une coupable indulgence. Elle lui était très attachée, il lui avait tenu lieu d'enfant. Car elle ne s'était jamais décidée à en avoir. « Tu ne vas quand même pas t'abîmer le corps avec ça », disait Bob, l'éternel confident, lorsque l'Anglaise avait un moment de faiblesse. La gouvernante installée dans le foyer Mollard avait rapidement fait de son jeune beau-fils à la fois un élève, un animal familier et un amoureux transi. Petit messager des amours d'abord souterraines, enfin avouées de son père et de sa gouvernante, il s'était trouvé dans une position pour le moins ambiguë et inconfortable.

Au départ, Maryjane couchait dans la chambre de l'enfant, selon l'usage. Elle se déshabillait devant le garçon prétendument endormi, en fait témoin, qui la lorgnait de sous un coin de couverture. Elle ôtait sa robe. La combinaison de rayonne rose se soulevait des hanches, passait au-dessus de la tête, dans un mouvement croisé des bras. Puis elle se penchait, regardait dans le vague d'un air pensif, dégrafait une jarretelle, s'asseyait au bord du lit, enlevait ses bas, doucement, en les roulant, comme si elle se pelait. Elle avait des jambes très blanches veinées de bleu, avec des duvets blonds. Les poils de son sexe étaient plus foncés, presque roux. Son ventre faisait de petits plis, lorsqu'elle était assise. Elle avait un nombril comme un trou de bernard-l'ermite, et presque pas de seins : deux taches symétriques, comme des yeux roses.

Jean-Edward savait tout d'elle, mais par morceaux. De crainte de se faire prendre, il ne pouvait jamais la voir tout entière. Il restait éveillé longtemps, le soir, en l'attendant. Au matin il était fatigué, les yeux cernés. On disait qu'il avait une petite santé.

Un jour, il demanda à coucher seul. Maryjane venait de plus en plus tard, elle se glissait dans la chambre nue, frissonnant.

« Il grandit », dit-elle à Désiré. Elle émigra dans la chambre de son patron.

« Puisque vous couchez ensemble, vous devriez vous marier », dit à table Jean-Edward. Il en voulait à la gouvernante mais craignait d'autant plus de la voir repartir pour son pays lointain, un jour sans crier gare.

« Il grandit », lâcha Désiré par-dessus le velouté de cresson.

« Pourquoi pas ? » ajouta-t-il. Jean-Edward souhaita qu'il s'abatte sur-le-champ, mort. Et elle aussi.

Il n'en fut rien. Ils se marièrent. Maryjane était en blanc, un satin drapé asymétrique, une épaule découverte avec quand même une valenciennes en foulard par-dessus, quelque chose d'osé et d'original, la première robe de mariée de Bob. Désiré semblait très content et riait sans arrêt. Jean-Edward était garçon d'honneur. Il essayait de ne pas faire la tête. Cette histoire l'arrangeait : il avait souvent pensé avec crainte au moment où Maryjane partirait, et elle-même l'avait entretenu dans ces peurs :

« Bientôt tu seras grand, je ne servirai plus à rien, et il faudra que je rentre en Angleterre », lui susurrait-elle en l'embrassant, tout au long de cette année où Désiré, après un premier mouvement, tergiversait, laissant les choses dans le flou, pendant que Bob, traitant Maryjane de cruche exploitée, la poussait à se faire épouser.

Qu'elle épouse, effectivement, Désiré, permettait à l'enfant d'être apparemment débarrassé de son rêve favori et impossible, et qui d'ailleurs était davantage qu'un rêve, une conviction : il était l'époux réel et désigné de Maryjane. Elle devenait la femme de son père, il n'aurait donc pas à se déclarer. Il se contenterait, à tout jamais, de lui faire l'amour avec les yeux. Le côté mou et sournois de son tempérament s'accommodait d'ailleurs assez bien de cette solution, qui devait pourtant avoir, plus tard, des conséquences désastreuses, lorsque Jean-Edward, après des essais et louvoiements divers, devait découvrir que sa sexualité d'adulte était à jamais marquée par cette erreur de jeunesse.

Cette découverte, il la ferait plusieurs années plus tard. Mais dès les débuts de sa vie sexuelle, et pour plus de précision dès sa liaison avec la belle Pamela, le ver était en quelque sorte dans le fruit. Non qu'il soit inhabituel pour un homme de réagir comme il le fit en cette occasion. Chez beaucoup, la peur du désir féminin est telle qu'ils préfèrent fermer les yeux sur le simulacre, plutôt que d'affronter la chose même. Ce pourquoi d'ailleurs, les putains font des affaires. Mais

159

en l'occurrence, Jean-Edward allait encore plus loin : il croyait avec Pamela découvrir l'amour alors qu'il n'en connaissait que la mise en scène. N'ayant jamais été bouleversé dans son corps il prenait un petit frisson pour le grand. En cela Pamela et lui s'entendaient très bien. La jeune femme pensait que l'amour physique, on en faisait tout un plat, alors que c'était bien peu de chose. Ne l'ayant jamais connu, elle s'était fait une raison en concluant qu'il n'existait pas. Pamela et Jean-Edward n'étaient ni l'un ni l'autre de ces êtres passionnés chez qui l'échec n'arrête pas la quête. Ils se satisfaisaient de peu. Ceci allait dans l'avenir leur faciliter les choses.

Au point où nous en sommes de cette affaire, ils y trouvaient chacun leur compte. Jean-Edward, le nez dans le cachemire de Pamela, baissait la fermeture à glissière du pantalon de soie corail. Pamela ronronnait. Elle s'était préalablement enduit le sexe d'un lubrifiant qu'elle faisait venir des U.S.A. et que Jean-Edward toujours aussi nigaud prenait pour du vrai. Il n'avait pas la moindre idée des odeurs et des goûts du corps. Pamela tentait de le gagner à des pratiques moins simplistes. Maryjane le lui avait conseillé dans leurs entretiens confidentiels : « Darling, vous ne le tenez que par les sens, offrez-lui ce qu'il ne trouverait pas auprès d'une épouse. »

D'autre part elle souhaitait que leurs rapports demeurent aussi superficiels que possible. Elle préférait donc éviter la pénétration que par ailleurs elle trouvait fatigante. Après, elle se sentait toujours déprimée. Elle s'était donc souvenue des pratiques appréciées dans la maison de rendez-vous et y gagnait lentement Jean-Edward, ce qui n'était pas facile. Une année de torture sexuelle dans la chambre de Maryjane l'avait bloqué. Tout geste lui coûtait. Si Maryjane n'avait pas mis des bâtons dans les roues, il aurait tout de suite épousé Guénolée et s'en serait tenu à la position du missionnaire, sa vie durant.

« Il ne faut pas tirer ton coup comme ça en trente secondes, mon chéri, tu te prives », disait Pamela avec son accent inimitable, tout en le poussant vers le bas. Jean-Edward, penché de force sur cette espèce de praire rose et visqueuse, tentait de surmonter son dégoût et d'être un homme.

« C'est comme pour le vin, disait Pamela qui avait eu du mal à se dégoûter du Coca, on n'apprend pas à boire en une fois. »

Le jeune homme fit ses confidences à Adhémar Lethuillier.

« Pour faire ça, mon vieux, répondit celui-ci, aucun doute : c'est une pute. »

Jean-Edward commença à se méfier. Mais il ne fut pas très affecté de ces soupçons : il n'était pas amoureux de Pamela. Il était de ces êtres pour qui l'amour et le sexe sont dissociés. Il avait deux compartiments dans la tête, Guénolée pour l'amour, et Pamela pour le sexe. Maryjane triomphait trop tôt.

Quant à l'Américaine, elle avait dans un premier temps songé à se faire épouser. Mais elle avait vite pris en grippe ce client trop assidu. Jean-Edward l'exaspérait. La comédie lui devenait par moments difficile à jouer.

« On déguise mieux avec un homme qu'on ne connaît pas », confia-t-elle à Carol, son amie, compatriote et collègue.

14

Un amour difficile

Pendant ce temps, Jean-Edward, à l'insu de Mary-jane, entretenait avec Guénolée une correspondance assidue, quoique totalement dépourvue d'intérêt pour un observateur extérieur. Les lettres d'amour, lors-qu'elles ne sont point touchées par le génie que confère parfois l'extrême passion, sont généralement d'une banalité totale. Ces choses qui paraissent exception-nelles aux amoureux ne le sont que par l'effet de transfiguration propre à ce sentiment, qui éclaire les trivialités de la vie comme une guirlande électrique, s'allumant soudain, transforme en fantasmagorie un vulgaire sapin.

Ces lettres étaient dûment lues par la sous-directrice de la pension « Les Etourneaux », qui ne trouvait rien à redire au contenu. Comme Maryjane payait la pen-sion de Guénolée, elle supposait bienvenue la cour que le fils Mollard faisait à la jeune fille. Quelques écarts de langage, au début, avaient dû être modérés. Ainsi, lorsque Guénolée avait cru bon de commencer une missive par les mots, « Mon toutounet chéri », on lui avait fait comprendre la vulgarité de l'expression.

« N'oubliez pas, avait prévenu à ce propos la sous-directrice, « verba volant, scripta manent ». Ce garçon ne vous a pas encore épousée. Tout peut arriver. Vous

vous livrez avec la naïveté d'une âme inexpérimentée. Songez qu'il rompe, et que des lettres signées de vous, et qui ne seraient pas convenables, viennent à tomber entre les mains d'un fiancé futur... Quel déshonneur ! Et qui pourrait faire échouer vos projets ! Aussi, je vous recommande d'être plus mesurée à l'avenir. »

Guénolée, d'une nature pratique et prête à suivre cet excellent conseil, écrivit désormais des lettres correctes :

« Mon cher Jean-Edward,
« J'espère que tu te portes bien. Moi je vais très bien, grâce à la vie très saine que je mène ici. Nous faisons en cette saison de grandes promenades en montagne. Les torrents roulent des flots gris et furieux, mais la végétation verdoyante qui croît sur leurs bords mitige cette sauvagerie et réjouit mon cœur. La nourriture est toujours excellente. Hier, nous avons eu de la truite à dîner. J'ai trouvé en Marie-Dominique une excellente amie, et les conversations toujours intéressantes que j'ai avec elle me consolent un peu de ton absence. Je m'ennuie de toi et aussi de Trésor, mais je sais qu'il grandit heureux et libre à la Genouillère. Je compte les mois qui me séparent de toi, et te donne mon amicale affection,
« Guénolée de la Genouillère. »

Contrairement à ce qu'on pourrait croire, cette lettre avait été pensée dans le moindre détail. Ainsi, Guénolée avait longtemps mordillé le crayon avant de se décider entre ces deux formules : « Cher Jean-Edward » ou, « Mon cher Jean-Edward. » Le fait de rajouter « mon », lui semblait-il, rendait le ton plus affectueux, mais moins élégant.

Certains détails de cette missive devaient se révéler prémonitoires. Jean-Edward, la lisant, ne put se retenir d'un pincement de jalousie à l'idée que l'amie

Marie-Dominique permette à Guénolée de se passer de lui. Il se raisonna en pensant qu'il s'agissait là des enfantillages de l'innocence... Pourtant, il ne tiqua pas en se voyant ravalé au même plan que le chien Trésor, car après tout cet animal était un cadeau fait par lui à Guénolée et en quelque sorte, l'ambassadeur de sa personne auprès de la jeune fille. Il ignorait bien entendu à quel point cette bête le remplaçait dans les affections de celle-ci...

« Les mois qui me séparent de toi », cela aussi avait été réfléchi. C'est que les projets de mariage en étaient au point mort. Les fiançailles n'avaient pas été célébrées. Jean-Edward ne manifestait aucune intention de venir sur les bords du lac passer un week-end de détente, au cours duquel paraissant au parloir, il sortirait de sa poche un petit écrin. Dans son ombre brillerait, mystérieux et profond, un de ces solitaires porte-bonheur qui vous garantissent à vie contre la solitude, justement... Guénolée avait bien souvent imaginé la scène, avant de s'endormir dans le lit étroit, alors qu'à travers les parois minces du box lui parvenaient les toussotements énervés d'une camarade qui ne pouvait trouver le sommeil.

« S'il ne se décide pas, il faudra le rendre jaloux », conseillait Marie-Dominique, une blonde délurée qui se vernissait les doigts de pied en cachette.

Si Guénolée n'envisageait pas cette solution, ce n'était pas tant par moralité que parce qu'elle avait intuitivement compris où était sa force.

Son côté oie blanche lui était un atout, elle le cultivait. Elle avait remarqué que la meilleure façon de rendre Jean-Edward sentimental consistait à l'écouter, le visage levé vers lui, les yeux éperdus d'admiration. Il suffisait de le laisser discourir sans rien dire, et de lâcher de temps en temps une phrase du genre :

« Comme tu es intelligent, mon chéri ! »

Alors le jeune homme la prenait dans ses bras et l'embrassait.

« Les hommes n'épousent pas les filles faciles, disait-elle à Marie-Do, ils veulent quelqu'un sur qui ils peuvent compter, en qui ils ont confiance. »

Marie-Do levait les yeux au ciel. Mais elle n'avait pas de fiancé...

« J'en avais un, dit-elle un jour, mais je l'ai balancé. Je lui ai rendu sa bague. C'était un solitaire énorme. Tiens, c'est pas compliqué, il me débordait de chaque côté du doigt. Sans blague. Ça m'a fait mal de lui rendre. »

« Pourquoi tu l'as quitté ? »

« Il me faisait mal l'amour. Et puis il voulait tout le temps que je le branle, j'ai horreur de ça. Quand il me pénétrait j'étais toute sèche, j'avais de la cystite après. C'était le parfait imbécile. On faisait ça à l'arrière de sa Volvo, dans la forêt de Fontainebleau. J'ai pris les forêts en grippe pour le restant de mes jours. »

Si Guénolée avait eu un dentier, elle l'aurait immédiatement avalé. Mais comme elle n'en avait pas, elle se contentait d'avaler sa salive, désapprouvant en silence. Marie-Dominique l'attirait, elle était aussi délurée qu'elle-même était renfermée et secrète.

Jean-Edward, s'il tardait à devenir décisif, ne négligeait cependant jamais de répondre à sa dulcinée. Toute lettre de Suisse recevait sa réponse sous huit jours. Bien que non soumises à la censure, les lettres du garçon étaient encore plus guindées.

« Ma chère Guénolée,

« Il est tard comme je prends la plume pour répondre à ta charmante lettre qui m'a fait bien plaisir. Je suis fatigué, car hier mon ami Charles que tu connais a donné une petite fête pour ses vingt-deux ans et je n'ai pu lui faire faux bond, bien qu'en ce moment j'aie beaucoup de travail pour préparer le concours de sortie de l'école. Chez Charles il y avait un buffet espagnol, tu sais que sa mère descend d'un grand d'Espagne. Paella et sangria, c'était épatant. Je m'étais fait tailler un costume comme on fait maintenant, genre anglais avec pantalon étroit du bas. Ce soir j'ai beaucoup travaillé mais ça ne m'empêche pas de penser à toi. Je songe avec bonheur au moment où nous serons réunis.

« Avec toute l'affection de
« Jean-Edward. »

Guénolée prenait grand soin de signer de tout son nom, mais Jean-Edward préférait raccourcir. Voir le nom de sa fiancée lui procurait une certaine émotion. Cependant ses lettres n'étaient pas toujours franches. Dans celle citée plus haut, par exemple, le travail allégué ne consistait pas à préparer le concours de sortie comme il le prétendait, mais à persuader Pamela qu'il était à la hauteur de la réputation des Français en matière amoureuse. Efforts tout à fait vains et inutiles, comme on l'a vu plus haut : la jeune femme n'aimait pas faire l'amour d'abord, et tenait Jean-Edward pour un nigaud ensuite. Mais Jean-Edward se nourrissait d'illusions, et à ce régime abondant il prospérait.

Un matin, Maryjane avisa sur le plateau du courrier, que la vieille bonne Armelle montait au second, dans l'appartement de célibataire du jeune homme, une lettre timbrée de Suisse.

« Est-ce que Monsieur reçoit souvent des lettres comme ça ? » demanda-t-elle.

« Toutes les semaines, je crois bien », répondit la bonne.

« Il pense donc toujours à elle ! » s'étonna Maryjane. Car elle savait que son beau-fils passait plusieurs nuits par semaine rue Saint-André-des-Arts...

« Cette grue américaine ne suffit pas ! Pourtant elle me coûte de plus en plus cher ! Il faudra envisager d'autres mesures », se dit-elle, et elle décida d'avoir le jour même avec Désiré une conversation sérieuse.

Cette conversation eut lieu dans le boudoir après dîner. Désiré avait été gratifié d'un cognac. Il n'y avait droit qu'exceptionnellement, pour cause d'hypertension.

« Dans deux mois, la petite Bretonne va rentrer », dit Maryjane. Ils s'écrivent toutes les semaines. Que comptez-vous faire ? »

« Empêcher ça, dit Désiré. Je vais lui parler. »

Jean-Edward, par l'interphone, fut aussitôt convoqué. Cela le fit pester, car il était justement en train de fixer son nœud papillon, dans le but d'emmener Pamela danser chez Castel.

« Zut, je serai en retard, elle va me faire la gueule », pensait-il en descendant l'escalier. Il craignait d'être privé de sa séance de gymnastique trihebdomadaire. Il s'installa, l'air maussade, dans une bergère, sous le portrait de la mère de Maryjane, qu'elle avait fait réaliser d'après photo dans un jour d'attendrissement.

« Je vais te parler franchement, dit Désiré. Je sens que tu es pressé. Ça tombe bien, moi aussi. De deux choses l'une, ou tu épouses cette Bretonne, et tu te débrouilles. Ou tu la plaques, et je te mets à la tête de la banque Mollard. Et dans quelques années, si ça te chante, tu feras de la politique... Toute famille qui se respecte se doit d'avoir un pied dans la politique... Tu es le plus intelligent de mes fils, la seconde génération des Mollard, tu peux tout. Mais il te faut une femme à la hauteur. Je te demande un sacrifice. Fais-le dans ton intérêt. »

« La banque ! hésita Jean-Edward. J'aurais préféré le journalisme... »

« Tu veux être journaliste ? Ecoute, ça n'est pas compliqué. Epouse la Bretonne, tu te retrouveras à faire les chiens écrasés à la *Gazette de Paimpol*. »

Jean-Edward se sentit faiblir. Il avait été élevé dans l'idée que tout lui était dû, que tout lui serait facile. Il

168

était trop jeune pour bien se souvenir, comme ses aînés Fiacre et Marcel, des jours maigres de Vitry. Pourtant ses frères lui avaient souvent raconté cette période qu'avec le recul ils noircissaient. Ils se vantaient d'avoir connu, eux, la vie à la dure, pas comme cette mauviette. L'idée d'être « pauvre » terrifiait Jean-Edward. Il se sentait incapable de s'en tirer par ses propres moyens. Et il était suffisamment intéressé pour comprendre que le compte en banque familial n'était pas la moindre de ses attractions aux yeux de la jeune fille.

Désiré, voyant à l'expression veule de son rejeton qu'il était en voie de céder, poursuivit l'avantage :

« Cette petite est peut-être charmante, mais elle n'a ni l'étoffe, ni la fortune, ni les relations d'une fille de banquier. »

Pendant ce temps, le mot « banque » faisait son chemin dans la tête du garçon. D'énormes amas de billets s'entassaient devant ses yeux comme des feuilles mortes sous le râteau d'un jardinier. Certaines voletaient, gracieuses, avant de s'abattre mollement au sol. Le jardinier, c'était lui.

« Ça me fait de la peine », dit-il d'une voix qui tremblait un peu.

« A moi aussi, mon petit, dit Désiré, qui sentant qu'il avait gagné abattit sa grosse patte velue sur la nuque de son fiston. Je ne suis pas un sauvage, quand même. »

Maryjane atteignit, sur la console derrière elle, une boîte de petits cigares.

Jean-Edward sortit très ébranlé de cette conversation. Ce soir-là, il reconduisit Pamela chez elle sans lui proposer de monter. Et cette semaine-là, il négligea sa lettre à Guénolée.

La jeune fille se plaignit d'être délaissée. Elle ne reçut, dans tout le mois, qu'un mot bref qui disait :

« J'ai beaucoup de travail car, comme tu le sais, je prépare mon concours de sortie. Aussi ces temps-ci, je n'ai guère le temps de t'écrire. Il ne faut pas m'en vouloir. Je pense à toi.

« Jean-Edward. »

Par lâcheté, ou dans l'attente d'un miracle, il retardait la rupture.

Le miracle n'allait pas tarder à se produire.

En manipulant les sentiments de Jean-Edward, Maryjane et Désiré avaient joué avec le feu. Jean-Edward avait une capacité limitée de sentir qui s'atrophierait encore avec le temps, car lorsque déjà ces impulsions sont faibles, elles résistent plus mal aux blessures. Une plante maigrichonne est plus qu'une autre vulnérable aux atteintes de la pluie et du vent. Le garçon en était au premier amour. Que ses parents n'eussent pas pensé à la fragilité de cet état, montre à quel point Désiré et Maryjane, une douzaine d'années après leur mariage, avaient oublié les émois de leur liaison débutante. A vingt ans, déjà, ils étaient vieux. Ils n'avaient jamais beaucoup attendu de l'amour. Ils n'en avaient espéré que confort et argent. Oh, ce n'étaient pas des gens exigeants ! Et ils n'avaient pas de problèmes conjugaux, comme on dit, car attendant peu ils se satisfaisaient sans trop de peine de ce qu'on leur donnait. Ils étaient en retard sur leur époque. Ils s'étaient mariés au XXᵉ siècle comme au XIXᵉ. Ils étaient en retard, mais aussi finalement en avance. En avance parce qu'ils se demandaient une entraide pratique, dénuée de romantisme ; en retard parce qu'ils duraient. Sans trop bien comprendre les raisons de ce qui apparaissait comme une réussite, autour d'eux, on les enviait.

Le peu d'espoir qu'ils eussent jamais eu, ils l'avaient oublié. C'étaient des gens durs, qui allaient droit vers ce qu'ils voulaient sans se faire trop mal. Ils étaient coupants et sans pitié. Ils ne se disaient que l'essentiel, ou ce qui pour eux était tel, mais cela ils ne se l'épargnaient pas. Ils étaient sûrs d'eux. Tout autre mode de vie que le leur était à leurs yeux incongru, barbare. Ils s'interrogeaient rarement, et lorsque cela leur arrivait, ils trouvaient immédiatement une réponse. Il ne leur vint pas plus d'un instant l'idée d'épargner Jean-Edward, et dans ce moment si bref ils se sentirent pris d'une faiblesse coupable, qu'ils tuèrent aussitôt. Ils ne connaissaient pas ces émotions qu'ils s'apprêtaient à détruire en leur fils. Ils les sacrifiaient donc sans honte.

Ceci permet de comprendre pourquoi chez Jean-Edward lui-même les impulsions des sens et de la passion étaient si faibles. Après tout, l'être humain se constitue d'après l'exemple.

Pourtant, Jean-Edward était jeune et ne pouvait échapper totalement aux défauts de cet âge. Il était jeune donc il aimait, il aimait un peu, et il souffrait. Même lorsqu'on aime peu on peut souffrir beaucoup. Mais, comme il était déjà protégé de sa jeunesse par cette bulle d'indifférence dans laquelle il se trouvait pris, il ne sentait pas bien sa douleur. Elle était restée de l'autre côté, comme tout ce qui le gênait. Il ne la sentait guère, mais il la voyait, et elle le tarabustait. Elle restait là et le rongeait. Elle lui faisait encore plus de mal, comme ces maladies qui dévastent le corps en silence, et dont on ne se méfie pas.

Jean-Edward ne prit pas son mal au sérieux. C'était comme une rage de dents : on va chez le dentiste, ou bien au contraire on ferme les yeux, on prend une aspirine en attendant que ça passe. L'aspirine de Jean-Edward était, bien entendu, Pamela. Il se droguait à l'Américaine. Il essayait d'oublier Guénolée, son regard grave et un peu froid, qui ne le mettait jamais mal à l'aise, ses yeux noisette dont l'absence de profondeur le réjouissait, car il n'y avait rien d'inconnu à redouter dans ces jolies pierres humides. Et puis son odeur douce de petite fille bien lavée frictionnée à l'eau de lavande, ses socquettes d'écolière, ses sandales à brides, si chastes, qui signifiaient qu'il serait pour elle le premier, le seul. Jean-Edward était un Mollard, il avait au plus haut point le sens de la propriété.

Comment Maryjane avait-elle jamais pu penser qu'il s'amouracherait de la belle Texane ? Elle avait vu cela comme un double de son histoire avec Désiré, mais à l'envers. Elle pensait que les jeunes gens seraient complémentaires. Pamela devait apprendre à Jean-Edward comment faire l'amour sans amour, ce qui est économique et donc positif, tandis que Jean-Edward apprendrait à Pamela comment se conduire dans la bourgeoisie française. De même Désiré lui avait donné la richesse et la considération sociale, et elle en retour lui avait offert sa jeunesse et sa propreté. Cela avait longtemps permis à l'homme d'ignorer qu'il se salissait en vieillissant.

Mais elle avait oublié qu'un homme pardonne difficilement à une femme de lui apprendre l'amour. Or Pamela apprenait à Jean-Edward les formes de l'amour physique, sa représentation, elle lui en enseignait tout le théâtre. La leçon ne serait pas perdue. Plus tard, Jean-Edward comblerait dans ce domaine des défaillances de plus en plus considérables, par l'étalage d'une science élégante, une érotique mondaine qui ferait illusion. Toutefois s'il avait besoin de Pamela, il lui en voulait de ce qu'elle lui donnait. Par contraste, les petites lettres vides de Guénolée semblaient précieuses. La jeune fille, au contraire, disait que c'était lui qui lui apprendrait à être une femme. Bien sûr, ce n'était pas entièrement naturel. Guénolée n'était pas aussi cruche qu'elle en avait l'air. Elle avait compris comment tirer parti de ses avantages. Avoir du charme et de la personnalité, ce n'est jamais qu'accentuer un trait marquant de son caractère. Pour mettre celui-là en relief, on se servira des autres qu'on dissimulera, tout comme en architecture, le gros œuvre se cache derrière des éléments décoratifs, stucs, revêtements, sculptures et bas-reliefs. La sournoiserie et l'acharnement formaient le fond de son caractère. Elle eut assez d'intelligence pour comprendre qu'il fallait dissimuler cette disposition à la cachotterie, qui ne correspondait pas à une image approuvée de la femme ou de la jeune fille. Ce qui était à montrer comme l'endroit, c'était l'indécision, la mollesse, le vague à l'âme. Tout cela pouvait aisément se travestir en innocence, fraîcheur et naïveté. En y ajoutant une dose de raison et de sens pratique, ce que Guénolée possédait de famille, on arrivait à quelque chose de très présentable, une poupée lisant *Modes et Travaux*. Jean-Edward pourrait apporter à ce charmant tableau la touche de chic qui caractérisait sa famille.

Les Mollard, s'ils apparaissaient encore comme des parvenus, avaient acquis, grâce à la munificence de Désiré appuyée par le goût de Maryjane, à qui les leçons de Bob avaient très bien profité, une réputation de classe. Au cours des années qui allaient suivre, le côté nouveau riche s'atténuerait, on les verrait peu à peu comme une famille bourgeoise de droit. On aurait l'impression que des générations de Mollard, modestes sans doute, mais tout à fait présentables, se pressaient derrière Désiré dont ils auraient préparé l'ascension par l'accumulation patiente des vertus françaises. Par contre, leur réputation d'élégance dispendieuse disparaîtrait à mesure que Maryjane vieillissante se retirerait, son désir de régner sur le Paris de la mode et de la vogue miné par l'âge.

A l'époque des amours de Jean-Edward et de Guénolée, cette réputation n'avait pas encore décru. Le temps des grandes fêtes était déjà révolu, mais il en restait le parfum. On pouvait penser que ce n'était là qu'une interruption après laquelle tout reprendrait, plus brillamment encore qu'auparavant. Une femme qui avait été toute-puissante s'effaçait devant la génération suivante. La sphère du pouvoir serait désormais plus petite-bourgeoise et plus politique.

D'avoir connu ce gouvernement féminin n'était pas pour rien dans l'inclination sentimentale de Jean-Edward. Il savait ce qu'était une femme forte, il avait vécu sous cet empire, il y était sans doute trop attaché. Ceci expliquait, en sus de la médiocrité de son propre caractère qui, alliée à un désir de puissance, le conduirait à ne pas chercher trop haut sa compagne, un choix sinon déshonorant, en tout cas moyen. Prendre épouse selon les désirs de son père et de sa belle-mère, c'est-à-dire dans une famille riche et bien placée, l'aurait laissé sous leur empire, aurait fait de lui l'éternel petit garçon que sans doute ils souhaitaient. Par contre, avec Guénolée, il acquérait ce que sa famille était incapable de lui donner et encore plus d'apprécier, une patine vieux chic vieux genre. Car aux Mollard, il manquait un regard sur le passé. Ils ne pensaient qu'à aller de l'avant, ce qui prouvait qu'ils n'étaient pas dégrossis. Jean-Edward en avait conscience. Il aspirait à la décadence.

Avec une Genouillère, il serait chic, et il serait le chef. La simplicité de la jeune fille avait de l'élégance. Elle n'avait pas besoin d'innover mais seulement de ne pas bouger. Guénolée, avec ses robes de coton fleuri confectionnées par sa mère, avec cette ignorance des choses du sexe qui sentait le dédain, semblait dire : « Je n'ai pas besoin d'être bien habillée ni de faire des mots d'esprit. Je suis telle que je suis, une Genouillère et cela suffit. »

C'était à quoi Jean-Edward aspirait : ne plus avoir à faire ces efforts constants pour s'affirmer qui caractérisaient sa famille. De plus, la jeune fille, avec son ignorance, lui donnait le sentiment qu'il était un homme, puisqu'il en savait plus qu'elle. Elle était par nature, ou du moins le jeune homme se le figurait, tellement au-dessus des Mollard que ceux-ci ne connaissaient même pas son existence. Et pourtant, par amour pour Jean-Edward, elle aspirait aux Mollard. Ce qui signifiait que Jean-Edward était au-dessus de sa famille. Pamela le soulevait de quelques centimètres, mais « la Bretonne », comme Désiré l'appelait, le faisait planer. Il ne lui était pas facile d'y renoncer.

Comme il n'avait pas le courage de dire non, terrifié par la perspective de se retrouver à Plouzévédé, il ne dit rien. Vers cette époque, en ces semaines difficiles, sa bouche prit ce pli amer qui ne devait plus jamais la quitter, et qui lui donnerait tout au long de sa vie l'air d'un homme qui souffre d'un ulcère à l'estomac.

Pour oublier Guénolée, il se jeta avec frénésie dans les plaisirs faciles. Curieusement, l'amertume de voir ses amours contrariées le mettait dans un état d'érection quasi permanent. Il pensait sans arrêt à Guénolée. La perspective de l'échec redoublait son amour. Il se disait :

« C'est depuis que je ne peux plus l'aimer, que je peux l'aimer vraiment. »

Il devenait romantique. Il pensait à tout ce qu'il aurait dû dire à la jeune fille, et qu'il n'avait pas songé à exprimer. Cela lui venait maintenant avec une facilité étonnante. Il se faisait un tableau idyllique de la vie qu'ils auraient menée ensemble. Il voyait sur ses genoux de charmants bambins aux yeux noisette. Dans les moments les plus inattendus, des larmes lui venaient aux yeux. Il ne mangeait plus. Il avait l'air efflanqué d'un matou en mal d'amour. Il allait en chasse, effectivement, tous les soirs. Pamela ne voyait plus que lui. Il s'efforçait d'oublier grâce à elle l'image de Guénolée. Et comme il pensait à Guénolée sans cesse, il pensait très souvent à Pamela, ses petits seins, son vagin rose qui sentait un peu la mer. Comme la perte de Guénolée le faisait se sentir mort, bander lui donnait l'illusion d'être vivant, au moins dans une partie de son corps. Il rajustait la ceinture de son pantalon. Il mettait distraitement une main au fond de sa poche. Il se masturbait, sa verge était rouge et gonflée, il la secouait férocement, il avait honte. Il jetait le mouchoir usagé au fond de la corbeille à papier. Déjà son sexe se dressait de nouveau, il attendait le soir. Il faisait l'amour avec fureur. Pamela en était étonnée. Il lui arrivait de se demander si ce n'était pas de la passion. Mais elle regardait sa mâchoire serrée, son air distrait.

« Il est amoureux d'une autre », se dit-elle sans se douter que c'était toujours la même. Cela la laissait indifférente. Elle commençait vraiment à en avoir assez. Elle augmentait ses tarifs et Maryjane se faisait tirer l'oreille pour payer. Ils faisaient l'amour en se haïssant mutuellement, et chacun prenait, chez l'autre, cette rage pour de la ferveur. La tête dans les oreillers, appuyée sur le front, la croupe tendue vers son amant de fortune, Pamela serrait les dents, et Jean-Edward qui n'en pouvait plus, qui ne sentait plus rien, qui était au-delà du plaisir, faisait aller comme malgré lui sa verge endolorie dans le vagin de la jeune femme. Il ne savait même plus où il était. Son corps lui semblait très loin, perdu quelque part au-delà de cette pièce aux fauteuils recouverts de tissu écossais à fond rouge, de cette flûte de champagne abandonnée sur la table près du lit, sous l'abat-jour recouvert d'un foulard de chez Hermès, pour tamiser. Son sexe lui semblait devenu énorme, avoir pris une vie indépendante. Il bougeait frénétiquement comme détaché du reste du corps. Son sperme le traversa comme une flèche, le surprenant, sans volupté aucune.

« Enfin », pensa-t-il, et il retira de cette gaine moite sa verge molle, mouillée, lamentable. Pamela attendait toujours, offerte jusque dans le sommeil. Le long de sa cuisse coulait une ligne de foutre, qui s'allongeait lentement, comme la trace d'un avion à réaction dans le ciel bleu.

Jean-Edward s'effondra. Il s'abattit sur le lit, grelottant, secoué de sanglots.

Pamela se réveilla. Sans se retourner, elle alla droit à la bouteille de champagne, naufragée dans le seau d'argent, remplit la flûte.

« Bois, ça te fera du bien », dit-elle, l'approchant des lèvres de Jean-Edward qui, les yeux fermés, raidi, secoua la tête. La jeune femme ramena lentement sur lui la couverture, et se dirigea vers la salle de bains.

« Il va se calmer », pensait-elle tandis qu'elle s'asseyait sur le bidet, mouillait l'éponge.

15

Deuxième triomphe de l'amour

Jean-Edward se rendit à son concours de sortie sans avoir révisé. La panique l'avait pris la veille, tout d'un coup. Dans l'ensemble il pensait s'en tirer, ayant beaucoup travaillé pendant l'année. Une épreuve cependant l'inquiétait, l'histoire contemporaine.

« On risque d'avoir la Russie des Soviets, se dit-il, c'est mon point faible. »

Sur un très petit morceau de papier, il recopia les données essentielles d'un exposé sur la Russie des Soviets. Il piqua le papier dans son épingle de cravate, à l'intérieur.

Il se tira assez bien des deux premières matières. A la troisième, la Russie des Soviets tomba. Jean-Edward occupa la première heure à rassembler de vagues souvenirs. Puis, il demanda à aller aux toilettes.

Un surveillant l'accompagna jusqu'à la porte, pour vérifier qu'il ne parlait à personne. Une fois dans la place, il n'avait que quelques instants pour vérifier les faits essentiels écrits en lettres minuscules et en abrégé, se les répéter trois fois afin de les garder en mémoire jusqu'au retour à sa table. Il lut et relut gloutonnement, comme s'il avalait en hâte un repas. Puis, il jeta le petit carré de papier dans la cuvette, tira la chasse et sortit, toujours accompagné par le surveil-

179

lant. Jean-Edward se rassit et nota sur son brouillon ce qu'il venait de retenir.

Il avait à peine terminé qu'on lui tapa sur l'épaule. Le surveillant, dans un chuchotement, lui demanda de le suivre. Il le mena droit au bureau du directeur, un homme entre deux âges, au visage fatigué, qui le regarda d'un air incertain. Sur le bureau de bois verni, au milieu d'une tache d'encre qui maculait le buvard du sous-main, reposait la pièce à conviction, lamentable, telle une mouche noyée dans une assiette : le papier sur lequel les dates et faits, consignés de l'écriture de Jean-Edward, n'avaient pas encore tout à fait fondu. Certains mots, dilués, étaient illisibles, d'autres encore nets.

« Je l'ai accompagné aux toilettes, raconta le surveillant, d'une voix haletante d'émotion, comme un reporter qui vient annoncer un scoop à la radio. Puis, j'y suis allé à mon tour. J'ai remarqué ce morceau de papier qui flottait au fond, j'ai vu qu'il y avait des choses écrites dessus, alors... »

« Ça venait juste d'être jeté, sans ça ça n'aurait pas été aussi lisible », ajouta-t-il. Sur son visage poupin se marqua la satisfaction du devoir accompli.

Sous l'effet du choc, Jean-Edward tomba assis dans le fauteuil qui se trouvait derrière lui.

« Bien entendu, les épreuves accomplies ne seront pas validées, dit le directeur d'une voix qui coupa l'air en deux. Et il va sans dire qu'à dater de cet instant vous êtes renvoyé de l'école. »

Jean-Edward, après être sorti du bâtiment qui l'avait abrité durant trois ans de cogitations somme toute plutôt pénibles, erra à travers le Quartier latin, zigzaguant comme un ivrogne. Parvenu, il ne sut comment, boulevard Saint-Germain, il se laissa tomber sur un banc, s'affala contre le dossier, se renversa, et constata que le ciel était très bleu.

« Il ne m'est pas tombé sur la tête, c'est toujours

ça », pensa-t-il dans un de ses rares accès d'humour.

Il traversa la place de l'Odéon, parvint boulevard Saint-Michel, fut pris d'une fringale et acheta, à un kiosque, un beignet aux pommes qu'il mangea fumant, sans se soucier du sucre qui glissait sur son blazer anglais comme une neige légère.

Il descendit jusqu'à la rue Saint-André-des-Arts.

« Je peux bien aller tirer un coup, une dernière fois », pensa-t-il.

Il avait l'impression d'être condamné à mort. Il lui fallait en toute hâte profiter des instants qui lui restaient.

Il sonna. Lorsque Pamela vint ouvrir, elle était en peignoir et décoiffée. Ses yeux s'arrondirent, ressemblant soudain, dans son visage blanc et plat, à deux billes veinées de bleu.

Elle le fit entrer.

« Je viens de me réveiller. Tu m'as fatiguée cette nuit », dit-elle en bâillant et montrant le lit défait.

L'aspect de ce meuble, loin d'exacerber les ardeurs de Jean-Edward, les arrêta. Etonné, il se dit qu'il n'était vraiment pas dans son état normal.

« Je passais juste comme ça, dire bonjour, articula-t-il péniblement. Je n'ai pas le temps de rester. »

Et il se dirigea précipitamment vers la porte, sortant avant que la jeune femme ait eu le temps d'ajouter quoi que ce soit. Levant les yeux au ciel, elle entendit ses pas rapides dans l'escalier, comme s'il échappait à une poursuite.

Jean-Edward marchait sur les pavés de la rue, trébuchant. Sur la place Saint-André-des-Arts il s'arrêta, s'assit à la terrasse d'un café, comme à bout de forces.

« Pourtant, je ne suis pas fatigué », se dit-il.

La sensation étrange qui l'avait pris, la dernière fois qu'il avait couché avec Pamela, était présente à nouveau. Il se sentait coupé de son corps, la main qui tenait le verre de bière lui semblait flotter dans l'espace, étrangère.

Il eut tout d'un coup la vision du cendrier, sur la table près du lit de Pamela. Cet objet ne s'y trouvait pas d'habitude. La jeune femme ne fumait pas. Pourtant, il aurait juré l'y avoir vu tout à l'heure. Plus il réfléchissait, plus il en était sûr. C'était même cela, bien entendu, qui avait arrêté ses ardeurs, sans que sur le moment il comprenne pourquoi, comme on perçoit certaines choses, bien avant de les admettre. Dans ce cendrier, encore fumant, le mégot d'un havane.

Un taxi passait, lumière allumée. Jean-Edward le héla. Comme la voiture démarrait, il ne vit même pas le garçon qui accourait, brandissant la note.

Lorsqu'il descendit du train le lendemain matin, il faisait encore plus beau en Suisse qu'à Paris. Jean-Edward se fit servir le petit déjeuner dans un café avec vue sur le lac. Il n'avait pas mangé depuis la veille. Il se sentait flotter, un peu au-dessus du sol. Sa main avait rejoint son corps. Il se frotta le poignet, au-dessus de sa montre, pour vérifier. En mangeant ses toasts au soleil il regardait les cygnes qui passaient, sérieux comme des bateaux.

« C'était vraiment une pute, pensait-il. Maintenant, ils ne m'auront plus. »

Une angoisse affreuse lui nouait le ventre, se mêlait à une espèce d'exaltation qui lui prenait le cœur comme une vapeur d'éther. Il ne savait pas s'il se sentait extraordinairement mal, ou vraiment très bien.

Un autre taxi le déposa devant la grille de fer de la pension « Les Etourneaux ». Deux jeunes filles qui jouaient au ping-pong sur la pelouse s'arrêtèrent en le voyant. L'une d'elles en lâcha sa raquette. Ce n'était pas seulement parce qu'on n'avait guère l'habitude de voir des hommes dans cet endroit. Il y avait quelque chose d'étrange dans le spectacle de ce garçon décoiffé, un peu hâve, au blazer fripé, qui marchait à grands pas vers le perron.

Dans le couloir, une surveillante lui barra la route. Il demanda à voir la directrice.

« Voilà, dit-il à celle-ci, posé sur une fesse dans un fauteuil de cuir vert, face au bureau d'acajou. Je sais que je ne me suis pas annoncé, enfin... vous vous étonnerez peut-être d'une démarche aussi précipitée, mon attitude peut vous paraître étrange, mais... je voudrais voir Guénolée de la Genouillère. »

La directrice le dévisagea avec des yeux qui en avaient vu d'autres.

Elle souleva le combiné de sa ligne intérieure. Jean-Edward se renfonça dans le fauteuil en l'entendant dire :

« Faites venir Guénolée au parloir... Et apportez du thé pour deux. »

« Vous aurez bien besoin d'une bonne tasse pour vous remettre en état, dit-elle doucement. Le voyage, je crois, vous a fatigué. »

Lorsque le jeune homme eut quitté la pièce, elle se cala dans son siège et ferma les yeux.

« Je crois que ce mariage va se faire, pensa-t-elle. Je suis bien heureuse pour cette petite, qui a beaucoup souffert, ces derniers temps. »

Les épousailles de ses pensionnaires lui apparaissaient toujours comme une affaire personnelle. La réputation de son établissement reposait en partie sur le nombre considérable d' « unions brillantes » contractées par ses « enfants », après leur sortie. Toute fille qui ne se retrouvait pas riche et mariée deux ans après avoir quitté « Les Etourneaux » lui apparaissait comme un ratage. Pour la petite Genouillère, elle avait eu chaud.

« Ce que je fais n'est pas totalement inutile », songea-t-elle en s'épongeant le front.

Et, se levant, elle tourna le bouton du coffre encastré dans le mur, derrière une reproduction d'Utrillo, et en sortit une bouteille de crème de menthe et un verre.

Lorsqu'une surveillante était venue chercher Guénolée, celle-ci était en pleine classe de pâtisserie. Elle
apprenait à confectionner son propre pain — ce qui
impressionne toujours les invités. Les pensionnaires
des « Etourneaux » savaient qu'elles ne se trouveraient
jamais dans la situation d'avoir à confectionner leur
pain, sans parler de se cuire un œuf. Mais elles
devaient apprendre à tout faire elles-mêmes, ce qui
était censé leur permettre de mieux diriger leur « personnel », plus tard, lorsqu'elles seraient mariées.

Guénolée avait donc de la farine jusqu'au coude. Elle
courut en toute hâte se laver les mains. Lorsqu'elle
s'assit en face de Jean-Edward au parloir, celui-ci
remarqua qu'un petit morceau de pâte était resté
incrusté dans la bague en grenats qu'elle tenait de sa
mère. Ce détail l'attendrit. Il se pencha vers la jeune
fille et lui prit les mains.

« Pas ici, dit celle-ci, qui savait qu'on les observait
par un judas. Allons plutôt au jardin. »

Ils s'assirent sur un banc de pierre, abrités par une
allée de troènes.

« Pars avec moi, tout de suite, dit Jean-Edward. Je
ne peux plus attendre. Nous irons chez tes parents, et
dès que nous aurons leur autorisation, nous nous
marierons. En faisant le jeu de ces gens-là, nous
sommes en train de ficher notre avenir en l'air. »

Guénolée se sentait tout d'un coup transportée en
plein conte de fées.

« Mais s'ils ne veulent pas ? »

« Eh bien, tu ne comprends pas ? Il faut les mettre
devant le fait accompli ! Enfin, m'aimes-tu, oui ou
non ? »

« Nous n'avons qu'à entrer dans la chapelle, dit
Guénolée. Je sais où se trouve la clé de la petite porte
du fond. Elle donne sur la campagne. »

Le cœur de la jeune fille s'était mis à battre très fort.

Elle se disait qu'elle était en train de faire une bêtise. Mais si elle ne la faisait pas, ce serait encore pire. Elle sentait une espèce de vide au centre d'elle, un puits de culpabilité. Quand on se penchait, on avait le vertige et le cœur vous descendait à toute vitesse comme un ascenseur fou. Cela lui rappela les déjeuners du dimanche en famille, qui duraient si longtemps, entre les huîtres de la tante Zoé et le Saint-Emilion de l'oncle Gustave. Guénolée tassait sa serviette entre ses cuisses, dans le creux de sa robe. Lorsqu'une des extrémités de l'objet était soigneusement coincée contre la chaise, elle serrait les cuisses très fort et tirait d'une main dissimulée par les plis de la nappe, sur l'autre coin de serviette. L'effet de frottement ainsi obtenu lui donnait un plaisir mordant et doux, un glissement de sa chair, comme sur un toboggan très long et très lisse.

« Cesse de te tortiller comme ça, disait Aldérande. Tu n'avais qu'à prendre tes précautions avant. »

Maintenant elle glissait avec Jean-Edward, vers le plaisir et une vie facile. Bien sûr, elle allait se faire sérieusement morigéner au passage ; mais c'était comme de voler des bonbons, si on ne courait pas le risque on n'avait rien. L'idée de rentrer à la Genouillère seule lui semblait intolérable. Pendant un an, elle n'avait côtoyé que des jeunes filles riches, lu l'heure sur leurs montres Cartier (garanties à vie), emprunté leurs gants de chez Hermès, qui sentaient si bon le cuir, et leur eau de Cologne de chez Guerlain. Elle s'était émerveillée de leurs rangs de perles si douces, de leurs bas légers comme des toiles de la vierge, et de leurs jolis cheveux entretenus au shampooing Hégor. Toute l'horreur de la pauvreté ravaudée, cachée, contrôlée de la Genouillère lui était apparue. Elle se mettait en colère, lorsqu'elle s'habillait le matin et qu'elle sentait, sous ses doigts, les raccommodages de sa combinaison de rayonne, que pourtant la main exercée d'Aldérande avait faits aussi délicats qu'une broderie. Elle voulait Jean-Edward, son jeune corps d'homme ferme, sa vitalité bien nourrie de garçon qui ne doute de rien. Elle admirait cette sûreté des riches pour qui tout va de soi. A peine voulait-il quelque chose qu'il l'avait. Elle avait passé sa vie à rêver à ce que, croyait-elle, elle n'aurait jamais. Et maintenant, c'était à portée de sa main, il suffisait de se faufiler à travers les fils de la clôture, d'ignorer la pancarte « Propriété privée, défense d'entrer ».

Elle entrerait. Elle aurait, se disait-elle avec ce romantisme dérisoire et pompier des adolescentes, le courage de ses ancêtres, qui n'avaient pas craint d'aller en Palestine pour voir Jérusalem. Elle relèverait la fortune des Genouillère. Bien sûr, elle devrait porter l'affreux nom de Mollard. Car il fallait l'avouer, c'était un nom affreux. Guénolée en riait toute seule, parfois, et pouvoir s'en moquer la rassurait, diminuait la distance qui la séparait de son fiancé, tout comme sa pauvreté à elle permettait à Jean-Edward de l'aborder plus facilement.

Elle n'aurait pas à affronter des infidèles furieux, sabre au clair : tout juste à défier quelques lois du savoir-vivre, ce qui pour elle était terrible.

Tandis qu'elle se faisait ces réflexions, le jeune homme et elle, se tenant par la main, remontaient l'allée bordée de buis qui conduisait, par quelques méandres, à la chapelle du pensionnat. Personne n'était en vue, mais Guénolée ne se pensait pas pour autant à l'abri des regards, car « Les Etourneaux » recelait des postes d'observation secrets. Des yeux invisibles vous épiaient, au coin d'un mur. Cependant elle se sentait tranquille : qui aurait pu trouver à redire à ce qu'elle emmène son fiancé dans la chapelle pour une prière commune, destinée à obtenir du Tout-Puissant son soutien en vue de leur union future ?

Les jeunes gens marchaient lentement et posément, comme deux êtres qui n'ont rien à cacher, et qui flânent un peu au long d'un détour de leur vie. Arrivée devant la chapelle, Guénolée actionna la poignée de fer de la porte : le battant bougea, le bâtiment était ouvert. Sans doute quelqu'un était allé le garnir de fleurs, y faire un petit ménage pieux. Peut-être même une présence se tenait-elle, en cet instant même, à l'intérieur. A cette pensée, une colère soudaine envahit la jeune fille. Elle poussa vivement la porte et entra, tirant le jeune homme. La chapelle était très petite, on n'y célébrait même pas les offices. Guénolée, à pas rapides et silencieux, en fit le tour, alla vérifier derrière l'autel que nul ne s'y cachait, revint soulagée.

« C'est par là », dit-elle.

Au fond, à gauche, se tenait une statue de la Vierge, ravie dans une extase baroque, comme si elle-même et le poupon qu'elle tenait dans ses bras allaient s'envoler. Le bas de son vêtement se soulevait en vagues comme par l'effet d'un vent puissant, ses yeux suivaient ce mouvement ascendant, elle semblait devoir s'élever d'un instant à l'autre. Cette statue un peu étrange faisait la fierté de la pension. C'était la preuve qu'aux « Etourneaux », on était sensible aux œuvres d'art...

Derrière la statue se trouvait un recoin très sombre. La lumière qui descendait des fenêtres n'y tombait pas. Le jeune homme se laissait guider, ses yeux ne s'étaient pas habitués à l'obscurité.

Dans une niche du mur, derrière l'autel, Guénolée, sur la pointe des pieds, et cherchant à l'aveuglette avec la main, trouva ce qu'elle voulait. La lourde clé, chassée par un geste maladroit, tomba à terre avec un tintement sourd. Elle se pencha et la ramassa. La petite porte était tout près. Elle était basse, en bois sculpté, dissimulée derrière une portière de velours sombre.

Guénolée avait beau actionner la clé, elle ne tournait pas.

« Elle est rouillée, chuchota Jean-Edward retrouvant avec peine la parole. Laisse-moi faire. »

Il se baissa, força, pesta un peu. Un déclic se fit après qu'il eut ébranlé la porte d'un coup de pied. Soudain, par une ouverture miraculeuse, pénétrait la lumière de la campagne. Les pierres du chemin, scintillantes, s'offraient à leurs yeux éblouis. Ils sortirent. La porte se referma derrière eux avec un claquement qui rebondit, comme le roulement d'un tambour.

Ils clignaient des yeux dans le soleil. Ils se tenaient toujours par la main. Ils descendirent. Le chemin était caillouteux. Jean-Edward qui était très soigneux de sa personne pensait qu'il allait salir ses chaussures. Il se sentait toujours un peu bizarre, mais content. Lui aussi avait le sentiment inquiétant et exaltant de faire quelque chose d'interdit. Mais cela ne l'effrayait pas autant que Guénolée. Lorsqu'il avait désobéi par le passé, cela s'était toujours à peu près bien terminé.

Il faisait chaud. L'air au loin tremblait comme une vapeur. Ils respiraient une odeur aiguë de foin.

Un peu plus bas ils virent une maison. Ce n'était pas vraiment la campagne, juste une banlieue éloignée. Ils descendirent encore un peu et arrivèrent à l'orée du village. Là, sur un banc, tranquilles, ils attendirent le car pour Genève, après être entrés dans un café où Jean-Edward but une bière et Guénolée, du lait dans un grand verre.

Ils avaient de la chance. Ils allaient pouvoir prendre l'autobus qui ne passait qu'une fois par jour. Sinon, ils auraient dû faire de l'auto-stop. Guénolée était un peu déçue. Elle avait le sentiment d'être embarquée dans une grande aventure. L'auto-stop aurait donné plus de piment à l'affaire. Ils s'assirent sur une banquette de toile cirée, au milieu des paysans qui allaient à la ville avec leurs poulets. Une femme devant eux avait dans un cabas de grandes brassées de fleurs qu'elle allait vendre au marché. Jean-Edward se pencha, tendit un billet et posa le contenu du cabas sur les genoux de Guénolée, qui se trouva ainsi couverte de fleurs. « Comme une tombe », pensa-t-elle un instant, regardant bouche bée les campanules, les lis et le lilas, tout ce tas odorant comme une forêt sur sa robe. Jean-Edward se pencha et lui dit à l'oreille :

« Le bouquet de la mariée ! »

Le parfum des fleurs montait comme une musique. La femme, devant, se retourna et sourit, complice. Guénolée rougit. Il lui sembla qu'elle avait déjà fait l'amour avec Jean-Edward, qu'elle était une femme. Elle se sentait un peu triste, comme lorsqu'on est trop heureux.

Jean-Edward tenait entre ses doigts un petit morceau de sa robe, qu'il tortillait.

Ils arrivèrent à Genève pour le déjeuner. Ils s'installèrent dans un petit restaurant en bordure du lac, et mangèrent des truites. Ils pensaient bien qu'ils auraient dû se cacher, car sans doute on les cherchait. Mais ils se sentaient au-delà de la prudence. Jean-Edward pensait à Pamela avec condescendance et dédain. Il se demandait pourquoi il n'avait pas fait cela plus tôt, au lieu de perdre tous ces mois en distractions misérables. Avec l'inconstance propre à l'amour heureux, il avait déjà oublié comme il avait été content de sa liaison, sur le moment. Mais après tout il n'avait pas perdu son temps. Il avait appris des choses qui allaient bientôt lui servir.

Il regardait Guénolée par en dessous. La jeune fille sentait ce regard, et elle fermait la bouche, serrait sa langue contre son palais. Sa pomme vapeur chaude s'écrasait en une purée légèrement granuleuse. Cette chaleur fondante semblait une anticipation des plaisirs futurs. Sa bouche se remplissait de salive. Elle y porta sa serviette et essuya la goutte qui perlait au coin de sa lèvre. Sous la table, le genou de Jean-Edward était contre le sien. Elle sentait la flanelle du pantalon sur sa chair nue.

Elle avait déposé ses fleurs sur la chaise à côté d'elle. Elle les reprit lorsqu'ils repartirent en direction de la gare. Jean-Edward avait maintenant passé son bras dans le sien. Arrivés, ils s'aperçurent que la robe de Guénolée, la manche du blazer du jeune homme, étaient couverts des traînées vertes de la sève des fleurs fraîchement coupées. Contrairement à leurs habitudes, car ils étaient tous les deux méticuleux, ils en furent heureux. Cela leur parut un présage de bonheur et de fécondité.

Dans le train, ils se trouvèrent seuls dans leur compartiment. Ils s'embrassèrent à pleine bouche, se penchèrent l'un vers l'autre si fort que leurs dents s'entrechoquèrent et qu'ils se firent un peu mal. Et ils continuèrent à se faire un peu mal ensuite, car ils ne parvenaient pas à se rassasier de ce premier baiser. Chaque bouche s'accrochait à l'autre fiévreusement, ils se mordaient, se léchaient. Jean-Edward enfonçait très loin sa langue en Guénolée qui se disait : « C'est ça, c'est comme ça que ça se passe ! »

Les montagnes défilaient. Jean-Edward tâtait les seins à travers la robe, passait une main dans l'échancrure du col. Le bouton de nacre qui fermait la toile bleue céda, révélant la dentelle de la combinaison. Guénolée pensa aux reprises et rougit. L'instant d'après elle avait oublié. Jean-Edward était à demi couché sur elle et lui embrassait les seins. Elle essayait de le repousser, mais, en même temps, elle fermait les yeux. Il lui faisait plaisir. Tous ces mois solitaires remontaient en elle, les caresses furtives dans le parc avec Marie-Dominique, qui n'étaient jamais allées très loin. Marie-Dominique dont la main glissait de l'épaule au sein, sur la robe, et même un jour, entre le chemisier et le pull, avec un baiser au coin des lèvres, là où Guénolée avait un grain de beauté qui ressemblait à une mouche. Jean-Edward osait beaucoup plus que son amie.

Une vague de reconnaissance envahissait la jeune fille. Elle avait l'impression d'être restée longtemps dehors sous la pluie, à marcher contre le vent, et maintenant on lui ouvrait la porte, elle trouvait de la lumière et du feu. Elle se laissa tomber sur le dossier de la banquette. Elle soupira. Elle décida d'oublier qu'il avait les joues dures de barbe, et de grandes mains râpeuses et moites.

Le contrôleur les trouva ainsi, et signala sa présence en tapotant son appareil à poinçonner les tickets contre la partie métallique de sa sacoche. Les jeunes gens sursautèrent, se dégagèrent. Jean-Edward rouge et penaud rejoignit son siège en rajustant sa cravate, tandis que Guénolée reboutonnait sa robe en feignant de regarder distraitement le paysage, par la fenêtre du compartiment. Lorsque l'homme fut parti elle regarda Jean-Edward, suant, le col de travers, les cheveux dressés en épis sur la tête, et se mit à rire. Mais il étouffa ce rire sous les baisers.

En arrivant à Paris, Jean-Edward, en quête d'une chambre pour la nuit, évita le Meurice où descendait traditionnellement tout membre du clan Mollard qui ne trouvait pas à s'entasser à Neuilly, et choisit le Bristol. Pendant qu'il allait à la salle de bains, Guénolée, assise au bord du grand lit, regardait autour d'elle. Le centre beige et moelleux du tapis s'ornait de fleurs roses et vertes, les larges rideaux se corsetaient d'embrasses. A travers les plis lourds des voilages le soleil pénétrait doucement. Elle se disait : « Ça y est, je ne rêve pas, c'est arrivé. »

Elle n'avait pas envie de lui. Pas maintenant. Il était allé trop loin dans le train, trop vite. Elle se sentait un peu usée, un peu abîmée, comme un objet qui a déjà trop servi. Mais elle était aussi comme ces gens qui volent une robe ou une paire de chaussures dans un supermarché, et qui pressés par le temps et la peur

191

prennent ce qui leur tombe sous la main, alors même que peut-être ça ne leur ira pas. Ensuite il est trop tard, et ils doivent nager dans des souliers taille 45, jaune canari, ou aller les revendre pour trois sous aux Puces.

Lorsque le jeune homme entra nu dans la pièce, elle eut un mouvement de recul. Elle ne voulait pas le regarder. Elle n'avait connu que des tâtonnements dans des voitures obscures. Jean-Edward vit ce mouvement et tira les rideaux. Puis il s'approcha du lit et entreprit méthodiquement d'en ôter la couverture. La jeune fille au passage se leva. Elle restait là debout près du lit, elle avait froid. Il l'attira, la fit tomber. Elle ferma les yeux.

Elle essayait de s'intéresser à ce qui se passait, mais n'y parvenait pas. Il s'était fait un grand vide en elle. Elle ne sentait plus rien. Alors que tout à l'heure, dans le train, la réticence n'avait pas éteint le désir, maintenant elle était entièrement glacée. Son corps était de bois. Sur ce corps, le jeune homme bougeait, comme un puceron sur une branche. Cela la gênait. Elle se sentait comme une pierre, une plante, de la terre. On lui grimpait dessus, on creusait en elle. Jean-Edward, avec une hâte frénétique et brouillonne, travaillait ce corps. Il avait tout oublié, les leçons de Pamela, comment faire. Le corps de Guénolée le troublait d'une façon qui le rendait maladroit. Il ne semblait pas fait pour le plaisir mais pour le devoir, l'hésitation, l'aveuglement, la somnolence. Il était inerte, lourd et pâle, un corps de jeune garçon mort. Jean-Edward tremblait, ses mâchoires se contractaient. Il fallait qu'il en finisse, qu'il en vienne à bout, qu'il gagne, qu'il soit débarrassé de ce qui n'était pas un désir de vie mais de meurtre. Il faisait l'amour comme on tue, mais ce qu'il tuait était déjà mort. Guénolée serra les dents, elle cria, les petits bruits étouffés d'une souris qui couine. Jean-Edward sentit comme une digue qui se rompt. Son sperme passa comme la ruée d'un torrent. Il s'écroula sur Guénolée inerte. Il s'agrippait à sa chair par poignées, comme à de la terre. Il se tordait sur elle, il sanglotait. A travers un brouillard de peur, la jeune fille sentit sur son visage couler des larmes, la fraîcheur de la pluie après la foudre. Le jeune homme roula sur le côté.

Ils restèrent ainsi un certain temps. Ils n'osaient pas parler. Jean-Edward fixait le plafond. Guénolée fermait les yeux, feignait de dormir. Son corps était agité de tressaillements. Elle vivait, le sang coulait bleu dans ses veines comme des fleuves, ses muscles palpitaient comme des feuilles. Elle bougea la jambe. Son genou se souleva et retomba, telle une montagne qui se forme et redevient plaine. Ses membres étaient érodés par le frottement du vent, sa peau grasse et fertile, une argile, blanche comme du sable. Elle porta la main à son sexe, les lèvres endolories en battaient ainsi qu'une bouche qui frémit, au bord du balbutiement. Mais elle ne pouvait rien pour cette bouche muette et condamnée. Elle ramena sa main contre sa poitrine et ses doigts, sans qu'elle le sache, y tracèrent une croix de sang brun, comme on en voit aux portes des massacrés.

C'était le soir. L'hôtel s'animait, des pas résonnaient dans le couloir, des bribes de conversations gaies.

Jean-Edward se leva, passa à la salle de bains. C'était un jeune homme propre, Guénolée le remarqua au passage. Il avait la netteté automatique de ceux qui n'ont jamais manqué de rien. Il revint presque habillé, il sifflotait, pour se donner bonne conscience, un air à la mode, *Salade de fruits*. Il se posta devant le miroir aux moulures dorées, au-dessus de la cheminée. Ostensiblement, c'était pour faire son nœud de cravate, mais Guénolée comprit qu'en fait il s'agissait de lui tourner le dos. Elle se leva et à son tour, se dirigea vers le cabinet de toilette.

Alors qu'elle avait fermé la porte, elle perçut, à travers le chuintement de l'eau qui coulait, la voix neutre et insouciante du jeune homme, comme ces conversations joyeuses d'inconnus, dans le couloir, tout à l'heure :

« Je vais chercher des cigarettes. »

Guénolée arrêta le robinet. Elle entendit la porte se refermer.

Un quart d'heure plus tard, alors qu'elle s'était lavée, habillée, coiffée, effaçant à grandes claques d'eau fraîche, sur son visage, les traces invisibles d'une lutte, elle alla s'asseoir dans un des fauteuils couverts de damas rouge. Elle se sentit soudain perdue dans cette pièce éclairée, comme au milieu d'une forêt, la nuit.

« Et s'il ne revenait pas ? » pensa-t-elle.

La panique l'envahit, montant comme une colonne de fourmis, le long de ses jambes, de ses cuisses, de son ventre. Elle savait qu'il suffirait d'un geste pour la chasser, un petit geste raisonnable, mais c'était justement celui qu'elle ne pouvait pas faire.

La panique s'était transformée en terreur et lui avait pris le cœur.

« Il ne reviendra pas, pensa-t-elle. Il ne reviendra jamais. »

C'était évident. Pourquoi était-il sorti, au lieu de sonner pour ses cigarettes ? Il avait fait comme ces hommes qu'on voit dans les pièces de vaudeville, qui descendent acheter des allumettes et ne remontent jamais.

Elle se mit à rire nerveusement, comme on rit aux enterrements.

Elle s'était fait avoir. Comment avait-elle pu être aussi bête ? Elle avait commis l'imbécillité majeure, celle contre laquelle sa mère l'avait toujours mise en garde : coucher avant le mariage. Encore, si cela était arrivé au fond d'une voiture, à la fin d'une surprise-partie ! Personne n'en aurait jamais rien su ! Tandis que là, non seulement elle avait commis la sottise irréparable, mais elle l'avait commise de façon stupide, démodée, romantique... Elle s'était enfuie par le train comme une bonniche, et comme une bonniche, elle se trouvait abandonnée dans une chambre d'hôtel...

La porte s'ouvrit. Jean-Edward entra. Il avait la mine rose et confiante d'un homme qui vient de faire une promenade digestive après un bon repas.

« J'ai commandé du champagne, dit-il. J'ai pensé que cela te ferait plaisir. »

Guénolée ouvrait grands les yeux. Elle avait l'impression d'avoir six ans. Elle se réveillait en pleine nuit de Noël et le père Noël était là, devant elle, avec sa hotte.

Elle n'en voulait plus à Jean-Edward. Momentanément, le cauchemar de tout à l'heure était effacé. Et même, elle l'aimait, elle l'aimait plus fort que jamais, avec le désespoir de qui a cru l'espoir perdu. Il lui était cher, non par ce qu'il avait fait mais par ce qu'il n'avait pas fait. Elle tenait à lui comme les accidentés de la route s'aperçoivent qu'ils tiennent à la vie.

Il s'était assis en face d'elle, il remontait son pantalon aux genoux pour ne pas en casser le pli, geste qu'elle avait souvent méprisé — un mouvement de vieux, incongru — mais qui maintenant lui apparaissait comme l'action d'un homme raisonnable, posé, qui prend ses responsabilités.

« Je suis resté un peu plus longtemps, dit Jean-Edward. Figure-toi que j'ai rencontré un vieux copain dans le hall. Il est de passage à Paris. Il voulait m'emmener dîner. J'ai dit non, évidemment. Je préférais que nous restions seuls ce soir. Qu'en penses-tu ? »

Guénolée baissa les yeux comme une fiancée modeste. Sous son regard, une minuscule fleur du tapis grossissait, occupait tout son champ de vision. Elle regarda le mur. Les choses reprirent leur aspect normal.

« Moi aussi, je préférerais rester seule avec toi », dit-elle.

C'était faux. Elle avait peur de lui, peur de se retrouver face à face, des conversations qu'ils pourraient soutenir, avec entre eux le souvenir effacé de cette sauvagerie froide et ratée, tout à l'heure sur le lit. Mais déjà, depuis le retour du jeune homme, seule une partie d'elle le savait encore. Dans l'autre partie, cette peur était remplacée par une crainte plus grande encore, plus puissante : qu'il ne la quitte. Qu'elle ne se retrouve seule. Pauvre. Abandonnée. Dès cet instant elle était prête à toutes les compromissions, toutes les lâchetés, toutes les dissimulations. Elle venait d'entamer sa vie d'épouse.

Jean-Edward, de son côté, réfléchissait. Il avait failli, là tout à l'heure, dans le hall de l'hôtel, plaquer cette fille. La rencontre surprise avec son ami l'avait en un instant arraché à cette espèce de rêve dans lequel il vivait enfermé depuis la veille, pour le ramener à son monde habituel. Paris, soudain, était redevenu Paris, par le contact avec ce provincial pour qui la capitale était une contrée étrangère. Il s'était aperçu de l'étrangeté dans laquelle il vivait, sous l'effet du choc de la tricherie découverte. Et les choses lui avaient à nouveau paru faciles. Ç'avait été comme s'il ne s'était rien passé. Le trou dans le tissu de sa vie avait été reprisé par une main habile, il pouvait recommencer, à l'aise, tranquille.

« Comment va la belle Américaine ? » dit le copain.

« Toujours aussi belle », dit d'un ton nonchalant Jean-Edward à qui le cendrier venait à nouveau flotter sous les yeux. C'était fini, le charme était rompu.

« Je te remercie, mon vieux, je ne peux pas dîner ce soir, j'ai un rendez-vous », ajouta-t-il.

« Avec l'Américaine ? »

« Non, avec une autre... je ne te dis que ça ! » répondit le fils Mollard d'un air fat.

« Toi, alors... Avec les filles, tu y as mis le temps, mais maintenant, tu te rattrapes ! » observa le copain impressionné.

« Tu me connais, je fais toujours les choses à fond », ricana Jean-Edward. Sa pomme d'Adam, au-dessus de sa cravate, fit un dribble sous l'effet du contentement de soi.

« Evidemment, j'ai un peu triché, pensait-il, mais c'est comme ça, je suis du genre au-dessus des lois, pas comme cette bande de minables. Et puis, je les tombe toutes. »

Le copain lui tendit la main pour dire au revoir.

« A propos, l'Américaine, si tu en as marre... tu ne pourrais pas me donner son téléphone, par hasard ? »

Jean-Edward sortit de son portefeuille la carte de Pamela et la lui confia.

Et maintenant, il se trouvait à nouveau dans la pièce qu'en son for intérieur il nommait déjà « la chambre nuptiale », assis en face de la mariée par anticipation.

« La pauvre, comme elle a l'air de m'aimer ! se disait-il. Quand je pense que j'ai pu songer à lui faire ça ! »

Et il avait honte, se sentant salaud. Et il était content, de se sentir capable d'être salaud.

16

Noces

NOTES D'ISABELLE

Ils débattirent un peu pour savoir s'ils devaient dîner dans la chambre, à l'extérieur, ou descendre au restaurant de l'hôtel. A vrai dire, ils étaient tous les deux fatigués. Une tension torturante figeait leurs membres. Leurs yeux dans leurs orbites étaient comme des balles qui ont trop roulé. Mais cette fatigue, ils ne voulaient pas la dire, parce qu'ils sentaient confusément que ce n'était pas là cet épuisement heureux qui suit les prouesses amoureuses. C'était le raidissement de la frustration, du meurtre de soi et de l'autre. Des choses qu'on n'avoue pas, dans l'espoir d'échapper à la prison imaginaire.

L'idée de sortir dîner dans un lieu inconnu et brillant terrifiait Guénolée. Elle avait vécu l'amour comme un combat dont elle était sortie vaincue. Comme les perdants elle tentait de façon dérisoire de dissimuler sa défaite, ramenant autour d'elle d'une main qui tremblait un peu des lambeaux de dignité, des chiffons de calme, des rubans de fierté. Affronter des yeux inconnus et curieux, qui voyant sa petite robe de pensionnaire, incongrue dans un tel lieu, et ses yeux battus, ne manqueraient pas de tirer les conclusions qui s'imposeraient... Leurs regards moqueurs lui fouilleraient le corps et l'âme, mettraient en pièces le peu de défense qui lui restait.

Elle ne voulait pas dire ces choses à Jean-Edward. Depuis qu'il l'avait déflorée, après lui avoir offert des fleurs, elle avait compris qu'il n'avait fait que lui voler sa fleur à elle. Elle le comprenait confusément, car elle faisait partie de ces gens qui préfèrent ne pas s'expliquer les choses.

Sans le vouloir, mais sans pouvoir en empêcher l'intuition, elle savait que Jean-Edward ne croyait pas à l'amour. Il était de ceux qui ayant trop peu reçu, ne conçoivent pas le don, pour qui tout se paie et se paie cher. Ce pourquoi il leur faut constamment chercher à obtenir des rabais, ristournes et pourcentages en matière de cœur. Et, comme ils sont convaincus que la marchandise obtenue au moyen de transactions franches et légales ne sera, de toute manière, que de seconde qualité et en quantité insuffisante, car ils croient qu'on les roule toujours, chaque fois qu'ils le peuvent ils obtiennent leur ration de mots doux, serments et caresses par voie de rapines et détournements. Jean-Edward, avec un peu de patience et de considération, en demandant poliment et gentiment, se serait vu confier de grand cœur par Guénolée ce petit bouquet de fleurs de roche que toute fille vierge abrite dans sa grotte intime. Il n'avait pas compris qu'il pouvait l'avoir dans toute sa fraîcheur, toute sa beauté, presque pour rien — mais il savait que ce n'est pas rien, justement, que de susciter le don. Il s'agit de savoir aimer. Est-il utile de rappeler, à ce point précis de ce récit, que Jean-Edward était orphelin de mère ? Bien sûr, Félicie était morte lorsqu'il avait sept ans, mais deux ou trois ans avant déjà elle avait commencé à s'effacer et à disparaître. La richesse Mollard, qui devenait envahissante, impossible à nier, avait sur elle un effet corrosif. Cette fortune à laquelle elle n'avait pas su se préparer avait rongé Félicie, lui avait attaqué le cœur. Déjà elle ne voulait plus rien, allait et venait de la table au fourneau dans ses vieilles pantoufles à carreaux dont le talon était replié sous le pied, et elle disait d'une voix blanche à l'enfant qui jouait à ses pieds :

« C'est pas une comme moi que ton père aurait dû épouser. Je suis pas assez bien pour lui. Je suis pas assez débrouillarde. »

L'enfant la regardait, désolé. C'était pendant ces années-là qu'une partie de lui-même était morte. Déjà. Il était par terre, il se sentait blanc et malsain, comme un ver. Il aurait voulu s'enfoncer dans le sol. Il n'était plus rien, puisque sa mère n'était pas grand-chose. Son père entrait. C'était un géant, sa voix faisait trembler le monde et il l'aimait. Il se roulait sur le sol, plié par la douleur, gigotant, faible. La voix de son père disait :

« Félicie, tu n'as aucun sens de la discipline. Le gamin fait n'importe quoi. Il faut le mettre au pas. »

« Oui, Désiré », répondait Félicie qui avait gardé, légères, les intonations de son Midi lointain.

Elle s'approchait. Le gamin entendait le chuintement de ses pantoufles, qui traçaient un chemin traînant sur le lino de la baraque.

« Lève-toi, mon tout-petit, ça fait plaisir à maman », disait Félicie.

Maintenant, Jean-Edward a grandi. Tant bien que mal, avec sa mère là-bas sous les fleurs du cimetière, et en même temps là-haut avec les anges. C'est bizarre mais c'est ce qu'on lui a dit.

Elle est dans sa boîte comme une boîte à chocolats en plus grand. On a mis la boîte à la poubelle et lui, on ne lui donnera jamais rien.

Jamais plus rien.

Sauf qu'une autre arrive à qui il vole des croûtons d'affection. Il a compris, une fois pour toutes, qu'il sera réduit à ramasser les restes sous la table, au fond des assiettes des autres, ou bien à voler. Il n'y a pas d'autre solution. Aucune école chic, aucune collection de costumes en flanelle anglaise de chez Lanvin, aucune Pamela, rien, jamais, ne pourra lui ôter cette conviction.

Alors il prend, comme un chien sournois qu'on a oublié trop longtemps au fond de sa niche. Il ne sait pas qu'en prenant ainsi Guénolée, il a perdu toute possibilité qu'elle se donne jamais.

Guénolée regarde cet homme, et elle voit en réponse, dans son regard à lui, l'avidité. Elle ne veut pas sortir et qu'on la voie avec ses taches au fond du corps, mais elle ne veut pas non plus rester ici avec lui en face d'elle qui la regarde comme ça. Alors elle dit :

« Si nous descendions, simplement ? »

« C'est cela, dit Jean-Edward bien content. On mange toujours mieux au restaurant qu'avec le room-service. Et j'ai faim, moi, tout d'un coup. »

Guénolée lui voit soudain des grandes dents qui brillent.

« Je suis bien ennuyée de ne pas avoir apporté mon compact Max Factor », dit-elle.

« De toute façon, tu es très bien comme ça. »

Guénolée frotte son nez, du bout du doigt, dans l'espoir d'en atténuer la brillance.

« Descendons », dit-elle.

Dans le restaurant, tout blanc avec des nappes riches et de petits abat-jour pour rosir la lumière (« et les joues des dames », précise Jean-Edward à qui la nourriture donne de l'esprit), Guénolée mange sa sole. Elle est intimidée. Une odeur d'argent flotte dans l'air. Si elle est bien sage, on lui en donnera.

Le maître d'hôtel la regarde d'un air bizarre. Et s'il les dénonçait à la police ? Jean-Edward pourrait être arrêté pour détournement de mineure...

« Ne t'inquiète pas, la rassure son vis-à-vis, on me connaît ici, on ne nous importunera pas. »

Guénolée se sent quand même mal à l'aise. Au dessert, elle se calme. Elle mange son paris-brest du bout de la fourchette. L'idée du lit qu'elle va retrouver tout à l'heure la refroidit.

« Je suis fatiguée », dit-elle.

« Pauvre chérie, répond Jean-Edward la joue gonflée de crème, et avalant précipitamment, c'est moi qui t'ai épuisée. Je suis une brute. »

« Tu as fait de moi une femme », répond la pensionnaire.

« Montons, veux-tu », réplique son vis-à-vis sur qui cette remarque a un effet ascendant.

Ils montèrent. Ils reproduisirent la scène de l'après-midi. Jean-Edward, après, n'était plus si déprimé ; au contraire le sentiment de sa virilité croissait. Ce corps après tout ne lui opposait qu'une résistance passive qu'il parvenait facilement à vaincre. C'était beaucoup plus excitant, somme toute, que la pute américaine, en laquelle on s'enfonçait comme dans un édredon. Jean-Edward ignorait ce qu'était le désir féminin. Pauvres hommes qui sont comme le poisson devant l'appât, et mordent d'autant mieux que c'est faux. Mais gros, voyant, coloré, tape-à-l'œil...

Pour un type comme Jean-Edward, une pute bienveillante parce que bien payée, à tout considérer ce n'est pas le pied. Alors qu'une petite comme Guénolée, on voit bien que ça ne lui plaît pas, il se déroule une bagarre souterraine, il y a de l'action. C'est ce qu'on appelle baiser quelqu'un. Il y a de la satisfaction là-dedans. On est sûr qu'il s'est passé quelque chose. Et on a le dessus ! Elle n'est pas contente, mais elle n'ose pas le dire ! Elle ne peut pas se permettre ! Elle sait bien que ses fesses, c'est son ticket-restaurant ! C'est chouette, l'amour, dans ces conditions, comme les bagarres à la récré ! Dis pouce, ou je t'enfonce ! Ah, les beaux souvenirs de marronniers !

Jean-Edward était content, et Guénolée se résignait. Elle fermait les yeux et pensait à Boucheron. Elle se disait qu'au point où elle en était, il ne lui restait qu'une chose à faire, pour décrocher le cocotier : persévérer, avec tact et ténacité. De toute façon la reculade ne pourrait qu'être désastreuse, maintenant qu'elle avait livré sa monnaie d'échange. Comme disait Marie-Do :

« Une fois qu'on a commencé à passer à la casserole, y'a rien à faire, faut continuer, et c'est toujours la même chose. »

Elle n'avait plus qu'à poursuivre la longue route du devoir conjugal ou pré-conjugal — et elle espérait bien que c'était la même. Quand même, l'angoisse de l'avenir la tenait et ne la quittait plus. Elle entrait dans la dernière phase de ce jeu compliqué et dangereux qu'on nomme : « se faire épouser ». Elle n'avait pas confiance en son adversaire, car elle savait que, dans ce domaine, tous les coups sont permis. Il importait donc de l'hypnotiser de regards sucrés et de douces paroles, et d'endormir sa méfiance à lui par une passivité et une soumission totales, qui n'excluraient pas, bien entendu, une vigilance sans défaut.

« Qu'allons-nous faire, maintenant, mon amour ? » interrogea-t-elle en nichant sa tête au creux de l'épaule de son amant.

« Dès demain, je récupère ma voiture, et nous descendons chez tes parents. Je parlerai à ton père, et je le mettrai devant le fait accompli. Que veux-tu qu'ils disent ? Ils accepteront, bien entendu, que je t'épouse. Ensuite, nous irons faire publier les bans, et j'attendrai le délai légal en logeant à l'hôtel, pour décourager les commentaires. »

« Je serai donc tranquille dans mon petit lit pendant une semaine, avec mon Trésor chéri », songea Guénolée attendrie.

Ce contentement fit bientôt place à une terreur nouvelle. Afin de ne pas décourager le jeune homme, elle se garda de lui faire partager ses craintes, quant à la réaction probable de son père. Les fureurs de Lothar de la Genouillère étaient proverbiales. Toute personne qui s'avisait de le sortir de son nuage de spéculations généalogiques pour lui faire reprendre pied, si l'on peut dire, dans ce marécage puant et infesté qu'on appelle réalité, se devait d'attendre le pire. Autant ce gentilhomme faisait preuve à l'accoutumée d'un calme olympien (« d'un flegme tout britannique », disait Aldérande dans ses moments d'attendrissement), autant lorsqu'il sortait de ses gonds tout était possible, bris d'objets, vociférations, voies de fait. C'était un spectacle dont même sa proche famille — qui en faisait d'ailleurs habituellement les frais — ne se blasait jamais, tant il était étonnant de voir un personnage aussi policé se transformer, le temps d'un claquement de doigts, en tornade humaine.

« On verra bien ce qui se passera, sur le moment », songea Guénolée. Et son inquiétude se teintait d'un certain plaisir, comme celui qui assiste à une bagarre de rue craint pour lui même les coups qui s'égarent, mais apprécie le spectacle.

Ils arrivèrent à la Genouillère en fin d'après-midi, le lendemain. Ils furent accueillis par Aldérande, qui se trouvait sur la pelouse de devant, s'occupant de ses rosiers. Les mots « pelouse » et « rosiers » méritent d'être expliqués dans ce contexte, car il n'y avait pour faire office de jardinier et tondeur qu'un mouton favori prénommé Boucles d'Or qu'on attachait à intervalles réguliers à un piquet, à différents endroits de la pelouse. Quant aux rosiers, ils avaient été plantés au siècle précédent par une aïeule de Lothar, et les années passant ils courbaient la tête sous le poids de branches de plus en plus rares en fleurs. Pourtant, ces roses moussues, épanouies comme des chairs de femme, aux tons rose tendre et jaune passé, comme une fin d'arc-en-ciel, ravissaient Aldérande. Ses joies étaient faites de restes et de ruines.

Un vaporisateur à la main, la comtesse entreprenait

d'attaquer une armée de pucerons, dont les petits corps gorgés de sève faisaient aux fleurs comme une guipure verte.

Elle se retourna en entendant le bruit de la voiture. Les visiteurs étaient rares à la Genouillère. Reconnaissant la Floride de Jean-Edward, elle vit son appréhension confirmée lorsque sa fille en sortit, avec ce tortillement que son œil de mère reconnut indiquer une grosse bêtise.

« Jean-Edward m'a enlevée », dit la jeune fille en arrivant devant sa mère, avec un sourire mi-honteux, mi-triomphant.

La première impulsion d'Aldérande fut de doucher le jeune homme en plein visage avec une giclée du liquide destiné à la mort atroce et convulsionnaire des insectes. Cependant ce puceron-là était très gros, et de plus sa fille allait en avoir besoin. Aussi n'était-il pas indiqué de le vitrioler en ce moment. Aldérande lâcha le pulvérisateur et marcha sur le coupable.

« Vos intentions, monsieur ? » dit-elle comme on jette un gant au visage de l'adversaire.

« Epouser », répondit précipitamment Jean-Edward dont le froussomètre descendit au-dessous de zéro. Cette brave Aldérande n'avait pas l'air d'apprécier la plaisanterie.

« On ira voir demain matin à la mairie, pour les bans », ajouta Guénolée qui brava sa mère, en s'accrochant résolument au bras de son futur.

La réaction ne tarda pas sous la forme sonore d'une paire de claques. Les joues de la jeune fille se couvrirent de l'impression en relief et en couleur des doigts de sa mère.

« Touchez pas à ma fiancée ! » s'écria Jean-Edward reprenant du poil de la bête. Cette bonne femme n'allait quand même pas lui empoisonner la vie !

« J'épouse, alors pas d'histoires », ajouta-t-il d'un ton sans réplique.

206

A ces mots Aldérande se calma. Dans ce contexte, « histoires » ne pouvait signifier qu' « abandon ». Lorsqu'on parlait d'une fille « qui a eu des histoires », c'était clair, tout le monde comprenait.

« Il ne faut pas me frapper ! cria Guénolée qui tapait du pied et sanglotait à moitié. J'ai un polichinelle dans le tiroir ! »

« Tu as quoi ? » s'écria Jean-Edward, qui se reprenant très vite renchérit :

« Elle a un polichinelle dans le tiroir, il faut faire vite ! »

« Mon Dieu, mon Dieu ! » se lamenta Aldérande tout en se dirigeant précipitamment vers le manoir, car effectivement, elle venait de comprendre qu'il n'y avait pas de temps à perdre.

« Qu'est-ce que ton père va dire ! Mais qu'est-ce que ton père va dire ! » psalmodiait-elle plaintivement, abandonnant toute dignité pour se mettre à courir comme sous une averse.

« Pourquoi t'as dit ça ? » interrogea Jean-Edward qui, à quelques pas de distance, suivait avec la jeune fille.

« Parce que c'est le meilleur moyen qu'ils marchent avec un minimum de cirque », répliqua-t-elle.

Aldérande fit irruption dans le bureau de Lothar, à toute allure. Ce ne fut qu'arrivée devant la grande table de chêne jonchée de paperasses, qu'elle eut le réflexe de freiner des deux pieds.

« Vous avez l'air d'une folle, fit Lothar avec l'expression aimable d'un sanglier interrompu en pleine sieste. Combien de fois dois-je vous répéter de ne jamais entrer ici sans frapper ? »

« La circonstance est très grave, mon ami », intervint plaintivement sa moitié.

« Grave ou pas grave, ça n'empêche pas qu'on frappe ! »

« Votre fille... Votre fille... »

« Eh bien quoi, ma fille ! »

« Votre fille a un polichinelle dans le tiroir ! » balbutia la pauvre mère que l'émotion réduisait à l'état de cet oiseau exotique dénommé perroquet.

« Un po... laquelle ? »

« Comment ça, laquelle ? »

« Laquelle de mes filles, tête de buse ! Berthil ? »

« Mais non, pas Berthil ! Berthil ne fait pas de bêtises, d'ailleurs elle est fiancée et va se faire refaire le nez, il le lui offre. »

« Guénolée..., éructa le père noble. J'ai toujours su que j'aurais des histoires avec celle-là... que le déshonneur viendrait d'elle... Elle a un air sournois... Ce n'est pas une Genouillère, c'est une Mortepaumée ! Aldérande, ne niez pas ! Vous ne pouvez ne pas reconnaître en elle les tares de votre famille... N'oubliez pas qu'une de vos grand-tantes a fini enfermée dans une maison de fous, et votre trisaïeul en Guyane... Il y a une lourde hérédité chez les Mortepaumée ! On me l'avait caché avant notre mariage... »

« Voyons, Lothar, on ne va pas reparler de ça, quand même... »

« Pourquoi pas ? Pourquoi ne pas en reparler ? Vous savez que l'esprit du mal qu'on voit resurgir en Guénolée, c'est votre tare familiale... Cette fille n'est pas la mienne, c'est la vôtre ! »

« Eh bien, Lothar, dit alors Aldérande d'une voix faible et philosophe à la fois, pourquoi en faire toute une histoire... Puisque vous dites qu'elle n'est pas votre fille... Laissez-moi m'en arranger ! »

« Elle porte mon nom ! » A ces mots, le comte, repoussant son fauteuil, se dressa.

« Elle porte mon nom, elle l'a usurpé, cela suffit... Mon honneur est en jeu... »

« Mais puisqu'elle va changer de nom, Lothar, voyons... Elle va épouser ce petit Mollard... »

« Guénolée de la Genouillère ! Guénolée de la Genouillère, épouser un Mollard ! Je... »

A ces mots le comte s'écroula sur son siège, comme frappé de la foudre.

Mieux aurait valu dire : en direction de son siège. Car ledit fauteuil, sous l'effet du geste violent qui l'avait repoussé un instant auparavant, s'était renversé, en conséquence de quoi le comte Lothar se retrouva sur le sol.

Aldérande, prompte comme un chien de chasse dressé à rapporter, tendit la main à son mari pour l'aider à se redresser. Celui-ci se retrouva sur ses pieds, rouge comme un homard trop cuit, et se frottant le dos.

« J'en mourrai ! s'écria-t-il. Cette fille me tuera ! »

Cet aveu d'impuissance suffit à Aldérande pour quitter la pièce, afin de porter la bonne nouvelle. Car comme les vieux couples qui s'entendent vraiment, le comte et la comtesse de la Genouillère employaient entre eux un langage codé, un patois de la table et du lit qui n'était parfaitement compréhensible que pour eux seuls, leurs enfants n'en parlant que des bribes.

« Ton père en mourra ! » annonça Aldérande, la bouche pincée, à sa fille qui, toujours aux côtés de son fiancé, se chauffait les mains devant le maigre feu de la cheminée du salon.

Ce que Guénolée traduisit sans hésitation et très exactement par : « Il marche. »

Le comte ne parut pas à dîner ce soir-là. La comtesse alla lui porter son assiette de soupe aux choux et son bol de lait caillé dans son bureau. Il ne parut pas davantage les jours suivants, s'enfonçant dans une bouderie morne et rageuse, et traitant Aldérande, seule personne qui osât l'approcher dans son état, comme un chien.

Ce soir-là comme les prochains, Jean-Edward, après le dîner qui fut encore plus maigre que par le passé, maintenant qu'on le considérait comme étant de la famille, se retira dormir à l'Hôtel du Calvaire, le seul du village, où on lui donna une chambre qui sentait le salpêtre, avec un lit de cuivre, un gros édredon rouge, et une vue sur un morceau de cour agrémentée d'un pommier mort.

Guénolée savourait sa victoire, non sans le pincement d'inquiétude d'une personne d'esprit pratique, qui sait qu'il ne faut pas vendre la peau de l'ours trop tôt.

Deux jours avant le mariage, la postière vint à bicyclette prévenir le château qu'on demandait Mme la comtesse au téléphone. Cet instrument moderne et diabolique n'avait pas pénétré à la Genouillère.

Mme la comtesse enfila une laine, et trouva au bout du fil Maryjane qui lui demanda où se cachait son beau-fils.

Devant l'hésitation d'Aldérande, elle ajouta :

« Je sais qu'il est avec vous, nous ne faisons plus d'objections, c'est pour quand ? »

« Après-demain », répondit la mère soulagée.

« Nous arrivons », dit Maryjane.

« Mais la cérémonie sera très simple ! » balbutia la Bretonne inquiète.

« Je l'espère bien ! » répondit l'Anglaise avec la sécheresse laconique qui caractérise ses compatriotes.

Par une belle matinée de juin, Jean-Edward et Guénolée, bras dessus bras dessous et suivis d'un petit cortège de familiers et de parents, se dirigèrent vers la mairie d'abord, vers l'église ensuite. Jean-Edward était en costume de ville, bleu marine à fines rayures grises, apporté de Paris par Maryjane. Celle-ci avait eu la gracieuseté d'offrir à Guénolée sa robe de mariée, une charmante création du fidèle Bob, simple et virginale, plumetis blanc, col officier, large ceinture corselet et jupe bouffante avec trois jupons dessous. Sur la tête, un bibi en forme de coquillage de paille blanche, et un demi-voile de tulle. Le bouquet de la mariée était fait de roses cueillies par Jean-Edward —

champêtre attention. Les alliances étaient d'or le plus simple — on n'avait pas eu le temps de faire mieux. Le comte Lothar était resté résolument enfermé dans son bureau, malgré les objurgations de sa femme et les supplications de Guénolée, puis de Berthil, venues l'une après l'autre tambouriner à sa porte, sans parvenir à se faire ouvrir. La mariée fut donc conduite à l'autel par Renaud de Mortepaumée, le frère de sa mère. Berthil lui servait de témoin et pour Jean-Edward, le fils du sous-préfet remplit cet office.

La petite église était baignée dans la lumière bleue des vitraux. L'autel avait été garni par Berthil de branches fleuries qui faisaient comme un grand nuage blanc autour du Christ de bois peint. Désiré se sentait vaguement ému malgré son mécontentement. Cette atmosphère campagnarde lui allait au cœur. Quant à Maryjane, elle avait décidé en consultation avec Bob que tout cela était charmant. Somme toute, cette simplicité était originale et du dernier chic. Evidemment, l'attitude du comte Lothar était une vexation, mais après tout l'on pouvait comprendre un père offensé par l'attentat à la pudeur commis sur sa fille. Le chien Trésor, qui avait suivi le cortège, geignait et grattait à la porte de l'église. Berthil rougissait et pensait à son mariage prochain, lorsqu'elle pourrait montrer à l'admiration des foules un petit nez mutin. Mais elle n'irait pas faire la même bêtise que sa sœur et son mariage à elle aurait lieu dans les règles et à Morlaix.

Le repas de noces fut servi sur la pelouse du manoir. De grandes tables avaient été dressées sur des tréteaux près des rosiers favoris d'Aldérande. Les planches avaient été recouvertes de draps blancs monogrammés aux armes des Genouillère. Les Mortepaumée avaient prêté l'argenterie, car celle d'Aldérande verdissait aux arêtes. Ils avaient aussi fourni le vin : le comte Lothar gardait par-devers lui la clé de la cave. Berthil avait confectionné un tour de table au moyen d'une jonchée de roses. Le repas était fourni par l'Hôtel du Calvaire dont la cuisine était renommée : pâté de lièvre en croûte à l'armagnac, cornets de jambon à la russe, gigot de pré-salé aux deux haricots, verdures de nos campagnes, fromages de nos provinces et la tradition-nelle pièce montée, pyramide de choux caramélisés, fourrés de crème, au sommet de laquelle, comme se reposant et admirant le paysage après une ascen-sion ardue, se profilait le couple de mariés en sucre.

On servit une excellente eau-de-vie de poire, après quoi les uns firent la sieste sur l'herbe, tandis que les plus courageux s'égaillaient par les champs et les prés pour une promenade digestive. A six heures fut servie une collation soupante constituée de bolées de cidre et de galettes accompagnées de charcuteries et de confi-tures. A cette collation étaient invités les amis de Guénolée et Berthil ainsi que quelques camarades les plus fidèles de Jean-Edward. On mit le pick-up sur le rebord d'une fenêtre et l'on dansa gaiement sur la terrasse. Le soleil déclinait. Aldérande pleurait dans les bras de Désiré tandis que Renaud, sous les arbres, faisait la cour à Maryjane que tant de décadence compassée charmait.

Le soir, les jeunes mariés se retrouvèrent sous l'édredon rouge de l'Hôtel du Calvaire. Dans l'affole-ment général on avait réussi à se calmer suffisamment pour organiser le mariage, et donner à l'affaire un semblant de naturel et de gaieté, toute la famille faisait front contre le « qu'est-ce que vont dire les gens » redouté. Guénolée avait même eu le solitaire convoité, acheté en catastrophe et à contrecœur par Maryjane chez Boucheron. Sinon, on aurait eu l'air de quoi ? Comme elle n'avait pas pu l'essayer, il était un peu trop grand et elle le tournait sans cesse, nerveusement, entre deux doigts de l'autre main. Mais pour le reste, on laissait ces jeunes gens se débrouiller. Ils avaient bien assez embêté tout le monde comme ça.

17

Des lendemains qui déchantent

Ils se retrouvèrent à deux sous la couette, ou, pour parler plus exactement, à trois. Car le chien Trésor était de la partie. Guénolée ne voulait plus s'en séparer. Elle était folle de cette petite bête aimante et tumultueuse. Et Trésor lui aussi appréciait fort sa maîtresse, poussant des jappements lamentables lorsqu'il s'en trouvait éloigné. Guénolée ne voulait pas laisser Trésor à ses parents, arguant qu'elle en avait déjà été privée une année entière.

« Couché, bon chien ! » dit Jean-Edward à l'animal au moment de monter dans le lit, lui désignant le tapis. Mais la bête ne l'entendait pas de cette oreille. D'un bond, elle fut sur la couette et d'un autre, accompagné d'un fourragement de pattes, dessous. Et tout contre sa maîtresse nue, secouée d'un fou rire.

Jean-Edward attrapa le petit chien par la peau du cou et l'envoya valser à l'autre bout du tapis. En deux sauts il avait réintégré la même place, et Guénolée riant toujours s'agrippait à lui, le serrait contre elle.

« Enfin ma chérie, tu ne vas pas me dire que tu as l'intention de garder cet animal avec toi ? » s'enquit le nouveau marié.

« Ze veux mon Trésor ! Mon Trésor séri à moi adoré ! » zozota Guénolée les yeux noyés de larmes de joie.

« Mais enfin c'est insensé ! C'est sale ! C'est malsain !
Et puis de toute façon, ça n'est pas sa place ! »

« Le petit Trésor il reste avec sa maîtresse, il veut
pas du tout la quitter ! » marmonnait la jeune femme,
la bouche enfouie dans le cou de son favori.

Le chien s'était maintenant installé dans le milieu
du lit, là où le matelas fort ancien faisait un creux qui
lui sembla hospitalier.

« Pousse-le sur le côté, au moins », dit Jean-Edward
d'une voix maussade mais affaiblie.

On le poussa. Il revint, exactement au même endroit.

« Il se trouve bien là, dit Guénolée. Après tout, tu
n'as qu'à passer par-dessus. »

Jean-Edward en maugréant s'exécuta. Puis reprit sa
place.

« Qu'est-ce que tu fais ? » dit Guénolée.

« Rien, justement... Je ne sais pas ce qui se passe...
C'est cette sale bête, voilà ! Elle me coupe tout ! Je suis
un type normal, moi ! Je ne peux pas, dans des
conditions pareilles ! »

« Ne t'inquiète pas, tu t'habitueras ! » dit Guénolée
que la perspective d'échapper au pilonnage conjugal
rassurait.

« Ça ne se passera pas comme ça ! hurla Jean-
Edward hors de lui. Pour la dernière fois, choisis ! »

« Je veux pas le quitter ! » dit Guénolée d'une voix
claire et sans réplique.

« Très bien ! » dit Jean-Edward dignement. Et
emportant avec lui la couverture, il alla se coucher sur
le tapis, en chien de fusil.

« Le cabot, maintenant, c'est moi ! Mais où est-ce
que je suis allé me fourrer ! »

Ayant pris la place du chien, et celui-ci ne manifestant pas le moindre désir de lui céder une faveur
durement acquise, Jean-Edward, le nez dans l'odeur de
poussière du tapis, plus celle d'antimites d'une couver-

ture ayant longtemps voisiné avec la naphtaline, les côtes en contact presque direct avec le plancher, rongeait son frein. Il regrettait déjà ce mariage. Ayant épousé Guénolée parce qu'il l'avait crue malléable et soumise, il s'apercevait maintenant que c'était tout le contraire, il venait de discerner en elle une puissante capacité d'entêtement. Il venait aussi de comprendre, par la brutalité avec laquelle elle l'avait rejeté, que la jeune fille ne l'aimait pas ou ne l'aimait plus. Elle avait aimé l'épouser, ce qui était différent. Sa naïveté lui apparaissait dans toute son étendue, et même dans une étendue plus considérable qu'elle n'était en réalité. Car dans son raisonnement il oubliait ses torts. Après tout il avait lui aussi trompé Guénolée sur la marchandise, car il ne lui avait encore rien dit de sa tricherie. D'un commun accord, Désiré et Maryjane avaient fait silence : seul le silence pouvait effacer cette tache. Et puis il oubliait cette espèce de folie meurtrière qui le saisissait lorsqu'il tenait Guénolée dans ses bras, cette haine qui surgissait en lui d'une source profonde au moment même de l'acte d'amour, et que la jeune femme sans se l'expliquer et malgré son désir de s'aveugler, percevait confusément.

Le chien Trésor, lui non plus, ne sortait pas indemne de cette affaire. A dater de ce jour, il vouerait à Jean-Edward une rancune sournoise. Bref, au pile ou face du mariage l'amour avait déjà perdu.

Pourtant Jean-Edward, Guénolée et Trésor ne se séparèrent pas cette nuit-là. Leur ménage à trois devait durer longtemps. Les jeunes gens ne pouvaient que continuer leur route, parce que des inondations les empêchaient de revenir en arrière. Le divorce était hors de question. Ils auraient eu l'air d'imbéciles aux yeux d'autrui, ces yeux qu'ils s'imaginaient les suivre partout, et sans lesquels ils ne se sentaient pas exister, les inventant s'il le fallait, les peignant sur le papier peint des murs, les brodant sur la soie des fauteuils.

Ces yeux les voyaient toujours mais ils étaient aveugles, ou presque, comme de très vieux yeux. On pouvait les rouler facilement, il suffisait de respecter les apparences. Ils sauveraient la mise en restant ensemble, du moins pour le moment. Chacun se disait que lorsque l'occasion se présenterait de se tirer de là avec avantage, il partirait. Mais, pour l'instant, ils feraient contre mauvaise fortune bon cœur.

D'ailleurs, Jean-Edward ne s'éternisa pas sur le tapis. Il avait trop mal aux côtes. Au bout d'une heure, croyant Guénolée endormie, car aucun bruit ne traversait le silence sinon le souffle ténu de la jeune femme, il s'approcha du lit à pas de loup et souleva le drap afin de réintégrer un séjour somme toute plus confortable.

Trésor se mit à gronder, puis à japper.

« Silence, Trésor ! » murmura Guénolée qui ne dormait pas du tout, mais réfléchissait aux inconvénients du mariage. Elle se disait que sa mère avait raison, lorsqu'elle lui affirmait que cet état demandait, de la part d'une femme, bien des sacrifices. Cependant, quelle autre solution y avait-il ? Aucune, pensait Guénolée que l'idée d'une émancipation n'avait pas encore effleurée et qui croyait ne pouvoir trouver son salut qu'à travers un homme dont elle parviendrait à tirer les ficelles.

Tournant et retournant son solitaire, elle décida elle aussi de se faire une raison. Faute de grives on mange des merles. Le merle en question, penaud comme après une averse, venait de retrouver le nid. Elle prit un ton gentil et même tendre pour lui dire :

« Mais oui, tu seras beaucoup mieux ici. »

Le matin parut, gris et nuageux. Ils se levèrent maussades, puis retrouvèrent courage en avalant le café au lait et les tartines du déjeuner. Ensuite, ils prirent la route dans la Floride de Jean-Edward et se rendirent au petit port où l'oncle Mortepaumée, désireux à la fois de rendre service et de sauver les apparences, leur prêtait une maison qu'il n'occupait que par intervalles, préférant la plus grande partie de l'année la sauvagerie de son manoir dans les bruyères.

La villa de l'oncle se tenait en bord de mer, à la sortie de la ville. C'était une construction de granit à deux étages, que la famille Mortepaumée s'était fait construire au début du siècle, du temps de sa splendeur. Un grand jardin d'hortensias bleus et roses s'étendait devant, défendu par un mur surmonté de grilles. Des fenêtres du premier étage, on voyait la mer, les bateaux de pêche partant le matin et rentrant le soir, les arabesques des mouettes, les enfants avec leurs seaux cherchant courbés des coquillages à marée basse, et à marée haute les jeunes femmes sautant dans l'eau grise avec des rires.

Ils allaient manger dans de petits restaurants. Ils se tenaient la main au crépuscule, lors de leur promenade rituelle sur la jetée. Ils s'étaient réconciliés. La faim du corps les avait réunis. Ils ne se faisaient pas très plaisir, certes, mais ils étaient jeunes. Un besoin inexplicable les poussait. Même s'ils ne sentaient pas grand-chose, ils allaient mieux ensuite. Ils achetaient de gros crabes aux pêcheurs et les regardaient rougir effarés dans le faitout, au milieu des débris d'algues. Ils choisirent pour un petit cousin un bateau de bois bleu à voile jaune, dans un magasin de souvenirs du port. Ils signèrent de leurs deux noms beaucoup de cartes postales. Ils se sentaient adultes et importants. Trésor les suivait. Dès qu'ils reculaient d'un pas ils se heurtaient à ses boucles sales, marchaient sur une patte. Il avait admis son nouveau maître et faisait preuve à son égard d'un quant-à-soi respectueux. Mais la nuit il était là, au bout du lit. Ils faisaient l'amour de façon sommaire, car le chien les regardait, bougeait, leur léchait les pieds. Cela les faisait rire. Après tout, ça mettait un peu d'animation.

En rentrant à Paris, Guénolée apprit la tricherie de

son mari. Elle s'inquiétait de savoir s'il avait été reçu à son concours, et Jean-Edward était toujours évasif. Un jour, exaspéré, il lui jeta la vérité à la figure, hargneux et plaintif comme un enfant qui a mal fait.

Les dégâts n'étaient pas complets. La fuite de son fils avait mis Désiré dans une grande inquiétude. Il avait craint un temps que Jean-Edward ne soit parti en Amérique rejoindre son frère. Il se vit vieux, seul, abandonné. Il fut prêt à tout pour le récupérer. Mary-jane avait téléphoné à Pamela qui lui avait fait part de la curieuse attitude du jeune homme. Lorsque Désiré eut l'idée de téléphoner au directeur de l'école de son fils, ils apprirent la vérité. A ce moment-là, leur désir de retrouver Jean-Edward était tel qu'ils pardonnèrent tout.

Désiré avait fait jouer ses relations. Des pressions, venant de haut, avaient été exercées sur le directeur, auxquelles celui-ci ne resta pas insensible. Finalement, on transigea : Jean-Edward, bien sûr, n'aurait pas le concours, et il ne serait pas non plus autorisé à se représenter : il était renvoyé. Cependant, on fit preuve d'une mansuétude exceptionnelle. Il eut un de ces passe-droits qu'on commençait à accorder aux Mollard, parce que leur esprit d'industrie et leur extraordinaire aptitude à trouver de l'argent là où il n'y en avait pas étaient jugés utiles aux destinées de la nation. On accorda donc à Jean-Edward le droit de se dire « ancien élève de l'Ecole des Hautes Destinées », appellation qui paraissait impressionnante, et qu'il s'empressa d'ailleurs de faire graver sur ses cartes de visite.

Cette incartade devait laisser des traces. Désiré, si apparemment il était bien obligé de pardonner, vit les espoirs qu'il mettait en son fils détruits au fond de son cœur. Ce n'était plus la même chose. Jean-Edward, c'était évident, n'était pas l'héritier dont il avait rêvé. Ce n'était pas sa malhonnêteté que le père lui reprochait : mais une certaine forme de bêtise. Après tout le garçon n'était pas idiot. Il était même doué, précisément, de cette sorte particulière d'intelligence, apte à la mémorisation des faits et des chiffres, aux spéculations cyniques et creuses, qu'on demande dans ce genre d'institution. Il avait eu de bonnes notes tout au long de l'année, ses professeurs le tenaient en estime, car il ne dérangeait jamais rien, ne posait pas de questions intempestives. Enfin toute sa personne respirait le sérieux, inspirait la confiance ; physiquement, Jean-Edward apparaissait comme le représentant modèle de l'élite française de demain. Il était donc presque assuré d'être reçu au concours, et s'il avait triché, se dit Désiré, c'était par habitude de la malhonnêteté, par cette espèce de routine qui conduit certains êtres à vouloir jouer toujours au plus malin. Habitude, routine, pensa le père. Ces mots en recouvraient en fait un autre, terrible : la bêtise.

« Avant d'être malhonnête, on réfléchit ! tonnait Désiré. On réfléchit encore plus qu'avant d'être honnête ! »

Pas un instant le chef de la tribu Mollard ne pensa que cet accès de stupidité avait peut-être été motivé par un désarroi et que ce désarroi lui-même y était pour quelque chose, l'ayant provoqué en exigeant de son fils la rupture avec celle qu'il croyait aimer. Encore cette exigence s'était-elle manifestée d'une manière particulière, le chantage : c'est-à-dire d'une façon malhonnête qui ne pouvait donner au jeune homme, y cédant, qu'un sentiment d'être lui-même malhonnête et lâche. Pour des raisons de confort et d'ambition matérielle, il en venait à renoncer à ce qui, lorsqu'il crut l'avoir perdu, lui apparut par contraste la pureté et l'innocence mêmes. Ainsi Désiré avait perverti son fils. Jean-Edward s'était senti diminué, accablé. Le cri de révolte et de protestation qu'il n'avait pu parvenir à pousser sur le moment, dans le boudoir mauve de sa belle-mère, où il eût été sans doute, de toute façon, vite étouffé par les tentures et capitons, ce cri avait trouvé par la tricherie une issue malingre et tordue.

Un des traits de caractère qui avaient permis à Désiré de réussir était justement sa totale incapacité à se sentir responsable de quoi que ce soit. Il était imperméable à la culpabilité. Lorsque Félicie était morte, il lui avait organisé des funérailles grandioses, avait fait dresser un mausolée de marbre blanc à sa mémoire. Aujourd'hui encore, un fleuriste venait, une fois par semaine, au cimetière, déposer une gerbe de roses sur la tombe : ces roses que Félicie ne s'était jamais vu offrir de son vivant. Mais il n'allait pas lui-même visiter l'endroit, et ne se posait pas la question de savoir pourquoi Félicie était morte prématurément. Elle était morte usée par le travail et les soucis, par des conditions de vie malsaines. Lui, Désiré, en avait connu de semblables et il avait résisté ; donc si Félicie était morte, c'était sa faute à elle. D'ailleurs c'était toujours la faute aux faibles s'ils étaient faibles. Que l'équilibre affectif de son fils eût été perturbé lui apparaissait comme une tare héritée de sa mère, avec laquelle lui-même n'avait rien à voir. Il n'aurait pas dû épouser Félicie. Ç'avait été une erreur, elle n'était pas à la hauteur, n'avait pas suivi ; elle était faite pour une vie médiocre, une vie de pauvre.

Il se souvenait d'elle avec tendresse, pourtant. Elle était si jolie au début, quand il l'avait connue. Elle vendait du poisson au marché de Vitry, avec un tablier bleu, un fichu noir et un accent chantant. Pendant trois mois il avait acheté du carrelet toutes les semaines, lui qui ne savait pas le faire cuire. En rentrant, il le donnait aux chats à demi sauvages qui pullulaient dans le terrain qu'il avait acheté avec ses premières économies, pour s'établir à son compte, comme chiffonnier ferrailleur.

« Il n'y a pas de sot métier, vous savez », avait-il dit à Félicie en matière d'excuse, lorsqu'il était venu la demander en mariage.

Elle lui avait donné sa main, une petite main luisante qui sentait le poisson. Quelques écailles y restaient collées, comme des sequins, les diamants du pauvre. Aujourd'hui encore, cette odeur paraissait érotique au vieil homme, et il était parfois pris d'attendrissement, en mangeant un turbot à la crème comme elle avait si bien su le préparer.

Mais il n'avait pas réfléchi, il avait agi comme un jeune fou. C'était exactement ce que son fils venait de faire à son tour. Cependant Désiré avait compris qu'il n'y pouvait rien. De toute façon, il ne l'empêcherait pas de faire des bêtises. Il se sentait coupable, simplement d'avoir présumé de son fils, d'avoir vu en lui un reflet de lui-même, de sa propre combativité sans défaut, de son énergie, de son intelligence des occasions de la vie, de son ambition. Jean-Edward, il le comprenait maintenant, n'était rien de tout cela. C'était un fils à papa, un gosse de riches ; un gamin gâté à qui on n'avait jamais rien refusé, et qui en conséquence était incapable de se fatiguer, restait là comme un grand imbécile, à attendre que les grives lui tombent toutes rôties dans le bec.

Il était donc urgent que Désiré révise ses plans. Une carrière politique, son rêve secret, semblait inconcevable après un départ comme celui-ci. Il avait fait cette bêtise énorme, on pouvait s'attendre qu'il en commette d'autres. On ne pouvait pas lui confier la responsabilité de choses sérieuses — l'empire industriel Mollard, par exemple.

Mais Désiré ne voulait pas non plus se résoudre à perdre un fils après l'autre. C'était un homme de famille, un patriarche. Il avait besoin de régner, et pour cela, il lui fallait des descendants. Un instant, il se

223

prit à regretter que Maryjane ne lui eût pas donné d'enfants.

Mais il n'était pas homme à s'attarder à des chimères. Dans l'immédiat, il devait agir vite, récupérer son fils avant qu'il ne soit trop tard, encager l'oiseau avant qu'il n'ait pris la dangereuse habitude de voleter hors du nid. Qu'il épouse sa Bretonne ! Tout compte fait, il aurait pu choisir pire. Elle n'était quand même pas la fille de l'épicier du coin. Il voulait être journaliste : Désiré lui achèterait un journal. Un journal boursier, un petit canard bien fait, plein de tuyaux. Désiré serait à même d'en communiquer quelques-uns, les enquêteurs seraient chargés de lui en transmettre confidentiellement d'autres, les meilleurs, et la feuille diffuserait des rumeurs propres à servir ses opérations. Tout bénéfice. Plus Désiré y pensait, plus l'affaire lui paraissait bonne. Il s'étonnait de ne pas y avoir songé plus tôt.

C'est ainsi qu'il décida de laisser le mariage se faire, après avoir recollé tant bien que mal les morceaux de la carrière de son fils à l'Ecole des Hautes Destinées, et même se déplaça jusqu'en Bretagne, délaissant pour une journée ses affaires, ce qu'il ne faisait que très rarement. Il annonça au jeune couple qu'il offrait le journal en cadeau de mariage.

Les mariés, pendant qu'on transformait l'hôtel Mollard de façon à leur y construire un appartement plus spacieux que la garçonnière de Jean-Edward, utilisant les greniers vastes et hauts de plafond, allèrent au retour de leur voyage de noces loger chez Fiacre.

18

Histoire d'un rêveur

JOURNAL D'ISABELLE

Hier midi je me rendais à Neuilly. Je descendais du 38 et je m'apprêtais à franchir le boulevard Saint-Michel en direction de la rue Auguste-Comte, où se trouve l'arrêt du 82 qui va jusqu'à Neuilly. Comme j'attendais au bord du trottoir que le feu passe au rouge, un type est passé devant moi en courant. Il a traversé au vert, en slalomant entre les voitures. Il portait une paire de béquilles sous le bras.

Comme je regardais éberluée ce miraculé de Lourdes, une femme est arrivée elle aussi en courant. Elle poursuivait le type aux béquilles et criait :

« Salaud ! Dégueulasse ! Voler ses béquilles à un aveugle ! »

Le feu venait juste de changer de couleur. Elle a traversé à son tour le boulevard. Elle m'a déséquilibrée au passage. Je suis tombée sur un genou. Je me suis rattrapée de la main droite pour ne pas rouler sur la chaussée. Une de mes chaussures a été projetée en plein milieu de la route. Pire encore, le sac de toile noire à bandoulière dans lequel je transportais les pages de notes tapées la veille au soir et que j'apportais pour les mettre au coffre après les avoir relues au vieux, avait glissé de mon épaule. Une partie des notes s'était éparpillée sur le trottoir, le reste sur la chaussée.

Je me précipitai à mon tour entre les voitures, pour les ramasser vite avant que la signalisation ne change à nouveau.

Je récupérai d'abord ma chaussure et revins en toute hâte sur le trottoir. Une femme restait là, observant la scène.

« Si c'est pas malheureux, voler ses béquilles à un aveugle ! Non, mais vous avez vu ça ? » me dit-elle.

Ma chaussure était pleine d'eau. J'avais une main et un genou en sang. Je me penchai à nouveau et commençai à ramasser les feuilles, dans le couloir d'autobus.

La femme s'était rapprochée, elle se tenait sur la margelle du trottoir et me regardait faire. Je voyais ses pieds larges chaussés de mocassins informes.

« Eh ben, dites donc, ils sont drôlement salis vos papiers », dit-elle encore.

Des larmes de rage me montaient aux yeux. Une voiture passa tout près de moi et me frôla.

Une main m'agrippa le bras et je me sentis tirée de force sur la chaussée.

« Qu'est-ce que tu fais, t'es pas un peu folle ? » dit Maxime.

J'essayais de dégager mon bras. Le reste de mes notes voltigeait entre les voitures. Le feu passa à nouveau au rouge.

« Bouge pas de là », dit Maxime.

Il alla posément ramasser les trois feuilles qui restaient dispersées.

Hâtivement, je fourrai le paquet reconstitué dans mon sac.

Maxime arrivait vers moi et je voyais ses yeux attirés par les mots. Je savais très bien ce qu'il lisait. « Désiré Mollard. »

« Donne-moi ça », m'écriai-je, et je lui arrachai les pièces à conviction.

« Tu peux bien m'offrir un café, vu que je viens de te

sauver la vie », dit-il m'entraînant cette fois vers la porte du bistrot, à l'angle du Boul'Mich' et de la rue de l'Abbé-de-l'Epée.

« Jure-moi que tu ne le répéteras à personne », dis-je lorsque nous fûmes assis.

« Je le jure », dit Maxime, et il fit semblant de cracher.

« Jure-moi que tu ne vendras pas la mèche à ton sale canard. »

« Tu les aimes tant que ça, tes Mollard ? »

« Je les déteste, mais la parole donnée, c'est la parole donnée. »

« Je jure sur la tête de ma mère qui est une brave femme et à qui je ne veux que du bien, dit Maxime. Maintenant, embrasse-moi. »

Fugitivement, je me dis que je pourrais peut-être me laisser aller avec ce garçon. Puis, je pensai qu'il ne fallait jamais faire confiance à personne, et je me repris.

« Il faut que j'y aille, je vais être en retard », dis-je, et je me levai.

Je pensai avec un petit serrement de cœur qu'il aurait quand même pu m'accompagner jusqu'à l'arrêt du bus. Pour ne plus y penser, j'écoutai la conversation de deux femmes, sous l'abri.

« Pour moi le plus important chez un homme, c'est quand même qu'il se trouve là au bon moment », disait l'une d'elles.

L'autre opina.

Le bus arrivait.

NOTES D'ISABELLE

Né trois ans après Marcel, et six avant Jean-Edward, Fiacre n'avait été accueilli ni par les cocoricos qui accompagnèrent la première naissance ni par l'attendrissement qui marqua la troisième. L'enfant était né avec les oreilles décollées, ce qui fit dire à Désiré qu'il tenait de sa mère. Cette remarque était irrationnelle, car Félicie avait de petites oreilles finement ourlées dissimulées sous les bandeaux de son chignon. Mais, comme toujours, Désiré estimait que l'imperfection ne pouvait venir de lui.

Fiacre manifesta dès l'abord un esprit lent et perfectionniste. Là où Marcel était bravache et râblé, il était timide et longiligne. Marcel avait un tempérament de chat de gouttière, voleur et débrouillard, une intelligence pratique, courte et véloce qui ravissait son père, car Désiré à ses débuts n'avait pas appris à voir plus loin. Fiacre par contre était lent et pondéré. Très vite il fut le souffre-douleur de son frère. Chez Marcel l'action précédait la pensée, il jouait des poings à la moindre irritation. Fiacre apparemment se laissait faire, mais il importait de ne pas exagérer. Il était de prime abord bon garçon, lent à se formaliser, ne comprenant que tard qu'on prenait avantage de lui. Mais lorsque sa colère était provoquée, il frappait droit, sec et juste. Tout le jeu de son aîné consista bientôt à savoir jusqu'où il pouvait aller.

Avant la mort de sa mère, Marcel ne douta de rien. C'était un petit roi de banlieue, gagnant aux billes, champion du pot, adroit au lance-pierres, et rançonnant ses camarades pour s'acheter des caramels. Les rues grises et leurs pavillons maigres dans des jardins terreux, les palissades cachant des vergers abandonnés, les bistrots de coin de rue et leurs lampes jaunes, leurs bouteilles de grenadine et de clacquesin, les distributeurs de boules de chewing-gum bigarrées, tout cela le connaissait. L'avenir ne lui posait pas de problèmes. Il serait ferrailleur comme son père, mais à plus grande échelle, car il envisageait des améliorations dans le système. Il commença très tôt à aider Désiré, séchant volontiers la classe pour l'accompagner dans ses expéditions à travers des banlieues lointaines. Il aimait les départs dans l'aube couleur de lilas, les arrêts dans les bistrots minables, un café pour le garçon, un coup de rouge pour le père, dans lequel Marcel pouvait tremper un canard.

Le raffinement qui caractérisa le train de vie Mollard à la suite du remariage de Désiré laissa Marcel méfiant et craintif. Son départ soudain pour les Etats-Unis fut d'ailleurs en partie motivé par le désir de retrouver le mode de vie primitif et bon enfant qui avait caractérisé ses premières années.

Fiacre, pour sa part, se montra toujours distant à l'égard de son père, faisant preuve d'une méfiance hautaine qui n'était sans doute que le reflet du mépris inconscient de celui-ci. Mais comme Désiré ne cherchait jamais les causes des problèmes en lui-même, il accusa son fils, lui attribuant sans plus réfléchir un sale caractère.

Fiacre ne fut pas non plus le préféré de sa mère, car Félicie, d'un tempérament fruste, fut sensible à la virilité éclatante de son aîné, comme au charme indolent du troisième ; alors que la lenteur distante du second, qu'on n'avait pas encore qualifiée de distinction et de flegme, lui semblait étrangère. Cependant, Fiacre n'était pas un imbécile. Il se sentait seulement déplacé dans son environnement. Sa lenteur apparente dissimulait de la réflexion, une tendance à l'introspection et à la pensée abstraite, une pondération. Il manifesta très tôt une passion pour le calcul et les exercices de mathématiques, au grand mépris de son aîné qui comptait génialement sur ses doigts lorsque son intérêt le demandait, mais considérait toute spéculation intellectuelle comme une perte de temps. Là où Marcel, toujours pressé, jamais rassasié, saisissait avec fièvre ce qui passait à sa portée, Fiacre mûrissait, convaincu qu'un destin l'attendait, qu'il trouverait sa voie, qu'une autre vie lui était promise. Son honnêteté, qui le poussait à faire observer à un commerçant qu'il se trompait dans la monnaie à son avantage, paraissait stupide à Désiré. Mais Fiacre savait qu'il se bâtissait un personnage, celui qu'il serait plus tard et qui ferait son succès, une image d'homme crédible, à qui l'on peut faire confiance et à qui, par conséquent, beaucoup de choses sont possibles.

Il était de ceux qu'on appelle retardés, et qui comme certaines plantes, poussent sous terre tout au long de l'hiver, se ramifient, étendent leurs racines, et sortent enfin aux beaux jours, là où on ne les attendait plus. Il mûrissait dans le silence, réfléchissait d'un air sombre à des choses mystérieuses, car il avait rapidement compris que s'il parlait, on le ferait taire ou se moquerait de lui. Aussi, il avait appris à garder ses réflexions pour lui-même. Le monde de Désiré et de Marcel, rude, simple et brutal, lui déplaisait. Il s'enfermait donc dans un univers à lui, passant le plus clair de son temps en ruminations qui le protégeaient de l'atmosphère ambiante.

Félicie, observant son fils, disait :

« Encore dans les nuages ! »

Et elle pensait : « Il tient de moi, ce pauvre garçon, il rêve trop. Il ne saura pas se débrouiller dans la vie. Il n'arrivera jamais à rien. »

Car Félicie, en effet, rêvait. Elle rêvait qu'elle retournait à Nice, où elle était née. Elle se voyait, en imagination, dix fois par jour, prendre le train à la gare de Lyon. Habituellement elle se contentait de dormir comme elle pouvait, assise dans le coin fenêtre d'un compartiment de seconde, mais lorsqu'elle se laissait aller elle se voyait luxueusement allongée sur une couchette. Et au matin, elle débarquait à Nice, où l'accueillait l'odeur des orangers, suivie de celle plus corsée du poisson et du goudron.

Vers la fin, lorsque l'épuisement de Félicie se fit sentir, qu'elle traîna de plus en plus lentement à travers la cabane ses jambes gonflées par l'œdème, elle se mit à abandonner le rêve.

« C'est pas la peine, pensait-elle lorsque les palmiers de la Promenade des Anglais se mettaient à pousser dans sa tête. De toute façon, j'irai jamais. »

Car le ferrailleur ne connaissait pas les congés payés. Le mot « vacances » ne faisait pas partie de son vocabulaire. Tout au plus, une fois, envoya-t-on Marcel et Fiacre en « colo » à Fécamp.

« Vous en avez de la veine d'avoir vu la mer, disait Désiré à ses fils, moi, je connais que les cartes postales. »

Ce fut au moment où Félicie avait abandonné son rêve, que Désiré le reprit pour son compte :

« Tu vas voir, disait-il, on ira bientôt. Et pas n'importe comment. On couchera en wagon-lit, et on mangera au wagon-restaurant. »

« C'est ça qui sera bien ! » s'écriait Félicie sans conviction. Car elle rangeait ces déclarations dans le tiroir des quatre jeudis, au même titre que cette autre affirmation favorite et lui semblait-il tout aussi fantaisiste :

« Quand on sera riches... »

Ils étaient déjà riches, mais Félicie n'en voyait rien.

Elle mourut trois mois avant le voyage prévu. Désiré se rendit à Nice tout seul, lui trouva une place au cimetière et fit transporter le corps là-bas. Il n'y était jamais retourné. Il pensait pourtant encore souvent :

« On serait allés à Grasse. Ça lui aurait fait plaisir de voir les champs d'œillets. Elle aimait surtout les œillets. »

Maryjane n'aimait que les roses, et Guénolée devait bientôt acquérir un goût prononcé pour les orchidées.

Fiacre, donc, faisait comme sa mère, il rêvait. Contrairement à elle, il ne songeait pas au passé mais à l'avenir. Il se construisait un monde futur où tout serait luxe, ordre et harmonie. Il y régnerait en maître.

Il ne savait pas exactement de quoi serait fait son royaume. Mais il se voyait dans un palais imposant, ou dans un château aux tours crénelées, discutant gravement avec les membres de son gouvernement des affaires de la nation. A ses côtés régnerait une reine douce, belle et sage, qui n'aurait pas d'œdème, et qui serait aussi blonde que sa mère était brune, car ces tons de pruneau lui paraissaient symboliser la misère et l'exploitation. Il réussirait où son père avait échoué, il régnerait sur la propreté et non sur l'ordure, il connaîtrait l'amour et non la soumission.

Rêveur, bâtisseur de châteaux en Espagne, mais de châteaux propres, ordonnés, aériens et nets, il aimait les chiffres. Non à la façon de son frère aîné, qui s'en servait pour calculer combien de sous il pourrait avoir en poche ; il les aimait pour de plus hautes missions, il les aimait en l'air. En classe, on s'aperçut qu'il était doué pour les mathématiques, et même singulièrement doué. Il résolvait des problèmes pour le plaisir.

« Si tu travailles dur, tu pourras peut-être devenir instituteur », lui dit un jour le maître.

Fiacre ne répondit pas, baissa le nez sur son cahier d'un air buté.

« Je ne serai pas instituteur, je serai gagnant », pensait-il. Mais il savait que ce n'était pas le genre de choses qu'on pouvait dire tout haut.

Après la mort de Félicie, Désiré se résolut à faire enfin entrer sa fortune dans sa vie. Il avait gardé longtemps la timidité des pauvres devant l'argent, ainsi que l'amour du secret des grigous. Il avait eu une espèce de superstition, comme si se décidant à profiter enfin de ses sous, les exhibant à la face du monde, il risquait de voir ce tas d'or s'envoler en fumée, ne laissant qu'une odeur brillante. Sa seule forme de remords, à la disparition de sa femme, fut d'avoir enfin ce courage.

Lorsqu'il eut pris la décision, il se montra fidèle à

lui-même, changea de peau du jour au lendemain, sans plus jamais regarder en arrière. Le ferrailleur de banlieue était devenu le grand bourgeois. Seuls les enfants ressentirent l'étrangeté de cette mue, qui leur apparut comme une espèce de tremblement de terre, un gigantesque glissement de terrain. A cette situation, chacun réagit selon son caractère propre. Marcel et Fiacre, arrachés brusquement au cours complémentaire de Vitry, se trouvèrent propulsés à « La Poulinière », pensionnat cher et snob de Normandie. Désiré, après renseignements, les y envoya parce que c'était snob et cher, mais aussi parce que cette école acceptait une clientèle curieuse et mélangée, dont le seul dénominateur commun était l'arrivisme. On trouvait à « La Poulinière » des fils de diplomates sud-américains et de rois nègres, des bâtards d'évêques, des enfants d'acteurs et d'aristocrates divorcées menant la vie dissipée du jet set, bref, de toutes sortes de marginaux, déclassés ou déphasés, gens un peu étranges et qui pour des raisons diverses ne pouvaient ou ne voulaient pas s'occuper de leurs enfants.

L'enseignement dispensé à « La Poulinière » reflétait l'éclectisme et la bizarrerie de la clientèle. On y adoptait les méthodes des pensionnats anglais. Les élèves étaient logés dans des pavillons, chaque pavillon abritant dix enfants sous la conduite d'un maître qui leur servait de tuteur. Ils mangeaient, travaillaient, dormaient ensemble. La moitié de la journée était consacrée au sport : équitation, natation, tennis, golf, athlétisme, rugby. Il fallait apprendre aux élèves à vaincre la peur, à acquérir ces qualités de commandement que l'on appelle « leadership » outre-Manche. Car les parents qui étaient prêts à payer les mensualités élevées d'une éducation à « La Poulinière » étaient des ambitieux et visaient haut en ce qui concernait leur progéniture.

Désiré et Félicie ne s'étaient pourtant guère préoccupés de l'éducation de leurs fils. Du moins Désiré ne les avait-il jusqu'alors envisagés que sous un aspect : qu'ils deviennent capables de l'aider, et vite. Maintenant, il voyait plus grand. Il comprenait que la fortune qu'il avait amassée le dépassait déjà. Bientôt, elle lui échapperait. Au moment des accords de Munich, la note était à l'optimisme. Mais cette fois encore, le tempérament naturellement méfiant de Désiré allait le servir. Il ne pensait pas que les choses allaient s'arranger. Au contraire, à la veille de la Seconde Guerre mondiale, il voyait autour de lui cette inconscience qui précède et facilite les cataclysmes. Il travaillait plus que jamais, achetant partout où il pouvait pelleteries et métaux non ferreux, comme à la veille de la Grande Guerre. Sa rencontre avec Maryjane lui avait donné une nouvelle jeunesse. Cette femme le comprenait. Elle ne le freinait pas comme Félicie. Désiré sentait que l'avenir de sa réussite le déborderait. Ses fils devraient faire face à ce qu'il ne pourrait contrôler lui-même, car ce serait trop pour un seul homme et de plus, il faudrait des connaissances qui lui manquaient, et qu'il n'avait désormais plus le temps d'acquérir.

Ils seraient de grands bourgeois, il leur fallait la meilleure éducation possible. Il n'aurait plus comme autrefois besoin de Marcel pour l'aider à charger sa charrette. Désiré pressentait une extension de la confection féminine. Un empire Mollard du textile. Il prévoyait déjà d'ouvrir des succursales des Chevaliers du Ciel, son magasin fétiche, ainsi nommé d'après les stocks de toile d'avion qui l'avaient lancé. Il pensait que, de plus en plus, les femmes allaient s'habiller de vêtements tout faits. Bientôt les campagnardes voudraient elles aussi être attirantes et copieraient les citadines, tandis que les bourgeoises de province voudraient ressembler aux Parisiennes. Celles-ci à leur tour gardaient l'œil sur une vingtaine d'élégantes qui faisaient la mode et dont Maryjane serait bientôt.

Désiré, dans une intuition géniale, venait de charger Bob d'étudier des collections de prêt-à-porter à la fois seyantes et bon marché, qui seraient exclusivement diffusées dans ses magasins et qui donneraient à la Française moyenne l'illusion d'appartenir à la classe des privilégiées. Plus de vêtements noirs coupés comme des sacs, mais des couleurs claquantes ou sucrées, audacieuses, des formes sobres mais modernes. Bob, qui voyait là sa chance, se jeta dans l'aventure, travailla jour et nuit, dessinant des modèles pour déchirer ensuite le croquis et en recommencer un autre. Il tenta également de convaincre Désiré d'accompagner la sortie de la collection de la diffusion d'un parfum, appelé « Bruit d'ailes », qui lui aussi ne serait vendu que dans les magasins Mollard. Désiré haussait les épaules en le traitant de fou, mais Bob pensait qu'un jour ou l'autre il parviendrait à le convaincre.

Des trois fils, Marcel fut le plus traumatisé par ce changement de vie. Peut-être parce qu'il était le plus âgé : lorsque Félicie était morte, en 1937, à trente-sept ans, son aîné était âgé de quinze ans. Rétrospectivement, cette disparition apparaissait progressive et préparée, à cause de la façon dont au cours des années Félicie s'était affaiblie, effacée par degrés comme certains tableaux perdent leurs couleurs avec le temps, ou comme une inscription sur un mur est peu à peu lavée par les assauts de la pluie et du vent. Mais cette mort avait sur le moment semblé très soudaine. Félicie, dans la force de l'âge, avait été emportée par une embolie. Désiré se réveillant au matin l'avait trouvée couchée à ses côtés, déjà froide. Il l'avait secouée pour la réveiller. Il ne parvenait pas à croire à ce qui était arrivé et pourtant, il savait que c'était fini. Elle était partie comme elle avait vécu, sans déranger.

Marcel à son tour s'était levé, le premier après son père. Celui-ci était assis auprès de la morte, incrédule et comme assommé par le choc, la tête basse, les épaules tombantes, les mains pendantes entre les genoux.

« Ta mère est morte », avait-il dit au garçon qui se tenait devant lui, en pyjama, grelottant dans le froid du petit matin.

« Faut chercher le docteur », dit Marcel.

« C'est pas la peine, puisqu'elle est morte. »

Mais l'enfant avait en toute hâte enfilé un pantalon et un pull-over sur son pyjama. Il était parti à la recherche du médecin de quartier, qui n'avait pas encore commencé ses visites.

« Papa dit qu'elle est morte, mais c'est seulement qu'elle est évanouie », avait-il dit.

Même plus tard il avait nié l'événement, refusant d'aller à l'enterrement. Il ne parlait plus jamais d'elle. Durant l'intervalle qui précéda l'installation rue Murillo, Désiré avait engagé une vieille voisine pour faire la soupe et le ménage. Marcel refusait de la voir, rentrait à la nuit, mangeait dehors, on ne savait où ni comment. Il prenait des airs voyous. L'ombre d'une barbe naissante sur ce pâle visage d'enfant lui donnait des airs patibulaires et malsains. Il avait perdu tout son allant, ne faisait plus joyeusement le coup de poing comme auparavant, se faisait rosser et rentrait l'œil au beurre noir et l'oreille déchirée comme un matou en chasse. Son intérêt pour les filles avait semblé s'éveiller auparavant. « Ça sera un coureur, celui-là », avait prédit Désiré le jour où Marcel à quatorze ans était rentré lamentable, tabassé par un voisin. Il avait été découvert sur un toit, lorgnant par le coin d'une fenêtre une fille qui se déshabillait dans une mansarde.

Mais c'était fini, Marcel ne semblait plus s'intéresser à rien. La seule chose qui occupait ses journées était la pratique du sport. Il s'était procuré, par correspondance, un appareil curieux fait d'un assemblage de sandows munis de poignées, sur lequel il tirait à longueur de journée dans l'espoir de se faire les muscles. Il avait également acheté une méthode où l'on expliquait en deux cents pages comment conquérir les femmes et impressionner les hommes grâce à un entraînement qui permettait d'étoffer sa carrure et de produire, l'été sur les plages, un effet certain. Il buvait un litre de lait par jour et s'achetait des steaks hachés de cheval qu'il dévorait crus, tels quels, dans le papier. Il se disait qu'un jour il serait le plus fort. Mais, en attendant, il se sentait un rien du tout.

La mort de sa mère, au contraire, n'arrêta pas Fiacre dans son élan, mais l'amena à suivre plus rigoureusement la voie qu'il s'était tracée. Il rentra encore davantage en lui-même, se réfugia dans un goût pour l'étude qui se renforçait. L'enfant rêveur et lent devenait un bûcheur, un fort en thème, un mathématicien brillant. Après leur arrivée à « La Poulinière », où l'on avait pour principe de développer au maximum les possibilités et la personnalité de chacun, Marcel devint un excellent joueur de rugby, un athlète d'élite, alors qu'en peu de temps Fiacre prit la tête de sa classe dans les matières scientifiques, s'affirmant dans ce domaine comme l'élève le plus prometteur de toute l'école. Les deux garçons, en tout cas, se retrouvaient dans une rancune commune à l'égard de leur père, qu'ils rendaient confusément responsable de la mort de Félicie. Que Désiré ne se soit pas réveillé, ait continué à ronfler paisiblement pendant l'agonie, leur paraissait le signe d'un égoïsme monstrueux, d'une totale indifférence aux êtres qui l'entouraient. Ils ne comprenaient pas le rêve de Désiré parce que Désiré semblait à quiconque l'approchait le contraire d'un rêveur. Ils ne se trouvaient pas en mesure d'apprécier leur nouvelle vie. Elle leur apparaissait comme une punition, la conséquence de la mort de leur mère, un exil de solitude et de froideur.

Les débuts dans l'appartement de la rue Murillo

avaient été durs. Les pièces étaient vides. Désiré y avait installé des peintres qui avaient garni le sol de bâches. De temps en temps des livreurs apparaissaient avec des colis mystérieux, de grands paquets qu'ils posaient et qui le soir, au retour de Désiré, se révélaient renfermer un meuble, un fauteuil. Ils avaient perdu d'un coup tout leur environnement. Ils se sentaient deux fois orphelins. Ils n'étaient pas, comme Jean-Edward, en âge de s'amuser du changement.

La pension, qui aurait dû les mettre en joie avec ses installations sportives, ses chevaux, sa piscine, et son excellente nourriture, leur sembla un exil supplémentaire. Ils se sentaient mal à l'aise au milieu de ces garçons riches. Ils n'osaient pas avouer, devant leurs camarades, qu'ils n'étaient jamais montés sur un cheval et qu'ils ne savaient pas nager.

Marcel surmonta très vite son retard physique, il avait un courage du corps qui ne se démentait jamais. Au premier cours de natation, il observa les autres et les suivit sans hésiter sur le plongeoir. Il prit un plat gigantesque qui le laissa à demi assommé. Au tour suivant, il avait compris.

Mais il se sentait perdu. Le monde le dépassait. Il n'avait plus confiance en lui. Il lui semblait qu'une catastrophe pouvait arriver à tout moment. Lui qui auparavant n'avait guère montré de dispositions pour l'étude se transforma en cancre. Il assistait aux cours dans une espèce de brouillard à travers lequel lui parvenait, lointaine, la voix du maître. D'autres fois, il lui semblait être endormi. Pourtant, il était bien réveillé. Ses paupières lui paraissaient lourdes comme du plomb. Il ne voyait plus que ces taches lumineuses et mouvantes qui circulent dans l'obscurité des paupières closes. Il se demandait s'il n'était pas devenu aveugle. A travers cette densité de particules en mouvement la voix du maître tournait autour de lui comme une grosse mouche. Il faisait des mouvements de la main pour la chasser, mais n'y parvenait pas.

« Cessez de faire l'imbécile, Mollard ! » disait le professeur, ses paroles soudain distinctes.

Pour Fiacre aussi la pension apparaissait comme un bannissement. Il avait été privé de tout au profit de son petit frère, ce jeune imbécile égoïste et sournois, exempt de dignité, qui savait enjôler et se conduisait avec la nouvelle nurse comme un gigolo, et avec son père comme un giton.

Pourtant, Fiacre, sans le savoir, était des trois fils celui qui ressemblait le plus à Désiré. Il en avait la détermination sans faille, la tension calme. Mais Désiré n'avait pas su voir son héritier dans ce garçon lent au physique ingrat, aux membres noueux et grêles, au grand nez et aux oreilles décollées. Désiré préférait la joliesse blonde de Jean-Edward, la grâce de ses gestes d'enfant. C'était un miroir flatteur.

Un an après l'arrivée de Marcel et de Fiacre à « La Poulinière » eut lieu le mariage de Désiré et de Mary-jane.

Désiré, la décision prise, fut ravi de son avenir. D'abord, ce mariage lui apportait le calme des habitudes conjugales, dont il s'était passé avec difficulté depuis la mort de Félicie. Ensuite, il voyait dans cette jeune femme une promesse des succès à venir. Mary-jane n'était pas, contrairement aux apparences, une frêle créature de chair et d'os, elle était d'acier trempé et il le savait, au point qu'il s'étonnait parfois, la prenant dans ses bras, de sentir la chair fondre sous ses doigts, de voir, par le chemin serpentin des veines bleues juste sous la peau neigeuse, que le sang coulait dans ses veines. Il vieillissait déjà, cette femme serait son soutien. Grâce à elle son ambition n'aurait plus de bornes. Il lui semblait avoir enfin trouvé son double, celui qu'il avait toujours cherché. Ce double si ferme était vulnérable et féminin, et rougissait de joie à la vue d'un collier qu'il lui offrait. Les petites boules de lune dans l'écrin de velours couleur de nuit faisaient trembler dans la gorge de la jeune femme les remerciements.

Et puis Maryjane était anglaise, ce qui comblait le snobisme de Désiré. On était au printemps 1939. Le roi Edouard VIII d'Angleterre avait abdiqué pour épouser envers et contre tous Wallis Simpson, la femme qu'il aimait. A Désiré, potentat frais débarqué mais potentat quand même, régnant sur ce qui commençait à se constituer comme un empire du textile, il semblait que son mariage avec la petite gouvernante fille d'un officier du service colonial de Sa Majesté était le digne pendant de l'autre. Grâce à Maryjane, Désiré lui aussi se sentait roi sans couronne.

Aux Français, qui avaient renversé la monarchie, l'abdication du charmant monarque était apparue comme un geste à la fois révolutionnaire et élégant, le comble du romantisme. L'anglomanie faisait rage à Paris. Les mondaines donnaient des five o'clock et appelaient leurs amants « darling ».

Aussi Désiré épousant Maryjane se voyait comme un roi qu'on n'aurait jamais reconnu. Il n'était pas à la tête des destinées de la France — ce qui commençait à lui sembler sa place légitime, mais il était le seul à s'en apercevoir, et il était un peu tard maintenant pour songer à s'occuper de cela, il ne pouvait pas tout faire. Il était bien obligé de se contenter de régner sur l'empire Mollard. Ce serait à ses fils de prendre la suite, d'aller jusqu'au bout du rêve. A n'en pas douter, les Mollard étaient appelés à un grand destin. Et Désiré, en costume de marié, posait sa grande main velue sur la tête menue de son plus jeune fils, celui qu'il avait élu au fond de son cœur pour réaliser la seconde partie de sa mission.

Ainsi les enfants Mollard, à leur insu, voyaient se préparer ce qui étendrait une tache sombre sur leur avenir. Désiré les privait de choix et de rêve, en se servant d'eux comme instruments de son propre choix, de son propre rêve. Ils n'auraient rien à espérer, car leur père l'aurait espéré avant eux et pour eux. On ne leur laisserait livrer que les combats d'un autre. Ils ne seraient pas des êtres humains, car d'ores et déjà Désiré les avait réduits à des pseudopodes de lui-même. Et bien entendu il ne se rendait compte de rien. Au contraire il se sentait vertueux. Il pensait qu'il avait le sens de la famille, que peu d'hommes l'avaient à ce point. En réalité il lui manquait tout simplement le sens de l'autre. Ou bien les gens lui étaient indifférents et il les traitait comme des pions sur un échiquier, les déplaçant ou les enlevant à sa guise, ou bien il les aimait et alors il les dévorait, les incorporait, les portait en lui. Dans un cas comme dans l'autre, il ne connaissait pas d'individus. Mais à aucun moment de sa vie il ne devait en avoir conscience. Vous lui auriez expliqué cela, qu'il vous aurait pris pour un imbécile verbeux. C'est dans l'innocence qu'on commet les pires crimes.

Les fils Mollard avaient assisté au remariage de leur père dans une espèce d'hébétude. Pour Jean-Edward il s'agissait d'un abattement amoureux. C'était un sentiment ambigu car il ne savait pas ce qui l'emportait en lui, de la frustration ou du contentement. Toute sa vie, pour lui, les sentiments seraient mélangés. Le bonheur aurait le goût amer du malheur et le malheur s'accompagnerait du pincement joyeux de la satisfaction. Il regardait Maryjane qui semblait soudain une femme, et une autre femme, qui plus est, que celle qu'il avait espérée. Elle avait grandi, elle était l'élégance même. Bob avait amené ses amis, des jeunes gens chics et désabusés qui lançaient des plaisanteries minces. Le champagne s'élançait en jets mousseux d'une bouteille après l'autre, comme pour combattre un incendie. Dans un coin, Fiacre et Marcel se sentaient deux grands dadais dans leurs costumes de communion devenus trop petits — car Désiré n'avait pas pensé à ce détail.

Jean-Edward liquidait en douce les coupes de champagne des invités et finit par s'écraser à terre quasiment ivre mort. Sa sournoiserie avait joué, on ne s'était aperçu de rien. Une bonne l'emporta. Marcel du coup se saoula aussi, pour oublier qu'il était malheureux. Sa mère ne lui avait jamais paru aussi morte que ce jour-là. Il provoqua Bob en un duel aux poings. Désiré intervint. Son fils avait pris Bob par la cravate et le secouait. Désiré tira Marcel par sa veste et le mit dehors en le traitant d'imbécile et de malappris. Cet incident jeta un froid. Bob tout rouge rajustait son col de chemise. Marcel prit la fuite. Il passa la nuit nul ne sut où et rentra par auto-stop à « La Poulinière », deux jours plus tard. Désiré ne comprit jamais qu'il avait voulu se battre parce qu'il avait très envie de pleurer.

Fiacre invita une jeune fille qui se trouvait là, et qui était la fille d'un acolyte en Bourse de son père. Elle sentait la transpiration et le muguet. Une sueur légère perlait à ses tempes lorsqu'elle dansait le fox-trot. Dans ses bras, Fiacre qui n'avait pas encore quinze ans sentit qu'il devenait un homme. Jusqu'ici il n'avait que très vaguement associé cette tumescence d'une partie de son individu à l'émoi causé par une femme. La jeune fille lui fit doucement observer qu'il avait l'air triste. Il lui répondit qu'il ne pouvait s'empêcher de penser à la mort de sa mère. Elle fut émue et lui serra tendrement la main. Ensuite Fiacre prit l'habitude de penser à elle, le soir en s'endormant dans son lit de pensionnaire. Rosette, d'ascendance juive, disparut quatre ans plus tard dans la tourmente de la guerre. Souvent, par la suite, Fiacre repensait à elle et il se disait que ce jour-là il avait sans s'en rendre compte lu la mort dans ses yeux, et que c'était pour cela, parce qu'il avait déjà en lui la mort d'une femme, qu'il était tombé amoureux d'elle.

Fiacre et Marcel restèrent à « La Poulinière » jusqu'au bac. Ils sortirent donc en même temps, car Marcel, devenu tout à fait rebelle aux études, dut le repasser deux fois avant d'être reçu dans la section la moins glorieuse, et ce grâce aux offices d'un répétiteur particulier qui le faisait travailler à haute dose. Car, laissé à lui-même sur ses leçons, il commençait par bâiller et finissait par s'endormir. Mais enfin, ils furent reçus, et Désiré exulta. Bien sûr, la guerre n'était sans doute pas pour rien dans ce résultat, car en ces temps difficiles on était moins exigeant. « La Poulinière » s'était alors repliée dans les collines au-dessus de Nice, où une vieille Anglaise excentrique avait fait bâtir un château qu'elle n'occupait pas. Désiré, Maryjane et Jean-Edward avaient suivi le mouvement. Ils avaient loué à Cannes un appartement sur la Croisette. Ils ne manquaient de rien, car Désiré avait pris soin d'emmener avec lui un stock de manteaux achetés à un failli juste avant le début des hostilités. Le souffle au cœur qui lui avait épargné la première guerre lui servait à nouveau de passeport. Une fois encore il avait vu juste, et prévu les événements. L'ascension d'Hitler ne l'avait pas laissé indifférent. Il avait compris le désir de revanche des Allemands.

Son attitude n'avait pas d'ailleurs été parfaitement claire. Tout en déplorant leur esprit de conquête, il n'avait d'abord pu se défendre d'une certaine admiration pour des êtres dont le goût de l'ordre et l'ambition trouvaient en lui un écho. Certes, les Anglais avaient de l'allure, mais les Allemands avec leurs bottes et leurs casquettes en avaient plus encore. Cependant Maryjane tremblait. Sous le gouvernement de Vichy, Désiré ne s'était pas fait faute de commercer avec un ennemi dont on disait qu'il ne l'était plus. Il lui avait vendu du cuivre, de l'étain et de l'aluminium. Le terrain de Vitry, maintenant couvert de hangars, avait abrité une quantité incroyable de vieilles casseroles que l'ancien ferrailleur avait revendues au prix fort. Son goût pour la peau de lapin lui avait également servi, car les Allemands friands de pelleteries lui en avaient acheté.

Dans tout cela, son patriotisme trouvait une excellente excuse : il se disait que ces compromissions avaient pour but de préserver sa femme et d'éviter qu'on ne l'envoie à Drancy. Joignant toujours l'utile à l'agréable et ne donnant rien pour rien, il avait constitué Bob en gardien de son entrepôt. Car le malheureux était venu demander asile à l'hôtel Mollard — tout récemment acquis — dont les peintures encore fraîches devaient se voir prochainement abandonnées. Qui, dans le clochard muet de l'entrepôt de Vitry, aux joues mangées de barbe, aux cheveux hirsutes, aurait reconnu le jeune arbitre des modes parisiennes ?

Le cœur de Maryjane vibrait pour le général de Gaulle ; quant à Bob, il entra par l'intermédiaire de son amie en contact avec Charlie Writhingbottom, ancien camarade de pension à Eton et membre du réseau Fullingham, l'un des premiers réseaux de résistance en France dirigé par les Anglais. L'idée de travailler pour l'Intelligence Service donnait des ailes à Bob chez qui la passion de l'esthétisme n'avait pas complètement endormi un courage physique confinant au casse-cou, qui lui avait à Eton fait attribuer le sobriquet de « Daredevil Bob ». La cabane de Vitry devint ainsi à l'insu même de Désiré un centre de résistance où des hommes vêtus de haillons se réchauffaient autour d'un brasero et d'une bouteille de mauvais vin, puis disparaissaient comme ils étaient venus.

Désiré, passé en zone libre, ne se doutait guère de ces activités, qui constituèrent pour lui à la Libération une merveilleuse couverture. Il avait assez rapidement eu l'intelligence de cesser tout commerce avec les Allemands, et lorsque Bob au lendemain de la guerre fut fait citoyen français, on lui décerna en grande pompe la Légion d'honneur. Dans la foulée Désiré, qui avait fourni à ce héros sa base d'opérations, se vit attribuer la médaille de la Résistance. Bob put alors revenir à sa maison de couture, quittant ses locaux modestes de l'avenue Niel pour d'autres, luxueux, sis avenue Montaigne, dont le loyer et la décoration furent payés par Désiré qui lui devait bien cela. Grâce aux capitaux Mollard et à la réputation d'héroïsme de son chef, la maison Bob Couture connut alors sa plus grande expansion. On s'y précipitait, il était du meilleur ton de regarder défiler des modèles nommés « Yvonne » et « Parachute ».

Désiré, fraîchement médaillé, ne perdait pas de temps. Non seulement son statut de patriote lui donnait toute facilité pour faire des affaires, mais de plus, cela lui permettait de venir en aide à de vieux copains ferrailleurs qui n'avaient eu ni sa chance ni son flair. Ne sachant pas s'arrêter à temps, ils avaient fait fortune en commerçant avec les Allemands. Certains, qui avaient collaboré à la construction du Mur de l'Atlantique, n'étaient plus désormais en odeur de sainteté et se trouvaient dans l'impossibilité d'utiliser les capitaux accumulés. Ils eurent l'idée de les apporter à Désiré, afin qu'il les fasse travailler pour eux.

C'est alors, en 1946, que Désiré créa la Banque Mollard, dans le dessein de mettre plus tard à sa tête son fils préféré. Ce n'était qu'une toute petite banque, et Fiacre, fraîchement émoulu de l'Ecole de Hautes Etudes Commerciales, en fut nommé le fondé de pouvoir. Situation désagréable, car Désiré ne lui avait pas caché qu'il ne faisait que chauffer la place pour son cadet.

Pour installer la banque Mollard, Désiré avait tout simplement acheté la banque Martingard. Son président-directeur général, Armand Martingard, s'était livré à des trafics avec l'ennemi qui lui avaient sur le moment donné l'impression d'être très malin, un homme moderne imbu de cosmopolitisme et qui, voyant plus loin que ses pantoufles, osait marcher dans la voie du progrès. Or celle-ci s'avérait désormais aussi délabrée que la voie Appienne. Le vrai progrès, celui qui avait gagné la course, mâchait du chewing-gum, parlait du nez et distribuait des barres de chocolat Hershey's aux petits enfants. Et ce progrès, grâce en particulier au séjour hollywoodien de Bob, était extrêmement favorable à Désiré. Ce dernier avait récupéré l'hôtel de Neuilly, non sans que trois ans d'occupation y aient laissé des traces. En partant, les Allemands qui l'avaient réquisitionné avaient fait des cartons dans les faux Puvis de Chavannes (parmi lesquels le seul vrai, indétectable car atypique, avait par miracle été épargné) et les « natures mortes à la carafe » qui faisaient la fierté de leur propriétaire.

Ainsi une de ces œuvres d'art, intitulée *Les Muses couronnant l'industrie*, prenait une connotation comique tout à fait involontaire. Les yeux de l'industrie, transpercés par un tireur d'élite, avaient pris une profondeur insoupçonnée, révélant non seulement le mur derrière le tableau mais encore le plâtre qui le garnissait. Maryjane avait espéré prendre prétexte de ces déprédations pour remplacer ces œuvres démodées par des portraits de Vargas, mais Désiré s'y refusa absolument, tirant au contraire fierté de ces sacrilèges qui lui fournissaient des sujets de briller, lors des dîners. Il attendait que les regards d'un invité incrédule se fixent sur les trous pour jouer les héros, brodant d'ailleurs ces anecdotes imaginaires puisqu'il n'en avait nullement été témoin, jusqu'à ce qu'on en vienne à le voir ligoté juste au-dessous du regard de l'Industrie, comme le fils de Guillaume Tell, un miracle de la pomme.

Le soir où Armand Martingard, le banni, qui ne sortait plus qu'en remontant son col et chaussant des lunettes noires, fut reçu à dîner, on le fit entrer par la porte de service. Nulle jolie femme n'avait été conviée pour l'égayer. Maryjane avait donné congé aux domestiques après avoir fait servir un buffet froid discret mais accompagné de champagne — il fallait montrer à ce B.O.F. qu'on ne donnait pas comme lui naguère dans l'ostentation. La famille Mollard révélait sa puissance comme une cocotte montre ses dentelles par un coin de combinaison qui dépasse.

« Vos anciens amis, mon cher », fit Désiré en passant devant le faux Puvis troué. Il exultait secrètement.

« Mes amis, mes amis... Ça n'a jamais été mes amis... Je suis un homme pratique, moi, un homme simple... », marmonna Martingard voûté et vaincu.

La banque Martingard, sise avenue de Courcelles, était petite, certes, mais élégante et cossue, dans ce style bourgeois qui parvient à concilier les contraires. Une surcharge de dorures et de fer forgé égayait la façade. Le merveilleux et l'adéquat s'alliaient par le fait que les M de Martingard, entrelacés dans les moindres motifs de la décoration, deviendraient par le simple tour de passe-passe de l'enseigne de marbre noir et de la gravure du papier à lettres, l'initiale de Mollard. La banque Mollard ne prétendait pas à un autre destin que celui d'une entreprise familiale. Ses clients seraient peu nombreux et choisis. Désiré, lorsque presque tous les jours il venait y faire le tour du propriétaire, s'émerveillait d'entrer dans sa banque qui était vraiment *sa* banque. Avec l'enthousiasme naïf d'un enfant qui dit « mon père a une grosse voiture », il ne se lassait pas de dire, « je vais à la banque » — sauf qu'en l'occurrence, le père, c'était lui.

Avec la partialité qui caractérise les patriarches, Désiré avait méjugé de son second fils. Sous la direction de Fiacre la banque Mollard prospéra. Les dons d'observation et d'attente de celui-ci, sa capacité toute féline, étonnante chez un homme aussi carré, de sauter sur la proie à la seconde même où elle lui passait sous le nez, était précieuse dans sa profession. Et il gérait ses affaires avec d'autant plus de sérieux qu'elles n'étaient pas les siennes et qu'en conséquence, on aurait pu légitimement le soupçonner de n'être pas conciencieux.

Il commença vers cette époque — il n'avait encore que vingt-deux ans — à porter des lunettes. D'abord lourdement ceintes d'écaille, elles s'ornèrent d'une fine monture d'or, lorsque des changements dans sa vie privée amenèrent Fiacre à une conception discrète et traditionnelle du vêtement, qui avec les années lui valut la réputation d'un des hommes les plus élégants de France.

19
La ballerine et le banquier

Lorsque Fiacre commença à diriger la banque Mollard, son aspect n'avait rien d'impressionnant. A vrai dire, des trois fils Mollard, il était même le plus insignifiant. Jean-Edward se faisait remarquer par ses boucles et son petit nez de fille, et Marcel par son aspect zazou, mauvais genre. Jean-Edward était par les soins de Maryjane équipé de pied en cap chez Orson, excellent tailleur de la rive droite. L'enfant était d'ailleurs si soigneux de sa personne que lorsqu'il y avait de la boue, il levait les pieds en marchant pour ne pas salir ses chaussures. Marcel, à la fureur de son père, affectionnait d'immenses vestons dans lesquels, exploit notable, ses épaules de catcheur se perdaient, et le port de chaussures à semelles de crêpe qui lui permettaient de se mouvoir sans être entendu. Il fréquentait une manucure qu'il emmenait danser le swing dans les caves de Saint-Germain.

La manucure portait une queue de cheval avec un accroche-cœur sur le front, se chaussait de ballerines qui surprenaient après les semelles à plate-forme des années de guerre. Son œil s'étirait immensément sur les tempes en un trait charbonneux, comme celui de Néfertiti. Mais elle était sage, contrairement aux apparences. Elle portait au poignet une médaille de sainte Thérèse de Lisieux où le visage de celle-ci, baigné de rayons, apparaissait sur fond d'émail bleu. Ses petits seins, comme des oranges à Noël chez un épicier de luxe, étaient présentés dans l'emballage soyeux et à claire-voie d'un soutien-gorge à balconnet avec rembourrage en dessous. C'était nouveau, moderne, charmant et excitant. Ces agrumes rosés n'avaient pourtant jamais été palpés par d'autres doigts que ceux de leur propriétaire, qui les examinait chaque soir dans la glace de sa coiffeuse, les soutenant fièrement dans ses mains en coquille. Elle accepta un jour de les montrer à Marcel, qui lui proposait une étole de vison en échange. En deux ans d'économies elle savait qu'elle ne parviendrait pas à s'offrir l'étole. Muguette — tel était son nom, aussi agaçant et délicatement parfumé qu'elle-même — se résolut au sacrifice du strip-tease partiel, car elle avait les pieds sur terre. Dans sa chambre de bonne, elle fit monter Marcel qui passa à quatre pattes devant la loge de la concierge. Elle le fit asseoir au bord de son lit de jeune fille recouvert d'un plaid écossais, cadeau de ses parents pour son dix-septième anniversaire.

Sur la platine du Teppaz, autre cadeau de Marcel grâce auquel il avait obtenu de l'embrasser sur la bouche en mettant la langue dedans, elle mit un disque de Juliette Gréco, en sourdine pour que les voisins n'entendent pas. Puis elle ferma les rideaux, alluma une lampe de chevet à abat-jour de cretonne, et ôta son jumper. Marcel, le cœur battant, vit alors les deux perles roses posées délicates sur leur écrin de rayonne. Se mordant les lèvres à cause de la gêne, Muguette ôta le soutien-gorge qu'elle posa sur le dossier d'une chaise. Elle était nue jusqu'à la ceinture. Ses bouts de sein pointèrent car elle avait un peu froid. Marcel regardait, il se sentait transi.

« Je peux me rhabiller ? » demanda la jeune fille.

« Oui, dit Marcel, mais donne-moi ton soutien-gorge, je t'en achèterai un autre. »

Elle ouvrit un placard et prit un nouveau sous-vêtement. Marcel enfouit dans sa poche le soutien-gorge usagé qui sentait la peau et Soir de Paris. Puis Muguette lui offrit des sablés et du vin cuit. Comme prévu par leur marché, Marcel n'avait pas touché.

Le lendemain, la bonne scandalisée révéla à Mary-jane l'existence du soutien-gorge, accroché au montant du lit de Marcel à Neuilly.

« Mon fils est un paresseux, mais au moins c'est un chaud lapin », pensa Désiré fier de sa progéniture. Et comme cet incident l'avait émoustillé, il alla, en sortant de son conseil d'administration, ce soir-là, se payer une pute.

A côté de ses frères, hauts en couleur chacun à sa manière, Fiacre ne ressemblait à rien, sinon à un jeune homme de bonne famille qui serait trop sage, ce qui était précisément le cas. Son seul stupre consistait à amidonner des mouchoirs en regardant les pin-up de Paris-Hollywood, posant à quatre pattes sur des pelisses d'hermine comme de petits lapins sur un gazon printanier. Dans ce domaine comme dans d'autres il était de ces plantes nordiques qui s'épanouissent tard. Un coup de soleil inattendu pouvait accélérer soudain sa floraison.

Ce coup de soleil l'enveloppa de ses rayons en plein mois de décembre 1950. Fiacre avait alors vingt-six ans. Il n'était plus vierge depuis déjà six mois, ayant été dépucelé d'une façon quelque peu hâtive et ignominieuse par la voisine du dessous de son professeur de violon. Cet instrument, dont il jouait de façon maladroite mais acharnée, était sa passion. Les longs miaulements produits par le contact de l'archet sur les cordes lui donnaient des frissons de bonheur. Deux fois par semaine, en sortant de la banque, il allait prendre sa leçon rue de Rome, chez un vieux juif d'origine autrichienne dont le teint, après quatre ans passés dans une cave, semblait avoir pris irrémédiablement la couleur de l'endive. Mais l'amour de cet homme pour l'instrument de leur passion commune émouvait Fiacre, qui trouvait dans ces moments studieux les seuls instants de bonheur de sa semaine.

Sortant de là, les oreilles encore bourdonnantes de musique et la tête pleine de la mélodie de Schubert qu'il s'était escrimé à jouer, et qu'il fredonnait inlassablement à voix basse, Fiacre, qui selon une habitude venue de la timidité regardait ses pieds en marchant, vit tomber devant lui sur le trottoir boueux une carte en bristol ornée de violettes, sur laquelle étaient griffonnés quelques mots. Par une impulsion, Fiacre ne put s'empêcher de lire les phrases qui défilèrent devant ses yeux avec la rapidité d'un train en marche.

« Je vous vois ce soir pour la dernière fois. Ce n'est plus possible. Vous me donnez envie de mourir », lut-il. Il n'y avait pas de signature. Un léger parfum s'échappait de la carte comme une fumée.

Le temps de lire, l'autobus était là. Fiacre glissa comme malgré lui le bristol dans sa poche et hésita. La jeune fille, d'un saut leste, était dans la voiture. Fiacre, la voyant glisser son ticket dans la poinçonneuse, remarqua qu'elle portait un imperméable de popeline beige dont elle avait remonté le col, par-dessus lequel tombait gaiement sa petite queue de cheval dorée, comme une touffe de primevères sur un talus. Il se décida et monta à son tour dans l'autobus. Alors qu'il fouillait dans la poche de son pantalon pour en extraire de la monnaie, son violon se coinça en travers de la porte du véhicule qui se referma. Il dut tirer dessus et le chauffeur maugréa. Au fond de la voiture presque vide la jeune fille s'était assise, le dos appuyé contre une vitre sur laquelle étaient gravés les mots « Issue de secours ». Fiacre s'assit en face d'elle.

Il voyait ses mains, de belles mains longues croisées sagement. Elle avait aussi croisé ses genoux et au bas de l'imper on voyait ses jambes à la fois fines et musclées, un peu trop galbées. La jeune fille avait dans un visage pâle aux cheveux tirés un nez curieux au bout plat, aux narines arquées comme celles d'un cheval qui court. Fiacre se surprit à fredonner à nouveau la mélodie de Schubert. L'inconnue le regarda mais son visage était tragique, ses yeux bleus presque violets très grands ouverts et comme dilatés. C'était curieux parce que de dos, les mains enfoncées dans les poches de son imper — un imper dont Fiacre reconnaissait le modèle, il venait de la collection « Bruit d'ailes » dessinée par Bob pour les Chevaliers du ciel —, la jeune fille, avec son sac de sport en bandoulière et ses mèches qui dansaient tortillées comme la queue d'un petit cochon, avait semblé gaie. C'était, pensa Fiacre en un moment d'insouciance rare chez lui, une fille avec qui on pouvait jouer à pile ou face.

Soudain, il eut l'impression qu'il allait se passer quelque chose dans sa vie, quelque chose de tragique ou de très gai, suivant le côté de la fille sur lequel il tomberait — lorsqu'il l'aurait abordée, lui tournerait-elle le dos ? Et juste après, il trembla à l'idée qu'il ne lui arriverait rien, et que sa vie continuerait à s'étendre à perte de vue comme une plaine gelée.

La jeune fille secoua la tête plusieurs fois, comme un cheval qui sent le vent. Son visage semblait traversé d'impulsions contradictoires qui le zébraient en tous sens comme des éclairs. C'était une compliquée, les choses ne seraient pas faciles. Fiacre se demanda comment il allait s'y prendre. Mais son esprit était blanc comme une page.

La blonde descendit à la gare de l'Est. Elle n'entra pas dans la gare mais au contraire lui tourna le dos, marchant très vite comme si quelqu'un avait été à ses trousses, ce qui d'ailleurs était le cas. Fiacre la suivit sans se gêner. Il avait bien un moment eu l'idée d'avancer en crabe, se cachant sous les portes cochères comme les détectives privés dans les films, mais il se dit que c'était inutile. Agitée comme elle était, ordinaire comme il était, elle ne l'avait sûrement pas vu dans le bus et maintenant, se hâtant dans le soir tombant, il avait l'air de Monsieur Tout-le-Monde. L'inconnue traversa le boulevard Magenta, passa devant le marché Saint-Quentin et s'engagea dans la rue de Chabrol qui traversait les maisons à pic comme une gorge. Puis elle s'engouffra dans une cour à sa droite. Fiacre nota le numéro 19 avant de continuer à la suivre.

Au fond de la cour un escalier menait à un studio de danse. Par la fenêtre on pouvait voir trois jeunes filles en tutu blanc, qui bavardaient appuyées sur une barre. Fiacre les regarda longtemps avant d'oser monter l'escalier à son tour.

Juste comme il débouchait dans un couloir, la fille à la queue de cheval passa devant lui, très rapide. Elle était cette fois vêtue d'un tutu noir. Ses cheveux étaient ramenés sur le sommet de sa tête en un petit macaron doré. Ses pieds étaient chaussés de pointes et le tulle de son tutu était recouvert de pétales irisés déchirés dans de la soie, qui donnaient l'impression qu'elle était enveloppée dans la queue d'un paon. Ou bien peut-être était-elle le paon elle-même. Elle passait en courant et ses pieds, à cause des pointes, se posaient curieusement sur le sol. Elle entra toujours courant dans une pièce qui n'était autre que le studio aux trois jeunes filles blanches, celui que Fiacre avait aperçu d'en bas. Il comprenait soudain pourquoi les jambes de la fille, dans l'autobus, l'avaient frappé. C'étaient des jambes de danseuse.

Fiacre s'arrêta à l'entrée de la salle et regarda. Il se dit qu'il serait toujours bien temps de partir quand on le chasserait. Mais personne ne faisait attention à lui. La ballerine noire était allée rejoindre près de la fenêtre les trois jeunes filles de tout à l'heure. Dans un coin de la pièce, trois autres danseuses également vêtues de blanc attendaient.

« Moussorgski », dit une voix. Une musique retentit, que Fiacre connaissait bien et qu'il avait toujours jugée vulgaire, tape-à-l'œil. Seulement cette fois il n'en avait plus la même impression. Un danseur s'élança, il portait un costume rouge et noir à clochettes — un costume de fou. Il tournoya et soudain s'abattit à terre, roulant et comme pris de convulsions. Fiacre ne le vit plus à cause de l'angle de la porte. Il n'osait pas entrer carrément dans la pièce.

Un autre danseur s'élança à son tour. C'était un jeune homme brun aux fortes narines, à la crinière de lion, dont Fiacre, qui ne connaissait rien à la danse, se dit qu'il ressemblait vaguement à Nijinski. Il était moulé dans un collant noir dont le buste se terminait en une échancrure de dentelles, comme un corsage de femme. Fiacre avait à peine eu le temps de se dire que ce devait être une tante, quand la ballerine noire se jeta au centre du parquet. Elle était arrivée devant le danseur aux dentelles comme par un long glissement, et maintenant elle restait devant lui en frémissant sur ses pointes, comme si elle était trop légère pour toucher le sol, ou bien au contraire comme si celui-ci était brûlant. Son visage n'exprimait plus rien des émotions de tout à l'heure. Il était impassible et hautain et en même temps très léger. Elle semblait fixer un point invisible, quelque part au-dessus d'elle.

Le danseur noir tournait tout autour, les genoux fléchis, à demi agenouillé, comme désirant la prendre dans ses bras mais n'osant pas. La ballerine à la fois l'encourageait et faisait la coquette, comme une femme qui veut qu'on lui fasse la cour longtemps, car en cédant tout de suite elle craindrait de s'être livrée à trop bon marché. Ses bras étaient agités de petits mouvements comme un clapotis d'eau. Elle frémissait sur ses pointes d'une façon qui la rendait à la fois

255

proche et insaisissable. Les petites filles maigres du corps de ballet s'approchèrent et entourèrent les danseurs. Elles bougeaient lentement, il se dégageait d'elles des scintillements de givre comme d'une forêt neigeuse. Deux d'entre elles se regardèrent et sourirent.

Un nouveau danseur entra dans la pièce, et revêtit par-dessus son justaucorps une cape de soie moirée couleur queue de paon dont les bords s'en allaient en haillons, ce qui lui donnait l'allure d'un prince mendiant. Il se coiffa d'un grand béret tombant de page. Il jeta un coup d'œil rapide au ballet qui se déroulait et s'appuyant sur le piano, se mit à lire un roman de Saint-Exupéry. De temps en temps, il levait les yeux de son livre afin de vérifier où ses camarades en étaient. Puis ce fut son tour. Il se jeta à la conquête de la ballerine noire qui hésitait, balancée d'avant en arrière comme par un vent doux, penchant vers les bras d'un homme puis d'un autre. Finalement elle s'appuya de tout son corps contre le danseur noir, et d'un geste violent du bras repoussa le mendiant au plumage velu qui s'écroula sur le sol.

Déjà, la ballerine ne le voyait plus, car le garçon au buste de dentelles tournait autour d'elle, et elle n'avait d'yeux que pour lui. Mais soudain l'oiseau bleu se leva de sa couche de douleur et en deux pas lestes rejoignit le piano, où, tandis qu'il ouvrait à nouveau son livre, ses yeux rencontrèrent ceux du cygne sombre qui lui adressa un clin d'œil et une grimace comme pour dire : « J'ai mal aux pieds. »

Un homme arriva du fond de la pièce. Il portait un costume de ville et un lorgnon au bout d'un cordon. Il avait des cheveux blonds frisés, environ trente-cinq ans. Ce qui était étrange, c'était de le voir glisser sur le sol comme chaussé de patins. En avançant il eut un petit saut, l'une de ses jambes pointa en arrière, et il parcourut le reste de la distance en dansant avec allégresse comme un enfant. Puis, arrivé auprès du couple, il se mit à tourner autour d'eux pour rectifier une attitude, mimer un pas. Il parlait français avec un léger accent américain. Il retourna à sa place et quelques instants plus tard, le ballet se termina.

Fiacre était resté médusé pendant toute cette scène. Déjà les petites filles du corps de ballet quittaient la pièce. Une femme entra avec des cartons. Nul ne prêtait attention à Fiacre qui avec son étui à violon ne semblait pas incongru dans un tel endroit. Les tutus blancs abandonnés gisaient sur le sol comme de gros nénuphars. La femme qui venait d'entrer commença à les ranger dans les cartons. La danseuse noire se dépouilla à son tour, elle n'était plus vêtue que d'un collant dans lequel elle paraissait menue, le buste très plat, la taille fine comme celle d'une carafe mais les cuisses et les mollets musclés.

Le chorégraphe commença lui aussi à ranger les costumes et un autre homme s'approcha que Fiacre n'avait pas vu car il se trouvait jusqu'alors au fond de la pièce. Ce devait être le maître de ballet, car il bougeait lui aussi comme un danseur. Il s'adressa en russe au plus jeune qui lui répondit dans la même langue. Fiacre était désorienté par ce tourbillon de sons après cette folie de gestes, alors que la musique de Moussorgski, lancinante, se répétait dans sa tête comme un disque rayé. Il avait rarement ressenti une émotion aussi forte. Il lui semblait que son univers antérieur était balayé d'un coup. Il se sentait comme au sortir d'un bois sombre où il aurait cheminé trop longtemps. En même ·temps la grande lumière qui baignait ce paysage nouveau où il se trouvait étranger, exposé et nu, l'éblouissait et l'inquiétait. La ballerine noire passa en courant et deux minutes plus tard Fiacre la vit quitter le vestiaire, son petit sac de toile sur l'épaule, et descendre prestement l'escalier. Il attendit quelques instants et sortit derrière elle.

Dans l'escalier il se dépêcha car il eut peur de l'avoir laissée filer. Elle pouvait s'engouffrer dans une voiture ou dans un autre autobus, disparaissant sans laisser de traces après qu'il l'eut suivie dans ce pays inconnu où il se trouverait abandonné. Il dévala les dernières marches et soudain il fut sur elle. Il l'avait bousculée, poussée contre la porte sous laquelle elle s'abritait. Pendant la répétition la vie au-dehors avait continué normale, une pluie torrentielle tombait, de grosses gouttes rebondissaient sur les pavés de la cour comme des poissons volants.

Fiacre recula, s'excusa en bredouillant. Il était cramoisi et cherchait ses mots, mais il avait par cette rencontre brutale trouvé sans réfléchir l'occasion de tenir la ballerine par le bras, comme pour s'assurer qu'elle était indemne. Celle-ci le regardait sans rien dire. Fiacre pensa très rapidement :

« Si je ne trouve pas quelque chose, elle va s'en aller et je ne la reverrai pas. » Il se souvint qu'il avait un parapluie au bras.

D'un geste plein de panache, comme un maître d'escrime, il brandit le parapluie tout en poussant le taquet. L'objet s'ouvrit comme un soleil noir dans le ciel noyé.

« Pour réparer mes torts, permettez-moi de vous escorter », dit le jeune homme retrouvant la parole.

« Jusqu'au métro », répondit la fille qui jeta un coup d'œil derrière elle, comme pour vérifier que personne ne l'avait vue. En sortant de la cour, alors qu'elle s'agrippait à son bras, Fiacre vit derrière la vitre du studio le visage du chorégraphe. Il avait chaussé son monocle et regardait, immobile.

Fiacre parcourut la centaine de mètres qui les séparaient du métro comme dans un rêve. Il lui semblait qu'il marchait vingt centimètres au-dessus du sol. La jeune fille s'accrochait toujours à son bras. Il respirait son odeur fraîche et douce mêlée à celle de la pluie. Arrivée à l'abri de la bouche de métro elle s'écarta. Fiacre put voir le ruban d'un de ses petits souliers de satin rose qui s'échappait de son sac.

La ballerine lui tendit la main. Elle avait déjà détourné le regard, les yeux tournés vers les profondeurs de la terre, comme signifiant que Fiacre était effacé de sa vie. Fiacre prit la main qui se tendait dans les deux siennes, d'un geste avide.

« Permettez-moi de vous revoir », dit-il d'une voix que l'émotion rendait rauque et basse.

« Non », dit la jeune fille, qui ôta vivement sa main.

Fiacre n'osait plus la toucher. Il sentait des eaux noires se refermer au-dessus de sa tête en un bouillonnement sinistre. Il s'agrippa au sac de toile écossaise.

« Dites-moi au moins votre nom », souffla-t-il.

« Claire », fit-elle. Elle tira sur son sac pour le dégager.

« Claire comment ? » Il savait qu'il avait l'air d'un fou.

« Claire Delacroix. »

D'une nouvelle secousse elle arracha le sac, et dévala l'escalier en courant. Sa petite queue de cheval et le ruban de son chausson flottaient derrière elle comme des serpentins de fête.

Fiacre resta seul. Il avait froid et mal aux dents. Il se sentait un imbécile.

« Je ne sais pas ce qui m'a pris, pensait-il. Cette fille m'a complètement bouleversé. »

Il quitta à grand-peine la bouche de métro. Il avait envie de crier : « Ne faites pas ça, vous n'avez pas le droit de me laisser. » Il lui en voulait d'être partie. Il ressentait un grand chamboulement. Son existence avait été une plaine morne. Il ne lui était jamais rien arrivé. Une angoisse le prit, la terreur que ce soit toujours comme ça, qu'il continue à vivre sans vivre et qu'un jour il meure exactement comme il avait vécu.

Tout en marchant, il songeait qu'il allait prendre des

mesures. Il allait changer. Il lui semblait s'éveiller d'une espèce de cauchemar morne et lent. Il s'arrachait de là. Il en sortait. Il n'allait quand même pas passer son temps, d'abord à chauffer le fauteuil directorial de la banque Mollard pour son petit con de frère, ensuite à gérer sa fortune dans l'ombre, toujours pour son frère et Désiré ! A quoi ça servait d'être un bon fils ? Son père ne le voyait même pas ! Il prenait tout comme un dû ! Fiacre n'était qu'une nouille. Il était trop bon. Finie la plaisanterie !

Il marchait au hasard. Il ne se souvenait même plus de l'endroit où il avait garé sa voiture. Le hasard, avec beaucoup de détours, le mena quand même rue de Rome. Il était fourbu d'avoir trop marché, et il avait mal aux pieds. Il songea qu'il achetait toujours des chaussures trop petites, une demi-pointure en dessous, et que c'était l'image de sa vie entière. Le bouleversement de tout à l'heure avait cédé. Il n'éprouvait plus, à l'égard de cette fille qui n'avait pas voulu de lui, de l'amour mais de la rancune. En même temps, l'émotion avait fait place à une excitation physique. L'idée de ne pouvoir la satisfaire le mit dans une espèce de rage. Il posa la tête sur son volant et pleura.

Ses sanglots le laissèrent sec et violent comme une de ces averses d'été qui passent en un éclair et disparaissent sans traces. Il était dans cet état où, comme on ne peut faire ce qu'on voudrait absolument pouvoir faire, on doit trouver autre chose, tout de suite, sous peine de tout casser.

Il démarra et se dirigea vers le quartier de l'Etoile. Il s'arrêta devant le numéro 19 d'une petite rue calme. Son frère Marcel lui avait parlé de ce clandé qui venait de s'ouvrir et où l'on trouvait paraît-il pour fort cher les plus belles filles du monde et de ses environs. Fiacre, pour faire table rase de son passé minable, avait justement envie de dépenser beaucoup d'argent. Il sonna trois fois, puis deux encore, comme son frère le lui avait recommandé. Sur le moment, il avait à peine fait attention à ce qui lui était apparu comme une imbécillité vicieuse. Il s'étonnait de voir qu'en fait il avait tout enregistré. Il se dit que venait de s'éveiller en lui la bête qui sommeille en tout homme, sauf que ce n'était pas un cochon mais un tigre, oui, parfaitement, un tigre ! Fiacre se sentait capable de tout ! On allait voir ce qu'on allait voir !

Une soubrette lui ouvrit, petite frimousse pointue, yeux ronds, regard équivoque. Elle débarrassa Fiacre de son manteau. En haut de quatre marches moquettées une femme se tenait, imposante, grosse et molle comme un polochon. Il ne l'avait pas entendue venir. Elle semblait avoir glissé sur le sol. La femme le regardait en silence. Quelque chose dans ses traits était familier. Il fouilla sa mémoire et se souvint. Rita Gaucho avait été célèbre. Elle s'était fait connaître durant la vogue « latine » qui avait porté au pinacle Rudolph Valentino et Ramon Novarro. Rita Gaucho, autrefois, sur la scène de Bobino, chantant l'amour dans les pampas tout en faisant swinguer au-dessus de sa tête un lasso... Cet accessoire de scène ne la quittait jamais. Elle s'en servait, lorsqu'elle se produisait dans des clubs, pour prendre au piège un spectateur qu'elle tirait ainsi ficelé vers elle. Elle posait sur ses lèvres un baiser de feu qui le laissait tartiné de fard, pantelant.

Dans les traits alourdis, amollis de lâcheté, de la femme qui se tenait devant lui, Fiacre reconnaissait petit à petit l'ancienne beauté arrogante et sensuelle, comme un touriste, venu en reconnaissance sur un site mangé par la jungle, parvient à discerner les ruines d'une civilisation disparue. Les cheveux ondulés étaient teints et maigres, mais les immenses anneaux de cuivre pendaient toujours aux oreilles de Rita. Malgré son empâtement, elle n'avait pas renoncé aux pantalons de cow-boy recouverts de jambières en peau de vache. Un instant, Fiacre eut envie de rire. Puis, il se sentit triste.

De son côté, Rita l'avait reconnu. Elle avait, dans les tiroirs de son bureau tapi dans les profondeurs de la maison, un classeur plein de fiches. La plupart des hommes en vue de France et de Navarre y figuraient avec curriculum vitae, faiblesses supposées et photos. Cela permettait à Rita, qui n'oubliait jamais rien, de savoir au premier coup d'œil à qui elle avait affaire. Ça pouvait toujours être utile...

Rita était ravie de voir Fiacre, un homme dont la réputation de sérieux était absolue, se fourvoyer chez elle.

« Je vous reconnais..., dit celui-ci. Je vous ai vue... »

« Quand vous étiez petit », termina Rita qui était philosophe sur son âge. Elle avait eu une jeunesse difficile. Sa vocation de maquerelle, survenue sur le tard, lui apportait de grandes satisfactions. Ce n'était plus elle maintenant qui se couchait sous les hommes mais d'autres, et c'était toujours elle qui avait le plaisir de les voir à sa merci. Elle se vengeait ainsi de trente ans d'humiliations, devant les impresarios, les producteurs, les mécènes et le public.

« C'est cela, hésita Fiacre. Je me souviens, vous entriez en scène sur un vrai cheval. »

« Oui, dit Rita, c'était à Bobino. Le cheval était drogué. Sinon, il aurait eu peur, et surtout moi, j'aurais eu la frousse étant donné que je n'ai jamais su monter. Tout ce que je savais faire, c'était des trucs avec le lasso. »

Fiacre fut un peu déçu. Un de ses rêves d'enfance s'envolait. Soudain, traversant le temps, la voix de Rita lui revenait. Celle qu'on appelait dans les années trente « l'étoile de la pampa » chantait les amours farouches sous les figuiers de Barbarie, la sieste des amants à l'ombre des cactus, et les feux de camp, dans la plaine argentine, de barbus au cœur fruste. C'était une voix étrange, tour à tour rauque et pépiante comme celle d'un oiseau. Il avait été fasciné par cette beauté de feu. Voilà maintenant qu'elle vendait de la chair fraîche...

« Vous préférez les blondes ou les brunes ? » demanda Rita en roulant les r — ce qu'on prenait à tort pour un accent latin, alors qu'il n'était que bourguignon.

« Les blondes. »

Un ange passa, coiffé de la petite queue de cheval de Claire.

Rita réfléchissait. Elle sortit de la poche de sa chemise un paquet de *Lucky Strike* et le tendit à Fiacre qui refusa.

« J'ai ce qu'il vous faut, dit-elle enfin. Une nouvelle, Américaine. Ça a tout juste seize ans et ça arrive tout droit du Texas. Elle fait plus que son âge, heureusement... Une peau de pêche, des cheveux de blé, et quelle carrosserie... En plus, vous serez dans les premiers... »

La soubrette conduisit Fiacre jusqu'à la chambre dite « du Far West ». Cette pièce était décorée dans le style ranch, alors à la pointe de la mode. Des selles et des têtes de caribou empaillées ornaient les murs imitation rondins. Une peau d'ours s'étalait sur le sol, montrant ses crocs. Un hamac se balançait. Le cabinet de toilette était fermé par des portes de saloon. Les glaces du bar étaient criblées de trous de balles, faux comme tout le reste.

Fiacre avait à peine eu le temps de se remettre de sa stupeur devant cet exotisme de pacotille, lorsqu'une fille entra. Elle était costumée en majorette, avec de hautes bottes blanches, une minijupe rouge, une chemise militaire et un stetson.

« Je m'appelle Pamela », dit-elle, et elle commença à se déshabiller.

Fiacre interloqué la regardait faire. Il se sentait bête. La fille n'eut bientôt gardé que ses bottes et son ceinturon qui lui battait les hanches. Elle était superbe, effectivement, avec des yeux de bleuet, une peau de brugnon. Elle s'approcha de Fiacre et commença à dégrafer sa ceinture.

« Non », dit le jeune homme.

« T'aimes pas qu'on s'occupe de toi ? fit la fille, mutine. You don't like it ? Si tu veux, je te fais un massage ! »

« Non, je ne veux pas », dit Fiacre qui aurait soudain beaucoup donné pour se trouver à trois kilomètres de là. Ou bien avoir le courage de prendre la porte, passer en flèche devant Rita Gaucho gardant l'entrée, sortir, monter dans sa voiture et démarrer.

« Comment elle s'appelle ? » susurra à son oreille Pamela qui se frottait contre lui comme un chat.

« Comment ça comment ? Qui ? » marmonna le jeune homme. La peau de Pamela contre lui était froide comme de la menthe.

« Celle que tu es amoureux », dit la fille à qui son accent américain donnait un ton enfantin.

« Claire. »

« Ferme les yeux, dit enfin Pamela. Je m'appelle Claire. »

« Où est-ce qu'on peut acheter des chaussons de danse ? » demanda-t-il.

« Chez Repetto, rue de la Paix, répondit la Texane. Tu veux que je me déguise en ballerina ? »

« Ballerine », corrigea Fiacre dans un soupir.

Un quart d'heure plus tard, il repassait devant Rita Gaucho.

« A bientôt », cria-t-elle. Mais il ne répondit pas.

« Je ne ferai plus jamais ça, se dit Fiacre dans la voiture. C'est lamentable. »

20

Tout
ce que vous avez toujours voulu savoir sur la séduction, sans oser le demander

NOTES D'ISABELLE

Le lendemain, Fiacre, en sortant de la banque, se rendit chez Repetto, le fournisseur des ballerines bon genre, « La danse, c'est Repetto ».

« Je voudrais une paire de chaussons de danse, dit-il. Des roses. Avec des pointes et des rubans. »

« Quelle taille ? » s'enquit la vendeuse, l'air sévère derrière son comptoir, avec des lunettes et des cheveux tirés.

« Ça m'est égal, dit Fiacre. Je veux dire... Des petits pieds, je crois. »

La petite fille assise sur une chaise, en train d'essayer des chaussons de gymnastique, eut un geste méprisant du cou au-dessus de son col Claudine. Sa mère, assise à côté d'elle, en vison et escarpins, pinça les lèvres. La vendeuse, après un regard désapprobateur, se retourna pour chercher dans un tiroir.

« Ils me prennent pour un maniaque », pensa l'amoureux. Il se sentit malheureux, exclu du monde.

Il choisit, au jugé, une paire de chaussons, paya, et se rendit rue de Chabrol en voiture.

« Quel quartier horrible, pensa-t-il. La pauvre petite... Il y a sûrement des studios plus huppés... Elle ne doit pas avoir beaucoup d'argent... »

Il voyait déjà Claire dansant à l'Opéra, les applaudissements de la foule, *La Mort du cygne*. Et lui, ensuite, l'attendant avec des fleurs dans sa loge. Elle l'embrasserait, son premier regard serait pour lui. Elle lui dirait :

« J'ai pensé à toi tout le temps. C'est pour ça que j'ai bien dansé. »

Fiacre montait l'escalier qui menait au studio. Une odeur de moisissure et de pisse de chat s'en dégageait. Il poussa la porte et dit au concierge, sortant de sa serviette les petits chaussons débarrassés de leur emballage :

« On m'a confié ceci pour Mlle Delacroix. Elle en a besoin de façon urgente. Je pourrais vous les laisser, mais il vaudrait mieux que je les dépose chez elle. Seulement, j'ai égaré son adresse. »

« 22, rue du Faubourg-Poissonnière », dit le concierge après avoir consulté un registre.

« Merci bien », dit Fiacre. Il redescendit l'escalier en courant. Dehors, il se surprit à faire un entrechat.

« Je deviens complètement dingue », pensa-t-il.

Au 22 de la rue du Faubourg-Poissonnière, Fiacre entra dans un immeuble un peu minable, sis entre un fourreur miteux et une maison d'édition dépendant du parti communiste. Sur une boîte aux lettres, il lut : « Delacroix, 6e étage ». Le bâtiment logeait une mercerie en gros, un tailleur, et des particuliers. A mesure que Fiacre montait — bien sûr il n'y avait pas d'ascenseur — la peinture était de plus en plus sale, commençait à s'écailler. Au sixième et dernier étage, le palier était mansardé.

« Pauvre petite ! » se dit encore Fiacre.

Une berceuse de Mozart retentit, jouée au piano. Il y eut un silence, puis on entendit à nouveau l'air, exécuté cette fois avec hésitation, comme par une main d'enfant. Fiacre, se répétant qu'il n'allait pas s'évanouir, sonna. Un tintement grêle retentit qui le transperça.

La mélodie de Mozart avait repris. Les notes glissaient comme de l'eau sur des cailloux.

La porte s'ouvrit. Claire se tenait devant lui.

« Il fallait que je vous voie », dit Fiacre précipitamment. Avec le culot des timides, il coinçait en même temps son pied dans la porte, selon la technique éprouvée des voyageurs de commerce.

« Qu'est-ce que vous me voulez ? » dit-elle.

« Je vous apporte ça », fit le jeune homme. Et il sortit les chaussons de sa serviette.

« Trop petits », dit-elle après un coup d'œil.

« Je vous emmène prendre le thé ! » rétorqua-t-il comme on demande l'aumône.

« A sept heures du soir ? »

Le piano s'était tu. Claire baissa la voix.

« Venez sur le palier. Mon père va nous entendre. »

Le cœur de Fiacre fit un bond. Elle venait de lui dire qu'elle avait un père. Il lui sembla qu'elle établissait entre eux une complicité.

« Je vous emmène prendre un verre, alors », dit-il lorsqu'ils furent sortis.

« Je ne bois pas avec les hommes que je ne connais pas », dit-elle.

« Le thé, alors, quand ? »

« Samedi, à cinq heures. Attendez-moi en bas. »

« Vous viendrez, n'est-ce pas ? »

« Oui, oui. » Et elle était rentrée, avait refermé la porte. Une fois dehors, Fiacre laissa tomber dans le caniveau les chaussons désormais inutiles.

Le samedi à cinq heures moins vingt, Fiacre arrivait devant la porte du 22. Il était en avance, car la crainte d'hypothétiques embarras de la circulation l'avait fait partir très tôt. Et puis il se prenait à douter de l'exactitude de sa montre. Un locataire, sortant de chez lui, regarda avec curiosité cet homme bien mis qui faisait les cent pas, l'air impatient. Fiacre en profita pour s'enquérir de l'heure. Il était maintenant cinq heures moins le quart.

« Je vais la gâter, se disait-il. Elle n'aura jamais connu ça. Ça l'attachera à moi. Après, elle ne pourra plus s'en passer. »

Il raisonnait ainsi, moins par cynisme que par doute de sa valeur. Cette modestie se renforçait des souvenirs anciens des jours maigres de Vitry. Il savait comme la rencontre soudaine avec le luxe trouble et fascine.

Il sautillait devant la porte. Il se sentait tout joyeux. Il alla admirer, dans la vitrine du fourreur, une veste d'astrakan un peu râpée et un tour de cou en renard. Puis il lut avec intérêt, à la devanture de l'éditeur, les titres de plusieurs ouvrages sur le syndicalisme et la venue prochaine au pouvoir de la classe ouvrière.

La porte s'ouvrit. C'était elle. Un frisson parcourut la colonne vertébrale du banquier. Elle portait un manteau de ratine bleu marine, qui lui donnait l'air d'une orpheline. Fiacre se dit qu'il se rendrait dès le début de la semaine chez Hermès, afin d'y faire l'acquisition d'un foulard à motifs équestres, qui serait parfait dans le col de ce vêtement trop sombre.

Elle lui tendit avec réticence sa main à serrer.

« Où allons-nous ? » demanda-t-elle d'une toute petite voix.

« Elle est émue, c'est bon signe », songea Fiacre.

« Ma voiture est tout près, dit-il. Je vous emmène chez Rumpelmayer, si vous le voulez bien. »

« Qu'est-ce que c'est ? » demanda-t-elle.

« Un salon de thé, en face des Tuileries. Ensuite, si vous le souhaitez, nous pourrons nous promener dans les jardins. Vous aimez les jardins ? »

« Oui, dit-elle. Je me promène souvent dans les squares. Je m'assois sur les bancs, et puis je m'endors devant les tas de sable. »

Chez Rumpelmayer elle regarda autour d'elle les paysages romantiques et les miroirs qui donnaient à l'endroit un faux air de casino de station thermale. Elle mangea un mont-blanc avec délicatesse et gourmandise. Fiacre lui parlait doucement. Il voulait la charmer à tout prix.

Elle se laissa faire et lui raconta sa vie. Fiacre pensait qu'elle se réchauffait et que ce qui lui arrivait était pour elle à la fois inattendu et attendu. Elle était aussi bien méfiante que confiante, comme un chat perdu qu'on nourrit pour la première fois depuis longtemps. Elle lui jetait des regards en coin, répondait à ses questions, s'arrêtait au milieu d'une phrase. Fiacre l'encourageait d'un mot ou d'un sourire. Il avait constamment peur d'en faire trop. Elle racontait à nouveau.

Sa mère était morte d'hémorragie en mettant son deuxième enfant au monde. Le bébé, lui non plus, n'avait pas survécu. La petite Claire, qui avait alors cinq ans, était restée seule avec son père, Pierre Delacroix. La mort de sa femme, qu'il se reprochait — c'était lui qui avait souhaité un autre enfant —, en avait fait un homme prématurément vieilli. Il avait fait à sa fille, dont il s'était occupé avec amour et conscience, tentant de lui donner à la fois la protection d'un père et la tendresse d'une mère, le sacrifice de son existence. Un sacrifice lourd à porter. Il ne s'était pas remis du choc de la guerre, où il avait été blessé, fait prisonnier.

Claire avait eu toute sa vie le sentiment qu'elle devait mieux faire et mieux encore. Pour récompenser son père, le rendre un peu moins malheureux, il fallait qu'elle soit parfaite. Ce père, par ailleurs, s'encombrait d'une autre déception. Pianiste, il avait manqué de peu la carrière de concertiste qu'il souhaitait. Pas assez d'audace, pas assez d'appuis, ou bien peut-être pas assez de talent... Son mariage et la nécessité de gagner la vie d'une famille l'avaient définitivement orienté vers le professorat. Il ne jouait plus qu'une fois de temps en temps, pour un public d'amis. Ses jeunes élèves, rejetons généralement peu doués de petits-bourgeois poussifs, l'exténuaient. Il n'avait pour l'enseignement aucune vocation et devait se retenir de les mettre à la porte. Avec les années, cette exaspération constante, ces frustrations qui constituaient le tissu de sa vie l'avaient aigri. A la tristesse s'était ajoutée l'amertume.

Claire interrompit à ce point son récit, pour demander à Fiacre de parler lui aussi. Qui était-il ? Que faisait-il ? Il ne lui raconta pas d'abord l'histoire du billet aux violettes : il craignait de la blesser en un point trop sensible. Alors, il lui raconta à son tour sa vie.

Claire le regardait bouche bée. Si peu au courant qu'elle fût des affaires, le nom de Mollard lui disait vaguement quelque chose, évoquait richesse et pouvoir. Elle était donc assise à boire un chocolat avec un banquier !

« Ces choses-là n'arrivent que dans la presse du cœur », dit-elle.

« J'espère bien que c'est de cœur qu'il sera question entre nous », dit Fiacre.

Elle baissa les yeux et ne répondit pas. D'un doigt distrait, elle faisait le tour de sa tasse.

Elle reprit son récit.

Elle avait été élevée dans la musique. Son père avait souhaité qu'elle réussisse là où il avait échoué. Il avait commencé à lui apprendre le piano lorsqu'elle avait quatre ans. Mais, pour Claire, le monde des sons était recouvert d'un voile de tristesse. Elle entendait, à longueur de journée, les gammes manquées, les exercices bâclés, les sonates massacrées.

« C'est comme moi, dit Fiacre, je massacre Schubert avec mon violon. Mais j'aime tellement ça, tant pis. »

Pierre avait remarqué que l'enfant, qui s'échappait dès qu'elle le pouvait du tabouret de piano, s'illuminait lorsque, écoutant un disque, elle se mettait à tourner et à sauter, ses petits bras ronds en couronne au-dessus de la tête. C'étaient les seuls moments où Claire semblait prêter attention à la musique. Pendant les leçons elle se tortillait sur le tabouret vissé à hauteur maximale, répétait mécaniquement, sans âme et sans cœur, les lèvres boudeuses. Parfois de grosses larmes roulaient sur ses joues, ce que Pierre ne pouvait supporter. Il lui fit donner des cours de danse. L'intérêt de l'enfant pour cet art tenait d'ailleurs du prodige. Il ignorait où elle avait bien pu voir des danseuses — on ne l'avait pas emmenée à un ballet.

Si Pierre Delacroix s'imaginait faire venir sa fille à la musique par ce biais, il fut là encore déçu. L'enfant jetait dans ses exercices à la barre toute la passion qu'il aurait voulu lui voir donner à la musique. Il s'étonnait, lorsqu'il allait la chercher à la fin de ses cours, et que débouchant dans la cour du conservatoire il la voyait par la façade vitrée du studio. Son visage impassible lui faisait face, ses mains minuscules étaient posées sur la barre située sous la fenêtre — la barre inférieure, celle des petites. Elle tirait sur son cou. Son regard semblait éclairé d'une lumière lointaine. Le professeur était une dame russe qui avait autrefois, comme ballerine, connu un certain succès. Maintenant, une baguette à la main, campée sur des jambes alourdies auxquelles l'âge n'avait pas épargné les varices, elle régnait sur une cour d'enfants minces et légères comme des oiseaux. Son enseignement était réputé, elle pouvait se permettre de ne prendre que les meilleures élèves. Lorsqu'on lui avait amené Claire, elle lui avait fait exécuter quelques mouvements simples, pour juger la souplesse et l'arrondi du bras, la conformation du cou-de-pied et de la hanche. Elle avait perçu cette malléabilité particulière qui détermine la capacité fondamentale, chez le danseur classique, au type de mouvement qu'on appelle l'en-dehors et que l'apprentissage des positions de base ne peut qu'améliorer.

Elle avait affaire à une élève de tout premier choix. L'accompagnatrice se mit au piano, et égrena les notes maigres d'un menuet. Claire, à qui l'on avait dit de « faire ce qu'elle voulait », se mit à bouger, maladroitement mais en rythme.

« On devrait pouvoir en faire quelque chose », dit Mme Chostikoff d'une voix que les *r*, roulés comme par des tambours, rendaient terrible.

Sans rien dire, elle prépara l'enfant au concours d'entrée de l'Ecole de Danse de l'Opéra de Paris. Au bout de deux ans, elle sut que la petite fille l'avait devinée.

« Quand je serai petit rat », disait Claire.

Lorsqu'elle eut huit ans, pourtant, on ne la présenta pas. Elle avait atteint un niveau remarquable. Sa technique était parfaitement au point. Mme Chostikoff, par un stratagème, était parvenue à la faire travailler une heure par jour. Elle persuadait les mères de ses élèves riches que des cours particuliers leur étaient nécessaires. A ces cours, elle conviait Claire, sous prétexte que le niveau de celle-ci serait une émulation. Puis, elle la faisait travailler, laissant l'autre enfant suivre comme elle pouvait. Bien sûr, Claire ne payait rien.

Ses jambes, au sortir de la petite enfance, étaient fines, sa taille mince. A force de tirer sur son cou, celui-ci semblait s'être allongé, droit et mouvant comme celui d'une gazelle. Mais elle était trop petite : si on la présentait ainsi, elle risquait de se voir refusée au concours d'entrée. Mme Chostikoff décida d'attendre.

Tous les soirs, Claire se mesurait à la toise qu'elle avait installée dans sa chambre. Elle se persuadait qu'à force de tirer sur ses pointes, tirer sur son dos, tirer sur son cou, elle finirait par grandir.

A onze ans, effectivement, elle s'allongea, alors qu'on commençait à désespérer. Elle passa le concours d'entrée à douze ans, l'âge limite. Comme elle était

272

assise sur sa chaise avec les autres candidats, tenant sagement à la main une feuille sur laquelle était inscrit son numéro de passage, ses cheveux blonds ramenés sur le haut de la tête en un chignon classique lui donnaient l'air précoce d'une femme en miniature. Les médecins, les professeurs examinèrent son cou-de-pied long et bombé, ses cuisses maigres, ses épaules graciles. Parmi plusieurs centaines d'enfants, elle fut admise au stage, et au bout de trois mois passa avec succès le concours d'entrée. Pierre Delacroix, mélancolique, conduisait chaque matin à l'Opéra cette fille qui lui échappait, sautait toujours plus haut, volait presque, et dont la vie était devenue un défi permanent à la pesanteur. Ce petit personnage mi-roseau mi-oiseau, au teint diaphane, se surveillait comme une femme, mangeant à peine de peur de prendre le kilo fatidique qui aurait menacé sa carrière. Un jour qu'elle avait quatorze ans, il regarda ses yeux précocement ourlés d'cyc-liner et lui dit :

« Tu cherches déjà à plaire, c'est trop tôt. »

« Danser, c'est séduire », répondit-elle, et elle lui jeta, du bout de son œil de biche, un regard de mépris.

Tout en effet la poussait vers la femme, y compris cette existence d'ascèse, la victoire constante sur la douleur, l'apprentissage des jalousies et de ces menues injustices qui font le tissu d'une vie. Mais Claire n'était pas comme les autres. Elle voulait faire de son destin un voile brodé, n'admettait ni les accrocs ni les reprises.

A l'âge de dix-huit ans, elle quitta l'école de l'Opéra, ses salles de travail en rotonde ponctuées d'immenses œils-de-bœuf, ou bien surchargées d'ors et de fresques : tout un monde plus beau que nature, plus léger que nature, plus lourd que nature. Elle avait redoublé sa dernière classe et pourtant avait échoué au concours final. Depuis deux ans, sa santé s'était affaiblie. Elle était anémique, on ne parvenait pas à la soigner. Elle était blanche, tombait de fatigue, devait s'interrompre au milieu d'un cours. Elle ne serait pas admise dans le corps de ballet.

Mais elle ne savait rien faire d'autre que danser. Elle avait négligé ses études. Pierre Delacroix ne voyait pas sa fille vendeuse. Il avait le sentiment que sa vie déjà affaiblie céderait, si on l'obligeait à renoncer. Elle entra dans une école privée, dans l'espoir que sa santé, avec le temps, se rétablirait. Il y avait d'autres troupes que celles de l'Opéra. Au pis, elle pourrait toujours enseigner. Cette idée la remplissait d'angoisse. Elle se voyait mener la vie étriquée de son père.

Elle fut engagée dans la troupe d'Igor Chostikoff, le mari de son ancien professeur. Celui-ci venait d'obtenir une subvention pour la création en France d'un ballet dans la vieille tradition russe. Il avait tout de suite pensé à Claire.

Elle avait maintenant vingt ans, sa santé s'était rétablie. Elle sauta de joie : elle voyait le bout du tunnel. Les Chostikoff avaient engagé comme chorégraphe le fils de danseurs russes célèbres passés à l'Ouest. Serge avait fait ses preuves très tôt à New York où ses parents avaient émigré. Il avait trente ans et savait moderniser suffisamment la tradition classique pour donner un sentiment de nouveauté, de jamais vu rassurant qui plaisait. Igor Chostikoff l'avait adopté comme son fils. « Il est pourri de talent », disait-il en riant.

C'était pour Serge que Claire avait voulu mourir dans une odeur de violettes. Depuis un an il la courtisait, l'effleurait puis reculait, l'entourant soudain de mépris là où elle avait vu la veille de l'affection. Il ne voyait qu'elle, et puis soudain il ne voyait plus qu'une autre, une petite du corps de ballet qui se laissait prendre à l'hommage et qu'il ignorait à son tour le lendemain. Ce jeune homme qui aimait tant le saut était lui-même un sauteur. A travailler avec lui,

Claire se sentait devenir folle. Elle ne supporta plus de venir aux répétitions, envisagea de tout lâcher. Mais cette idée lui donnait envie de mourir.

Chez Rumpelmayer, la jeune fille s'arrêta. Elle ne pouvait plus parler. Deux larmes glissaient sur ses joues comme des perles. Le chocolat avait refroidi, le salon de thé fermait. Fiacre tira de sa poche le billet aux violettes et le lui donna.

« C'est pour cela que je vous ai suivie, dit-il. Pour voir si je pourrais vous aider. »

Il tendit à la jeune fille son manteau. Elle se laissa faire lorsqu'il lui prit le bras. Le jour tombait. Les nuages du soir, comme des rubans mauves, flottaient autour des arbres des Tuileries.

21

Troisième triomphe de l'amour

Fiacre n'avait pas, comme son aîné Marcel, une fâcheuse tendance à tout laisser tomber quand la situation devenait difficile. Lorsqu'il tourna son énergie et sa volonté vers les choses de l'amour, il mena ses affaires avec une modestie exemplaire, une volonté de fer, une énergie considérable. Il n'était pas de ces hommes que l'approche de la conquête fait hésiter, comme un enfant qui, recevant pour Noël le cadeau de ses rêves, n'ose plus tendre la main et se détourne, effrayé par la réalisation de son vœu. Fiacre voulait Claire. Cet homme était un passionné froid. Ces êtres vivent retranchés de leurs émotions, comme vitrifiés par l'existence. Ils se refusent les joies et les bonheurs, dans le but de s'épargner les chocs et les douleurs. Pour certains de ces individus le bonheur n'arrive jamais, si aucune rencontre ne les bouleverse suffisamment pour les amener à desserrer l'étau dans lequel ils sont pris. Mais, pour Fiacre, l'apparition avait eu lieu. Il était troublé jusqu'au fond de lui-même. Lentement, patiemment, il continua la conquête de Claire.

Ce ne fut pas une bataille, mais une série de négociations diplomatiques. Certes, le coup de foudre n'était pas réciproque. Claire s'étonnait de l'irruption dans sa vie de ce grand dégingandé aux allures de collégien attardé. Il ne ressemblait pas aux jeunes gens qui l'avaient courtisée jusque-là, musiciens ou danseurs qui fréquentaient les mêmes cercles qu'elle, garçons fragiles, narcissiques et beaux, à la parole romantique et au charme étudié. Si Claire se montrait, dans un premier temps du moins, indifférente à l'argent, Fiacre avait un atout de taille : il s'occupait d'elle, la regardait, l'écoutait, cherchait à deviner et à devancer ses désirs. Claire était d'autant plus sensible à cet aspect du caractère de son soupirant, qu'elle avait été frustrée de ce genre d'attentions. Non seulement il lui avait manqué les soins d'une mère, mais de plus, dès qu'elle avait un peu grandi, ses rapports avec son père s'étaient inversés. Elle avait porté la croix des enfants de dépressifs : elle était devenue le parent de son parent. Pendant des semaines, M. Delacroix restait prostré sous l'effet de graves crises de mélancolie. C'était à Claire de le réconforter, pour l'aider à faire face, dans ces moments pénibles, à l'arrivée d'un élève. Au coup de sonnette, elle courait mettre un disque pour que les accents d'un quatuor de Beethoven couvrent les sanglots de l'homme enfermé dans la chambre. Elle faisait attendre l'arrivant, prenait son père par la main, lui tendait un mouchoir, un gant de toilette humide. M. Delacroix se levait, les épaules voûtées.

« J'ai honte », murmurait-il à sa fille. Elle lui embrassait la main.

Claire avait appris à guetter, sur le visage de son père, les signes avant-coureurs du désastre. Même durant les accalmies, lorsqu'il allait bien, cherchait à compenser les mauvais moments par des cadeaux et des attentions, emmenant sa fille au restaurant et au concert, l'attention de celle-ci ne se relâchait pas. Elle savait d'expérience qu'un incident d'apparence insignifiante pouvait suffire à déclencher la crise. Durant les moments de maladie elle faisait les courses, les repas. Le professorat de musique nourrit tout juste son homme et il n'était donc pas question d'avoir d'autre personnel qu'une vieille femme qui, trois fois la semaine, se chargeait des gros travaux. Très tôt, les journées de Claire avaient été doubles. Aux fatigues et aux tensions de l'école s'ajoutaient les tâches d'une ménagère. Sans doute, la pratique de la danse, cette école de la volonté, cet apprentissage du mépris de la douleur, l'avait aidée à mûrir précocement et à savoir supporter des charges excessives.

Depuis qu'elle devenait jeune fille, les choses ne s'arrangeaient pas. Charmante avec son air sérieux et bien élevé, elle plaisait aux hommes qui sans doute devinaient en elle la femme habituée à l'abnégation, prête aux sacrifices, celle qui saurait être à la fois la fille, la mère et l'amante. Ils la courtisaient. Claire s'ingéniait à dissimuler ses succès à son père, sachant qu'ils l'inquiéteraient. Pierre Delacroix, voyant grandir sa fille, ne pouvait se défendre d'une angoisse à l'idée d'un départ proche. Il se verrait privé du seul être qui ait jamais su le comprendre, le supporter, le protéger des agressions extérieures. Incapable de regarder sa faiblesse en face, il faisait le sévère, prétextant qu'il jouait son rôle de père en éloignant les prétendants. Il culpabilisait Claire, la soupçonnait de penchant pour le vice. Lorsque l'un de ces jeunes gens avait assez de suite dans les idées pour parvenir à s'introduire dans la forteresse de la rue du Faubourg-Poissonnière, il faisait sous des apparences d'amabilité un tel portrait d'elle au garçon, que celui-ci s'en trouvait incité à fuir.

« Vous voulez sortir avec ma fille, disait-il d'un ton patelin. Je vous comprends, elle est assez jolie, et elle a du charme... Moi-même, à votre place, je serais tenté... Du moins dans un premier temps... Car ensuite, n'est-ce pas, il y a son caractère... Evidemment, vous n'avez sans doute pas encore eu l'occasion de vous en rendre compte... Le caractère de Claire est particulier... Il lui faudra un homme très patient... Ses sautes d'humeur, ses caprices, ses colères pour un oui ou pour un non... Ah, ma vie n'est pas facile tous les jours, croyez-moi ! »

Il mettait sur le dos de sa fille ses propres faiblesses, expliquant au soupirant épouvanté que Claire était depuis l'âge le plus tendre, en conséquence du décès précoce de sa mère, portée à des accès de mélancolie.

Enfin, lorsque le jeune homme avait tourné les talons, il parachevait son œuvre en accomplissant un travail symétrique auprès de sa fille :

« Vraiment, il n'a pas l'air en bonne santé... Je le trouve très nerveux... T'es-tu renseignée sur la famille ? Connais-tu son hérédité ? Et puis, il fait très enfant... Enfin à mon sens ce n'est pas ce qu'il te faut... Ce n'est pas un homme... »

Claire cédait et se décourageait. Son idylle avec le chorégraphe ne s'était développée que parce qu'elle le voyait plusieurs fois par semaine sur son lieu de travail, où M. Delacroix ne mettait jamais les pieds.

« Il a été providentiel pour moi que nous nous rencontrions, avoua-t-elle à Fiacre. En effet si je n'avais pas perdu le mot... Enfin, je l'aurais perdu de toute façon mais quand même, je crois bien que j'en aurais rédigé un autre dès le lendemain... J'étais au bout du rouleau, prête à tout laisser tomber... Cela aurait été une stupidité, car la danse est toute ma vie... Votre gentillesse m'a redonné du courage... »

Le lendemain de l'après-midi passé chez Rumpelmayer à faire connaissance, Claire avait reçu une rose blanche. Fiacre avait d'abord envisagé la douzaine, puis s'était dit qu'un traitement hollywoodien d'entrée de jeu risquait d'effrayer la jeune fille. Elle avait reçu une autre rose chacun des jours qui avaient suivi. Chacune était accompagnée d'un mot qui disait : « Merci. »

Le fondé de pouvoir obtint le résultat recherché. La

belle lui téléphona, embarrassée, disant qu'elle ne savait pas tourner une lettre de remerciement pour des remerciements. Fiacre obtint de l'emmener le samedi suivant canoter au Bois de Boulogne, sortie simple et romantique à la fois. Il prit prétexte de l'aider à monter dans la barque pour lui tenir le bras. Elle se laissa faire en baissant les yeux, ce qui témoignait d'une modestie charmante. Les attentions du banquier la mettaient dans l'embarras. Mais elle ne pouvait se résoudre à renoncer à cette aventure inattendue. Elle se disait qu'elle verrait venir. De toute façon jusqu'ici, Fiacre s'était montré très respectueux. Elle pensait :

« Quand il fera une tentative il sera toujours temps de lui faire comprendre que, physiquement, il ne m'attire pas. »

Cette fois, il l'emmena manger une tarte aux pommes au Chalet des Iles. L'automne commençait, les feuillages se doraient à peine. Une légère brume enveloppait le paysage, avant-courcuse d'humidités prochaines. Ils s'étaient installés dans les jardins du restaurant. Claire était partagée entre le plaisir d'être là et l'exaspération que lui causait Fiacre. Ce qu'il avait de cossu, de rassis lui portait sur les nerfs. Il s'en aperçut et dit :

« Je sais que je vous énerve. Je ne suis pourtant pas vieux mais, pour vous, c'est comme si j'avais vingt ans de plus. Comme on dit, je n'ai pas eu de jeunesse, et à peine d'enfance. Ne riez pas. »

Ces paroles avaient trouvé en elle un écho. Fiacre regarda la main aux doigts effilés, près de la tasse de porcelaine. Il posa la sienne dessus, très doucement, comme un collectionneur prend au piège un papillon. Puis il la retira. Sa main le brûlait.

Claire, les yeux toujours baissés, perdus dans la vapeur qui montait de sa tasse, semblait en interroger le contenu, comme si ce liquide teinté d'acajou détenait le secret de son destin. Fiacre réfléchissait. Il fallait qu'il trouve autre chose. Une situation où il serait à son avantage. Il lui demanda si elle aimait monter à cheval.

« Trop de risques. Si je me cassais quelque chose, je ne pourrais plus danser. »

Fiacre fut déçu. De ses années à « La Poulinière », il avait gardé une réputation de bon cavalier.

« C'est une des rares choses que je sais faire bien », dit-il en riant.

Le ton de la jeune femme s'adoucit.

« Je viendrai vous regarder, si vous voulez. »

Il l'emmena à nouveau au Bois le dimanche suivant. Il montait au club de l'Etrier. C'était le matin, et Claire, qui n'avait pas parlé de Fiacre à son père, devait être à la messe.

Ce fut là qu'elle trouva Fiacre séduisant pour la première fois, sans doute parce qu'il portait un costume et évoluait comme sur une scène. La tenue de cavalier seyait à sa minceur. Il souriait timidement sous la bombe. Des sièges de jardin étaient disposés au bord de la piste. Claire dut essuyer les gouttes de rosée avant de s'asseoir. Fiacre allait et venait, très droit sur son cheval. Il sautait les obstacles sans difficulté. Puis, l'animal heurta une barre et faillit désarçonner son cavalier. La jeune fille, qui le suivait des yeux, sentit son cœur descendre. Mais Fiacre s'était rétabli, sautait l'obstacle suivant.

« Je ne l'aime pas, se dit Claire dont la main jouait nerveusement avec la petite croix d'or qu'elle avait au cou, je ne l'aime pas du tout. C'est seulement de la sympathie. »

Il l'emmena déjeuner au restaurant du club. Tout en mangeant, on entendait les hennissements des chevaux.

Claire porta tous les jours le foulard Hermès que Fiacre lui avait offert. Le temps se refroidissait et il lui tenait plus chaud que les autres. Elle avait toujours été sujette aux maux de gorge.

C'était Noël, les rues de Paris se mirent en fête. En se rendant chez Repetto, Claire admirait les guirlandes qui traversaient la rue de la Paix. Il lui semblait revivre un vrai Noël de petite fille. Son cœur était plein de lampions. Fiacre avait proposé d'investir dans la compagnie Chostikoff. L'argent qu'il apporterait permettrait de louer un théâtre et de monter un vrai spectacle. Il mettait deux conditions à sa participation : que la compagnie s'appelle désormais les Ballets Delacroix-Chostikoff, et que Serge, le chorégraphe américano-russe, soit remercié. M. Chostikoff accepta sans beaucoup d'hésitation. Il était financièrement aux abois. Et puis, Serge ne s'était pas limité à Claire. Depuis qu'il lui connaissait un protecteur, il cherchait à provoquer sa jalousie, faisait des ravages dans la troupe. Tantôt c'était l'une, tantôt l'autre des petites du corps de ballet qui s'effondrait en larmes. Un jour deux d'entre elles se battirent et un costume fut perdu.

Claire souffrait, mais une vitre la séparait de sa douleur. Elle aimait toujours le jeune homme, mais elle avait dit non à son amour. Elle souhaitait le départ de Serge pour les Etats-Unis.

Il lui dit rageusement :

« Tu ne seras jamais une étoile. »

Il lui permettait ainsi de se détacher de lui définitivement. Cependant, elle craignait qu'il n'eût raison.

Ils montaient un nouveau ballet. Fiacre avait loué un théâtre, qui appartenait à une milliardaire américaine sur le retour. La vieille dame s'était prise d'affection pour Claire. Elle assistait aux répétitions. Fiacre venait aussi, s'échappant à l'heure du déjeuner. Les larmes lui montaient aux yeux lorsqu'il voyait Claire danser.

Un soir, elle dit qu'elle voulait faire l'amour avec lui. Elle n'en avait pas vraiment envie. Elle voulait le remercier et il le savait. Mais il n'eut pas le courage de refuser. Il pensa que « ça viendrait avec le temps ». Il hésitait à l'emmener à Neuilly, aussi il réserva une suite au Crillon, commanda des roses et du champagne. Claire en entrant se sentit étouffer. Elle dit que c'était trop. Ce luxe l'écrasait. Il rougit et lui dit honteux qu'il avait seulement voulu le meilleur pour eux deux.

Le lendemain matin Claire se réveilla heureuse. Elle avait découvert le plaisir. A côté d'elle dans le grand lit, Fiacre dormait. Elle se leva et alla prendre un bain dans le cabinet de toilette de marbre blanc. Il y avait une petite tache de sang sur sa chemise de nuit. A dater de ce jour, ils se retrouvèrent au Crillon deux fois par semaine.

A Neuilly, on plaisantait Fiacre sur sa danseuse. Désiré découvrait avec étonnement et un pincement au cœur que son fils était un homme. Il dissimula ce pincement sous de l'ironie. Fiacre ne voulait pas exposer Claire au regard acerbe de sa belle-mère qui se prenait pour l'arbitre des élégances, ni aux réflexions assassines de Bob, fréquemment convié aux repas. Il craignait que les Mollard ne salissent Claire. Celle-ci de son côté ne lui avait rien demandé.

Les répétitions avançaient. Le nouveau chorégraphe s'entendait très bien avec M. Chostikoff et faisait de l'excellent travail. Il était moins inventif mais plus sérieux que Serge. Cependant vers le printemps, Claire eut à nouveau un évanouissement. Le spectacle était presque au point. Elle décida d'ignorer l'événement, mais il se produisit à nouveau une semaine plus tard. C'était sans doute une récidive de l'anémie dont elle avait souffert trois ans plus tôt.

Fiacre l'emmena immédiatement voir son médecin, l'un des plus courus de Paris. On fit des examens de sang. Claire était leucémique. Il lui restait entre six mois et deux ans à vivre.

Elle dut immédiatement arrêter de danser. Il lui faudrait mener une vie très calme pour prolonger au maximum les jours qui lui restaient. Fiacre voulait l'emmener voir d'autres médecins, un spécialiste suisse. Elle refusa. De toute façon, la leucémie était incurable. Elle ne voulait pas qu'on lui torture ce qui lui restait de vie.

Fiacre la demanda en mariage. Il n'avait pas osé jusqu'alors, sachant que la vie conjugale était à peu près incompatible avec la discipline de la danse. Claire, qui aurait refusé quinze jours plus tôt, accepta. Elle pensait :

« Je peux bien le rendre heureux, de toute façon ça durera si peu. »

Elle s'était habituée à Fiacre. Il lui était devenu nécessaire, et encore plus maintenant qu'elle savait qu'elle allait mourir. Elle avait soif, tout d'un coup, de ce luxe auquel elle avait prêté si peu d'attention auparavant.

Ils se marièrent à la mairie. Seuls Pierre Delacroix et Marcel étaient présents. Le père de Claire pleurait lorsqu'elle monta dans la voiture avec son mari. Marcel l'entraîna dans le café le plus proche et lui commanda un whisky.

Fiacre avait décidé d'emmener Claire en voyage de noces à Gstaad. Elle n'avait jamais vu de montagnes et l'air des Alpes serait bon pour elle. A la nuit Claire s'endormit dans la Volvo. Ses cheveux dorés faisaient comme un napperon sur le dossier du siège. Fiacre se mit à pleurer.

Lorsqu'elle se réveilla ils n'étaient pas à Gstaad mais à Genève. Fiacre avait profité du sommeil de la jeune femme pour l'emmener voir un médecin célèbre qui passait pour le spécialiste mondial de la leucémie. Il dit à Claire :

« Je ne me pardonnerais jamais de ne pas avoir tout essayé. Tu ne peux pas me laisser vivre avec des remords. »

Dès que les examens seraient terminés, ils rejoindraient Gstaad.

Les résultats de laboratoire et le diagnostic arrivèrent à la station au bout d'une semaine. Claire n'était pas leucémique. Elle avait une maladie du sang, rare et grave, certes, mais curable. Elle devrait se soigner très sérieusement pendant deux ans. Mais elle vivrait.

22

Un itinéraire bourgeois

JOURNAL D'ISABELLE

A mesure qu'elle se déroule, comme une pelote un peu embrouillée qu'on dévide, en passant du temps à défaire ses nœuds, l'histoire dévie, change de cours et de débit. Je l'ai entamée dans l'ironie et le grotesque. Je la ressens maintenant presque romantique, teintée en tout cas d'un sentimentalisme suspect. Il est vrai qu'il ne faut pas s'attendre à du goût de la part de ces gens-là. Toutefois je me rends de mieux en mieux compte qu'on ne sort pas indemne de leurs mains. Je commence, sinon à les trouver sympathiques, du moins à les comprendre et j'éprouve à leur égard une indulgence stupide. Je ne dois pourtant pas oublier qu'ils représentent l'ennemi.

Désiré m'a payé un cours de sténo ; je le suis tous les matins. Qui sait, cela pourra m'être utile par la suite. Je ne ferai pas du vieillard-sitting éternellement. Non seulement il paie les frais du stage, mais également les heures que j'y passe, puisque c'est pour lui que j'y vais. Il dit qu'il a maintenant entièrement confiance en moi, ce qui me surprend. Il affirme que c'est à moi seule qu'il peut dicter son ouvrage ultime, l'histoire de son œuvre, la saga de la famille Mollard. C'est ça que je prends en sténo tous les après-midi pendant deux heures, parfois plus. Nous ne consacrons presque plus de temps à la lecture des journaux.

Tout d'abord le vieil homme m'enjoint de fermer à clé la porte de la chambre. Je dois m'asseoir tout près de lui, car il parle bas de crainte qu'on ne l'entende. Cette entreprise doit être tenue secrète. De toute façon à cette heure Guénolée et Jean-Edward sont à leur bureau, Clémentine à l'université, et Maryjane à son cercle de bridge. Les seuls bruits qui traversent la maison sont les chuintements de souris de la bonne, les frottements légers du valet qui passe en pantoufles.

Mais le vieil homme se méfie et insiste pour chuchoter de sa voix cassée. Je transcris le souffle bruyant qui s'échappe des lèvres gercées. Parfois, il a des trous de mémoire ; ou bien, il hésite entre deux versions d'un même événement aux contours brouillés par le temps. Son souvenir est un paysage de marais. Il y patauge avec circonspection, comme s'il craignait qu'une bête, soudain, ne le morde à la cheville.

Quand il hésite trop, qu'il devient incohérent, il me dit :

« Vous arrangerez tout, vous éclaircirez ça. Je vous fais confiance. »

Quelque chose dans sa détermination me touche. Il veut faire le maximum avant de mourir. Il a peur de ne rien laisser derrière lui.

C'est un stage de six semaines. Je le suis depuis un mois. J'apprends aussi à taper à la machine. Le vieux m'a donné un chèque pour m'acheter une I.B.M. Il y tient, il veut une belle frappe. Je tape le soir en rentrant de chez lui et livre les feuilles le lendemain. Il les relit, puis je dois les ranger dans un coffre situé dans le mur derrière un petit tableau de Matisse. Moi seule, à part lui, connais la combinaison.

Le vieux a accaparé ma vie. Je n'ai plus de temps pour mes flâneries à travers la ville. Je ramène encore parfois un homme chez moi, mais c'est moins fréquent.

Je vis la vie des Mollard au lieu de la mienne. On n'échappe pas à son destin.

Mais il y a dans cette situation quelque chose de rocambolesque qui m'excite l'imagination.

NOTES D'ISABELLE

Après son mariage, Fiacre quitta Neuilly. Il ne voulait pas soumettre Claire à la jalousie de Maryjane. Celle-ci était féroce, car la jeune femme avait une beauté et une grâce que les toilettes luxueuses et les bijoux que son mari s'empressa de lui offrir mirent rapidement en valeur. Sa rencontre avec la mort épanouissait sa beauté. On aurait dit qu'enfin elle s'autorisait à vivre. Fiacre la comparait à un camélia, elle en avait le teint crémeux. Depuis qu'elle ne s'astreignait plus à l'esclavage de la danse elle regardait autour d'elle. L'existence lui était une fête. Enveloppée dans une pelisse de renard bleu, elle passait prendre Fiacre à la banque le midi. Il l'emmenait déjeuner au Fouquet's, endroit voyant où il ne mettait auparavant jamais les pieds, préférant un petit bar discret juste à côté de son travail. Mais maintenant il avait le plaisir de montrer sa femme.

Elle ne fut pas autorisée à l'effort physique avant d'être guérie. Par ailleurs, elle apprit que sa maladie risquait de se transmettre à un enfant éventuel. L'union de Fiacre et de Claire devait rester stérile.

Cette nouvelle abattit Désiré bien davantage que l'annonce du mariage. Il se montrait à l'égard de Claire beaucoup plus indulgent que son épouse.

« Une danseuse... je comprends ça... », disait-il rêveusement, ce qui exaspérait Maryjane.

Il offrit à Fiacre une maison pour son mariage. Située boulevard des Invalides, c'était une construction curieuse de pierre et de brique, qui imitait un château miniature, avec tourelles et mâchicoulis. Les fenêtres étaient à meneaux, grillagées au rez-de-chaussée de peur des voleurs. Derrière, un jardin de curé retentissait de chants d'oiseaux. Fiacre était ravi d'offrir un manoir à sa femme. Les pièces étaient tapissées de boiseries. Claire accentua leur caractère austère par des meubles haute époque, mais elle jeta sur les sols et les canapés des fourrures. L'ensemble était à la fois barbare, insolite et luxueux. Fiacre se rendait place des Ternes dans une boutique spécialisée dans la lingerie de luxe. Il lui achetait des déshabillés et des peignoirs somptueux bordés de dentelles ou de cygne. Elle les portait avec de petites pantoufles de satin blanc. Elle déambulait dans la maison comme une fée dans son royaume. Fiacre était heureux.

Lorsqu'il eut quitté la maison, Jean-Edward s'aménagea un appartement de célibataire en faisant communiquer la chambre de Fiacre avec la sienne. Plus tard, après son mariage, il fit partir de ces deux pièces réunies un escalier qui donnait accès au grenier aménagé en appartements même pas mansardés — ils avaient tout simplement une hauteur de plafond normale au lieu des quatre mètres des étages inférieurs.

La chambre de Marcel, au second, fut elle aussi réunie aux deux autres. Cet espace constitua les pièces de réception de l'appartement de Jean-Edward et de Guénolée, alors que les chambres se trouvaient à l'ancien emplacement du grenier. Le couple bénéficia donc quand son tour fut venu d'un logement confortable, bien que pour y monter on dût passer par l'escalier principal. Les allées et venues de Jean-Edward et Guénolée, ainsi que celles de leurs visiteurs éventuels et plus tard de leurs enfants, ne pouvaient passer inaperçues de Maryjane et de Désiré.

Fiacre et Claire, deux tempéraments indépendants, n'auraient pas supporté cette situation. Mais Jean-Edward et Guénolée, qui vieilliraient en traînant leur enfance derrière eux comme une vieille peau

290

qui ne se détache pas tout à fait après la mue, n'y voyaient pas d'inconvénient. Au contraire, leur exhibitionnisme s'en satisfaisait, particulièrement lorsque l'âge eut réduit le couple parental à une impuissance partielle et à une immobilisation forcée. Et puis, Jean-Edward était obsédé par l'héritage et disait à sa femme :

« Il vaut mieux les avoir sous les yeux, et ne pas se faire oublier. C'est nous qui nous en occupons le plus, et c'est moi qui hériterai de la plus grosse part du gâteau. »

Guénolée approuvait tout à fait ce raisonnement. Il lui semblait que Fiacre, en s'exilant dans le septième arrondissement, et Marcel en franchissant les mers, avaient gravement mis en danger leur avenir. Les rapports entre Jean-Edward et Fiacre restaient froids, tous deux se méprisant pour des raisons différentes. Fiacre trouvait son jeune frère malhonnête, et inversement Jean-Edward prenait la droiture de son aîné pour de la bêtise. Les relations entre Guénolée et Claire ne furent jamais cordiales. La jeune belle-sœur se sentit toujours inférieure à l'ancienne ballerine, dont elle ne pouvait espérer égaler la beauté, le talent, ou la popularité.

Claire, lorsqu'elle se remit de sa maladie, savait que sa carrière de danseuse professionnelle était terminée. Elle avait perdu trop de temps, et d'ailleurs il lui aurait fallu à nouveau plusieurs années de travail avant d'espérer approcher un niveau ancien qu'elle ne retrouverait sans doute jamais. Mais elle ne se laissa pas abattre. Il lui semblait que le destin, en lui laissant la vie, lui faisait un cadeau. Et puis elle était heureuse, davantage qu'elle avait osé l'espérer. Fiacre était de ces hommes qui s'épanouissent dans la sécurité du mariage. D'avoir épousé la femme de ses rêves et de se savoir aimé lui donnait confiance en lui. Il s'était même, détail touchant, fait recoller les oreilles. Son visage ne semblait plus ingrat. Il était de ces hommes aux traits forts qui prennent de l'allure avec la maturité. A mesure que Jean-Edward vieillissant perdait sa joliesse et commençait à ressembler à un vieux petit garçon, Fiacre devenait élégant. On disait maintenant :

« Le second des fils Mollard — vous savez, celui qui est si séduisant. »

Les flanelles anglaises de Fiacre, ses chemises de Charvet, ses cachemires de chez Old England le weekend, car il affectionnait les tenues sportives, ses mocassins italiens, tout cela ajouté à son air sérieux, et à son regard à la fois ferme et bon, en faisaient sur le tard un héros de salon. La fréquentation des amis de sa femme, une bohème talentueuse et dorée du milieu des arts, de la danse et du théâtre lui avait ouvert l'esprit, donné du poli et de la largeur d'idées. Il n'aurait jamais le sens de la repartie, mais son silence paraissait spirituel. *Vogue* publia sa photo dans une série de portraits intitulée « Les hommes qui font la France aujourd'hui ». Il était présenté assis dans un fauteuil ancien, au coin de la cheminée de pierre dans laquelle dansaient les flammes. Sa femme était assise à ses pieds sur une grande peau d'ours, dans un de ces déshabillés luxueux que Fiacre aimait la voir porter. Sa tête était renversée sur les genoux de son mari qui caressait ses cheveux. Le borzoï de Claire, un animal splendide aux poils comme une fourrure, était à son tour couché aux pieds de sa maîtresse. Le portrait fit sensation. Fiacre apparaissait comme un seigneur, sachant relier la tradition d'hier aux modes du futur, gardant le meilleur des deux mondes. De riches clientes de la banque Mollard sollicitaient des rendez-vous qui n'avaient rien de professionnel. Fiacre calmait la dame avec tact et la reconduisait à la porte. Les employés comprenaient sa déconvenue à l'expression de son visage et riaient sous cape.

Claire pratiquait encore la danse chaque jour une heure ou deux, pour son plaisir. Elle s'était fait installer un studio dans les combles. Par les fenêtres mansardées, elle voyait le ciel de Paris. Elle commanditait des ballets et des pièces de théâtre, se révélait une businesswoman avisée aussi bien qu'une femme de goût. Un spectacle produit par elle avait d'avance bonne réputation. Sa vie riche et comblée convenait à son narcissisme et à un côté rêveur et lent de son caractère, car Pierre Delacroix lui avait transmis une trace de sa mélancolie.

Elle aimait aux beaux jours organiser des garden-parties. Maryjane en vieillissant s'était réconciliée avec cette belle-fille dont elle jugeait maintenant qu'elle seule était capable de prolonger la tradition d'élégance qu'elle avait voulu donner à la famille. Guénolée était trop mesquine.

Le fait même de ne pouvoir avoir d'enfant ne désolait pas Claire outre mesure. Elle était fière de son corps et l'idée de le voir abîmer l'effrayait. Du choc de sa maladie elle avait gardé une tendance à l'hypocondrie, surchauffait sa maison et sortait en fourrures au printemps.

De toute façon, Guénolée sembla bientôt en bonne voie de pourvoir la famille Mollard en héritiers. Clémentine naquit au bout de deux ans de mariage et Mandarine huit ans plus tard. Un troisième né, Olivier, ne survécut pas. Guénolée fut très fatiguée par cette naissance avortée. Sa santé s'en ressentit et les médecins lui conseillèrent de ne pas chercher à avoir d'autres enfants. Désiré, comme tous les patriarches, était très atteint par l'absence d'héritier mâle. Il n'avait alors aucune nouvelle de Marcel depuis plus de dix ans. Il paya un détective pour se rendre en Amérique enquêter sur le sort du fuyard. Au bout de trois mois de recherches coûteuses, il apprit que Marcel était toujours en vie. Il n'avait pas d'enfants, n'était pas marié. Mais il était riche. Le sang Mollard n'avait pas menti. De ce jour, Désiré fit surveiller les allées et venues du fils prodigue par une agence de filatures de Los Angeles.

Les deux premières années de son mariage, Guénolée s'était absorbée dans la décoration de son appartement. La possibilité de dépenser son argent sans compter l'émerveillait. Elle n'était pas encore blasée. Elle achetait des jolies choses et des horreurs, des gadgets auxquels elle ne pouvait résister sur le moment. Dès que Guénolée aurait enfin compris cette réalité incroyable : elle était milliardaire, cette première phase serait remplacée par l'avarice si fréquente chez les riches. Mais, pour l'heure, elle évoluait comme au pays de Cocagne.

Elle fut ravie de se savoir enceinte. Non que la fibre maternelle fût en elle très forte. Mais elle participait activement à la rivalité entre les frères. La naissance d'un enfant qu'elle espérait garçon lui semblait devoir consolider le pouvoir de Jean-Edward au sein de la famille.

Elle souhaitait Clément, elle eut Clémentine. Guénolée regarda ce paquet rouge comme de la viande crue et ne ressentit aucune affection à son égard. Elle en fut secrètement effrayée. Elle savait que les femmes devaient avoir l'instinct maternel. Elle ne l'avait pas, elle était donc un monstre.

Elle ne s'ouvrit à personne de ses craintes. Guénolée ne connaissait ni la confiance ni la sécurité. On lui avait dit qu'il fallait aimer ses enfants, elle ferait comme si. Toute sa courte vie, elle avait considéré les apparences plus importantes qu'une hypothétique réalité. Dans son mariage même, elle avait rapidement appris ce jeu. Elle avait lu des ouvrages sur l' « harmonie du couple » qu'elle s'était forcée à acheter le rouge aux joues, parlant tout bas à la vendeuse. Les ayant lus elle y avait appris, non pas le chemin du plaisir, mais celui du faire semblant. Elle savait très bien pousser des gémissements convaincants, et répéter à Jean-Edward qu'il était un amant hors pair.

La seule personne à qui elle s'était ouverte était sa mère. Celle-ci lui avait répondu qu'elle ne devait pas s'étonner, car le plus souvent les femmes bien n'éprouvaient rien. D'ailleurs, elle n'était pas sûre qu'il y en eût qui ressentissent vraiment quelque chose. Toutes ces histoires de volupté n'étaient sans doute qu'une fiction. Cependant, les hommes étaient de grands enfants à qui il fallait raconter des fables. Si Guénolée ne voulait pas que son mari prenne une maîtresse, elle devait le contenter en lui donnant l'apparence du plaisir. Il n'y verrait que du feu. Rien de plus facile à tromper qu'un homme.

Guénolée s'enduisait donc de vaseline et complimentait Jean-Edward sur sa technique, comme elle aurait félicité un enfant qui lui aurait offert un gribouillis en guise de cadeau de fête des mères.

Jean-Edward était très content de son mariage. Il confia à son ami Paul-Marie, qui de son côté n'avait qu'à se louer des services de Pamela, toujours dans la course, car le rêve du Texas s'éloignait de plus en plus :

« Le mariage, mon vieux, c'est un truc épatant. Il n'y a rien de tel qu'une femme pure. La découverte de l'amour est pour elle un tel bouleversement... Je peux te dire que mon épouse, en tout cas, ne se plaint pas... »

Il se tenait plus droit et regardait les femmes d'un air à la fois méprisant et protecteur. Il se demandait comment il avait pu avoir autrefois des craintes sur ses capacités de séduction.

Si Guénolée et Désiré ressentirent quelque déception à la naissance d'une première fille, Jean-Edward fut ravi de l'arrivée de cette petite créature. Il avait l'impression de se constituer un harem légal.

Clémentine était une enfant nerveuse, qui pleurait beaucoup et sursautait dans son berceau au moindre bruit. Maryjane se rendit au bureau de placement de la rue de Bellechasse. Elle engagea une nurse anglaise qui serait chargée d'élever l'enfant dans les sains principes d'hygiène du Royaume-Uni et de l'habituer dès le plus jeune âge aux sons mélodieux de la langue de Shakespeare. La nurse s'appelait Miss Meg, elle était vilaine avec de gros yeux à fleur de tête et un nez en pied de marmite. Maryjane, qui redoutait que la vue d'une jolie fille donnât des idées malsaines à Désiré, l'avait choisie autant pour sa laideur que pour ses capacités. Lorsque l'enfant l'aperçut pour la première fois, elle poussa des cris stridents. Meg parlait le français avec un accent atroce qui faisait se tordre de rire les autres domestiques. Mais elle avait un brave caractère, un côté bon chien dans ses chaussures Hush Puppies à talons plats et semelles de crêpe. L'enfant s'habitua à sa laideur, et elle fit bientôt partie du décor.

Guénolée craignait de s'abîmer les seins qu'elle enduisait de crème contre les vergetures. Elle s'occupa assez peu de l'enfant. L'accouchement l'avait épuisée et elle souffrit d'une dépression post-partum assez sévère.

Elle avait le sentiment que son ventre pendait comme un sac vide ; il lui semblait avoir vieilli de dix ans. Mais au bout d'un mois elle reprit ses promenades à cheval. Jean-Edward lui avait offert un pur-sang, Highland Queen, qui prenait pension dans un manège de Neuilly. Highland Queen rappelait à Guénolée son enfance en Bretagne. Et puis Maryjane lui avait déjà communiqué le goût du bridge.

Lorsque le bébé en grandissant devint plus présentable, Guénolée s'intégra à toute une société de jeunes mères qui se retrouvaient pour parler puériculture et échanger des points de layette compliqués. Elles organisaient des goûters-biberon où l'on couchait les bébés côte à côte sur une couverture pendant que leurs mères papotaient. Lorsque l'un d'eux pleurait, une nurse surgissait et emmenait le mal élevé se calmer à l'office. Guénolée dépensait une fortune en guimpes brodées, chaussons de mohair au point de riz et autres futilités. Engoncée dans ses volants amidonnés, Clémentine était un poupon présentable.

Lorsque naquit une autre petite fille, on la prénomma Mandarine pour faire original. Cette mode fut copiée, d'autres appelèrent leurs filles Groseille ou Pamplemousse.

Ce ne fut qu'après la naissance et la mort simultanées d'Olivier, lorsqu'elle sut qu'elle n'aurait pas d'autre enfant, que Guénolée se désintéressa de la comédie de la maternité, qui avait jusqu'alors occupé plutôt agréablement ses années. Ne pas pouvoir donner un garçon à son mari la dévalorisait. Ils n'hériteraient sûrement pas autant. Heureusement, Fiacre n'aurait jamais d'enfant mais si cet imbécile de Marcel, un jour... Par ailleurs, Clémentine et Mandarine grandissaient. Lorsqu'on les voyait avec leur mère, l'âge de celle-ci apparaissait clairement. Or, Guénolée était terrifiée par la perspective de vieillir. Elle avait avec succès fait évoluer son image de pensionnaire en celle de femme-enfant, puis de jeune mère presque sœur de sa progéniture, mais la perspective de devenir une femme mûre lui faisait horreur.

Ce ne fut toutefois pas avant l'accident qui arriva à Mandarine qu'elle se désintéressa vraiment de ses filles. Clémentine avait perdu ses rondeurs poupines et les manières enjôleuses de l'enfance sans se décider à quitter l'âge ingrat. Mandarine, à cinq ans, était tout sourire et fossettes. Elle tranchait sur le reste de la famille Mollard par une passion précoce pour la vérité. Mandarine répétait à ses parents les secrets de l'office, narrait à l'office le détail des disputes parentales et provoquait des incidents diplomatiques nombreux. Ainsi la grand-tante Eglantine, une parente pauvre, venait de Vitry une fois l'an par l'autobus afin de présenter ses vœux à sa riche famille. Elle apportait pour l'occasion un petit présent, en échange de quoi Désiré lui remettait discrètement un chèque. Là-dessus, la tante buvait un doigt de porto, embrassait tout le monde en bavant abondamment et reprenait le car pour Vitry, rendue un peu ivre par l'effet du liquide doré et le spectacle du luxe.

Les cadeaux de la tante Eglantine étaient toujours minables comme elle : chocolat au goût de carton dans des boîtes imprimées d'une reproduction de Rembrandt dont l'impression avait tremblé, aspidistras mités achetés en solde. Cette année-là, elle avait apporté du mimosa. Maryjane s'extasiant donna ordre à la bonne de mettre les fleurs dans un vase de cristal destiné à orner le dessus du piano à queue, dans le grand salon. De ce piano aucun Mollard, jamais, n'avait joué. Les touches désaccordées, lorsque Mandarine appuyait dessus pour s'amuser, donnaient l'impression d'un concert de chats à la pleine lune. La petite voix de Mandarine s'éleva alors et on entendit :

« Dès que tu seras partie, tantine, on mettra le mimosa à la poubelle comme la dernière fois. Grandpère déteste ça et grand-mère dit que ça met des boules partout. »

Le nez de la tante, appendice pointu au bout duquel une goutte brillait perpétuellement comme une stalactite, se mit à trembler sous l'outrage, ses mains décrirent dans l'air des arabesques impuissantes. Maryjane, qui ne perdait jamais son calme, sauva tant bien que mal la situation :

« Les enfants disent n'importe quoi, n'est-ce pas ! On se demande comment des idées pareilles leur entrent dans la tête ! Encore une violette en sucre, ma tante ? »

Mais l'année suivante, la tante Eglantine, pour la première fois, ne vint pas présenter ses vœux. Désiré lui envoya son chèque par la poste. Il lui fut retourné.

Mandarine semblait tout à fait consciente des

drames que sa franchise féroce provoquait, et semblait jouir de cette situation. C'était peut-être la seule façon qu'elle eût trouvée de se faire remarquer dans une famille où il n'était pas facile de tenir sa place.

Cependant, le pire restait à venir et se produisit un jeudi, lorsque sa nurse l'emmenant promener au Bois, Mandarine manifesta le désir d'aller dire bonjour à son père à son travail. Elle se rendit dans les bureaux du groupe *Toujours plus haut* — car d'ores et déjà un magazine de décoration snob, *La Belle Revue*, s'était adjoint au journal boursier qui prospérait, et l'on parlait de la création d'un troisième organe. L'affaire de Jean-Edward s'était révélée une excellente opération, non que celui-ci possédât véritablement un talent de journaliste ou de patron de presse, mais parce que le rédacteur en chef de *La France qui monte* était un excellent gestionnaire. Il avait d'ailleurs exigé et obtenu par contrat que les pouvoirs d'intervention de Jean-Edward dans la rédaction de son propre journal soient uniquement honorifiques, ce qui garantissait sans doute *La France qui monte* de la faillite, mais frustrait le jeune Mollard, qui n'était déjà plus si jeune d'ailleurs. C'est pourquoi celui-ci avait réinvesti une partie des profits dans *La Belle Revue*, joujou coûteux qui justifiait la présence de Jean-Edward dans son bureau luxueux de la rue Charles-Laffitte.

Il avait pour sa décoration engagé un décorateur japonais, le summum du chic dans les années cinquante. La pièce, très grande, était à plusieurs niveaux. On discernait une partie austère et meublée de teck, et au fond à gauche un lit de repos derrière un paravent où le patron allait se relaxer entre deux séances de brain-storming.

Malgré tout Jean-Edward, dont la responsabilité d'éditorialiste à *La Belle Revue* (un tiers de page par mois) ne suffisait pas à occuper les journées, s'ennuyait souvent dans ce décor à la fois sobre, élégant et exotique. Il dissimulait dans un des tiroirs de son bureau une flasque d'argent pleine de bourbon et des paquets de cacahuètes — choses que Guénolée lui interdisait at home, car depuis quelque temps il avait tendance à grossir. Par ailleurs, il adorait recevoir des visites. Il faisait toujours grand cas de celles de Mandarine dont le côté informel et charmant lui donnait croyait-il un genre Kennedy. Aussi l'enfant venait-elle souvent passer quelques minutes dans le grand bureau aux vitres fumées.

La nurse attendit en bas dans le hall, sur une chaise, car l'enfant aimait, devant les collaborateurs et employés de son père, avoir l'air d'une grande. Elle monta l'escalier, longea le couloir et arriva devant le bureau de la secrétaire. Habituellement, celle-ci lui serrait cérémonieusement la main, puis annonçait son arrivée par interphone. Mais, à ce moment, Mlle Jeanne était partie se repoudrer le nez aux toilettes, et il n'y avait personne derrière le bureau. L'enfant se hissa sur la pointe des pieds, et tourna le bouton de la porte directoriale.

Elle la referma sans bruit derrière elle. Ses petits pieds s'avancèrent sur la moquette moelleuse. Papa n'était pas à sa table. L'enfant marchait toujours. Là-bas, derrière le paravent, elle entendit du bruit. Par le coin on voyait, sur le lit de repos, les jambes nues d'une dame qui s'agitaient.

Mandarine ne dit rien et tourna les talons avec la sagacité des enfants, qui savent qu'il ne faut pas déranger les animaux. La porte se referma sans bruit derrière elle. Elle passa devant le bureau de Mlle Jeanne occupée à admirer dans la glace de son poudrier les excellents effets de son travail de replâtrage. Voyant l'enfant, très droite et digne, les yeux de la secrétaire s'arrondirent et sa bouche s'ouvrit comme prête à recevoir une balle de golf. La petite fille descendait déjà l'escalier. Comme Meg lui faisait observer que sa visite, cette fois-ci, avait été brève, Mandarine répondit simplement :

« Papa était occupé. »

L'enfant alla ensuite au Bois où elle joua sous les yeux de sa nurse avec un petit garçon de six ans qui lui faisait la cour. Puis elle rentra à la maison, mangea un œuf à la coque et une panade, prit son bain et se mit en chemise de nuit. Il était dix-huit heures trente. Jean-Edward n'était pas encore rentré. Il arrivait généralement une demi-heure plus tard et allait embrasser dans son lit sa plus jeune fille. De dix-huit heures trente à dix-neuf heures Mandarine restait avec sa mère. Sa sœur était alors en pension chez les Dames de Saint-Maur. Elle jouait aux pieds de Guénolée. Parfois celle-ci la prenait sur ses genoux et lui lisait une histoire dans un livre de contes, se félicitant in petto du charmant tableau qu'elles présentaient et qu'un peintre aurait intitulé : « Bonheur familial ».

Ce soir-là, l'enfant grimpa sur ses genoux comme à l'accoutumée. Ses cheveux bouclés, fins comme des duvets, sentaient l'eau de rose. Guénolée, par un accès de sensualité rare, plongea ses lèvres dans ces vagues mousseuses.

« Qu'as-tu fait aujourd'hui, mon chéri ? » demanda-t-elle.

« Je suis allée voir papa, mais il était avec une dame », dit l'enfant.

« Une dame toute nue », ajouta-t-elle dans un grand silence.

« Ils jouaient à la bête à deux têtes », conclut-elle pour plus de précision.

Guénolée prit sa fille à bras-le-corps, la posa par terre et se leva.

« Tu mens ! » dit-elle en la regardant durement.

« Non, je ne mens pas. Ils jouaient à la bête à deux têtes sur le canapé derrière le paravent. Mlle Jeanne m'a pas vue entrer. »

Un vase de Delft, offert par Désiré à sa belle-fille lors de la naissance de Mandarine en récompense de ses pontes réussies, atterrit sur le tapis où il vola en éclats. Guénolée se retourna alors vers l'enfant et lui dit : « Si jamais tu parles, je m'en irai pour toujours et tu ne me reverras plus. » Puis elle tourna les talons, dévala l'escalier, et sans même songer à prendre un manteau, se rendit rue Charles-Laffitte.

Elle déboucha en trombe dans le couloir et freina sec devant le bureau de Mlle Jeanne où celle-ci, tenant la glace de son poudrier à hauteur des yeux, était occupée, cette fois, à s'épiler les sourcils.

D'un mouvement, Guénolée renversa le bureau qui s'abattit sur la secrétaire, tandis que le poudrier et la pince à épiler se retrouvaient au fond du couloir.

Lorsque Mlle Jeanne stupéfaite et pleine de bleus prospectifs parvint à s'extraire de son carcan de bois verni, Guénolée l'attrapa par une mèche et lui donna deux gifles. Une poignée des cheveux châtains de la jeune femme lui resta dans la main.

Le hurlement de douleur poussé par celle-ci réveilla Jean-Edward qui, derrière son bureau, les pieds sur le sous-main de chez Cassegrain, rêvassait à l'excellent moment qu'il avait passé, deux heures plus tôt, avec une pute du Bois qui affectait le genre institutrice, lunettes d'écaille, petit béret, manteau de loden, bas de laine et souliers plats. Cette tenue discrète lui permettait de monter jusque chez lui sans se faire repérer. Dans le cartable de peau de porc qu'elle tenait à la main, elle transportait quelques accessoires spéciaux. Dès qu'elle ouvrait son manteau de loden, elle apparaissait nue à l'exception de ses bas de grosse laine noire retenus au-dessus du genou par des jarretières rouges ornées de rosettes. Elle se maquillait le bout des seins au rouge Baiser, ce qui faisait un contraste curieux avec son visage pâle et nu lavé au savon. Ce jour-là, Jean-Edward lui avait demandé d'enlever ses bas, ce qu'elle ne faisait qu'avec réticence, car elle était un peu paresseuse. Elle avait une rose des vents tatouée sur la cuisse gauche.

En entendant le cri, Jean-Edward reconnut la voix de sa fidèle secrétaire, une femme qui savait quand il convenait de fermer les yeux. Tiré de sa rêverie érotique, il pensa qu'on la violait. Son sang ne fit qu'un tour. Il se saisit du pistolet d'alarme qu'il cachait dans un tiroir, et se précipita hors de la pièce.

Le spectacle qu'il vit lui glaça le sang. Sa femme était devenue folle et se battait comme une chiffonnière avec Mlle Jeanne dont le chemisier de popeline blanche s'était déchiré, révélant une épaule et la rondeur d'un sein qu'en d'autres circonstances Jean-Edward aurait eu le temps de trouver charmant.

Si les gestes de Guénolée stupéfiaient Jean-Edward, son langage avait également quelque chose d'affolant. Il était habituellement très châtié. Le mot qu'elle employait le plus souvent était d'ailleurs « vulgarité ». Guénolée ne supportait pas la vulgarité, ou du moins ce qu'elle considérait comme telle. Jean-Edward était toujours impressionné par la distinction innée de sa femme — elle avait comme on dit « du sang bleu », elle savait d'instinct ce qui était distingué. Une de ses phrases clés à l'égard de son mari était : « Ne dis pas cela, c'est vulgaire. »

Jean-Edward rougissait alors comme un petit garçon.

Mais, dans l'immédiat, il était bien obligé de constater que son épouse venait de se transformer en une marchande de poisson, ce qui lui rappela Félicie. Elle secouait Mlle Jeanne par le col de son chemisier qui se déchirait à chaque instant davantage :

« Salope ! Putain ! Voleuse ! Tu l'as voulu, tu l'as eu ! Mais tu ne l'auras pas longtemps ! »

« J'ai eu quoi ? » balbutiait Mlle Jeanne secouée comme un prunier.

« Fais pas l'innocente ! Traînée ! »

Et Guénolée, hors d'elle, s'en prit à nouveau aux cheveux de l'infortunée. Des larmes de douleur perlaient aux yeux céruléens de Jeanne que le sort transformait en une héroïne de Sade. Elle eut cependant le courage de répéter entre deux sanglots :

« Je suis vierge, moi, madame ! Je me garde pour mon fiancé ! »

« Menteuse ! Salope ! » hurla à nouveau Guénolée, imperméable à tout raisonnement.

A cet instant, elle aperçut son mari qui se tenait sur le seuil de son bureau, le pistolet à la main. Elle changea alors de cible, ce qui préserva la malheureuse Jeanne de déprédations supplémentaires.

« Salaud ! Monstre ! Brute ! » criait Guénolée, à l'adresse de son époux cette fois. Et, apercevant l'arme :

« C'est ça ! Tue-moi ! Achève-moi ! Finissons-en ! Je suis déjà à moitié morte ! »

D'un geste digne d'une héroïne révolutionnaire, Guénolée ouvrit son chemisier brusquement, découvrant sa poitrine maigre, lovée dans le dernier modèle de chez Dior.

Mlle Jeanne, voyant qu'on se désintéressait d'elle, reprit du poil de la bête.

« Je suis vierge, moi, madame, réitéra-t-elle, et je peux le prouver ! Et je le resterai jusqu'au mariage ! C'est pas comme vous ! »

Guénolée, soudain calmée, se tourna vers Jean-Edward :

« Elle sait ? Comment sait-elle ? »

« Ces choses-là se savent ! glapissait Jeanne. Tout le monde le sait ! Les saloperies des riches, ça filtre ! »

« Vous êtes virée, Jeanne », articula Jean-Edward blanc de rage.

« Vous pouvez pas me virer, parce que j'ai déjà démissionné ! J'en ai marre de vous entendre à travers le mur, faire des saloperies avec des putains ! »

« Putains ? Quelles putains ? » interrompit Guénolée.

« Celle qui est venue cet après-midi », expliqua Jean-Edward d'un ton lénifiant.

« Parce que tu fais venir des putains ici ? »

« Oh, seulement une... Et elle est très convenable... », marmonna Jean-Edward en regardant ses pieds.

A ce moment un maquettiste débouchait dans le couloir, portant le projet de couverture du prochain numéro de *La Belle Revue*, représentant le salon d'une des résidences de vacances du milliardaire américain Howard Hughes.

Il écarquilla les yeux. Jean-Edward Mollard se tenait entre deux femmes à demi nues, brandissant un pistolet. Il parcourut le couloir en sens inverse et, hors d'haleine, alla raconter à ses collègues que le patron, devenu fou furieux, tenait des orgies sanglantes dans son bureau.

Pendant ce temps, Guénolée recommençait à donner de la voix :

« Une putain, je ne te le pardonnerai jamais ! »

« Enfin voyons, ma chérie, reprit le mari coupable, une putain, ce n'est rien ! Ça ne compte pas ! »

Son épouse se ramassa sur elle-même, prête à bondir.

« Arrière ! » cria Jean-Edward, et il tira un faux coup de feu en l'air.

Guénolée tomba à ses pieds, évanouie.

Jean-Edward vit alors ses employés massés dans le couloir. Ils assistaient à la scène comme des passants médusés, dans la rue, regardent un tournage de cinéma, avant de rentrer chez eux.

« Ce n'est rien, articula Jean-Edward d'une voix calme et forte, car la vue de son personnel venait de le ramener à la réalité. Allez-vous-en, il n'y a rien à voir. Ce n'est qu'un incident sans importance. »

Et, saisissant sous les aisselles son épouse inerte, il entreprit de la tirer dans son bureau.

« Allez me chercher un verre d'eau », dit-il à sa secrétaire.

Celle-ci tentait de rajuster son costume.

« Un beau chemisier qui venait des Chevaliers du ciel, la collection " Tire d'ailes ", dit-elle, désolée. M. Désiré qui me faisait 10 %. »

« Je vous en donnerai un autre, fit Jean-Edward. Allez me chercher de l'eau ! »

« Je ne suis plus à votre service », rétorqua Jeanne. Et, lui tournant le dos, elle décrocha son manteau de la patère.

« Une fille qui était si bien, si discrète, une perle ! » soupirait Jean-Edward en allongeant Guénolée sur le lit de repos.

23

Rébellion

JOURNAL D'ISABELLE

Ce midi, je suis arrivée chez les Mollard les yeux battus. D'habitude quand j'ai fait la vie, je me réveille ça se voit, c'est terrifiant, j'ai l'air décavé, je me fais peur. Mais ça s'arrange très vite. Un peu d'eau froide en gifles sur la figure, un peu de maquillage, du rouge à lèvres. Et puis, je pense à Marilyn. Marilyn qui se promenait dans les rues de New York avec Susan Strasberg en imper, foulard et lunettes noires, sans maquillage et qui soudain disait :

« Tu veux que je sois Elle ? »

Et dans la minute qui suivait les gens savaient que cette ménagère terne était Marilyn Monroe. Aussi je me dis que je peux bien faire la même chose. Et dans le quart d'heure cette fille aux yeux gonflés, aux cheveux en queues de rat, au nez luisant devient Isabelle. Et je peux à nouveau me regarder en face.

Pourtant aujourd'hui, le vieux a vu que j'avais des cernes.

« Vous vous couchez trop tard, mon petit », a-t-il dit.

C'est curieux. De même qu'il est parfois sourd, parfois très fin d'oreille, sa vue baisse plus ou moins selon les circonstances... Là, il avait nettement dix sur dix de vision, parce qu'enfin ce que j'ai sous les paupières dans ces cas-là, c'est quand même pas des valises...

En fait, j'avais passé la moitié de la nuit à faire l'amour avec Maxime. Une crise de passion. Ça nous prend de temps en temps. Je l'avais pas vu depuis quinze jours. Parfois, il disparaît. Après il dit :

« Si t'avais envie de me voir, t'avais qu'à m'appeler. »

Seulement moi, j'appelle jamais. C'est comme ça. Même dans la rue j'appelle pas. Je sais seulement rester là comme une loche. Les types rappliquent. Ils se disent celle-là, je vais rentrer dedans comme dans du beurre. En général ils ne se trompent pas tellement. Seulement au téléphone, on ne voit rien, forcément.

Evidemment quand on s'est pas vus depuis un moment, ça aide. Entre-temps je l'ai un peu oublié, et j'aime que la nouveauté. Si je le revois le lendemain je le désire plus.

Ce qu'il y a c'est que je m'attache à lui. J'ai beau me dire que c'est rien, rien du tout, juste un copain de lit, une habitude à éclipses, son corps je le connais et son odeur et ses gestes. C'est comme de revenir dans la ville où on a vécu, enfant. Il me caresse la tête, il répète mon nom. Je dis :

« Je t'aime bien, Maxime. »

« Bien, bien..., il répète. Oh oui, on s'aime bien. »

« Vous devriez vous marier », dit le vieux.

Je sursaute. En rêve j'étais repartie en arrière sur la machine à remonter le temps, quelques heures plus tôt, avec Maxime.

« Me marier ! je rigole. J'aurais du mal ! »

« Pourquoi ? » chevrote-t-il.

« Personne ne voudrait de moi ! »

« Enfin, vous avez bien un jeune homme, je vois ça ! » — et il lorgne à nouveau mes poches sous-oculaires.

Un instant, je m'imagine Mme Maxime. Un beau couple, je pense, et puis je rigole à nouveau. Deux célibataires endurcis. A peine j'ai fait la photo, je la jette dans la corbeille à papier, au fond de ma mémoire.

NOTES D'ISABELLE

Son incartade découverte, Jean-Edward la paya un prix élevé. Il n'avait rien d'un séducteur de haut vol, et commençait à s'en convaincre. Même un rendez-vous avec une putain lui valait les pires ennuis. Il aurait mieux fait de se déplacer, d'aller à la femme au lieu de la faire venir à lui. Mais il était paresseux et aimait le confort. Les bordels, même luxueux, le terrifiaient. Les pipes dans une allée du Bois lui paraissaient le McDonald's du sexe. Il aimait le travail bien fait (croyait-il). Evidemment il aurait pu se contenter des jouissances conjugales. Seulement Jean-Edward était atteint de cette illusion si fréquente : il pensait toujours que l'herbe était plus verte ailleurs que chez lui. Et puis, enfin, comment occuper ses journées quand on n'a rien à faire ? Guénolée prit la situation en main et sauva la mise. Dans un premier temps elle avait songé au divorce. Mais, chaque fois que cette idée lui venait à l'esprit, elle l'abandonnait. On ne renonce pas comme cela au nom de Mollard et aux privilèges qu'il apporte, une fois qu'on y a goûté. Guénolée était atteinte de la névrose des riches : le complexe du caviar. Pour garder le droit au superflu, elle était prête à sacrifier beaucoup du nécessaire.

Elle se dit qu'elle n'avait pas été à la hauteur. Ses connaissances sur le sexe étaient certainement insuffisantes. Qu'est-ce que les professionnelles savaient qu'elle ne savait pas ? Elle n'avait pas compris qu'il n'y a pas grand-chose d'excitant dans une putain, hormis le fait qu'elle est une putain. Elle se disait naïvement qu'il devait y avoir des trucs.

Elle potassa l'encyclopédie Marabout du couple. Elle acheta le rapport Kinsey, Sade et le docteur Zwang. Elle en tira quelques idées simples.

Les hommes aimaient la lingerie affriolante. Elle se rendit dans une boutique spécialisée à Pigalle, et acheta un soutien-gorge noir avec vasistas pour bouts de sein, plus trois culottes, une fendue, une à trous-trous et une en dentelle qui ressemblait à un slip de bébé. Deux porte-jarretelles, un rouge et un noir. Deux nuisettes en nylon transparent. Elle jeta ses collants qui pourtant étaient alors ce qu'il y avait de plus mode, et trouva dans une mercerie de quartier un vieux stock de bas noirs à couture. Elle acheta chez un soldeur des chaussures à talons aiguilles, car les talons plats avaient envahi la rue.

Ainsi équipée elle s'exhiba devant son mari. Jean-Edward lui dit qu'elle était vulgaire et débanda.

Guénolée se renseigna plus avant. Ayant donné son lot de lingerie affriolante à la Croix-Rouge, elle acheta un jean très moulant. La vendeuse lui expliqua que pour parvenir à le fermer, il convenait de s'allonger par terre, de rentrer le ventre et de retenir sa respiration. Elle compléta cette tenue par un tee-shirt et ne mit aucune lingerie. Jean-Edward lui dit qu'elle ressemblait à une pute et débanda. Guénolée, à la suite du port du jean trop serré qui lui moulait la vulve, attrapa une cystite.

Elle passa alors à plus sérieux. Surmontant sa répugnance, elle proposa à Jean-Edward de lui faire un pompier. Il dit : « Tu n'y penses pas ! » Puis il se tourna vers le mur et fit semblant de dormir.

Guénolée alla voir un sexologue. Fort en vogue, ce monsieur avait une chaire universitaire et une rubrique dans *Fusion*, le magazine des couples qui s'éclatent. Il était aussi l'auteur d'une autobiographie intitulée *Jaillir*. Dans cet ouvrage il expliquait comment seul un séjour dans un lupanar californien où les pensionnaires passaient des journées entières à mariner tous ensemble dans un grand baquet d'eau chaude, avait pu le guérir de son penchant inconsidéré pour la masturbation.

Le sexologue était bronzé (Longbronze de chez Harriett Hubbard Ayer), pourvu d'une crinière léonine (cheveux naturels asiatiques de chez Plumeau) et vêtu d'un costume à col Mao de Courrèges. Les murs de son immense bureau, entièrement ripolinés de blanc, s'ornaient de photos couleurs de lui-même vêtu seulement d'un slip en panthère, prenant des poses avantageuses. Sur certaines même, le slip manquait, remplacé par des ombres opportunes (il ne faut pas effrayer les clientes timides).

Le docteur Adalbert Rognon, diplômé de psychologie de la faculté de Singapour, la fit asseoir sur des coussins, répandus sur la moquette comme de gros caramels. Guénolée tira sur sa jupe. Le regard du docteur la mettait mal à l'aise. Il lui fallut un certain temps pour comprendre que sa fixité était due à la présence d'un œil de verre. Le globe oculaire gauche d'Adalbert Rognon avait été énucléé après que son frère aîné y eut planté la flèche d'une panoplie de Guillaume Tell reçue pour Noël.

Le spécialiste écouta Guénolée raconter ses déboires. Puis il lui dit que Jean-Edward souffrait d'une affection scientifiquement appelée « complexe d'Œdipe ». C'était fréquent. Lui-même d'ailleurs autrefois... Pour être clair, son époux la prenait pour sa maman, ce pourquoi il n'osait la tringler que dans la position du missionnaire, toutes lumières éteintes. La frustration concomitante le conduisait à aller chercher des compensations ailleurs, réaction bien compréhensible dans un tel cas.

Guénolée elle-même souffrait d'un grave blocage sexuel imputable à son éducation d'une part, au comportement de son mari d'autre part. Cette affection, si elle la laissait croître, la ferait vieillir prématurément, idée qui fit froid dans le dos à la patiente.

Comment faire ? Le docteur proposa deux solutions. La première et la plus efficace, il ne le cacha pas, était le « week-end sexologique ». Dans un château des environs de Paris, il organisait des séminaires de déblocage sexuel intensif avec des chevaux. Les malades, tout nus, montant à cru, folâtraient dans les prairies et même apprenaient à se rouler dans le purin, retrouvant ainsi leur animalité perdue au contact de la civilisation du béton.

Guénolée parvint à trouver assez de voix pour dire que son mari avait peur des chevaux.

Le docteur lui exposa alors le second traitement intitulé l' « heure planante ». Durant un après-midi, elle-même et son mari marineraient dans un grand baquet d'eau chaude en compagnie du docteur Rognon et de sa femme qui était par ailleurs son assistante.

Guénolée demanda si on pouvait garder son maillot de bain.

Le docteur répondit que non.

Guénolée demanda si Mme Rognon se prêtait de bonne grâce à ces exercices.

Le docteur répondit qu'il avait eu du mal à la convaincre. Mais un séjour dans le baquet aux harengs de l'ashram californien l'avait tout à fait guérie de ses inhibitions. Elle était maintenant une sexologue avertie et c'était un vrai plaisir de la voir se rouler dans le purin avec les malades.

Guénolée dit qu'elle réfléchirait et qu'elle téléphonerait quand elle aurait décidé. Le docteur la délesta de cinq cents francs et lui dit : « Au revoir, petite madame », avec un baisemain appuyé.

Une fois dehors, Guénolée s'écroula sur la banquette du café le plus proche et commanda un whisky.

Le lendemain matin, elle fit irruption dans le bureau

de son mari. Mlle Jeanne avait été remplacée par une créature aux dents en touches de piano, qui rappela fugitivement à Guénolée les chevaux du docteur Rognon.

Poussant résolument la porte, Guénolée entra et dérangea Jean-Edward dans sa sieste au-dessus du *New York Herald*.

« Qu'est-ce qui t'amène, chère amie ? » dit-il, inquiet. Sa femme était devenue imprévisible ces derniers temps.

« Moi aussi, je veux travailler, dit Guénolée d'une voix forte. J'en ai marre de t'attendre à la maison comme une conne pendant que tu te tapes des putains. Moi aussi je veux un journal. »

« Enfin, ma chérie, tu n'y penses pas. Aucune femme ne travaille dans la famille. Avec nos revenus ! Ce serait absurde, et même indécent ! »

« Indécent, ça te va bien de me dire ça ! Je veux la même chose que toi ! Je veux mon journal à moi ! Offre-moi un journal et je ferme les yeux sur tes putains ! »

« Tu ne préférerais pas une fourrure ou un bijou ? » dit Jean-Edward timidement.

« Pingre ! Radin ! s'écria Guénolée. Je veux un journal ! »

« Mais tu n'y connais rien ! Ça ne s'improvise pas ! Tu n'as jamais écrit une ligne ! »

« Eh bien, j'apprendrai ! D'ailleurs, j'ai déjà tenu un journal quand j'étais jeune fille ! »

« Très bien, dit Jean-Edward de guerre lasse. Mais à deux conditions. Premièrement, tu iras apprendre le métier chez la concurrence pendant un an. Deuxièmement, ce journal ne peut être qu'un magazine féminin. Je ne supporterais pas que ton entrée dans le monde du travail te fasse perdre ta féminité. D'ailleurs ce type de magazine est paraît-il très rentable ! »

« C'est entendu, dit Guénolée. De toute façon, si tu crois que la politique m'intéresse ! »

Et avec un salut triomphant, elle prit congé.

Jean-Edward, resté seul, fit venir son directeur financier. Après consultation et réflexion, il se dit que six millions lourds en échange de la paix conjugale, c'était cher payé. Mais après tout, la paix n'a pas de prix.

« Il s'en tire à bon compte », pensait par ailleurs Guénolée comme elle franchissait la porte de l'hôtel Mollard. Elle avait le sentiment d'avoir fait une bonne affaire. C'était tout bénéfice. Elle avait été stupide de se rendre malade avec cette histoire de pute. Tous les hommes vont voir les putes. C'était ce que lui avait dit sa sœur Berthil lorsqu'elle lui avait téléphoné la veille, éprouvant le besoin pressant de se confier. Berthil lui avait, confidence pour confidence, avoué que son époux Adhémar avait une maîtresse, ce qui dans la catégorie des putains était encore pire qu'une fille du Bois. Jean-Edward se contentait de payer la passe, alors que la créature d'Adhémar, qu'il avait mise dans ses meubles, lui bouffait le prix d'un loyer, sans compter le décorateur et la couturière. Encore récemment, elle avait trouvé dans le portefeuille de son mari (il faut toujours leur faire les poches de temps en temps) une note des Fourrures de la Madeleine. Encore la créature !

Guénolée compatit épouvantée, et conclut qu'après tout, c'était vrai, elle l'échappait belle.

« Sans compter qu'avec une maîtresse, une vraie, dit Berthil, on ne sait jamais, ils peuvent divorcer. »

Le divorce ! A la perspective d'être privée de son ticket-repas en la personne de son mari, Guénolée frémit. Une divorcée, c'est une moins que rien ! Elle n'est plus reçue nulle part, et les fournisseurs lui rient au nez !

Après ce coup de téléphone, Guénolée se regarda dans la glace. Elle n'avait déjà plus l'âge des recasages faciles, et puis, avec deux enfants ! Deux avis valent mieux qu'un, elle décida de téléphoner à sa mère.

Aldérande chuchota dans l'appareil que le comte Lothar allait parfois voir une fermière, au village... Une créature éhontée à qui il offrait des paires de bas — et Dieu sait si Aldérande devait, les jours de semaine, se contenter de bas filés, malgré les secours généreux de sa fille, qui avaient servi à remettre les écuries en état avant qu'elles ne s'écroulent. De toute façon elle ne se plaignait pas, car depuis les visites à la fermière, une veuve de réputation légère, le comte la laissait dormir tranquille. Quel soulagement ! Sa vie en était transformée.

Après ces deux coups de fil, Guénolée avait comme on dit fait son bilan. Elle voyait maintenant la chose sous un angle différent. Fini les corvées de lingeries, soupirs et geignements. Fini la gymnastique fatigante de l'alcôve. D'ailleurs, la seule personne pour qui elle eût jamais éprouvé de la passion était son chien Trésor, mort peu auparavant et qu'elle pleurait toujours.

En même temps, elle savait que la scène de la veille avait effrayé Jean-Edward. Au petit déjeuner, il avait semblé pâle et bourrelé de remords. Sa mère le lui avait bien conseillé :

« Réjouis-toi, mais fais l'indignée. Montre une grande douleur. Ça le flattera, et en même temps ça lui donnera des remords. De quoi as-tu envie ? Réfléchis bien, c'est le moment. Il faut battre le fer pendant qu'il est chaud. Sur le coup, un homme est prêt à tout pour rétablir la paix dans son ménage. »

Guénolée rêvait. De quoi pouvait-elle avoir envie ? Quelque chose de très gros et de très cher, avait dit maman. Son mari, par exemple, qu'est-ce qu'il avait qu'elle n'avait pas ? Car Guénolée, en secret, était jalouse des prérogatives de son époux. Parce qu'il était un homme, il y avait des tas de choses qu'il pouvait faire et elle pas. Elle avait épousé un Mollard, elle vivait dans le luxe, elle faisait partie du dessus du panier, et pourtant, elle restait une exclue du banquet de la vie. Guénolée décida de frapper un grand coup. Elle voulait en avoir autant que lui. Elle n'était pas plus bête. Elle voulait un journal.

Lors de l'entrevue qui suivit, rue Charles-Laffitte, elle tremblait de sa propre audace. Mais son éducation lui servit, ainsi que son aptitude à ne rien montrer de ses sentiments. Jean-Edward n'y avait vu que du feu.

Le soir même, au dîner, elle annonça la nouvelle à la famille réunie. Le samedi, Fiacre et Claire venaient dîner. Parfois même, on invitait en plus quelques intimes, de proches collaborateurs qu'il convenait de remercier de leur zèle, et qui pénétraient dans l'hôtel Mollard tremblants de faire un faux pas. Mais, ce soir-là, la table se réduisait aux proches, à l'exception de Mandarine, en quarantaine dans sa chambre.

« Pourquoi est-elle punie ? » demanda Désiré qui adorait sa petite-fille.

« Pour avoir cassé le vase que vous m'aviez offert, beau-papa, dit d'une voix onctueuse Guénolée qui pensait éviter de se faire mal voir pour bris de cadeau, et ne souhaitait pas ébruiter son infortune auprès de sa belle-mère et de sa belle-sœur, ces deux chipies.

« Dans ce cas, évidemment... », opina Désiré choqué. Toute atteinte à la propriété, particulièrement la sienne, méritait un châtiment sévère. Et un objet qu'il avait offert lui paraissait toujours sa propriété.

A la vérité, l'attitude de Mandarine préoccupait sa mère. Depuis la paire de gifles, elle n'avait pas articulé une parole. Guénolée n'en demandait pas tant. La maîtresse de sa classe enfantine avait téléphoné pour s'étonner de son mutisme. Cette enfant avait un caractère de chien, l'obstination Mollard. Guénolée ne pouvait pas admettre qu'elle lui tînt tête, si jeune. On verrait qui des deux était la plus forte. Elle avait prévenu l'enfant que tant qu'elle s'obstinerait à se taire et à ne pas s'excuser, elle resterait enfermée dans sa chambre.

Mais ces problèmes d'éducation passaient au second rang à côté de la grande nouvelle. Guénolée eut plaisir à voir la tête ahurie de sa belle-mère qui pourtant ne s'étonnait de rien. Même Claire qui semblait toujours indifférente l'avait pris dans les gencives.

A première vue, l'opposition aurait dû venir de Désiré. Mais Jean-Edward, qui souhaitait se rabibocher pour de bon avec sa femme, n'avait pas perdu de temps. L'après-midi même, il était allé trouver son père avec un dossier bien présenté prouvant qu'il y avait de l'argent dans l'affaire. Il fallait réinvestir les profits de *La France qui monte*. *La Belle Revue* n'y suffirait pas. D'ailleurs, ce journal de décoration offrait un excellent exutoire à Maryjane que la ménopause rendait un peu difficile et qui s'ennuyait. Elle y tenait la rubrique culturelle. De toute façon, Guénolée ne serait que nominalement à la tête de son journal. En réalité, on placerait là quelqu'un de sûr qu'on pourrait contrôler. De plus en plus, les femmes travaillaient. Les Mollard, qui avaient toujours incarné les valeurs du progrès et de la modernité, se devaient dans ce cas aussi de vivre avec leur temps. Une femme qui travaille coûte en définitive moins cher qu'une femme qui reste à la maison, car cette dernière en sort fréquemment pour faire des achats, tandis que lorsqu'on est coincé dans un bureau...

Ces arguments étaient solides, Désiré en convenait. D'ailleurs, il avait de l'estime pour sa belle-fille. Cette petite avait de la tête. Rien qu'en parvenant à épouser un Mollard, elle avait prouvé son aptitude aux affaires. Une femme Mollard faisait partie du capital Mollard. Or, un capital qu'on ne fait pas fructifier se déprécie. Jean-Edward avait d'abord fait fructifier Guénolée en lui faisant des enfants, qui en quelque sorte étaient comme des dividendes humains. Mais puisque maintenant elle ne pouvait plus avoir d'enfant, il convenait d'exploiter différemment le gisement.

Au bout d'une semaine, Guénolée, grâce aux relations de son mari, avait trouvé une place à *Charme*, le magazine de la femme snob. Il existait entre Jean-Edward et le patron de *Charme* une guerre publicitaire feutrée. Donnant donnant, le P.-D.G. du groupe *Toujours plus haut* ferait certaines concessions, pour peu qu'on emploie Bobonne.

Adolphe de la Bouttaie, le rédacteur en chef de *Charme*, se dit qu'il s'en tirait à bon compte. Cette Guénolée était une mondaine incapable de rien faire. On lui donnerait un bureau pour sauver les apparences et on la mettrait sur une voie de garage. Adolphe de la Bouttaie sous-estimait l'ambition de Guénolée. Il pensait qu'elle voulait se distraire, voyait là un caprice de femme oisive. Elle jouerait à la journaliste comme Marie-Antoinette jouait à la bergère. Il n'avait pas pensé que Marie-Antoinette s'était fait construire un Trianon bien à elle. Qu'elle pût se trouver placée dans son journal en sous-marin pour y pratiquer en quelque sorte l'espionnage industriel ne lui vint pas à l'esprit.

Guénolée fit donc connaissance avec le monde du travail. Finis les cercles de lecture des jeunes mères de Neuilly, où l'on passait ses après-midi à commenter Spock autour d'une assiette de petits fours. Cette fois, c'était du sérieux. Maintenant qu'elle avait pris pied dans son rêve, Guénolée se voyait à la tête d'un empire. Sa réussite serait éclatante. *Charme*, certes, avait de l'allure. Le magazine était imprimé sur un épais papier. Les photos de mode étaient l'œuvre des plus grands photographes du monde entier. La rubrique mondaine, spécialité du journal, débordait d'altesses qui payaient grassement pour faire apparaître leurs tronches dans ces pages, sceau du chic. Sans compter toute une richesse interlope ou vraiment trop neuve. Les bons partis à marier paraissaient en portrait dans le carnet de *Charme*.

Par ailleurs, quelques auteurs et poètes distingués prêtaient à l'occasion leur concours pour des articles élégants, ce qui rehaussait l'aspect culturel.

Cependant, le magazine ne se vendait pas très bien. D'abord il était cher. Puis, cet étalage de luxe ne pouvait toucher qu'une faible partie de la population. Guénolée n'ambitionnait pas de refaire *Femmes d'aujourd'hui*. Elle attendait de son futur journal qu'il rehausse son image aux yeux du monde. Il ne s'agissait pas simplement de gagner de l'argent. Elle sortirait grandie de cette entreprise. Ce qu'elle voulait, c'était devenir une des personnalités féminines de la France d'aujourd'hui et même de demain. Après tout, ce coup-là, Ménie Grégoire et Simone de Beauvoir l'avaient bien réussi, pensait Guénolée qui, d'esprit pragmatique, les mettait toutes deux à peu près sur le même plan.

Ce qu'il fallait, se disait-elle, lisant avidement revues et livres techniques, c'était trouver le créneau. Il y en avait sûrement un. Les femmes françaises en masse délaisseraient alors aussi bien *Charme* que *Femmes d'aujourd'hui*. Guénolée se triturait la cervelle. Tous ces journaux se faisaient sur de vieilles combines, un peu comme on se transmet une recette de daube de mère en fille. Guénolée voulait inventer la nouvelle cuisine appliquée au journalisme féminin.

Sa passion soudaine et dévorante pour le travail se renforçait de la dégradation du climat familial. En effet, bien qu'elle se répétât que tout était pour le mieux, les infidélités de Jean-Edward ne la laissaient pas indifférente. Après tout, elle aimait son mari, un peu comme on aime son chien, parce que c'est le sien. Encore qu'en l'occurrence elle aimât le chien davantage. Il en allait comme de tous les objets intimes. On déteste les prêter.

Dans toute cette affaire, le fin mot était que Guénolée souffrait. Mais elle avait rayé une fois pour toutes le

319

mot « souffrance » de son vocabulaire. Cette émotion était un luxe coûteux et inutile. Il faut apprendre à s'en passer. Pour la faire disparaître, Guénolée utilisait une méthode éprouvée : elle fermait les yeux et se disait que la douleur n'était plus là, puisqu'elle ne la voyait plus.

Comme ces grands malades qui, pour oublier leurs tortures constantes, se jettent avec passion dans quelque occupation absorbante, Guénolée apprenait le journalisme. C'était du journalisme qu'elle tirerait sa revanche. En rêve, elle se voyait déjà dépassant son mari, l'écrasant, prouvant qu'elle se débrouillait mieux que lui. *La Belle Revue* n'était rien à côté de ce que serait son journal à elle. Ah ! Il l'avait bafouée ! Eh bien, *il* allait voir ce qu'*il* allait voir. Et *il* ne perdrait rien pour attendre !

Adolphe de la Bouttaie, tout comme Jean-Edward, ignorait quel serpent il réchauffait dans son sein. Somme toute, il trouva plutôt sympathique cette jeune femme un peu sèche, un peu guindée. Il y avait dans son attitude quelque chose d'impénétrable qui déroutait et glaçait. Mais Guénolée, loin de passer ses heures de bureau à se polir les ongles, se révélait un bourreau de travail. Elle en voulait, et Adolphe de la Bouttaie ressentait toujours de la sympathie pour les gens qui lui ressemblaient.

Et puis, comment ne pas compatir devant l'affreuse tragédie qui venait de la frapper en la personne de sa plus jeune fille ?

Car Mandarine, du jour au lendemain et sans qu'on sût pourquoi, était devenue muette. Plus un son ne sortait de sa bouche, sauf, lorsqu'on l'ennuyait ou qu'elle était en colère, des grognements inarticulés. Les médecins les plus célèbres se penchaient sur son cas. Comme dans la pièce de Molière, leurs avis divergeaient, bien qu'ils tombassent tous d'accord sur un point : elle était muette. D'une mutité inexplicable.

Incurable. Peut-être un jour, disaient certains, elle reparlerait comme elle s'était tue. Qui savait ?

Miss Meg, la nurse, ne chômait pas. Au lieu d'emmener l'enfant à ses cours de danse et de solfège, elle la traînait chez des orthophonistes, des psychiatres, des oto-rhinos et même des guérisseurs. Rien n'y faisait. Mandarine Mollard-Smoldew, la prunelle des yeux de Désiré, était muette.

De toute la famille, le vieil homme semblait le plus atteint par l'affreuse nouvelle. Il avait vieilli d'un coup. Ses cheveux, qui à soixante-dix ans étaient encore noirs, devinrent blancs en l'espace d'une semaine. Il s'était habitué sans trop de peine à ne pas avoir d'héritier mâle : après tout, il avait trois fils, et la venue au monde de ses petites-filles, si mignonnes, l'amusait et le charmait. D'ailleurs, il comptait sur elles pour lui donner des arrière-petits-fils. Et puis, il y avait toujours Marcel qui se déciderait bien un jour à faire un garçon, pour empêcher le nom de Mollard de se perdre. De ses deux petites-filles, le vieil homme préférait Mandarine. Clémentine, de prime abord, avait semblé plus jolie, plus intelligente. Mais, en grandissant, elle prenait le caractère renfermé, le grand nez et les oreilles décollées de son oncle Fiacre, que d'ailleurs elle adorait. Elle faisait des études sans histoires, était rarement à la maison, et quand elle y était se faisait oublier. Mandarine, au contraire, « s'arrangeait » en grandissant. Après avoir été un bébé pleurard aux traits informes, elle s'arrondissait, et surtout c'était une enfant incroyablement souriante. Elle avait le caractère heureux de son père au même âge, avant la mort de Félicie.

Elle charmait tout le monde par son babil si amusant. Elle avait des avis sur tout, et ses gaffes inconsidérées, sa façon de n'ouvrir sa petite bouche en cerise que pour des vérités pas toujours bonnes à dire, amusaient Désiré, le seul de la famille, à part Fiacre, à avoir acquis le sens de l'humour. Sa petite-fille était « une terrible », disait-il, elle mettait tout le monde en commotion et cela l'amusait. Elle lui paraissait son héritière. Après tout, lui aussi, bien que par des moyens différents, avait toujours fait marcher tout le monde. Tant de courage et de ténacité, chez une si petite enfant !

Et voilà que la bouche de la vérité s'était tue. L'oiseau qui réveillait et charmait son monde avec ses trilles à contretemps ne chantait plus. Comme ces perruches qui se taisent lorsqu'on met une couverture sur leur cage, se croyant précipitées dans la nuit par une accélération brutale du temps, Mandarine par deux gifles de sa mère et par son cri : « Tu mens ! », se trouvait plongée dans l'obscurité du silence.

Bien sûr, il n'avait pas suffi de cela. Guénolée, en rentrant de la rue Charles-Laffitte, s'était acharnée sur l'enfant qu'elle avait retrouvée sanglotant à petit bruit dans son lit, avec sur ses joues les traces rouges des doigts de sa mère, comme l'empreinte d'une fleur fossile. Guénolée voulait avant tout obtenir à jamais le silence de l'enfant. Etant donné le goût de Mandarine pour les révélations inopportunes, il convenait de frapper fort. Guénolée ne voulait pas voir étaler sa honte devant toute la famille. Elle avait beau se répéter que son mari était un monstre et elle, l'agneau du sacrifice immolé sur l'autel de la conjugalité, cette affaire avait fait pénétrer en elle le doute. Elle ne pouvait pas s'empêcher de penser qu'elle n'avait pas été à la hauteur. Le mariage est d'abord l'affaire des femmes. Toute union manquée l'est par la faute de l'épouse. Ce vieux préjugé hantait la tête de Guénolée. Depuis l'incident, quand elle se regardait dans la glace elle se trouvait laide et vieillie.

« Qu'est-ce qu'ont les autres pour qu'il les préfère ? » se répétait-elle de façon lancinante.

Sa fille avait été l'artisan de sa défaite. Comme tous

les adeptes de la politique de l'autruche, Guénolée réservait sa rancune non à celui qui avait commis la faute, mais à celle qui l'avait révélée. Pas vu, pas pris. Après tout, Jean-Edward pouvait bien fréquenter des putains, tant qu'elle n'en savait rien.

Dans son esprit, sa fille était associée au crime, pis, elle en apparaissait comme l'instigatrice. Cette enfant était un petit démon. Les deux gifles ne suffisaient pas. Il fallait lui faire payer ça. Sous son regard, Guénolée se sentait humiliée. Sa fille avait percé à jour le vilain secret du couple. Elle en savait trop. Elle apparaissait à sa mère comme une voyante, une sorcière, celle par qui le scandale arrive. Guénolée se sentait désormais devant sa fille comme une enfant prise en faute.

Elle était sans armes. Comment punir quelqu'un de plus fort que vous ? Et Guénolée voulait punir. D'abord par colère et par rancune. Elle ne pouvait pas se permettre de laisser éclater sa colère contre son mari, puisqu'elle avait besoin de lui. L'enfant paierait les pots cassés. Car elle lui semblait à la fois puissante et très vulnérable.

Après réflexion, Guénolée résolut d'utiliser les deux arguments suivants :

1° « Tu t'es conduite envers moi comme si je n'avais pas été ta mère. On ne fait pas de mal à sa mère, or tu m'as fait beaucoup de mal. Par conséquent à dater de ce jour je ne peux plus éprouver à ton égard des sentiments maternels. Pour moi, maintenant, tu es comme une étrangère. Et pour le prouver, dès maintenant tu me diras vous, et ta sœur aussi d'ailleurs, puisque je ne veux pas faire de différence entre vous deux. »

2° « Ce que tu m'as dit m'a fait tellement de mal que j'ai failli en mourir. Si tu dis une chose comme cela encore une fois, d'abord papa divorcera et quittera la maison, tu ne le reverras plus jamais, ensuite moi je partirai et je mourrai. Est-ce que c'est ce que tu veux ? »

« Non ! » faisait de la tête l'enfant secouée de sanglots. Lors du départ de sa mère pour la rue Charles-Laffitte, elle avait déjà craint ne jamais la revoir.

« Tu as une méchante langue et on devrait te la couper. Toutefois, parce que je suis bonne, je ne le ferai pas. Mais maintenant, tu es prévenue. »

Mandarine était prévenue, en effet. Puisqu'elle ne pouvait pas contrôler cette méchante langue qui disait de vilaines choses sans qu'elle s'en rende compte, le désastre risquait d'arriver à tout moment. Elle n'avait aucun moyen de le prévoir. Un mot et son papa s'en irait pour toujours, sa maman mourrait et on lui couperait la langue à elle. Chez une autre, peut-être, la menace n'aurait pas été prise au sérieux. Mais Mandarine, justement, prenait tout à la lettre. En protestation contre l'univers de mensonges qui l'entourait, elle se cramponnait désespérément à cette vérité pourtant source de ses malheurs. Et comme elle l'aimait par-dessus tout, elle l'associait automatiquement aux êtres qui lui étaient chers. Elle aimait sa mère, donc sa mère ne pouvait pas mentir. Si Mandarine articulait un seul mot, les catastrophes prédites risquaient de lui tomber sur la tête.

Une seule solution : se taire. Désormais, quoi qu'il arrive, elle ne dirait plus jamais rien. Evidemment, il lui en coûterait d'être muette, mais cela vaudrait mieux. Guénolée n'avait pas prévu le résultat de ses paroles. D'abord, on l'a vu, elle n'avait pas l'instinct maternel, qui seul permet de se revoir en l'autre, de ramener à la surface l'enfant qu'on a été, et de ressentir la dose d'amour et de compassion nécessaire pour élever un jeune être sans l'écraser. Guénolée avait perdu le contact avec sa propre enfance. Elle avait préféré oublier la froideur terrifiée d'Aldérande et les rages du comte Lothar. Elle ne comprenait pas sa fille. Et quand bien même elle l'eût vraiment aimée, elle aurait eu du mal. Car Mandarine était frappée du malheur qui atteint certains enfants — être radicalement différents de leurs parents. Mandarine était le petit canard dans la couvée de Mollard. Différente, elle était vilaine. Rares sont les parents qui poussent leur tâche d'éducation assez loin pour se laisser eux-mêmes éduquer par leurs enfants, pour, en les acceptant différents, se changer à leur image, tout comme ceux-ci prennent sur eux pour imiter leurs géniteurs. Guénolée, qui ne se sentait même pas mère, en était tout à fait incapable.

Bien entendu, cela passa inaperçu de l'entourage. Car les apparences étaient sauves. Guénolée n'était pas une mère, mais elle y ressemblait, et jusqu'à un certain point, elle en avait le goût. Elle faisait ce qu'elle pouvait. C'était un ersatz bien imité. Et comme la plupart des bourreaux, elle avait bonne conscience. Si elle avait terrifié sa fille, c'était pour son bien et celui de toute la famille.

Elle ne comprit pas d'abord l'étendue du désastre, et prit le comportement de Mandarine pour de la bouderie. Il s'agissait là d'un caprice, dit-elle. Comme l'institutrice s'étonnait, elle la retira de l'école sous prétexte que la petite fille, de santé fragile, était surmenée et avait besoin de bon air. Elle l'envoya, en compagnie de sa nurse, à Gstaad où la famille avait un chalet. Aux lettres alarmées de Meg, qui répétait que l'enfant ne parlait toujours pas, elle évita de répondre. Lorsque l'Anglaise, cependant, rentra au bout d'un mois en compagnie de Mandarine toujours murée dans son silence, le reste de la tribu s'alarma.

Personne ne songea à relier l'infirmité à l'événement surgi plus d'un mois auparavant. Mlle Jeanne était partie, munie d'un chèque substantiel de Jean-Edward destiné à acheter son silence. Les employés n'avaient rien compris à ce qui se passait. Berthil et Aldérande ne surent pas que Mandarine avait révélé l'adultère.

Les seules au courant étaient la fillette et sa mère.

Même Jean-Edward méconnaissait le rôle tenu par sa fille. Il n'avait jamais tiré l'histoire au clair, car il craignait, en en reparlant, de provoquer un nouveau drame. Il ignorait pourquoi, tout d'un coup, Guénolée avait été prise d'une crise de jalousie. Sans doute, cela arrivait à toutes les femmes de temps à autre. Il y avait eu là une coïncidence fâcheuse. Ainsi, pour tout le monde, le seul événement de ce jour fatidique était que Mandarine avait cassé un vase, et pour cela reçu une paire de gifles, ce qui était la moindre des choses. Il ne vint à l'idée de personne de relier cet incident bénin de la vie domestique à la mutité de l'enfant, dont d'ailleurs aucun Mollard ne pensait qu'elle pût être assignable à une cause précise. On crut bien au début que c'était « de la comédie », mais lorsque la comédie tourna au drame, on préféra trouver des causes physiques.

Le problème était que, justement, on n'en trouvait pas. Les médecins avaient beau, en désespoir de cause, essayer tous les traitements possibles, la malheureuse souffrait en silence. Au bout de six mois de vaines recherches, il fallut bien se résigner : les Mollard abritaient en leur sein un monstre.

« Après tout, déclara Désiré, cela arrive dans les meilleures familles. Tout le monde a son fou, son idiot ou son paralytique. Songeons que les choses auraient pu être pires. Et si elle avait attrapé la polio ?

« Enfin, n'oublions pas ce que les médecins ont dit. La maladie est apparue du jour au lendemain sans crier gare, elle peut très bien disparaître un jour de la même façon. Attendons et espérons, et prenons notre mal en patience. »

Il fut néanmoins résolu de cacher l'enfant. Sa présence étendait une ombre sur toute la maison. Elle était la tache qu'il faut à tout prix dissimuler. Ainsi frappés, les Mollard paraissaient vulnérables, ce qui est très mauvais pour les affaires. Bien que beaucoup de gens fussent déjà au courant, car rien ne se répand aussi vite que le malheur des autres, on décida encore une fois de faire comme si. Et on cacha Mandarine.

La fidèle nurse fut chargée de lui servir d'institutrice. Lorsque l'enfant serait plus âgée, on ferait venir des professeurs à domicile. Finies les leçons de danse et de piano, qui venaient à peine de commencer. Une muette n'a pas besoin d'apprendre les arts qui servent à se faire valoir en société. Les goûters avec les petites amies et l'entrée prévue chez les Jeannettes étaient supprimés. Cela n'aurait fait que rendre publique l'infortune. Le parc de l'hôtel était bien assez grand pour que l'enfant y prît de l'exercice. Désiré entreprit d'y faire poser un portique et creuser une piscine. Ainsi, Mandarine ferait du sport à domicile.

Et, puisqu'elle était privée de camarades de jeu, son grand-père lui offrit un chien. Celui-ci, un cocker doré à poils longs, fut immédiatement la passion de l'enfant, qui semblait tenir de sa mère un goût pour ces animaux. Nommé Jimmy, il rendait à sa maîtresse tout son amour. Bien qu'elle ne pût l'appeler par son nom, il reconnaissait le grognement qu'elle poussait en guise d'appel et accourait aussitôt.

Des luttes épiques eurent bientôt lieu entre Jimmy et Trésor II, le second chien de Guénolée. Il fallait les séparer. Les bêtes, en se battant, étaient comme l'image de la haine mutuelle que la mère et la fille taisaient si fort. Car, bien qu'elle ne pût prendre sur elle de prononcer les paroles qui, on l'avait prévenue, tueraient sa mère, Mandarine la détestait désormais farouchement. De même que Guénolée tenait sa fille pour responsable de l'échec de son mariage, voyant en elle un vivant témoin de ce naufrage, Mandarine voyait en sa mère la cause d'une infirmité qu'elle avait adoptée en guise de pis-aller, mais qui faisait cruellement souffrir cette petite fille autrefois si vive, si sociable et si bavarde. Si elle était devenue une prisonnière, un objet de honte et de pitié, sa mère était la geôlière.

Comme tous les enfants, elle sut pourtant bientôt exploiter son infirmité. Pour les Mollard, elle était un vivant reproche — quel gène monstrueux avait ainsi resurgi ? Et puis, on voulait avant tout éviter le scandale. Il convenait donc de s'assurer qu'elle ne fuirait pas, qu'elle ne sortirait pas de sa chambre au moment où il y avait des visiteurs. Enfin, il fallait la rendre complice de sa propre claustration.

Alors on la gâtait. Lorsqu'elle eut appris à écrire, elle inscrivait sur un petit carnet ce qu'elle voulait. Tant que ce n'était pas la lune, on le lui apportait le plus vite possible. Désiré alla jusqu'à acquérir une petite usine de jouets. On créait des prototypes rien que pour sa petite-fille. Sa chambre ressemblait à une succursale du Nain bleu. Dans la cave, les jouets délaissés s'entassaient. De temps en temps, on en remettait une fournée à la femme de chambre et au valet, pour leur famille. Ceux qui n'étaient pas cassés, car la frustration constante de Mandarine s'échappait en colère contre les objets, et même contre les gens que soudain elle attaquait, les pinçant, mordant et griffant. La charmante petite fille à la langue trop bien pendue que sa mère avait un jour traitée de monstre en était devenue un, en effet.

Au-dehors la nouvelle se répandit, malgré les précautions. Avant même que le caractère de Mandarine n'ait été rendu acariâtre par les frustrations et la solitude, on murmurait que l'enfant n'était pas seulement muette. Puisqu'on la cachait, il devait y avoir autre chose. Elle était sûrement anormale, mongolienne peut-être — ce genre d'affection ne se discerne parfois que vers cet âge. La haine dont les Mollard étaient entourés, comme tous ceux à l'égard de qui la vie semble trop clémente, se teinta de compassion. On murmurait que le vieux renard de Désiré, après tout, avait sa croix à porter.

D'autant qu'il s'était mis à faire la charité. Il en était arrivé à ce point de prospérité où même les gens très grippe-sous et très égoïstes éprouvent le besoin de se soulager la conscience en se montrant aussi généreux d'un côté qu'ils sont avares de l'autre. Un petit point de prodigalité leur semble effacer un océan de pingrerie. Et bien sûr, Désiré donna là où ça lui faisait mal : aux asiles, institutions et instituts de recherches pour enfants anormaux.

Ainsi donc toute la géographie de la famille Mollard, ses habitudes et son mode de vie s'étaient trouvés modifiés par un simple « caprice ». Comme le dit la tante Eglantine, qui resurgit brusquement lorsqu'elle eut appris, par des voies mystérieuses, « le grand malheur ».

« Tout cela montre que nous sommes bien peu de chose. Tous après tout, faibles ou puissants, sont logés à la même enseigne — celle du bon Dieu. »

24

Une femme libre

C'est avec soulagement que je vois la machine à remonter le temps s'activer. Les souvenirs de Désiré se rapprochent. Ce travail de retranscription, qui au départ m'avait semblé anodin et plutôt amusant, me pèse désormais. Je n'ai plus d'existence propre. Je suis absorbée par les Mollard. Je ne peux plus rester neutre. Malgré moi, chaque jour davantage, je pense Mollard, je parle Mollard et j'agis Mollard. En recevant mon salaire mensuel, j'ai failli aller m'ouvrir un livret de caisse d'épargne. C'est lamentable et dérisoire. Pour me sauver, je suis allée tout dépenser immédiatement en babioles stupides et comme mon stipende est maigre, cela ne m'a pas pris longtemps. Maintenant, je ne peux pas payer ma facture d'électricité, et j'en suis réduite à manger de la baguette tous les soirs avec un bol de chocolat — Dieu merci il me reste un paquet de Van Houten. Si ça continue, les Mollard auront ma peau.

J'ai essayé de me tirer de ce pétrin en faisant des allusions au vieux, comme quoi il n'aurait pas besoin de moi éternellement. Je me sentais fatiguée, il me prenait des envies d'aller me mettre au vert quelque temps. Ces propos ont semblé le mettre dans une telle angoisse que j'ai craint pour sa santé. Atteint dès le plus jeune âge d'un souffle au cœur, il a déjà eu une attaque voici six mois, m'a dit Guénolée. C'est depuis qu'il est tellement diminué. Avant, il pouvait encore faire beaucoup de choses tout seul. Il est à la merci d'une récidive qui serait sans doute fatale.

Or, avec le temps, je me suis prise d'affection pour le vieil homme. C'est plus fort que moi. Après tout, je passe le plus clair de mes journées avec lui, nous formons maintenant une espèce de couple... Evidemment, il s'en aperçoit, et comme beaucoup de vieillards, il est très fort sur le chantage à la pitié.

Quand il voit que je suis fatiguée, il m'encourage.

« Il n'y en a plus pour longtemps, dit-il de sa voix cassée. Mais j'ai encore besoin de vous un petit peu. Il faut que j'aille jusqu'au bout, vous comprenez ? »

Et je comprends. Je comprends que toute sa vie il a essayé d'aller au fond des choses et qu'il faut qu'il vive comme ça jusqu'au dernier moment. C'est sa façon à lui de mourir debout.

NOTES D'ISABELLE

Peu à peu, la tragédie de Mandarine fut absorbée par le tissu familial. Bien sûr l'enfant était toujours là, et elle était toujours muette. Mais on en avait pris parti. On ne croyait plus aux traitements médicaux, tous les « spécialistes » s'étant finalement déclarés impuissants sauf un psychiatre qui avait insinué que ça se passait dans la tête. Ce monsieur avait même posé des questions sur l'équilibre familial, les relations entre les parents... Ce comportement avait provoqué à la table du dîner un grand scandale. Il n'y avait vraiment pas de limites au culot de ces gens-là. C'était très malsain. On ne pouvait pas laisser l'enfant entre les mains d'un individu aux intentions douteuses.

Le problème fut en apparence réglé. Les Mollard

avaient toujours été pragmatiques. On ne parlait plus de Mandarine ou en tout cas de son infirmité. On avait l'habitude de ne pas parler des choses déplaisantes, car c'est de mauvais goût. Comme ses caprices et grognements semblaient insupportables, ainsi que l'habitude qu'elle avait prise de ne jamais regarder les gens en face, se contentant de coups d'œil de biais qui lui donnaient de plus en plus de ressemblance avec un animal, on lui apportait ses repas dans sa chambre. De temps à autre, un Mollard se levait et disait :

« Je monte quelques instants. »

Personne ne faisait de commentaires. On comprenait qu'il s'agissait de faire à Mandarine, tournant dans sa chambre comme un ours en cage, une visite de charité.

Curieusement, sa maladie semblait lui réussir physiquement. C'était une petite fille ravissante.

« Quel gâchis ! » disait Désiré à Maryjane.

Clémentine fut très affectée de la maladie de sa sœur. Elle avait senti là quelque chose de mystérieux et d'inexpliqué. Pendant longtemps elle fut convaincue qu'un jour Mandarine reparlerait et que ce serait elle, Clémentine, qui effectuerait le miracle. Elle allait la trouver dans sa chambre lorsque celle-ci y était seule, et la questionnait avec patience et acharnement.

« Dis-le-moi, à moi, pourquoi tu veux pas parler. Qu'est-ce qui t'est arrivé ? Dis-le-moi, si tu veux j'en parlerai à personne, pas même à maman ! »

Mais Mandarine grognait de plus en plus fort.

Un jour, Guénolée surprit son aînée dans ce questionnement et se mit en colère :

« Tu vas laisser ta sœur, oui ou non ! Tu vas la fatiguer ! Il ne faut pas lui rappeler ça ! »

« Ça quoi, qu'il ne faut pas lui rappeler ? » insista l'enfant aussitôt.

« Qu'elle est muette, imbécile ! Fiche-moi le camp dans ta chambre et vite ! »

Désiré avait offert à l'aînée de ses petites-filles, pour

son dixième anniversaire, un livre de maroquin vert dont les pages étaient vierges. Sur la couverture était écrit en anglaises dorées : « Journal », et un petit cadenas doré permettait de fermer le livre. Clémentine avait trouvé une cachette pour la petite clé d'or, entre deux lames du parquet. Ce soir-là elle écrivit :

« Maman me cache quelque chose à propos de Mandarine. Je suis sûre qu'elle sait pourquoi ma sœur est devenue muette. Je crois que ma mère est une méchante femme qui cache de vilains secrets. Quand je serai grande et forte, je vengerai ma sœur et je la ferai parler. »

En même temps, cette tragédie avait rendu à Clémentine, au sein de la famille, ce rôle de vedette qu'elle avait perdu lorsqu'on s'était aperçu que Mandarine était plus souriante et plus jolie qu'elle. Quelque temps après le drame Désiré l'avait fait appeler :

« Rends-toi compte que je n'ai plus que toi. Désormais, ta sœur ne compte plus de la même façon. Pour les gens de l'extérieur, c'est comme si elle était morte. Non seulement il faut me promettre de veiller sur elle après ma mort, mais de plus tu dois te rendre compte que tu es maintenant l'héritière du nom de Mollard. J'attends que tu te conduises en conséquence, et j'espère que tu ne me décevras pas. »

Ce discours, loin de réjouir Clémentine, la terrifia. Elle semblait devenir chaque jour un peu plus effacée, un peu plus timide, renfermée, absente. Physiquement « elle ne s'arrangeait pas », comme disait Maryjane. Mais son ami Bob, très philosophe, répondait quand on le consultait :

« C'est l'âge ingrat. Quand elle sera jeune fille il faudra lui faire recoller les oreilles et refaire le nez. Le principal, c'est qu'elle est maigre. Avec une maigre on peut toujours arriver à quelque chose. Tu me la confieras, je lui ferai un avant-après. »

« Quand même, ajoutait Maryjane, c'est dommage

que ce soit Mandarine, qui est si jolie, qui soit muette et pas le contraire. »

« Chacun sa croix », répliquait Bob, qui sentant venir l'âge s'était fait faire un lifting et venait de se convertir au catholicisme.

Guénolée supportait très mal l'ambiance de la maison depuis la catastrophe. Elle avait réduit au minimum les rapports avec son mari, qui couchait encore avec elle une fois par mois comme pour effectuer une visite à ses propriétés. Mais si elle n'avait jamais beaucoup aimé l'acte sexuel, il lui répugnait maintenant.

Un corps impur avait touché celui de son mari, qui donc ne lui appartenait plus. Pis encore, il était contaminé. Quelle maladie ne risquait-elle donc pas d'attraper par la faute de ce type vicieux ?

L'énergie qu'elle ne tournait plus vers les bonheurs intimes, puisqu'elle s'occupait très peu de ses filles, préférant les abandonner aux mains des domestiques, qui d'ailleurs sont payés pour ça, Guénolée la mettait dans son travail. Son apprentissage prévu pour un an dura en fait plus longtemps. Peu à peu, elle prenait conscience des difficultés de l'entreprise projetée. Maintenant que ses ambitions avaient grandi, elles lui faisaient peur. Elle ne pouvait pas se permettre de rater son coup. Elle était curieuse de tout, voulait apprendre, apprendre encore. Elle commençait à se faire une réputation de bûcheuse. Jean-Edward se rendait compte que, loin de ternir son image, le fait d'avoir une femme qui travaille en rehaussait le côté moderne.

« Ma femme est extraordinaire, disait-il à l'extérieur. Elle sait tout faire. C'est pour moi une partenaire complète. »

A mesure qu'il se sentait entrer dans l'âge mûr, Jean-Edward devenait très conscient de son « image », comme on commençait à dire. Mai 68 le secoua profondément, comme d'ailleurs toute la famille. Les ouvriers des usines de Désiré se mirent en grève. Celui-ci avait le flair diplomatique et refusait de s'affoler comme ses collègues du syndicat des patrons :

« Ces gens-là sont retournés en bas âge, ils prennent des vacances, il faut être patient, rien de tout cela n'est vraiment sérieux. Ils ne veulent pas prendre le pouvoir, juste foutre un peu le bordel et puis après, tout d'un coup, ils auront la frousse comme un gosse qui a volé des confitures. Alors tout rentrera dans l'ordre, et même on leur fera payer l'addition. »

Jean-Edward, lui, avait commencé par se boucher les oreilles. Ce qui se passait là ne le concernait pas. D'ailleurs, Dieu merci, *La France qui monte* était préservée de cette gabegie. La Bourse tremblait, les employés craignaient pour leur job et faisaient le gros dos. *La Belle Revue*, ce n'était pas non plus un foyer d'insurrection. Et nul allumé ne s'avisa d'aller dépaver la rue Charles-Laffitte.

Cependant, on parlait de plus en plus du Quartier latin. Jean-Edward, regardant le soir la télévision, voyait les voitures flamber.

« On s'attaque à la propriété, c'est insensé ! » s'exclamait Guénolée.

Maryjane trouvait tout ça très chic. Bob venait de participer à une manifestation du front homosexuel. Pour la première fois de sa vie, il osait s'avouer pédé et rayonnait. Accompagné de Maryjane, il allait porter des paniers de pique-nique à la porte des usines occupées.

Maryjane, au bout de trente ans de prospérité, pouvait enfin se permettre le goût de l'aventure.

Les enfants, Dieu merci, étaient trop jeunes pour être contaminées par la chienlit. Le pensionnat de Clémentine était calme. Il y eut tout juste une grève des grandes de terminale qui demandèrent et obtinrent le droit de fumer pendant les récréations. Par réaction, deux non-grévistes furent retirées par leurs parents. Quant à Mandarine, enfermée dans son donjon, elle ne se rendit compte de rien.

Jour après jour, Jean-Edward se sentait gagné par une étrange excitation. Il avait envie d'aller au Quartier latin comme à la fête foraine ou au bordel. Les autres s'amusaient, pourquoi pas lui ? Bien sûr, ce qu'on faisait là-bas était très répréhensible. On risquait même d'y attraper de vilaines maladies, mais enfin... Une fois de temps en temps, il faut bien se défouler... Qui ne risque rien n'a rien...

Du fond de son beau bureau japonais, Jean-Edward se sentait puni. Il avait l'impression de vieillir avant l'heure. Il avait grossi ces derniers temps. Il prenait du tour de taille, c'était répugnant. La dernière fois qu'il était allé voir une pute, elle lui avait parlé de ses « poignées d'amour ».

En réfléchissant, il se disait qu'après tout il n'avait pas eu de jeunesse. Il s'était marié trop jeune, et maintenant il se trouvait enchaîné à une femme qui certes était pleine de qualités... Mais enfin, il se sentait quand même pris au piège. Tout le monde se libérait et pas lui. On parlait d'orgies sexuelles à l'Université, les étudiantes couchaient avec tout le monde, tout était permis...

Il décida de descendre au Quartier latin. Il eut du mal à arriver jusqu'à la Sorbonne. Des groupes joyeux discutaient parmi les débris des bagarres de la veille. Un chien, nez au vent, se promenait, humait une voiture renversée.

Dans la cour de l'Université, il trouva un grand concours de peuple. Un jeune homme à la crinière flamboyante monta sur une estrade improvisée, invita ses camarades à l'insurrection, descendit et s'engouffra dans le bâtiment au milieu des bravos et des cris de délire. Jean-Edward reconnut Cohn-Bendit, le dangereux agitateur juif allemand qui rêvait de mettre la France à feu et à sang.

Avec un frisson d'excitation, il se dirigea vers les tréteaux maintenant désertés. Une espèce d'euphorie l'avait envahi. Il se sentait capable de tout. D'un bond, il monta à son tour sur l'estrade et tira de sa poche le speech qu'il avait soigneusement préparé pour cette occasion. On ne pouvait pas laisser ces jeunes gens livrés à eux-mêmes. C'était à des hommes responsables comme lui, les vrais leaders de la France, de leur montrer la voie. Il suffisait de les comprendre, d'apprécier leurs idéaux, en leur expliquant qu'ils n'étaient pas raisonnables, voilà tout. Il avait l'esprit large, lui : pas comme de Gaulle, ce vieillard dépassé par les événements. Jean-Edward, qui dans le secret de son cœur, rêvait de se montrer digne de Jack Kennedy, le martyr de Dallas, n'avait plus peur de rien.

On l'écouta d'abord avec curiosité. Il se dit qu'il était en train de conquérir son auditoire. Le héros de 68 ce serait lui, la France se reconstruirait sous son égide.

Soudain, il sentit le choc d'un projectile. La vision de son œil gauche était obscurcie par une espèce de bouillie rouge. Qu'est-ce que c'était que cette horreur ?

« Les tomates sont pas chères en ce moment, c'est la saison ! » cria une voix.

C'était donc cela. Effectivement, Jean-Edward n'était pas blessé. Il ne ressentait aucune douleur. Des hurlements et des lazzi parvenaient à ses oreilles, et l'œil qui n'était pas noyé dans la purée de tomate voyait distinctement des individus hurlants s'avancer vers lui et s'emparer des tréteaux sur lesquels il était juché. Ils les balançaient maintenant. Jean-Edward se voyait bercé par une mer en folie. Il sauta précipitamment à bas de son piédestal, et prit la fuite sous les hurlements et rires redoublés de la foule estudiantine. Dans les toilettes du Balzar, un café convenable, il alla laver les restes de tomate, mais son complet de flanelle grise était irrémédiablement gâché.

Jean-Edward rentra à Neuilly extrêmement vexé. Il ne parla à personne de ce déplorable incident. Mais il eut le désagrément, le lendemain matin, alors qu'il lisait la presse du jour les pieds sur son bureau — pose éminemment kennedyenne — de voir sa photo agrémentée d'une légende ironique, à la page trois d'une feuille de chou. Il arracha immédiatement cette nature morte à la tomate, qui finit illico dans la corbeille à papiers. Toutefois, lors de la prochaine réunion du comité de rédaction, il dut s'expliquer devant ses subordonnés inquiets. Il affirma que ce n'était pas lui mais un sosie. D'ailleurs, la presse dit toujours n'importe quoi. Tous respirèrent. Mais de cette histoire, il resta un léger soupçon, qui à l'avenir contribua à la modeste légende que Jean-Edward parvint à se forger.

Guénolée se sentit peu atteinte par ce qui se passait. *Charme* n'était pas touché par les événements. Ce temple du luxe et du snobisme tremblait et se calfeutrait. D'ailleurs, pendant l'été, les choses se calmèrent. Clémentine eut ses règles, événement très important dans une famille. Jean-Edward avait emmené tout son monde en villégiature dans la Grèce des colonels, endroit protégé de la sédition.

Quelques années passèrent. Clémentine obtint son bac avec succès et entra à la suite de son père à l'Ecole des Hautes Destinées. On lui fit recoller les oreilles. Curieusement son nez, toujours de proportions imposantes, donnait maintenant à son visage un air royal. Les canons de la mode avaient changé, les petits nez à la Bardot ne faisaient plus la loi. Mais elle restait extrêmement timide. Les garçons n'osaient pas approcher cette fille murée dans un silence hautain.

Mandarine semblait embellir encore en grandissant. Son cas devenait gênant. Elle était maintenant adolescente et avait échoué au baccalauréat préparé par correspondance. Pourtant, elle lisait toute la journée,

c'était sa seule distraction. Maryjane allait à la bibliothèque municipale de Neuilly, deux fois par semaine,
lui chercher des livres. Car il ne convient pas de
dépenser trop d'argent pour ces choses-là, d'ailleurs
c'est hors de prix, tout ça pour un tas de papier !

D'autant que Mandarine, selon l'opinion familiale,
ne comprenait rien. Si Maryjane s'obstinait à choisir
consciencieusement ses textes — maintenant qu'elle
devenait une jeune fille, on commençait à lui faire lire
Colette et même à l'occasion Balzac — elle parcourait
avec un même enthousiasme, ou plutôt avec une même
boulimie apathique, contes pour enfants, journaux,
manuels pratiques d'électricité à usage domestique,
modes d'emplois de sèche-cheveux. Enfin, c'était une
enfant qui ne vivait que des yeux. Elle lisait comme
une brebis broute, par habitude plus que par nécessité,
certainement pas par goût. Elle regardait d'ailleurs du
même œil hébété tout ce qui passait à la télévision.
C'était tellement vexant et exaspérant de la voir affalée
dans un fauteuil du salon, l'œil rivé sur les salades du
poste, qu'on lui en avait acheté un pour elle toute
seule, qui trônait dans sa chambre. Elle se réveillait
parfois en pleine nuit pour la regarder, suivant avec
autant d'intérêt les papillons anthracite qui se battaient sur l'écran vide que le feuilleton du soir. C'était
une enfant abêtie en qui la vie semblait fonctionner
machinalement comme un simulacre, une belle poupée indocile dont le mécanisme à dire « Maman ! »
s'était cassé.

25

Voyage

Une petite révolution s'effectua dans la maison lorsque Guénolée déclara vouloir aller aux Etats-Unis pour une durée de six mois, accomplir un stage auprès de l'édition américaine de *Charme*.

Dans sa version française, en effet, cette revue n'était qu'une succursale d'un grand magazine américain dont la formule avait été vendue à la France comme à plusieurs autres pays d'Europe. Le modèle hexagonal n'était d'ailleurs, malgré la splendeur de ses photos sur papier glacé épais, que la pâle et provinciale copie du *Charm* new-yorkais, conçu à la fin des années trente par un dandy, Alexander Smithson. Grand amateur de femmes, celui-ci s'était avisé que les conquérir toutes posait un problème de temps et d'ubiquité et que, d'ailleurs, l'important n'était pas de jouir de sa conquête : ce qu'il aimait principalement, c'était plaire. Son journal était ce que cherche à être tout séducteur, un miroir tendu à sa proie qui, hypnotisée, viendra s'y mirer, tel un Narcisse version alouette, s'y voyant plus belle et plus charmante que telle qu'en elle-même... Alexander Smithson, après avoir tenté une carrière de crooner — il avait un jour accompagné pour un tour de chant une croisière du *Normandy* — s'était avisé que ce n'était pas lui que les femmes souhaitaient entendre mais elles-mêmes. En vertu de quoi, pour plaire, il convenait de se rendre aussi transparent que possible, aussi anonyme qu'une valise Vuitton, un sigle, des initiales, une marque signalant que la propriétaire était ce qui se faisait de mieux. Ainsi, pour deux dollars, la ménagère de Brooklyn achetait *Charm* et pénétrait dans les palais des grands qui devenaient les siens. Windsor n'avait plus de secret pour elle, elle y régnait. La princesse de Monaco lui prêtait ses yeux d'eau glacée et ses cheveux en rivière de platine. Marilyn Monroe y préparait des spaghetti pour deux dans la cuisine de sa maison mexicaine d'Hollywood en attendant la venue de Joe di Maggio toujours fidèle. Les têtes couronnées ne dédaignaient pas de se montrer dans *Charm* photographiées au petit déjeuner, leur déshabillé de valenciennes discrètement entrouvert sur un sein ombreux. Le diadème, l'émeraude de la taille d'un œuf de pigeon étaient dans le journal monnaie aussi courante que les bijoux de Prisunic dans les tiroirs des acquéreuses.

Or, l'édition française du journal périclitait quelque peu. Elle dépendait principalement de subsides extérieurs. Lorsqu'un dictateur d'une république de bananes voulait améliorer son image délabrée, il achetait deux pages de *Charm*, dans lequel s'étalait trois mois plus tard un reportage touristique somptueux. On y montrait généralement le Hilton de la capitale du pays en question, la façade du palais présidentiel et une vue de la mer ombragée de cocotiers — les trois seuls angles sous lesquels on pouvait photographier le pays sans que la misère transparaisse. Mais les aristocrates manquaient désormais de quoi entretenir leurs châteaux et ne pouvaient donc payer pour que *Charme* photographie leurs toitures crevées. Les dictateurs s'enfonçaient toujours plus loin dans la banqueroute sanglante. *Charme* avait de plus en plus de mal à boucler son budget, d'autant que les Françaises pragmatiques n'avaient pas la même fascination pour le luxe que les Américaines, et ne se ruaient pas pour acheter le magazine.

Adolphe de la Bouttaie, rédacteur en chef de l'édition française, décida donc d'envoyer l'une de ses collaboratrices faire un stage auprès de la maison mère, afin d'apprendre de plus près les ficelles du métier. Alexander Smithson la prendrait sous son égide, et elle reviendrait au bout de six mois riche de promesses de vente. Encore importait-il de ne pas choisir n'importe qui pour cette mission délicate. Adolphe de la Bouttaie décida d'envoyer la petite Mme Mollard, si distinguée et dont l'ardeur au travail l'impressionnait. Par la même occasion, il serait pour un temps débarrassé d'elle — car à vrai dire elle le gênait. Il sentait chez elle il ne savait quoi de pas net. Que cherchait-elle ? Depuis quelque temps elle perdait ses airs modestes. L'ambition lui sortait par les oreilles. Elle n'espérait tout de même pas le déboulonner, lui Adolphe de la Bouttaie, de son fauteuil de rédacteur en chef ? Qui savait où s'arrêterait cette jeune femme aux allures de mante religieuse ? Dans le doute, et étant donné la crainte que Guénolée avait su lui inspirer, Adolphe de la Bouttaie décida de pratiquer à son égard une tactique éprouvée — la mise sur la touche par le haut. Car l'innocent n'avait toujours aucune idée de l'étendue des desseins néfastes de sa petite élève.

Lorsque Guénolée, à la table du dîner, un samedi soir comme il se devait, annonça son intention de partir pour le pays de Colomb, ce fut un tollé général. L'Amérique avait déjà dévoré Marcel — dont Désiré venait d'ailleurs d'apprendre, par détective interposé, qu'il se livrait depuis peu au vice de la thérapie primale, et s'était fait refaire les dents de devant par la technique révolutionnaire des implants. Quoi qu'il en soit, un Mollard qui ne vivait plus à l'hôtel Mollard, ou du moins n'y rendait pas de visites, n'était plus un

Mollard. Désiré n'entendait pas perdre une belle-fille qui, si elle n'était pas de toute première qualité, avait fait les preuves de sa solidité, comme les objets de la Manufacture des Armes et Cycles de Saint-Etienne.

« Vous seriez très malheureuse là-bas, ma chère enfant, dit Bob convié à dîner. Croyez-en mon expérience, c'est le règne de la vulgarité. Voyez d'ailleurs mon excellente amie la princesse Grâce : elle a fui sur le rocher de Monaco. Tous ces westerns, ces supermarchés regorgeant de nourritures grossières et colorées... Ces femmes obèses qui vont acheter leurs cigarettes avec des bigoudis sur la tête... Ces Noirs... Ces Mexicains... Ces juifs... Ces Polonais... Ces hot-dogs... Cette musique obscène et trémoussante... Les grands jours d'Hollywood sont finis, les Vanderbilt s'entre-déchirent en plein tribunal, les Hearst quittent San Simeon... L'Amérique est en pleine décadence. C'est un pays dangereux pour une jeune femme. »

« Oui, mais ils font des journaux qui se vendent, dit Guénolée. J'irai. »

« Tu m'inquiètes beaucoup, ma chérie... », insinua Jean-Edward.

« Veux-tu dire que je t'ai jamais trompé ? As-tu des doutes sur ma fidélité ? » demanda Guénolée avec une lueur menaçante dans le regard.

« Non, non pas du tout, vas-y, tu apprendras sûrement beaucoup de choses, nous nous téléphonerons tous les jours », dit Jean-Edward, que la menace d'une révélation en famille de son penchant au stupre terrifiait toujours.

« Très bien. Je pars le mois prochain. Belle-maman, je compte sur vous pour veiller sur mes enfants pendant mon absence. »

« Mais bien entendu », dit suavement Maryjane, que la perspective d'être débarrassée d'une concurrente au gouvernement domestique soulageait. Elle songea in petto qu'elle profiterait de ce répit pour refaire l'éducation de ses petites-filles, qui avait été atrocement bâclée.

Au dernier moment, Désiré, ému par le départ de sa bru qu'il avait appris à aimer comme on aime ses pantoufles, lui fit cadeau d'une somme fort élevée en traveller's cheques. Ainsi, Guénolée, lors de son séjour dans la Grande Pomme, allait pouvoir vivre sur un grand pied — un pied Mollard.

Clémentine et Mandarine, à l'annonce du départ de leur mère, ne manifestèrent guère d'émotion. Elles la voyaient peu, et pour des relations devenues terriblement formelles. Maryjane, qui s'adoucissait en vieillissant, l'avait remplacée dans leur cœur. La vue de ses filles provoquait maintenant chez Guénolée une espèce d'effroi, dû sans doute à une double culpabilité : car elles lui rappelaient toujours cette époque de sa vie qu'elle cherchait à oublier, où elle avait démontré qu'elle était femme avant d'être mère et qu'elle faisait passer son intérêt avant le leur. Ce qui est humain, mais que la société ne permet pas aux femmes. Avec le temps, il s'y ajoutait la jalousie sur laquelle une mère tente de s'aveugler lorsque la beauté de son enfant s'épanouissant chaque jour lui signale que la sienne décroît. Alors elle masquait sa crainte de vieillir et son dépit de trouver de la rivalité dans sa propre maison sous les traits de l'éducation :

« Tu ne porteras pas cela, disait-elle à Clémentine, ça te donne un air effronté. »

Clémentine remettait la jupe plissée, enfouissait le jean au fond de son cartable et courait se rechanger chez une camarade qui habitait cinquante mètres plus loin.

On disait partout que la petite Mollard (on n'en connaissait plus qu'une) était bien élevée, avec des principes sévères et même un peu désuets, certes, mais dont la disparition dans bien des familles était à déplorer.

Clémentine détestait sa mère. Sa passivité naturelle et sa timidité l'empêchant de lui tenir tête, elle rêvait de fugues. L'annonce du départ de celle-ci pour les U.S.A. lui apparaissait comme une délivrance. Elle se voyait déjà mener une vie adulte et émancipée.

Guénolée partit. A New York, sur la Cinquième Avenue, elle avait loué un penthouse. La grande ville la terrifiait. Elle n'osait pas s'aventurer dans le subway couvert de graffiti, aux voitures bringuebalantes fréquentées par des individus louches dont elle craignait à tout moment qu'ils ne lui fassent le coup de la bourse ou la vie. Chaque matin, un taxi jaune passait la prendre pour l'emmener à son travail, et la ramenait le soir. Son immeuble avait un portier qui filtrait les visiteurs éventuels en vérifiant par l'interphone qu'ils étaient bien attendus. Pourtant, elle avait peur et avait fait munir sa porte d'une énorme chaîne. Elle fut invitée à quelques parties chics où son charme d'aristocrate française fit le plus grand effet. Elle parla du château ancestral de la Genouillère à des Américains flattés et impressionnés de rencontrer la fille du comte Lothar, d'authentique noblesse française. Alexander Smithson lui-même était ravi de sa « frenchie », comme il l'appelait. Guénolée se souvint des leçons de cuisine de son pensionnat suisse et fit des quiches lorraines pour ses invités. L'Amérique n'avait pas encore été envahie par la quiche et ce plat faisait cuisine exotique pour happy few.

Comme elle en avait assez de passer pour une niaise, elle tira un soir lors d'une party quelques bouffées d'un joint qui lui fit voir la vie en rose. Elle se réveilla le lendemain matin dans les bras d'un photographe de mode. Ce charmant jeune homme lui confia au petit déjeuner qu'il se faisait une femme de temps en temps pour varier, mais qu'en général il préférait les hommes. Guénolée rentra chez elle vexée comme un pou et passa le dimanche à sangloter. Malgré ces quelques accès de cafard, elle était contente de sa nouvelle vie. Elle se comparait à ces joggers de Central Park qu'elle voyait passer sous ses fenêtres, en bas de son quinzième étage, gros comme des fourmis mais aussi inlassables, suant et soufflant sans répit pour avoir des cuisses dures, des mollets durs, un ventre dur et un souffle de vingt ans. Elle vivait six mois précipités. Lorsqu'elle rentrerait à Paris elle serait endurcie par l'expérience. Elle aurait montré qu'elle était capable de se débrouiller toute seule. Les Mollard la respecteraient. Vers la fin de son séjour, elle comprit l'importance du féminisme qui bouleversait l'Amérique. Ce mouvement y prenait la forme caricaturale familière à cette contrée d'enthousiasme et de démesure. On y poussait la réflexion plus loin qu'ailleurs. Guénolée découvrait la misogynie. Tous ses mécontentements secrets prenaient un nom. Dans un premier temps, elle avait été choquée et même scandalisée par les propos et la conduite de ces dames. Elle avait profondément l'âme d'une réactionnaire et ne respectait que le pouvoir tout en le haïssant sournoisement tant qu'il n'était pas à elle. Mais elle finit par se dire qu'il y avait là un ferment sérieux. Elle s'intégra à un « groupe de conscience » et raconta les malheurs que Jean-Edward lui avait fait subir, ainsi que la vengeance qu'elle préparait. Ses camarades l'exhortèrent à se servir de l'argent de la famille Mollard pour créer un journal qui serait un brûlot révolutionnaire, et ferait éclater la révolte au pays du french cancan et des petites femmes. Guénolée sourit niaisement et se tut. En son for intérieur elle se disait qu'elle n'allait sûrement pas fiche en l'air des millions et une carrière qui s'annonçait prometteuse, pour conseiller aux sœurs de ne plus se raser les jambes et de devenir lesbiennes. Incapable d'une réaction personnelle, elle ne retenait finalement de ce mouvement, à part un défoulement salutaire, que les gadgets et les diktats caractéristiques de tout courant de pensée qui se structure. Elle était capable d'accuser son mari de comportement patriarcal et capitaliste à son égard, mais en aucun cas d'envisager de refuser son argent ni de prendre la moindre mesure qui la conduirait à réévaluer sa vie. Comme toujours, elle prenait partout ce qui à première vue lui paraissait servir ses intérêts et ses passions. Car si Guénolée était incapable de passion, au singulier, elle était d'autant plus facilement la proie des passions, au pluriel, ou d'humeurs, comme on voudra. De toute façon, son engagement n'en était pas un. Elle se disait simplement que le temps qu'elle passait en Amérique, elle en goûtait toutes les saveurs. New York était pour elle un grand Disneyworld, un peu méchant mais si excitant. Lorsqu'elle serait de retour à Paris, elle remiserait toutes ces outrances et ne garderait que ce qui lui serait utile. Elle vivait des grandes vacances, ses premières grandes vacances toute seule en l'absence des parents, puisqu'elle était passée si rapidement de leur emprise à celle de son mari.

Parfois, Jean-Edward venait la rejoindre pour un week-end. Ils se retrouvaient en amoureux, ou presque. Il ne savait pas s'il regrettait ou non l'éloignement de sa femme. Bien sûr, maintenant, il se sentait libre. Mais, précisément, il constatait que cela lui pesait, n'avait pas pour lui, comme pour Guénolée, le goût du fruit défendu, l'attrait de la nouveauté. Jean-Edward était un homme d'habitudes. Il ne se passait pas grand-chose dans le lit conjugal mais, justement, ce rien le tranquillisait. D'ailleurs, il ne s'agissait pas de rien mais de presque rien. Ce presque, c'était le souffle régulier de sa femme endormie auprès de lui, cette forme immobile comme un mannequin ou un ours en peluche. Jean-Edward avait besoin de sa femme dans son lit pour s'endormir comme un enfant a besoin d'une poupée. Depuis qu'elle était partie, il souffrait d'insomnies et prenait du Mogadon, ce qui lui donnait le teint jaune et des poches sous les yeux.

Lorsqu'il venait la voir à New York, il se sentait mal à l'aise dans ce monde glacé et distant. La vie dans la Grande Pomme lui semblait enveloppée dans du papier de cellophane. On voyait les choses et les gens mais on ne parvenait pas à les toucher. L'alternance de la pauvreté et du luxe, de la crasse et de l'asepsie le heurtait. Et puis, il avait constamment peur qu'on ne lui vole son portefeuille.

Au dernier moment, Guénolée joua quelques jours avec l'idée de rester à New York. Alexander Smithson lui proposait de l'engager comme chef de la rubrique cuisine. Guénolée ne savait pas vraiment cuisiner mais ce n'était pas grave. De toute façon, les recettes étaient élaborées par une vieille dame replète, au fond d'un office très sombre. La vieille dame se servait d'ailleurs de quelques manuels de chefs oubliés et n'expérimentait pas grand-chose. La cuisine de *Charm* étant à base de homard, truffes, champagne, crème fraîche et foie gras, il était difficile que le résultat soit vraiment mauvais. Les photos étaient superbes et le public ne devinait jamais que la Chantilly était en fait de la mousse à raser, car la crème fond à la chaleur des projecteurs. On demanderait à Guénolée d'ajouter quelques anecdotes de son pays natal, et de signer de son nom de jeune fille, qui ferait chic. Elle n'aurait même pas besoin de goûter les plats. Elle commencerait juste la rubrique par :

« Cette bisque de langouste champagnée aux pelures de truffes était dans mon enfance un plat très apprécié des paysans de mon village. Le soir, à la brune, lorsque les pêcheurs rentraient avec leurs casiers de langoustes... etc., etc. »

Cependant, Guénolée savait que le salaire que lui verserait Alexander Smithson ne lui permettrait pas de garder son duplex sur la Cinquième Avenue, qui avec sa garde-robe Cardin-Saint-Laurent-Dior représentait, elle le savait, une bonne partie de son charme aux yeux des New-Yorkais. Le cœur plein de regret, elle se décida finalement à rentrer.

26

Révolution

Je ne verrai plus Maxime pendant un mois. Il part en reportage au Salvador, envoyé par son journal. Pendant qu'il y est, il fera un tour au Guatemala, voir comment ça se passe là-bas. Dans son périple il sera accompagné de Bébert, le joueur d'échecs du Belfort, qui s'est découvert récemment une vocation tardive pour la photographie. Maxime a réussi à le faire financer par *Haut les mains* à l'occasion de ce voyage, pour faire plaisir à Mimi, la femme de Bébert, collègue et amie de mon amant. Tout cela est bien compliqué. En attendant Maxime et Bébert s'équipent en pataugas et treillis. Ils sont fiers comme des coqs. Ils ont l'impression de partir à la guerre. Maxime m'a donné en rigolant sa photo, « pour le cas où... ».

J'ai remarqué que, depuis quelque temps, les Mollard me battent froid, à l'exception du vieux. Je suppose que le gel du climat d'un côté est la conséquence du réchauffement de l'autre. On m'avait engagée pour garder l'ancêtre, pas pour devenir sa confidente. Ces imbéciles doivent me soupçonner de captation d'héritage.

« Mon père semble vous aimer beaucoup, je me demande bien pourquoi », m'a dit Jean-Edward d'un ton aigre, la dernière fois qu'il a signé mon chèque mensuel. En même temps, il me regardait par en dessous d'un air finaud, comme s'il pensait que sa question m'embarrasserait.

« Moi aussi, je me demande pourquoi », ai-je répondu en prenant l'air bête. J'ai vu qu'il était furieux.

Avant-hier le valet a entrouvert la porte de la chambre et s'est planté en faction sur le palier. Désiré m'a dit d'aller refermer, ce que j'ai fait. Le larbin a rouvert en disant qu'il avait des ordres.

« Moi aussi », ai-je répondu.

Le vieux m'a confié la clé, et je suis allée donner deux tours dans la serrure.

Comme l'entreprise de Désiré doit rester inconnue de la famille, ils ne comprennent pas pourquoi nous nous enfermons ainsi. Ils me soupçonnent de dispositions au vice. Ils me croient prête à tout pour de l'argent. Ils sont incapables de concevoir que tout le monde n'a pas les mêmes intérêts qu'eux.

« Vous avez pourtant l'air d'une jeune femme convenable, bien élevée », m'a encore dit Jean-Edward.

« Il ne faut jamais se fier aux apparences », ai-je répondu en le regardant droit dans les yeux.

D'ailleurs il a raison. C'est vrai que je ne suis pas bien élevée. Les jeunes femmes bien élevées ne ramènent pas de clochards dans leur lit. Ce que les Mollard ne savent pas, c'est que je ferais bien l'amour avec un lépreux, mais pas avec Désiré. J'aurais l'impression de commettre un inceste. D'ailleurs, c'est bien la dernière préoccupation du vieux qui est obsédé par une seule chose : finir de rédiger ses souvenirs avant de mourir.

Malgré tout, ce malentendu alourdit l'atmosphère. Lorsque j'arpente les couloirs de l'hôtel, j'ai l'impression de traverser un champ de mines. Heureusement, je sais que je n'en ai plus pour longtemps. Quand le travail sera terminé le vieux pourra se contenter de la compagnie de n'importe quelle brave fille. Je retourne-

rai le voir une fois de temps en temps, juste pour
l'amitié.

NOTES D'ISABELLE

Lors de son retour, Guénolée se trouva quelque
temps désemparée. Après New York, Paris lui paraissait petit comme une vieille chambre d'enfant. Elle
s'ennuyait maintenant à *Charme* qui était bien terne à
côté de la maison mère.

Elle se consola en comprenant qu'elle pourrait se
livrer en France au petit jeu si gratifiant qu'elle avait
pratiqué à New York. Elle pourrait en mettre plein la
vue à ses compatriotes avec ses histoires d'Amérique.
D'ailleurs, ça marchait même mieux, car les U.S.A.
étaient plus à la mode en France que Paris à New York.
Lorsqu'elle racontait comment, lors d'un dîner chez
Smithson, Rock Hudson avait été son voisin de table,
tout le monde l'écoutait bouche bée. Elle inaugura la
mode des brunches le dimanche. On se pressait dans la
serre qui longeait l'arrière de l'hôtel, et qui pendant
des années était restée sombre, abandonnée et verdie,
abritant trois cactus et deux aspidistras. Guénolée
avait fait tapisser le sol de gazon en plastique amené
des U.S.A., et y donnait des réceptions que ses amis
qualifiaient d'originales. A la sortie de la messe de dix
heures, on y trouvait du café, des œufs brouillés, du
saumon fumé, du caviar et des toasts. Après ce festin,
les invités allaient se détendre en faisant un tennis.

Jean-Edward s'était mis au régime et appartenait à
l'association des Weight-watchers. Depuis quelque
temps il se sentait soulagé. C'était une chose secrète à
laquelle il pensait souvent. Ça ne pouvait pas se
raconter et pourtant n'y tenant plus, un dimanche
après une partie de tennis, il se confia à Fiacre. Non
qu'il eût habituellement des conversations avec son

frère. Ni même qu'il éprouvât pour lui une grande sympathie. Cela faisait trop longtemps que son aîné le narguait. Pourtant, très jeune, il avait compris sa propre supériorité. Plus beau, plus charmeur, plus vif, plus aimé de sa mère. Et de son père. Et de sa belle-mère. Et de tout le monde. Le chouchou de la vie. Ce pauvre Fiacre avec ses grandes oreilles. Il pouvait toujours plastronner à la banque !

Et puis, Fiacre avait rencontré Claire. Jean-Edward la lui avait enviée. Une danseuse ! A côté, Jean-Edward se sentait bête. Pamela avait à peine comblé sa blessure d'amour-propre. De toute évidence, le grand frère ne se contentait pas de tirer des coups, comme disait Jean-Edward dans son argot de jeune loup des beaux quartiers. Ce pauvre Fiacre, qui avait été assez bête pour faire son service militaire ! Bien que de façon confortable — Désiré avait veillé à ça. Lui, Jean-Edward, y avait échappé. Il avait hérité du fameux souffle au cœur qui avait permis à son père de s'enrichir en paix tandis que ses camarades se faisaient descendre à Verdun. Un petit souffle au cœur de rien du tout, qui après tout n'avait jamais fait de mal à personne et encore moins à Jean-Edward lui-même. Un jeune homme robuste, ça ne se voyait pas. Il en jouait juste à l'occasion, lorsqu'il avait besoin d'amener Guénolée à partager ses vues. Un petit chantage. « Mon cœur... »

Eh bien, précisément il s'était avéré qu'entre Fiacre, qui n'avait jamais été malade de cet organe à ventricules, et sa danseuse, c'était une affaire de cœur. Il aimait sa danseuse et sa danseuse le lui rendait. Oh, évidemment, pas de la même façon. Mais enfin, elle devait bien l'aimer quand même. Pourtant, au début, Jean-Edward avait été persuadé que son frère se faisait avoir. Ça crevait les yeux. Cette fille n'en avait qu'après l'argent. Une poule aussi bien roulée ne pouvait pas s'intéresser sérieusement à son grand pendard de frère avec ses portugaises qui bâillaient au vent. Lorsque le mariage s'était annoncé, il avait considéré comme de son devoir d'aller s'expliquer avec Claire.

« Vous aimez mon frère pour son argent ! »

« Non, je ne l'aime pas pour ça, mais ça aide », avait rétorqué la blonde avec un regard de mépris qui avait fait passer une fois pour toutes à Jean-Edward l'envie de discuter avec elle.

Et puis, il avait appris qu'elle allait mourir. Il n'y avait pas cru.

« C'est une comédie pour se faire épouser », avait-il dit à son père.

Mais Désiré s'était renseigné. Etait allé voir le médecin de Claire. C'était vrai. Elle allait mourir. On ne pouvait plus rien dire.

Fiacre s'était fait recoller les oreilles et avait essayé une nouvelle coupe de cheveux. Désiré lui avait acheté la maison du boulevard des Invalides que Jean-Edward depuis convoitait secrètement. Et on avait appris que non, finalement, Claire ne mourrait pas de sitôt. Il y avait eu erreur du corps médical.

Jean-Edward repensait à tout cela en renvoyant les balles. Il n'avait pas à se concentrer beaucoup parce qu'à ce jeu-là, au moins, il était plus fort que son grand frère. D'ailleurs, il avait du mal à mettre de l'ordre dans tous ces vieux événements. Ça se mélangeait dans sa tête.

« Il faut que je te parle un instant », dit-il lorsqu'il eut gagné la partie.

Fiacre en sueur s'essuyait les tempes avec une serviette marquée « Racing Club de France ».

« D'accord, allons au fond du jardin », dit-il.

Le valet les suivit avec un plateau de jus de fruits. Ils se servirent et l'envoyèrent promener.

« Beau temps », dit Fiacre. Le ciel était pommelé de nuages légers comme des gazes.

« Ecoute, mon vieux, je voulais juste te dire un truc,

dit Jean-Edward. Si tu te fatigues avec ta femme, c'est pas la peine. »

« Comment ça, si je me fatigue ? »

« Oui, enfin, tu vois ce que je veux dire. C'est pas la peine de la tirer pendant une heure. De toute façon elle sent rien. Elles ne sentent jamais rien. Les parois du vagin ne sont pas innervées. »

« Je me fiche qu'elles soient innervées ou pas, dit Fiacre stupéfait. J'aime faire l'amour avec ma femme et elle aime ça aussi. »

« Non, elle n'aime pas ça, dit Jean-Edward. Elle fait semblant. Elles font toutes semblant. Guénolée a fait semblant pendant des années. Un jour elle m'a dit la vérité parce qu'elle m'en voulait, elle... Je... Enfin... En tout cas après, je m'en suis rendu malade. Sans résultat. Evidemment, maintenant j'ai compris. Elle m'a expliqué. C'est un mythe. L'orgasme vaginal n'existe pas. Les sexologues ont découvert ça aux Etats-Unis. Il n'y a que le clitoris. »

Voyant le visage de son aîné partagé entre la consternation et la rigolade, Jean-Edward n'insista pas.

« Je ne sais pas pourquoi je lui dis tout ça, pensa-t-il. De toute façon il ne peut pas comprendre. Il n'y a jamais eu de dialogue entre nous. C'est un type complètement coincé. »

Au retour, l'après-midi, Fiacre raconta à Claire, tout en conduisant, cette étrange conversation. Enroulée dans son vison, parfumée à Vol de Nuit, la belle blonde se tordait de rire.

« C'est curieux, disait-elle, mais je me sens innervée quand même. J'espère que tu vas t'occuper de moi tout à l'heure. Il y a un coin de moi qui se sent seul. »

Ce soir-là, Guénolée sortit de la table de chevet le vibromasseur acheté dix-huit dollars dans un drugstore de Park Avenue et le tendit à Jean-Edward, qui avait très bien appris à s'en servir. C'était un appareil sophistiqué à multi-vitesses, mais le maniement en était relativement simple. Jean-Edward regrettait d'ailleurs secrètement de ne pouvoir en bénéficier lui-même. Il fallait savoir s'arrêter. Mais au moins, comme ça, il était sûr que les cris de Guénolée n'étaient pas feints. Et puis ça le dispensait de la course d'endurance. Il avait toujours été plutôt doué pour le sprint.

Par quel mystère le vagin de Guénolée n'était pas innervé pour le pénis de son mari, mais le devenait au contact d'une espèce de fer à friser en plastique, il ne se le demanda jamais. Car Jean-Edward, surtout depuis qu'il s'était fait vider de la Sorbonne, aimait à répéter qu'il n'était pas un introspectif mais un homme d'action. Sa triste et brève tentative d'orateur universitaire n'avait fait que raviver une vieille blessure, subie à l'Ecole des Hautes Destinées. Bien qu'apparemment les deux expériences n'aient absolument rien en commun, elles étaient pour lui comme reliées par un fil rouge. Les temples du savoir, leurs prêtres et leurs fidèles ne voulaient pas de lui. Peu accessible à la culpabilité, Jean-Edward avait tout à fait oublié que son exclusion de l'Ecole des Hautes Destinées pût avoir été fondée. Dans son esprit, il avait effacé toute idée de trahison, il ne se souvenait pas avoir transgressé la loi. Il avait essayé d'être reçu à son examen, ce qui était de bonne guerre, et ces salauds lui avaient fait un croche-pattes. Ils avaient à jamais jeté une tache sur sa vie en lui refusant le diplôme qui aurait si bien agrémenté ses cartes de visite.

Désormais Jean-Edward aimait à répéter que les diplômes ne servaient à rien. Les études gâchaient la jeunesse, l'étiolaient en l'amenant à fainéanter dans les pâturages du savoir et de la philosophie. Ces habitudes de masturbation mentale rendaient à jamais les jeunes gens impropres à une véritable vie d'homme, c'est-à-dire une vie d'action, comme la sienne à lui.

En quoi pourtant sa vie était marquée par l'action, il

aurait été sans doute en peine de le dire. Ses journées se passaient principalement en rongements d'ongles, séances de manucure — les deux ne s'excluaient nullement — massages (contre la graisse envahissante), partie de tennis journalière (toujours la graisse), qui le laissait effondré de fatigue et nécessitait une sieste réparatrice ; déjeuners d'affaires ; rendez-vous de putes ; conseils d'administration pendant lesquels il avait le plus grand mal à s'empêcher de s'endormir, d'autant que sa présence y était de pure forme ; conférences de rédaction de *Toujours plus haut* et de *La Belle Revue*, au cours desquelles ses subordonnés et journalistes redoutaient sa présence, étant donné qu'il s'y masquait à lui-même son sentiment d'inutilité par des sarcasmes visant à faire table rase des idées des autres ; lecture de la presse (il faut se tenir au courant) ; enfin, dictée d'une ou deux lettres à sa secrétaire ; relecture de la presse (il avait pris l'habitude de dissimuler les numéros de *Playboy* à l'intérieur de *L'Economiste*, au cas où ladite secrétaire entrerait à l'improviste). Lorsqu'il recevait une visite clandestine, il appuyait désormais sur un certain bouton, lequel entraînait l'allumage au-dessus de sa porte d'une lumière rouge qui signifiait : *do not disturb*. La lecture même du périodique susdit l'entraînait d'ailleurs souvent à certain exercice mécanique dispensateur de sa substance intime. Après quoi, il s'offrait un autre somme.

Ensuite, il était généralement l'heure de se rendre chez lui à pied et d'un bon pas. Dans le but de perdre du poids et de faire simple et moderne, il avait congédié son chauffeur. De retour à l'hôtel Mollard, Jean-Edward s'effondrait dans un fauteuil. La bonne se précipitait avec dans une main ses pantoufles en peau de buffle, et dans l'autre un plateau chargé d'un verre de vodka Smirnoff. Jean-Edward buvait depuis quelque temps presque exclusivement de la vodka Smirnoff, car cette aimable maison avait cru bon lors des dernières étrennes de lui en offrir une caisse. Par ailleurs, l'aspect totalement incolore de cette boisson lui permettait de faire croire à son épouse — qui depuis quelque temps s'inquiétait de l'épaississement de son tour de taille — qu'il se rafraîchissait d'un grand trait d'eau minérale.

Puis, Jean-Edward allait dire bonsoir à ses filles, tout du moins à Mandarine. Car, depuis quelque temps, Clémentine rentrait de plus en plus tard. Ensuite il dînait, s'affalait devant la télé — un patron de presse se doit de se tenir au courant de l'évolution des différents médias — et allait se coucher muni d'un S.A.S. sur lequel il ne tardait pas à s'endormir, à moins que cette soirée ne soit placée sous le signe du vibromasseur, suivi d'une séance d'aérobic conjugal.

Ainsi se déroulait la journée de l'homme d'action. Depuis quelque temps, il venait d'y adjoindre un surcroît de travail, dont il se plaignait mais qu'il affrontait courageusement. En effet, Jean-Edward s'était brusquement rendu compte qu'il atteignait la quarantaine sans avoir accompli ce que beaucoup autour de lui avaient fait — mis son nom sur la couverture d'un livre. Or, dans le milieu où il évoluait, il était de bon ton de se dire écrivain. Oh ! bien sûr, il n'était pas question que cela devienne une manie, ni de se comporter comme ces auteurs minables qui pissent inlassablement de la copie dans l'espoir de parvenir à payer les impôts suscités par les droits d'auteur de l'année précédente. Non, ce qui faisait bien, c'était de produire une fois dans sa vie un ouvrage, un seul — car l'homme d'action ne se perd pas en vaines paroles et deux cents pages sont largement suffisantes pour résumer sa philosophie — et même, sont de trop, songeait Jean-Edward dans ses moments de lucidité. Cependant, il faut cela désormais pour faire sérieux aux yeux du monde. Dans ce but, l'homme fort doit savoir faire certaines concessions. Deux de ses camarades de collège, d'ores et déjà, avaient satisfait à cette ennuyeuse tradition, l'un pour exposer ses théories sur l'avenir de l'industrie du crayon à bille, et l'autre pour esquisser les horizons de l'après-gaullisme. Jean-Edward, se creusant la tête, en vint à la conclusion qu'il se devait de rédiger un ouvrage destiné à produire une révolution dans les milieux de la presse française.

Cette décision prise, il décida de consacrer ses matinées à la rédaction de ce traité. Il dut ainsi consentir un certain nombre de sacrifices. Il résolut de se passer pendant quelques mois de masseur et de manucure. Puis, il s'appliqua à trouver un titre — car un titre a ceci d'aimable qu'il est plus court qu'un chapitre et que, par ailleurs, il fait sérieux auprès de la famille et des relations. Lorsqu'on dit son titre, les gens ont l'impression que le livre est écrit.

Jean-Edward eut au bout de quelques jours une idée géniale. Il résolut d'intituler son ouvrage *Une vie pressée*, ce qui lui semblait remarquable pour plusieurs raisons. D'abord, ça rappelait Paul Morand, auteur apprécié chez les gens de bien et de biens. Ensuite, le jeu de mots sur « pressé » et « presse » ferait lacanien. Jean-Edward ne savait d'ailleurs guère ce que signifiait ce terme, en dehors du fait que les calembours les plus grossiers semblaient devenir chics pour autant qu'ils fussent ripolinés de ce vocable. Enfin, ce titre sous-entendait exactement ce qu'il voulait faire comprendre : sa vie et son travail ne faisaient qu'un. En homme moderne et harmonieux il refusait la coupure entre la vie privée et le labeur. Il n'était pas, lui, de ces employés de banque à cinq mille francs par mois qui rêvent toute la journée du retour à leur H.L.M. de banlieue. Jean-Edward était un homme d'action, un vrai. Il pensait en dormant, au réveil, au petit déjeuner, au tennis, au travail, au déjeuner, pendant la sieste (rapide, style Kennedy), au travail, au dîner, en baisant et en dormant, bis.

Evidemment il percevait là comme une contradiction dans les termes. Il s'apprêtait en effet à affirmer dans ce livre qu'il pensait tout le temps alors que, précisément, il s'était jusque-là fait toute une philosophie de ne pas penser. Ce n'était pas exactement la notion de mensonge qui le tourmentait. Jean-Edward était un homme assez adulte pour savoir que le mensonge est une condition nécessaire de l'existence. Non, ce qui le gênait, c'est qu'il ne voulait à aucun prix sembler se mettre au niveau de cette sous-humanité chlorotique et diplômée, qui lui avait autrefois joué un sale tour, et avait récidivé en l'empêchant de parler, en 68. Par ces temps troublés, ces gens-là proclamaient qu'ils allaient changer le monde et que tous les affreux qui exerçaient l'autorité sur le peuple estudiantin seraient enfin punis. En fait, non seulement on n'avait puni personne puisque les mêmes individus trônaient toujours en chaire, plus haïssables qu'auparavant, mais de plus on lui avait refusé à lui Jean-Edward d'en faire autant, ne serait-ce qu'un bref moment.

Donc, il importait qu'il fasse une distinction essentielle : l'homme d'action pense, certes, mais pas de la même manière. Sa façon de réfléchir est en quelque sorte musculaire et non ruminatoire. Chacune de ses pensées, à peine ébauchée, se transforme en actes tout comme le bois, sous l'effet de la combustion, se transforme en charbon. Le reste de l'ouvrage serait l'exposition de ce thème primordial avec exemples à l'appui, car chacun sait que, pour faire un livre, il suffit de rédiger un chapitre, le reste n'est que de la répétition agrémentée de variations.

Au bout d'une semaine Jean-Edward, en souffrant et en tirant la langue, avait rédigé dix pages. Epuisé, mais heureux et fier, il se dit qu'il avait pour ainsi dire fini.

Le mois suivant, il s'attela à la rédaction du chapitre

deux. Mais là, il s'aperçut qu'il avait comme un manque. Il ne trouvait plus rien à dire.

Pour apaiser son angoisse, il prit rendez-vous chez un éditeur qu'il avait eu l'occasion de rencontrer dans des dîners, et qui se spécialisait dans la publication des Mémoires et recueils de pensées des gens à la mode.

L'éditeur le reçut aimablement et lui offrit un whisky. Jean-Edward lui lut son premier chapitre.

L'éditeur admit que ce n'était pas mal mais enfin, qu'est-ce qu'il allait dire ensuite ?

Jean-Edward, gêné, dut avouer que justement, ces temps-ci, il se sentait un peu à sec. Ça ne venait plus, mais ça allait venir bientôt.

L'éditeur, aimablement et avec tact, expliqua à Jean-Edward qu'un homme tel que lui disposait de peu de temps, comme le titre même de son ouvrage l'indiquait. Il avait conçu toute l'armature philosophique de son livre. Il convenait maintenant de laisser à d'autres les basses besognes, afin de pouvoir se consacrer aux tâches élevées de commandement auxquelles nul autre que lui ne pouvait prétendre. S'il continuait pendant plusieurs mois à consacrer ses matinées à la rédaction de ce texte, la conduite des affaires du groupe de presse *Toujours plus haut* ne pourrait manquer de souffrir.

Jean-Edward pensa instantanément et avec regret à son masseur et à sa manucure, une petite charmante qui s'appelait Leila et lui causait comme une érection dans le bout des doigts.

Il répondit à l'éditeur que, certes, ce problème le préoccupait considérablement. On ne peut pas être à la fois au four et au moulin. Il s'en rendait compte et pourtant, il lui paraissait essentiel que la découverte philosophique qu'il venait de faire soit connue de la France et même, du monde entier.

L'éditeur opina du bonnet. La France, en effet, attendait d'ores et déjà l'oracle de Jean-Edward Mollard-Smoldew. Tandis qu'il tenait ce discours, le professionnel, en son for intérieur, se livrait à de rapides équations. D'un côté, le chapitre soumis n'avait rien de génial. Il se demandait si cette banalité était de nature à couler à pic une fois soumise à navigation sur l'océan du public. Ou si au contraire, cette espèce de balourdise enflée qui caractérisait le style et la pensée de Jean-Edward pourrait se maintenir à flot par l'effet de miroir produit sur des lecteurs qui seraient loin d'être eux-mêmes des répliques de Kant. Enfin, dernier élément de cette règle de trois, on ne pouvait nier qu'il y eût en ce moment au sujet de la puissante famille Mollard une certaine curiosité. Leur ascension était l'exemple même de la réussite sociale, un vrai rêve de Cendrillon en costume-cravate. Evidemment, Jean-Edward allait demander de l'argent, c'était un homme d'affaires, lui, pas comme ces imbéciles d'auteurs qui se laissaient crever de faim. L'éditeur avait, en ce qui concernait les émoluments dus à ses clients, un barème qui n'était pas fonction de la qualité présumée de leur ouvrage — qualité qui d'ailleurs signifiait peu dans un domaine où les juges n'intervenaient qu'après coup — mais de ce qu'il appelait leurs « besoins ». Autrement dit, il valait mieux se garer devant chez lui en Mercedes qu'en 2 CV, les avances consenties variant d'autant.

Or, point n'était besoin d'évaluer l'origine du costume de Jean-Edward pour comprendre qu'il avait de gros « besoins ». A cette pensée, l'éditeur ressentit un pincement caractéristique du côté du chéquier. S'il ne se décidait pas immédiatement et séance tenante, l'affaire risquait de lui échapper. Les Mollard étaient connus pour leur rapidité en affaires. L'auteur présumé était capable de se précipiter chez un concurrent au sortir de son bureau, si toutefois il n'avait pas déjà fait déposer dans trois ou quatre « bonnes » maisons des paquets de photocopies.

Le pincement se changea en morsure, lorsque l'éditeur arracha le chéquier des entrailles de son gilet et signa douloureusement, comme si l'encre de son Mont-Blanc eût été son propre sang. Il avait résolu de ne pas intervenir plus avant pour l'instant. Jean-Edward sortit de là guilleret, avec le sentiment d'être Albert Camus. Il se dit qu'avec cette petite avance, il ferait à Clémentine la surprise d'un Jacuzzi pour son prochain anniversaire.

Six mois plus tard, cependant, le premier chapitre se morfondait, toujours solitaire. A sa déconfiture, Jean-Edward constatait qu'il était incapable d'en écrire un second. Il suffisait qu'il ouvre la chemise étiquetée *Une vie pressée* pour que l'intérieur de son crâne se mue en un grand désert.

Au troisième coup de fil insistant de l'éditeur, il avoua qu'il rencontrait « le vertige de la page blanche ». L'homme de l'art le convoqua et lui dit qu'il tenait la solution. Jean-Edward ne pouvait décidément continuer à consacrer ses matinées à un travail somme toute aussi subalterne que la rédaction d'un livre. M. Lenceint, qui comptait parmi ses collections la célèbre série « Une star raconte » (cinquante pour cent de best-sellers, cinquante pour cent de rossignols, belle proportion), était un homme moderne. Il expliqua à Jean-Edward que la tradition qui voulait qu'en littérature le style soit l'homme était dépassée. Chez Lenceint, affirma-t-il, le style c'était le nègre. Ses auteurs à lui n'étaient pas des crève-la-faim, des traîne-savates bloudjinneux de Saint-Germain-des-Prés. C'étaient des gens importants qui n'avaient pas de temps à perdre. A mesure qu'il brossait cet auguste tableau de la littérature de l'avenir, Jean-Edward commençait à avoir le sentiment qu'écrire son livre lui-même serait en définitive aussi plouc que de laisser Guénolée faire la cuisine à la place de la bonne. A vrai dire, l'éditeur ne croyait pas entièrement à ce qu'il racontait, mais il avait éduqué ses nègres. Ces jeunes gens savaient ce qui se vendait, tandis qu'en laissant un amateur peu doué en faire à sa tête, le résultat risquait d'être désastreux. En proposant à Jean-Edward d'étendre à la littérature le système du traiteur, il ne fallait surtout pas froisser sa susceptibilité. Il fallait qu'il croie qu'on lui collait un nègre, non parce qu'il était nul, mais au contraire parce qu'il était grand.

« Evidemment, ajouta Astolphe Lenceint, pour le public, il faudra maintenir la fiction. C'est comme en politique, on ne peut pas tout dire à des gens qui ne sont pas armés pour comprendre. »

Le lendemain matin à dix heures tapantes, un jeune homme fut introduit dans le bureau japonais de la rue Charles-Laffitte. Lambert Dunoir, à première vue, présentait bien. Il avait cet air à la fois convenable et humble, obséquieux et constipé qui sied au nègre encore à ses débuts. Car seuls les nègres chevronnés peuvent se permettre une bonne dose de cynisme alliée à la désinvolture de ceux qui ont beaucoup souffert, tout comme les chiens habitués aux puces se grattent d'un air conquérant, et comme les clochards aguerris aux bouches de chaleur demandent l'aumône avec une agressivité pleine de bonne santé. Le choix d'un nègre débutant, sans que Jean-Edward s'en rende compte, était a priori mauvais signe. En effet, M. Lenceint, après coup, avait un peu regretté son chèque, consenti dans l'affolement qui fait que, les jours de soldes, les ménagères avisées acquièrent n'importe quoi. Finalement il avait acheté *Une vie pressée* davantage pour ne pas voir ce livre chez ses concurrents que pour le sortir chez lui. Et puis, il était saisi également du sentiment de satiété qui n'épargne pas plus les éditeurs que le commun des mortels. Une fois qu'il avait obtenu quelque chose, l'objet en question lui semblait soudain avoir perdu tout son charme. Il avait donc décidé de récupérer sur le dos du nègre l'excès de sa générosité première. Il avait choisi pour cette délicate mission Lambert Dunoir, qui était venu littéralement le supplier de lui donner du travail.

Lorsque Lambert Dunoir arriva chez Jean-Edward, celui-ci fut donc favorablement impressionné. Effectivement, le jeune homme — il ne pouvait pas avoir plus de vingt-cinq ans — portait un costume trois pièces de tweed grain de poudre, que sa mère lui avait acheté à La Belle Jardinière en guise d'étrennes. Au départ, le pantalon l'avait quelque peu serré — mais enfin comme l'avait fait observer Mme Dunoir mère, c'était en solde et on ne pouvait pas tout avoir. Aujourd'hui pourtant, il tombait parfaitement, car Lambert traversait une période de vaches maigres. Son téléphone était coupé et il en était réduit à s'éclairer à la bougie. Fils d'universitaire, Lambert s'était tôt rebellé contre une tyrannie paternelle qui avait tenté de lui faire ingurgiter précocement le savoir, selon la méthode employée en Périgord avec certains animaux dans le but de la préparation du foie gras. En conséquence, Lambert avait été atteint très jeune d'une susceptibilité gastrique qui lui donnait une apparence bilieuse et un peu suante. Sa nausée devant tout travail universitaire avait été de nature à l'empêcher de poursuivre ses études. La seule vue de la Sorbonne lui donnait de l'eczéma. Il avait pourtant, douloureux dilemme, hérité de l'aptitude paternelle à la bavasserie sur papier, autant que d'une absence chronique d'imagination. Ne pouvant être ni professeur ni romancier, il avait tenté sa chance dans la presse. A force de flatter le rédacteur en chef d'un nouveau journal, rencontré dans un dîner donné par sa tante, Lambert avait obtenu dans cette feuille de chou la place enviée de critique, travail qui lui convenait à la perfection. Il lui permettait en effet de déverser des flots de bile à l'égard des malheureux qui osaient commettre des traités sur Racine ou des romans d'amour, toutes voies barrées à Lambert pour raison d'Œdipe. Au cours des quelques mois pendant lesquels il avait eu le loisir d'exercer cette profession, Lambert avait changé. Son expression autrefois bénigne et illuminée de jeune homme en révolte s'était muée en un mélange de prétention et de méchanceté. La mesquinerie de ses articles déteignait sur lui comme l'encre sur du papier de mauvaise qualité. En même temps, il ne conservait son poste que parce qu'il continuait à persuader son chef qu'il avait toujours raison, et à lui distiller, concernant ses confrères, des bribes d'informations fielleuses, que l'autre en tant que patron ne demandait qu'à croire. Cet air de fausseté humble alliée à l'orgueil faisait sur ses traits un mélange curieux, et se portait jusque sur le corps : Lambert marchait en crabe et de traviole, une épaule très haute, l'autre très basse.

L'exercice d'un pouvoir, si minime soit-il, produit chez les individus des effets curieux.

On entend toujours dire la même phrase aux membres de la famille des gens célèbres, lors des interviews :

« Ah ça on ne peut pas dire, il est resté toujours le même. Il n'a pas changé du tout. Il n'est pas fier. »

Cette phrase est inexacte. Le pouvoir change les gens — parfois en bien, le plus souvent en mal. Sur Lambert Dunoir, il avait eu un de ses effets les plus courants — l'enflure. Il n'avait enflé que moralement. Au physique au contraire, il avait encore rétréci. Il avait un tel désir de réussir que la rédaction de la moindre ligne lui donnait des angoisses terribles. Il rédigeait ses articles au dernier moment, la nuit, avant de courir les porter en catastrophe. Il buvait des tonnes de café, et ingurgitait par cuillerées à soupe un remède de bonne femme inoffensif, un sirop vendu sans ordonnance sous l'appellation de Caffédrine. Recommandée aux asthmatiques, provoquant une accélération cardiaque, la Caffédrine prise en grandes quantités produit un état de surexcitation des méninges, et agit à la manière d'un dopant à bon marché. Lorsque la Caffédrine ne suffisait pas, ou plutôt lorsqu'il venait de toucher son salaire du mois, Lambert allait jusqu'à se payer une ligne de coco, l'alibi chic des journaleux snobs en mal de copie. Bien entendu, il fumait aussi beaucoup, des Benson and Hedges exclusivement, à cause du paquet.

Ce régime faisait de sa vie un perpétuel parcours de montagnes russes. Les jours de bouclage, Lambert courait en tous sens comme une souris folle, bousculant les pigistes et traumatisant la secrétaire. Il s'était fait haïr en un temps record pour sa prétention et son fayotage. Le lendemain, au contraire, on ne trouvait plus personne. Lambert, dont les habitudes de sommeil étaient complètement chamboulées, se bourrait la gueule pour « fêter ça ». Il s'endormait aux aurores et se réveillait sur le coup de trois heures de l'après-midi avec un atroce mal de tête. Il arborait alors pendant quelques jours, pour cacher ses cernes, des lunettes noires qui lui donnaient l'air d'un maquereau. Pendant cette période, il passait de la Caffédrine au Valium.

Tout cela lui épuisait le cerveau et le système digestif. Il ne trouvait pas de détente dans sa vie amoureuse, qui se perdait en perpétuelles hésitations entre les deux sexes. Autant dire qu'il ne s'y passait rien ou pas grand-chose. Si le recours fréquent à une certaine veuve de triste renommée ne l'avait pas encore rendu sourd, Lambert n'en était pas loin. Cependant, la mine de papier mâché qui virait même, dans les grands moments, aux teintes plombées et olivâtres, ne trahissait pas forcément la débauche. Au premier coup d'œil, on pouvait croire à la pâleur d'un jeune homme trop studieux.

Cette pâleur ne fit qu'augmenter, et Lambert rétrécit encore un peu plus lorsque le journal qui l'avait embauché disparut faute de lecteurs. Il se cramponna jusqu'à l'avant-dernière minute en se mettant des œillères pour ne pas voir le précipice. Lorsque des petits cailloux commencèrent à lui rouler sous les pieds, il plia bagage. Il se répandit dans les rédactions des feuilles concurrentes où il expliqua que si on l'avait écouté tout se serait très bien passé, mais que l'incurie du rédacteur en chef, un homme incapable, avait tout coulé. Comme on savait que le rédacteur en chef en question l'avait fait entrer dans le journalisme, et que de plus Dunoir allait jusqu'à répandre le bruit que le journal était occultement financé par Moscou, les chefs de rubrique trouvèrent ça fort de café. Quant aux pigistes, ravis de voir l'odieux Lambert rencontrer une peau de banane, ils ne manquaient pas, pour aider le mouvement, de passer, figurativement s'entend, les corridors au savon noir en l'honneur de son arrivée. Ainsi, malgré tous ses efforts, le jeune Lambert se retrouva à l'A.N.P.E. En dehors des heures de pointage, il s'adonna pendant quelques mois à la dépression nerveuse caractéristique des individus qui, comme on dit vulgairement, ont les yeux plus grands que le ventre. Au bout de ses indemnités Lambert atterrit, un beau matin, muni d'une recommandation de son détesté papa, dans le bureau d'Astolphe Lenceint.

L'éditeur en question se trouvait plutôt enclin à donner sa chance au jeune homme, car il croyait à l'adage « bon sang ne peut mentir ». M. Dunoir père avait en son temps tartiné de nombreux ouvrages mi-savants, mi-vulgaires sur divers sujets de l'histoire de France, et c'est avec ce genre d'auteur obscur mais solide, qu'un éditeur fait son pain quotidien. Par ailleurs, il prit la pâleur de ce Rubempré au petit pied pour le signe d'un tempérament studieux et régulier. Enfin, il avait lu quelques-unes des critiques pondues par le jeune homme du temps de sa splendeur, et y avait reconnu ce style facile et accrocheur qui masque sous quelques fleurs artistiquement disposées la mort du contenu. Et puis, il était évident, à sa mine inquiète, que le jeune homme avait besoin d'argent. On peut parfois tirer beaucoup de choses d'un affamé au bout du rouleau. Astolphe Lenceint, jouant les mécènes, dit à Lambert qu'il aimait les jeunes et qu'il allait lui donner sa chance. Il le mit sur le coup Mollard. De toute façon, ça ne lui coûterait pas cher, et puis on verrait toujours ce que ça donnerait. Lambert, fou de joie, était à peine sorti de son bureau que l'éditeur d' « Une star raconte » téléphonait à Jean-Edward pour lui dire qu'il tenait son sauveur. Au passage, il brossa du jeune homme un portrait excessivement flatteur, afin que l'héritier Mollard ne se croie pas autorisé à faire des histoires pour rien. Lorsque Lambert débarqua dans le bureau de Jean-Edward, celui-ci pensait avoir affaire au nouveau Proust doublé du nouveau Sainte-Beuve. Comme il avait un côté à la fois naïf et profiteur, il était heureux de cueillir, à ce qu'il pensait être un moment stratégique, un cerveau par miracle momentanément inemployé. De surcroît, Lenceint l'avait assuré de la discrétion totale d'un jeune homme qui, préférant garder son patronyme vierge pour les admirables ouvrages littéraires qu'il s'apprêtait à commettre, laisserait le nom de Mollard s'étaler seul et à l'aise sur la couverture du futur livre.

Lambert, de son côté, était sûr de faire une excellente affaire. Evidemment, Lenceint ne le payait guère, mais le garçon, qui n'avait jamais écrit un livre, sous-estimait le travail qui l'attendait. Avec la naïveté des néophytes, il croyait qu'écrire était la même chose que rêvasser. Ainsi, lorsqu'il pensait vaguement dans l'autobus, il avait le sentiment que d'immortels chef-d'œuvres s'envolaient en fumée, faute de la présence d'une machine qui lui aurait pompé les idées dans le cerveau, pour les restituer sur format 21 × 27 en trois exemplaires. De toute façon, la maigre somme qu'il venait de recevoir lui permettrait de récupérer l'électricité et le téléphone. Pour les repas, il se débrouillait entre le McDonald's, sa mère et quelques cocktails où il était encore invité et pendant lesquels il se bourrait de petits fours.

Enfin Lenceint lui avait bien fait comprendre qu'il lui offrait l'occasion d'une rencontre extraordinaire. S'il plaisait au P.-D.G. de *Toujours plus haut*, il pourrait certainement, à l'issue de l'affaire, se dégotter un job dans un de ses journaux. Lenceint avait trouvé là l'argument massue qui lui permettait à la fois de baisser ses prix, tout en se disant que, de toute façon, le type alléché par la carotte qu'il venait de lui faire pendre sous le nez se défoncerait. Ainsi donc, dans le bureau de Jean-Edward, les deux hommes se trouvaient face à face, et chacun pensait voir en l'autre une mine d'or inexplorée.

Lambert dit à Jean-Edward qu'il avait lu son chapitre et qu'il le trouvait absolument remarquable. Les idées qu'il exposait étaient l'écho des siennes, mais jamais il n'aurait osé les développer avec autant d'audace. On atteignait là un sommet de la pensée contemporaine. Le bouquin allait faire un malheur. En attendant, il demandait à Jean-Edward de bien vouloir confier à son magnétophone (emprunté à Lambert père) d'autres perles du même acabit. Il se proposait de venir le voir ainsi une fois par semaine. Les jours suivants il se chargerait de transcrire ses lumières sur papier, en les développant un peu, puisque Jean-Edward, comme tous les esprits forts, était porté à l'ellipse.

Ce dernier sentait au même moment un grand poids tomber de ses épaules. Pendant les mois où il avait vainement essayé de s'arracher des mots de la tête, il avait, sans tout à fait se l'avouer, beaucoup souffert. Il s'en souviendrait plus tard, lorsque le livre sorti, il parlerait longuement aux journalistes des angoisses de l'écrivain. Heureusement, maintenant, sans effort, il allait voir enfin son rêve se concrétiser.

Lambert, muni de la précieuse cassette, se livra à un travail consciencieux. Il avait l'art de dire trois fois la même chose de façons différentes, ce qui marche auprès d'une partie du public, puisque peu de gens lisent véritablement les ouvrages qu'ils achètent. Il truffa son raisonnement de nombreuses citations piochées dans la bibliothèque de son père, et qui feraient chic. C'est de là, d'ailleurs, que Jean-Edward tirerait une réputation d'homme de grande culture. Lambert, plus caffédriné que jamais, suait sang et eau, persuadé que sa carrière future dépendait de ce manuscrit. Comme il était loin d'être idiot, il ne s'en tirait pas trop mal. D'ailleurs, M. Dunoir père repassait là-dessus. Une réconciliation temporaire s'était opérée à l'occasion de la dépression nerveuse du rejeton. Il saupoudra le tout d'astuces de vieux routier. Bref, lorsqu'au bout de six autres mois l'ouvrage terminé fut soumis à l'approbation de Lenceint, celui-ci éprouva une plaisante surprise. Le résultat n'était pas si mal. C'était même plutôt mieux que la majeure partie des conneries qui se publiaient. Le nom de Mollard ferait le reste.

Jean-Edward était heureux. Il avait l'impression d'exister. Le matin, en arrivant rue Charles-Laffitte, il n'éprouvait plus cette honte vague, ce désagréable sentiment d'infériorité dont il n'avait jamais pu se départir à l'égard de ceux dont il se répétait qu'ils étaient justement ses inférieurs. Maintenant, il s'apprêtait à faire la preuve qu'il pouvait faire mieux qu'eux. Lui aussi écrivait, et comment ! Il avait chargé Guénolée d'élaborer un système de dîners et invitations-tennis, dans l'espoir de se mettre les critiques dans la poche.

Lambert Dunoir était lui aussi heureux. Dans son euphorie, Jean-Edward s'était pris à son égard d'une de ces passions éphémères typiques de ce genre de personnage. Le jeune homme était encore trop frais pour prévoir le revers de la médaille. Pour l'instant, Jean-Edward ne jurait que par Lambert. C'était son alter ego, son courtisan idéal, son éminence grise, son double. Tous les jours, Jean-Edward se mirait dedans et questionnait :

« Lambert, cher Lambert, qui est le plus grand homme du royaume ? »

Et le miroir-Lambert répondait :

« C'est vous, Majesté. »

Persuadé qu'il tenait le bon bout et que la fortune était au coin de la rue, Lambert cirait les pompes de son nouveau patron avec acharnement. Les flatteries dont il le nourrissait étaient comme une drogue dont Jean-Edward ne pourrait plus se passer dès lors qu'il en aurait pris l'habitude. Il avait agi habilement. Avant même que le manuscrit soit achevé, il avait persuadé celui-ci de lui laisser également rédiger l'éditorial de *La Belle Revue* et même un nouvel éditorial pour *La France qui Monte*, ce qui était beaucoup plus sérieux. Jean-Edward avait préparé le terrain en disant un jour :

« J'apprécie beaucoup votre clarté d'esprit. Vous avez des vues originales sur le journalisme. J'aimerais que nous en discutions. »

Avant la fin de la conversation Lambert avait rédigé le prochain éditorial. Il laissait habilement Jean-Edward croire qu'il en était l'auteur. Celui-ci se répétait que le petit Dunoir ne faisait que mettre ses idées au clair, pour lui faire gagner du temps. Cependant, il reçut des compliments. Ses articles, jusque-là, avaient suscité moqueries et quolibets.

C'était toujours le même texte, répété de mois en mois avec quelques variantes. Par contraste, ils apparaissaient maintenant remarquablement brillants. Jean-Edward sentait ses ailes d'auteur pousser un peu plus chaque jour. Quant à Lambert, il se disait qu'il avait franchi le premier pas. Jean-Edward lui versait un salaire modeste certes, mais régulier. Il était persuadé qu'il ne lui restait qu'à se rendre encore un peu plus indispensable pour obtenir dans ses journaux le poste de responsabilité qui lui conviendrait si bien. Il ne savait pas qu'en se faisant nègre il avait pénétré au royaume des ombres, et qu'il est excessivement difficile d'en sortir.

Le livre parut. Il remporta un succès moyen. Jean-Edward envoyait chaque jour Lambert en acheter des piles entières dans des librairies stratégiques, dans l'espoir de figurer en bonne place dans les listes de best-sellers. Il abandonna à son éditeur une partie de ses droits d'auteur afin d'obtenir une campagne publicitaire substantielle. Il eut le plaisir de voir sa tête s'étaler dans divers hebdomadaires et quotidiens, avec en dessous une appréciation flatteuse rédigée par Dunoir. Et surtout, il eut l'occasion de passer à la télévision. Ceci lui procura une jouissance intense. Le lendemain matin, les commentaires de son marchand de tabac, qui l'avait reconnu, lui firent l'effet d'un aphrodisiaque. Il se sentit un autre homme et dédaigna ce soir-là le vibromasseur, se consacrant au travail fait main, à la surprise de son épouse. Lorsque le petit tintouin provoqué par son ouvrage s'apaisa, il se retrouva du jour au lendemain en manque. D'une façon ou d'une autre, il lui faudrait à nouveau goûter à la gloire.

27

Gloire et militantisme

Pendant que son époux se prenait pour un homme de lettres, Guénolée ne perdait pas son temps. L'heure de fonder son journal était enfin arrivée. Après moult essais, études de marché et sondages en province, elle tenait son créneau. La vague du féminisme avait déferlé sur l'Amérique, transformant les ménagères coiffées de bigoudis en fanatiques de la guérilla urbaine et conjugale. Comme la France avait généralement une révolution de retard, on pouvait supposer que l'hexagone serait bientôt mûr pour des phénomènes comparables. D'ailleurs, on en voyait les prémices à la fac de Vincennes et dans quelques appartements du septième arrondissement. Partout, les femmes en avaient marre et elles le disaient. Guénolée pensait que celle qui saurait canaliser ce ressentiment et lui donner des haut-parleurs gagnerait une petite fortune.

Elle comptait justement se démarquer de ces intellectuelles et bas-bleus qui se faisaient des réputations de coupeuses de couilles. Les Françaises étaient raisonnables. Seule une infime minorité d'entre elles se livreraient aux excès américains. Les magazines féminins avaient toujours été des affaires juteuses. Mais le marché traditionnel était saturé. Dans le journal de

Guénolée, il n'y aurait ni courrier du cœur ni courrier du cul, ni cours de maquillage ni cours de cuisine. Les femmes en avaient marre du cœur en compote, du cul réquisitionné, du supplice du coiffeur et de l'esclavage aux fourneaux. On leur avait toujours répété que les mecs étaient formidables et elles des nulles. Eh bien, Guénolée ferait le contraire. Il ne s'agissait pas pour elle de philosophie. Elle s'apprêtait à faire du journalisme comme on fait du surf. Le féminisme était à la mode. Tout ce qui était à la mode était bon et la mode était comme une vague, il suffisait de se trouver dessus. Guénolée, qui ne voyait pas très loin, ne se disait pas que les vagues finissent par s'écraser sur les galets.

Toute cette théorie n'était pas entièrement le fruit d'un calcul d'intérêt. Guénolée trouvait par ce moyen la possibilité de régler ses comptes avec son mari. Sans qu'elle se l'avoue, le journal devait jouer dans sa vie le rôle d'une soupape de sûreté. Tout le mal qu'elle pensait de son époux, elle le clamerait par cet intermédiaire. C'est sans doute aussi la raison pour laquelle Jean-Edward ne s'opposa pas à ce projet. Entre Guénolée et lui, les choses allaient mal depuis longtemps. Vibromasseur nonobstant, le séjour aux U.S.A. de Madame n'avait rien arrangé. Elle était rentrée indépendante et blindée. Lui, avait pris goût à autre chose qu'aux putains. Pourtant, Guénolée aurait dû se douter du problème. Sa sœur Berthil une fois de plus l'avait prévenue :

« Tu mets ton couple en danger, avait-elle dit avec les accents de Ménie Grégoire — car Berthil, qui s'ennuyait, écoutait les émissions courrier du cœur sur les radios périphériques. Tu sais comment " ils " sont, de grands enfants. Il ne faut pas les quitter des yeux une minute. S'il a déjà trouvé le moyen de te tromper pendant les heures de bureau, songe à ce que ce sera, quand il se retrouvera seul le soir. »

Elle n'avait pas eu tort. Momentanément célibataire, Jean-Edward, qui avait ses habitudes, s'était senti esseulé. Les caresses rapides des dames du Bois ne lui suffisaient plus. Il lui fallait aussi de l'affection, et même de la conversation. Les unes après les autres, les femmes employées au groupe *Toujours plus haut* eurent droit à ses avances. Il les emmenait déjeuner dans un restaurant proche mais calme, situé dans une rue discrète, qui se spécialisait dans la cuisine landaise. Quand l'une des secrétaires disait : « J'ai mangé du confit ce midi », la rigolade était générale. Jean-Edward chassait sur place avec l'instinct des hommes paresseux. Il n'avait pas envie de se fatiguer, et il détestait perdre du temps à faire la cour à une femme sans être sûr du résultat. Mais là, il avait des prétextes :

« Maribelle, j'aimerais discuter avec vous d'une meilleure répartition des tâches. Nous pourrions en parler à déjeuner. »

De toute façon, Maribelle ne pouvait pas refuser et vers le milieu du repas, Jean-Edward se livrait à ce qu'il croyait être de discrets lancers d'hameçon. Cela se passait de la façon suivante :

« Voyez-vous mon petit, vous avez peut-être du mal à le croire, mais je suis un homme très seul. Oui, oui, souvent je me sens seul, vous savez ! »

Il attendait alors la réponse. Si elle était : « Moi aussi ! » il invitait la créature à dîner le lendemain, et la renversait au café. Si la dame faisait semblant de ne pas comprendre, il n'insistait pas, mais n'oubliait pas par la suite de se montrer extrêmement réticent sur les primes et promotions.

Lorsque Guénolée revint, il s'assagit pendant quelque temps, tout à la joie de retrouver ses habitudes conjugales. Assez rapidement, il se prit à regretter le bon temps de sa liberté. Ce fut le moment que Guénolée choisit pour décider de lancer le journal. Elle n'aurait pu mieux tomber. Jean-Edward avait envie de faire plaisir à son épouse afin de l'amener à des concessions. Et puis, Guénolée n'ambitionnait rien moins que d'être rédactrice en chef. Jean-Edward savait qu'il s'agissait là d'une tâche très prenante qui occuperait ses journées et même à l'occasion ses soirées. C'était parfait.

Il ne tiqua pas sur le féminisme. Il se piquait d'être un homme large d'idées, toujours à la pointe du progrès. C'était chic maintenant d'être féministe comme ça l'avait été quelques années plus tôt d'être maoïste ou végétarien. Fondamentalement, ces choses-là n'avaient pas plus d'importance pour lui que la couleur de ses cravates et la coupe de ses costumes. Au contraire, quand il voyait ses financiers renâcler devant cet aspect de la question, et lui faire observer que les annonceurs ne seraient guère prêts à investir dans des idées révolutionnaires offensant le sens commun, il se sentait supérieur. Ils étaient rétrogrades et primitifs, alors que lui comprenait les femmes. Il avait de la tolérance pour les opinions de son épouse, tout comme lorsque ses filles étaient bébés il s'amusait de les voir pisser sur ses genoux. Les teinturiers n'étaient pas pour les chiens. Guénolée pourrait bien hurler au machisme, ça ne l'empêcherait pas, lui, de baiser des putains ou ses employées. Au contraire, il était soulagé à cette idée tout comme les milliardaires donnent un peu aux charités et se sentent dédouanés.

Tout était prêt. Le journal s'appellerait *La Femme libre* et paraîtrait tous les mois. Une campagne publicitaire proclamerait la mort des vieux magazines à remiser dans les greniers avec les poêles en fonte et les casseroles de cuivre. La nouvelle femme était prête. Elle n'en faisait qu'à sa tête.

Les choses s'annonçaient extrêmement bien. Guénolée avait réuni une excellente rédaction. Elle était tombée en plein dans le filon. Elle embaucha des débutantes brillantes qui ne lui coûtaient pas cher, mais qui étaient ravies de mettre des plumes prometteuses au service de la Cause. C'étaient des filles qui en avaient assez d'être traitées par le mépris partout où elles allaient. L'idée de travailler dans un endroit où elles n'auraient pas à forcer le blocus de la solidarité masculine les ravissait. D'autant qu'on ne parlait plus que de solidarité féminine. Le journal allait donner l'exemple. Les femmes qui s'y trouveraient ne se haïraient pas comme on le leur avait appris. Au contraire, tout le monde s'aimerait et travaillerait en chœur.

Au début ce fut vrai, d'autant que la rédaction s'était cooptée. Le journal était bon chic bon genre. On était entre bourgeoises révoltées, mais entre bourgeoises quand même. Le sentiment de pouvoir enfin s'exprimer comme elles le souhaitaient, de pouvoir enfin écrire ce qu'elles avaient sur le cœur, au lieu de ce qui plairait aux hommes, agissait comme un dopant. Les femmes qui travaillaient là étaient toujours prêtes aux heures supplémentaires non payées. Guénolée leur tenait de longs discours larmoyants sur le manque d'argent, la nécessité pour le journal de parvenir à survivre en face de monstres publicitaires, rétrogrades et démagogues qui représentaient la concurrence. Ses dons pour le mensonge la servaient admirablement. Elle était crédible, d'autant qu'elle n'avait pas à se battre avec des femmes d'affaires. Ses journalistes étaient, par tempérament, prêtes à se dévouer pour une idée noble. De plus, au début, elles trouvèrent Guénolée sympathique. Leur nouvelle patronne débordait d'un enthousiasme communicatif et attendrissant. Elles admiraient cette grande bourgeoise heureuse — car les apparences étaient sauves, Jean-Edward et Guénolée passaient pour un couple très uni — qui avait le courage de mettre sa fortune au service de ses idées. Lorsque les yeux de Guénolée brillaient en évoquant l'avenir du journal, elles ne comprenaient pas qu'elle évoquait son avenir à elle, et qu'elle ne voyait en ses collaboratrices qu'un marchepied pour ses ambitions.

Pour faire impression, Guénolée adopta une série de mesures superficielles mais qui produisaient un effet convaincant. Persuadée que l'habit fait le moine, elle imposa à sa rédaction l'uniforme féministe. Maquillage interdit, pantalons et souliers plats de rigueur. Quand on entrait dans les bureaux de *La Femme Libre*, on était frappé. Il y avait là quelque chose de différent. De prime abord, le visiteur n'aurait su dire quoi. Puis, de plus en plus, l'endroit évoquait un pensionnat de jeunes filles. Il n'y avait à la ronde que des femmes, mais pas une trace de rouge à lèvres ou de fond de teint, aucune de ces petites frivolités qui traduisent l'attente de l'homme. Le féminisme à ses débuts n'avait pas encore appris à cohabiter avec l'ennemi. La ségrégation était de rigueur sous toutes ses formes. Ce qui rappelait aussi un pensionnat, c'était l'extraordinaire atmosphère de sérieux. Ces femmes n'avaient pas appris à rire entre elles. Malgré leurs résolutions, elles se jugeaient et se critiquaient les unes les autres avec une extrême dureté. L'homme absent était pourtant présent quand même. Les journalistes de *La Femme libre* ne trouvaient jamais leurs articles assez bons. Ce n'étaient pas des hommes qui avaient fait le travail. Toute leur vie on leur avait répété qu'elles feraient moins bien parce qu'elles étaient des femmes. Leurs professeurs leur avaient dit qu'elles ne pouvaient pas viser trop haut, et leurs parents qu'elles devaient songer à faire de bonnes épouses plutôt qu'à essayer de s'exprimer. Pourtant maintenant, elles s'exprimaient à tire-larigot. Elles n'en étaient pas peu fières mais elles se sentaient toujours un peu déprimées, un peu défraîchies. Elles formaient la première vague. L'assaut était épuisant.

Guénolée, au milieu de ces angoisses, avait très vite

trouvé son rôle : directrice du pensionnat. Cette attitude avait été acceptée d'autant plus facilement que ses subordonnées n'avaient jamais connu de femme qui leur commandât autrement que comme mère ou maîtresse d'école. Guénolée s'en donnait à cœur joie. Elle annotait volontiers la copie de « faible », « peut mieux faire ». Son bonheur véritable était de couper les textes. « Trop long », disait-elle pour le plaisir de tailler dans le tas. La malheureuse ainsi châtrée reprenait son papier réduit à l'état de bouillie. Lorsqu'elle le ramenait, Guénolée coupait encore. Lorsqu'elle ne pouvait plus tailler davantage, elle rabotait ce qui restait, remplaçant toute expression un peu saillante par une banalité qui ne dérangerait pas. Le résultat ressemblait à ces vêtements qu'on a mis à régime trop chaud dans la machine à laver. Il avait rétréci, changé de forme et de couleur.

Tout cela ne procédait pas d'une méchanceté calculée. Si on avait expliqué à Guénolée à quel petit jeu elle se livrait, elle aurait été incrédule et même scandalisée. Que les articles pussent être moins bons au sortir de ses mains ne lui venait pas à l'esprit. D'ailleurs, le travail auquel elle se livrait n'était pas entièrement négatif. Ses éternels « pourquoi, comment, est-ce bien nécessaire ? » poussaient ses collaboratrices à se poser tellement de questions qu'elles en arrivaient à clarifier leur pensée et donc leurs textes. Cependant cette sévérité se faisait au détriment de toute originalité. Elle agissait comme ces ménagères consciencieuses qui secouent les tapis, disposent les meubles en rang d'oignon le long des murs et les objets au garde-à-vous sur les étagères, supprimant de toute pièce où elles passent le moindre signe de vie. Effectivement, c'était la vie que Guénolée traquait partout où elle la trouvait. Les textes, lorsqu'elle les avait revus, étaient propres et ratissés, comme des cimetières. Cette femme déçue en était venue à haïr tout ce qui bougeait. Son agressivité, refrénée par intérêt, prenait des voies détournées et n'en surgissait qu'avec plus de force là où on ne l'attendait pas. A défaut de celui qu'elle ne pouvait commettre, elle se livrait chaque jour à plusieurs petits meurtres, avec la cruauté de l'inconscience.

Dans les débuts, les femmes qui travaillaient avec elle le lui pardonnèrent. Elles étaient si peu sûres d'elles pour commencer ! Ecrivant dans ce journal, elles s'attiraient l'antipathie et les reproches de la famille, des voisins. Oh, bien sûr, leur féminisme était pur sucre et sans alcool. Malgré tout, elles parlaient et une femme qui ouvre la bouche est à bâillonner au plus vite. On sait ce que c'est que ces créatures-là. Abandonnez-leur le petit doigt, elles vous boufferont le bras. Lorsque les esclaves s'appuient sur un coude, il faut au plus vite leur faire retrouver d'un coup de pied la position allongée, sinon ils risquent d'y prendre goût et d'essayer de se lever, ce qui annoncerait le déclin de l'Occident.

De même que la richesse se définit par la possession de ce que d'autres n'ont pas, ainsi en va-t-il de la virilité. Posséder ce dont les femmes sont privées, c'est pour la majeure partie des hommes la seule façon de parvenir à se convaincre qu'ils en sont. Que des femmes prennent la parole ne frustrait pas les hommes de l'usage de leurs cordes vocales. Cependant, dans le tumulte qui s'ensuivait, il leur semblait que leur voix portait moins bien. Il était donc impératif de faire taire ces dames.

Les journalistes de *La Femme Libre* apprirent à redouter l'innocente question : « Qu'est-ce que vous faites dans la vie ? » posée par un mâle en quête de conversation flirteuse ou simplement amicale.

Elles essayaient de s'en sortir par un : « Je travaille dans un journal », qui amenait rituellement la question supplémentaire : « Quel journal ? »

« *La Femme Libre* », balbutiait la pauvre fille poussée dans ses retranchements.

« Ah, oui, le truc des gouines et des mal baisées ! » répondait le type dont l'érection baissait en proportion directe de l'augmentation de son agressivité.

« Si encore tu travaillais dans un journal convenable, je ne sais pas, moi, *Modes et travaux* », disaient les mères.

« J'ose pas dire à mes collègues où tu bosses », disaient les maris.

La standardiste souffrait au téléphone :

« Dites à cette bande de salopes qu'on va venir leur couper le clitoris », insistait une voix anonyme au bout du fil.

Un cocktail Molotov jeté par la fenêtre atterrit un jour sur le bureau d'une rédactrice heureusement absente pour cause de petit coin. On grillagea les fenêtres.

La démarcheuse en publicité se faisait insulter par les marchands de soutiens-gorge qui refusaient de mettre des annonces dans ce qu'ils appelaient « un canard de gueulardes ».

Le journal se constitua en ghetto. On y vivait dans l'angoisse permanente. Etaient-elles vraiment plus mal baisées que la moyenne des Françaises ? se demandaient ces femmes. Il régnait une atmosphère de tristesse. Elles vivaient dans un marais de faits lourds et stagnants. Les photos de sexes infibulés arrivaient sur les bureaux, passaient dans les pages. On hurlait à l'obscénité. Pourtant rien de moins obscène — il ne restait plus qu'un minuscule trou. Ce qui prouva lumineusement à quelques femmes présentes que contrairement à ce qu'on leur avait donné à croire et qu'elles en étaient venues à croire elles-mêmes, elles avaient bien un sexe. Puisque le trou était ce qui restait quand on avait tout coupé...

Les violées racontaient les détails. Les femmes libres, en rentrant chez elles, regardaient par-dessus

383

leur épaule. Ce soir-là effectivement elles n'étaient pas mal baisées, elles n'étaient pas baisées du tout, car avec toutes les précisions en mémoire elles n'avaient pas le cœur à ça.

Au milieu de ce tumulte régnait Guénolée, dépassée par les événements. Elle obtenait ce qu'elle avait voulu : on parlait d'elle, elle existait. Et même, elle gagnait de l'argent. Le journal se vendait bien, les femmes l'achetaient ravies d'y trouver autre chose que des conseils pour se poncer la peau des fesses.

Parfois, ces femmes libres se demandaient ce qu'elles faisaient là. Elles auraient bien voulu rentrer chez elles se barbouiller de rouge à lèvres. Se dire que tout allait bien. Tricoter. Mais elles ne pouvaient pas, de toute façon. Elles étaient au bas d'une montagne escarpée. C'était dur à monter mais, derrière elles, il y avait un fleuve et pas de bateau pour passer. Au point où elles en étaient, on ne retourne pas en arrière. Au jour le jour, elles apprenaient à oser.

Elles osaient difficilement. C'étaient des femmes. Rien que des femmes ensemble. Avec des raisonnements de femmes. Habituées à douter d'elles-mêmes tout le temps. Se considérant malgré elles comme des citoyens de seconde zone. Quand elles avaient une idée, d'emblée elles la trouvaient mauvaise. Elles en parlaient aux autres. Est-ce bien la peine ? disaient les camarades habituées à penser que ce qui vient d'une femme n'est jamais à la hauteur. Il faut faire mieux. Toujours mieux. Et à force de faire mieux on rature, déchire, supprime.

Pourtant Guénolée, reine des abeilles, rayonnait. Evidemment, elle était un peu inquiète. Elle n'avait pas prévu que ça irait aussi loin. Provoquerait un tel tohu-bohu. A la maison, Désiré et Maryjane lui faisaient la tête. Désiré pensait que sa belle-fille était devenue folle. Il enjoignait à Jean-Edward de serrer la vis. De se comporter en homme. L'honneur des Mollard était en jeu. Il fallait remplacer tous ces articles sur le viol par des patrons de tricot. Les sujets « excision » par des recettes de cuisine. Des choses raisonnables. Une femme est une femme. Mais qu'est-ce qu'elle avait donc celle-là, à se plaindre et à rameuter le monde? Elle avait pourtant tout eu. Fallait voir d'où on l'avait sortie. Jean-Edward devait se souvenir qu'il avait payé la rénovation du manoir breton. Qui servait maintenant de but de visite aux promenades des Monuments historiques, le dimanche. Désiré alla jusqu'à poser quelques questions indiscrètes. Combien de fois par semaine? Il y a des femmes qui ont besoin de ça. Sinon, elles deviennent nerveuses. Jean-Edward faisait-il bien son devoir?

Jean-Edward souriait et pensait au vibromasseur, dans le tiroir de la table de nuit. Depuis quelque temps, il avait pris l'habitude d'emporter des revues pornos au lit. Ça le stimulait et ça n'avait pas l'air de laisser son épouse totalement insensible. Dans un vieux couple, il faut trouver des trucs pour renouveler l'atmosphère. Il importe de vivre avec son temps. Guénolée regardait avec un mélange de dégoût et de fascination ces créatures aux seins énormes, aux croupes moutonnantes, toutes nues sauf pour leurs talons aiguilles qui leur rentraient dans les fesses. Jean-Edward disait que ça montrait ce qu'on pouvait faire. Depuis quelque temps, il avait une nouvelle idée dont il était très content. Il disait que la créativité doit se vivre au quotidien. Il faut inventer même dans la chambre à coucher, sans ça on est cuit. Il inventait grâce aux recettes de *Playboy*. Un petit peu plus de ci, un petit peu moins de ça. Mets ta jambe par-dessus, là. C'est pas confortable? Tu devrais faire de la gym. Attends un peu, tu vas voir, ça va venir! Ouille, tu me fais mal! Mes cheveux! M'attrape pas comme ça, t'as pas compris! N'y va pas trop fort quand même! Ah non, pas là! Alors ça je regrette, j'aime pas ça, ça me fait débander ! Chacun a droit à ses inhibitions. Il faut y aller en douceur. C'est tout écrit dans *Fusion*.

Le lendemain, au journal, Guénolée éprouvait une certaine gêne. Elle vivait une contradiction. Se sentait coupée en deux, comme la belle dame blonde dans la caisse sur la scène de l'Olympia. Au sommaire du prochain numéro, une croisade contre la pornographie. La pratique avait du mal à suivre la théorie. C'est comme ça dans toutes les révolutions.

Elle se mettait au travail. L'étendue de sa rage la surprenait. On l'avait toujours persuadée qu'elle n'y avait pas droit. Tais-toi, mouche ton nez, et dis bonjour à la dame. Quarante ans de râleries rentrées ! C'est comme le champagne. Quand le bouchon commence à bouger, on l'arrête plus. Elle qui n'osait pas crier sa colère à son mari en face, gueulait deux fois plus par article interposé.

Elle s'apercevait qu'elle haïssait tout le monde. Les hommes et les femmes avec. Là où d'autres mitonnent des vengeances à petit feu, elle vivait le meurtre. Elle se vengeait aussi sur ses journalistes, ces salopes qui étaient des femmes. C'étaient des femmes qui lui avaient pris son mari. D'ailleurs elle était une femme elle-même, et vivait un cercle vicieux. Elle se sentait coupable de sa haine. Il fallait qu'elle paie. Elle était comme un rat qui tourne dans sa cage. Elle avait cru trouver une échappée, mais elle s'apercevait qu'on transporte sa prison partout avec soi, comme l'escargot sa coquille.

Quand même, elle avait réussi son coup. Elle était une héroïne des temps nouveaux. Son côté bourgeois rangé transparaissait, bien sûr, mais ne la gênait pas, tout au contraire. C'était cela qui la faisait admettre. Si elle passait bien à la télévision, c'était justement parce qu'on sentait, quelque part en elle, le contraire de la subversion. Elle râlait, mais elle n'était pas dangereuse. Elle enquiquinait le monde, mais elle prenait une place qui aurait pu être tenue par d'autres femmes, vraiment engagées, vraiment convaincues, vraiment nuisibles. Finalement, ce qui faisait que malgré tout Guénolée restait du bon bord, c'était son goût du pouvoir.

Elle y pensait chaque jour en arrivant au bureau. Le téléphone, la secrétaire, les bonjours craintifs, gênés ou faussement amicaux de ses collaboratrices. Elle pouvait, en cisaillant un article, faire couler les larmes à volonté. A ce moment-là, elle était comme un homme. Un sentiment de puissance la traversait. Elle aurait tout donné pour ça.

« Une fois qu'on y a goûté, se répétait-elle concupiscente, on ne peut plus s'en passer. »

Et les autres, les hommes, les journalistes, les publicitaires, les maris, tous sentaient cet amour du pouvoir qui s'écoulait d'elle, comme de la sueur. Ils comprenaient qu'elle était des leurs et ils n'étaient pas trop méchants avec elle. Guénolée, qui trouvait sa vie difficile après toutes ces années de femme gâtée sans une décision à prendre, ne savait pas qu'elle était en train de vivre les plus beaux moments de sa vie.

28

Espoirs

NOTES D'ISABELLE

L'ascension de sa femme, dans un premier temps, surprit Jean-Edward. Puis, cela l'inquiéta. Ensuite, cela l'euphorisa. Finalement, cela lui donna des ailes.

Au début, il n'y croyait pas. Ce projet de journal lui apparaissait comme un ouvrage de dame coûteux. Guénolée allait tricoter avec de la laine de vison, ce qui est bien normal quand on est femme de Mollard. Il faut consentir des sacrifices pour celle qu'on aime : car Jean-Edward croyait qu'il aimait Guénolée. Depuis qu'elle avait cette petite distraction, elle se montrait plus complaisante. Ayant déchargé sa colère sur le papier et sur ses journalistes pendant la journée, le soir elle était comme vidée. Au lit, Jean-Edward avait l'impression qu'elle lui permettait maintenant de mettre de la confiture sur les tartines conjugales. A mesure qu'il se sentait vieillir, il accordait de plus en plus d'importance à la sexualité. Depuis le séjour de Guénolée aux U.S.A. il avait gardé l'habitude des maîtresses. Elles duraient entre trois semaines et six mois.

« Je n'ai jamais autant bandé de ma vie », se disait-il avec satisfaction, se regardant de trois quarts dans la glace de la salle de bains, constatant que grâce aux Weight-watchers et au tennis il n'avait plus de bedaine. Evidemment, il grisonnait un peu mais Marilou, sa dernière, une fille très brave qui était gogo-girl dans une boîte de banlieue, avec des fesses comme des boules de billard, assurait que ça ajoutait à son charme.

« Je suis de plus en plus libéré, ma sexualité s'épanouit », se disait-il.

Il découvrait avec émerveillement le large éventail de la pornographie. Maintenant, lorsqu'il avait des velléités de branlette au bureau l'après-midi — ça le prenait en général au milieu de la sieste, il bandait alors machinalement comme un bébé suce son pouce — il ne se contentait pas de rêvasser ou même d'ouvrir furtivement un vieil exemplaire d'Emmanuelle recouvert de papier d'emballage et corné aux meilleurs endroits. Il appuyait sur le bouton qui commandait la lumière rouge « do not disturb » au-dessus du bureau, puis sur un autre. Le magnétoscope se mettait en route, l'écran de la télévision s'illuminait. Jean-Edward, stores baissés, regardait pour la énième fois *Maîtresse*, en se disant que ce n'était pas du porno mais de l'art.

Enfin, il arrêtait tout. Il se sentait triste et un peu coupable. Puis il se souvenait qu'il finançait un journal féministe et allait mieux. Il appuyait sur un autre bouton. Les stores remontaient. Le bureau était à nouveau noyé de soleil.

Il avait la conviction d'être arrivé au moment de sa vie où on sait ce qu'on veut, où l'on a fait ses choix. Il savait que trois choses seulement comptaient : l'argent, le sexe, et le pouvoir.

L'argent lui avait été donné, aussi n'en profitait-il pas aussi bien que s'il l'avait gagné lui-même. Le sexe lui causait de plus grandes joies, car pour s'en permettre vraiment l'accès il avait dû se battre contre lui-même.

La découverte la plus récente était le pouvoir.

Bien sûr, cela pouvait surprendre. D'une certaine

façon, il en jouissait depuis longtemps, ne serait-ce que parce que l'argent le confère presque automatiquement. Mais son pouvoir était une imitation bien faite et coûteuse, un jouet d'enfant. L'original était l'apanage de Désiré.

Depuis quelque temps cependant, Désiré vieillissait. Physiquement, le changement était saisissant. Tout d'un coup il s'était voûté, cassé en deux. Cet homme grand était devenu petit. Il avait fallu lui arracher les dents. Il s'habituait mal à son dentier et parlait avec un chuintement dont il avait honte. Il perdait ses cheveux. Il dormait mal la nuit et pendant la journée il somnolait. Soudain il piquait du nez dans son assiette. Il se relevait tout d'un coup sans s'apercevoir de rien, puis il se rendait compte qu'il mangeait encore ses huîtres alors que le reste de la famille terminait le gigot et il avait honte, rougissait, son menton tremblait. Depuis quelque temps, il préférait dîner seul dans sa chambre.

Il commençait à avoir peur de la mort. Par moments, il se recroquevillait sur lui-même comme un animal malade.

Il parlait tout le temps de mourir. Il disait :

« Maintenant je n'en ai plus pour longtemps. Si, si, je le sais, je ne suis pas encore gâteux, je me rends bien compte. »

Il songeait à déléguer ses pouvoirs. Déjà, Fiacre et Jean-Edward servaient d'intermédiaires entre lui et l'extérieur. Il disait :

« Au cas où il m'arriverait quelque chose... »

Il en parlait, mais il n'en faisait rien. Son fils Jean-Edward, pourtant, en rêvait.

Fiacre, pour sa part, était heureux à la tête de la banque Mollard. Le week-end, il s'occupait de sa femme comme d'autres soignent leur jardin. Et Marcel, toujours lointain, semblait avoir renoncé à l'empire Mollard, au moins à celui d'Europe. Car les nouvelles parvenaient de l'agence Pinkerton de Los Angeles. Un autre empire s'édifiait outre-Atlantique, avec Marcel à sa tête. Désiré ne voulait pas trop en parler. Il était jaloux du succès de son fils.

Jean-Edward restait donc seul en course.

Il décida de se procurer un pouvoir en dehors de la famille. Il alla le chercher là où on le trouve le plus facilement — dans le domaine politique.

Son beau-frère, le mari de Berthil, avait fait son chemin. Il avait créé quelques années auparavant un petit parti, le M.E.F. (Mouvement pour l'enrichissement des Français). Démarré sous les quolibets et, ironiquement, avec des caisses vides, ce mouvement avait en quelques années fait son chemin. Il restait en marge, mais on en parlait. Il se situait à droite du giscardisme et rassemblait mécontents du changement et nostalgiques du bas de laine.

Dans un premier temps, Jean-Edward refusa d'adhérer, malgré les discours d'Adhémar qui lui annonçait que la chance allait tourner, et que la crise pétrolière aidant, on reviendrait après des années de bazar à des idées plus sensées. Bien sûr, il faudrait traverser de dures saisons de vaches maigres. Mais malgré tout, disait Adhémar, contrairement à ce qu'on aurait pu croire, la France n'était pas, à brève échéance, mûre pour les Soviets.

Jean-Edward craignait pour son image de marque. Ces gens-là ne faisaient pas bien dans le tableau. On les taxait de racisme, on les disait rétrogrades.

Subrepticement, les choses se mirent à changer. On parlait de plus en plus d'une victoire de la gauche aux prochaines élections présidentielles. Curieusement, Adhémar se réjouissait.

« C'est très bon pour nous, tout ça, disait-il. Les Français en ont marre de la crise, mais ils ne supporteront jamais un gouvernement de gauche. Ils sont fondamentalement conservateurs. Quand ils auront mis les socialistes sur le trône ils auront la trouille, et surtout ils s'apercevront que Mitterrand n'est pas le père Noël. A ce moment-là, moi, j'aurai ma chance. »

En peu de temps, le M.E.F. devint riche. La perspective de l'arrivée d'un gouvernement socialiste déliait les bourses des grandes fortunes. Il fallait prévoir l'avenir. Un journal conservateur déclinait. Le M.E.F. l'acheta en sous-main. En peu de temps se développa un arsenal philosophique qui remettait le pétainisme au goût du jour. Jean-Edward, étonné, suivait cette évolution. Il n'adhérait toujours pas, mais apporta au M.E.F. son soutien financier.

Le parti engraissait dans l'ombre. Il avait désormais sa milice, une bande de petits malfrats psychopathes, fils de famille ratés ou bouchers de banlieue qui se croyaient bâtards de prince. Il avait aussi sa police secrète, composée de quelques anciens nazis revenus d'Amérique du Sud sans avoir fait fortune, et de quelques émigrés des républiques d'Europe de l'Est, miraculés du rideau de fer ou du mur de la honte, que la perspective d'une russification de l'Europe occidentale, qu'ils croyaient imminente, rendait fous.

Le parti avait son mouvement étudiant. Il se composait en proportions égales de fils de militaires qui étudiaient le droit, d'enfants de petits épiciers en faillite et de charcutiers paranoïaques. Il comptait aussi quelques rejetons d'anciens gauchistes que leurs parents avaient traînés de force dans les manifestations lors de la décade glorieuse, et dans le cœur desquels les mots liberté et anarchie faisaient s'élever une monstrueuse colère. Toute leur enfance on les avait fait se recueillir devant le souvenir du génocide allemand et vietnamien. Ils étaient allés une fois l'an accompagner leurs parents porter des œillets rouges au Mur des Fusillés. On leur avait fait crier de leurs voix enfantines : « Nous sommes tous des juifs allemands. » Tout en leur disant qu'ils pouvaient faire tout ce qu'ils voulaient, on leur avait ordonné d'être parfaits, car ils seraient les hérauts de la révolution de demain. Mais cela n'avait pas extirpé de leurs cœurs bien humains la haine et la couardise qui y poussent toujours comme le mouron dans les potagers. A mesure qu'ils avaient grandi, leurs parents s'étaient reniés. Ils avaient acheté des téléviseurs et des canapés Dunlopillo, et ils passaient des dimanches honteux à regarder les premiers assis sur les seconds, conscients d'être passés à côté de leur rêve, mais refusant de voir pourquoi et comment. Leurs enfants, eux, voulaient ce qu'ils appelaient une vie « correcte », une existence ordonnée avec repas à heures fixes, charentaises et règles pour tout, mais au moins des règles claires et militaires, et non des ordres camouflés en leur contraire. On leur avait appris à aimer le désordre. Ils voulaient ce qu'ils n'avaient jamais eu, la discipline et la haine permise. Leur sexualité trop encouragée s'éparpillait. Ils haïssaient les mœurs faciles. Et ils rendaient leurs parents responsables de l'appauvrissement de la France, car il faut bien trouver des coupables auprès de soi. Justement, leurs parents ne s'étaient jamais voulus responsables de rien. Ils rêvaient à Pétain et au grand rêve gaulliste qu'on avait injustement saboté. Ils violaient la nuit des filles à plusieurs, et demandaient la pureté à leurs fiancées. Le parti leur avait promis qu'un jour ils seraient riches et puissants, tout ce que leurs anarchistes de pères n'avaient pu accomplir.

Jean-Edward attendait. « Je ne peux pas faire ça, disait-il à Adhémar, le vieux ne me le pardonnerait jamais. »

Mais Désiré vieillissait et tous le savaient. Parfois, au cours d'un repas, il tenait des propos bizarres. Il se croyait en plein milieu d'une réunion de la S.F.I.O. Il parlait aussi, pendant des heures, de ses amis francs-maçons, ce qui était gênant pour tout le monde.

Vers cette époque, il eut sa première hémorragie cérébrale. Il s'effondra dans les toilettes où le valet le découvrit par hasard deux heures plus tard, à demi déshabillé et tout à fait inconscient, les yeux retournés. On le transporta d'urgence à l'Hôpital Américain. Trois jours plus tard, il était tiré d'affaire. Mais il avait, comme on dit, bien changé. Il était baveux et malade. Tout en lui sembla se déglinguer peu à peu. Les organes cédaient les uns après les autres, comme une machinerie trop usagée dans une vieille usine. Après une série d'interventions chirurgicales qui semblaient l'entraîner rapidement vers la mort, tout s'arrêta. Il resta comme momifié. Il ne sortit plus de sa chambre. Aux beaux jours, on approchait son fauteuil de la fenêtre ouverte. Il regardait les arbres verdir à travers les rideaux, car de ce moment il refusa qu'on le voie, conscient de sa déchéance. Sans doute aussi savait-il que si ses adversaires, concurrents et partenaires en affaires venaient à apprendre son état, ils deviendraient impitoyables et se percheraient à proximité du tas d'or des Mollard comme des vautours qui n'attendent même pas la mort de leur victime pour lui arracher les yeux.

Au milieu de toute sa faiblesse et alors même que ses mouvements se réduisaient à une promenade de cinq minutes le matin et une autre le soir, pendant lesquelles il accomplissait péniblement deux fois le tour de la chambre soutenu par la bonne, il s'obstinait à garder les rênes du pouvoir.

On avait cru bon d'écrire à Marcel pour le prévenir, officialisant ainsi la connaissance qu'avait la famille de sa vie lointaine. Mais il ne répondit pas, ce qui réjouit secrètement Jean-Edward. Fiacre venait maintenant voir son père tous les jours. Il lui rendait compte minutieusement de la situation, effectuait les négociations d'affaires à sa place en prenant son avis, et lui portait des documents que le vieux signait. A l'instant où il apposait son paraphe, sa main cessait de trembler.

Guénolée était déçue de l'évolution des choses. Elle n'avait pas oublié avec quel mépris le vieil homme avait, à l'époque de son mariage, consenti à l'admettre dans sa maison. Depuis le début elle attendait le moment où Jean-Edward prendrait la place de Désiré, et où par mari interposé, elle serait la maîtresse de la demeure Mollard. Tous les sacrifices consentis dans l'espoir de cet instant, les rages et les humiliations ravalées lui montaient à la gorge : depuis quelque temps elle était atteinte d'une bronchite chronique que les médecins, de guerre lasse, déclarèrent allergique.

Mais Jean-Edward ne semblait pas pressé. Pourtant, étant donné l'état du vieux, on aurait facilement pu le faire déclarer irresponsable. La plupart du temps, observait Guénolée, il semblait gâteux, ne se décidant à recouvrer toute sa tête que dans les discussions d'affaires avec son fils aîné. De plus, depuis la maladie du vieillard, les liens qui unissaient celui-ci à Fiacre s'étaient dangereusement resserrés. C'était comme si Désiré, dans sa faiblesse et ses longues heures d'inaction, avait trouvé une certaine faculté d'aimer dont il n'avait jusque-là jamais pris le temps de se servir. Il n'avait connu en guise d'amour que des passions voraces et physiques pour quelques femmes, plus cet instinct de propriété qui caractérise les patriarches. Mais il constatait que la patience de Fiacre était inépuisable. Il s'étonnait de ce que ce fils qu'il avait toujours rejeté et diminué ne profitât pas de sa faiblesse présente pour lui faire payer les outrages du passé. Il comprenait ce que dissimulaient les lenteurs et les silences du banquier. Il voyait enfin, lui qui était devenu presque aveugle, les plis de la tendresse barrer ce front têtu, et l'obstination de la douceur s'étendre comme un nuage entre les deux oreilles recollées par la chirurgie dans le but de plaire à sa femme. Fiacre n'avait jamais eu d'enfant. Toute sa paternité refoulée, à laquelle il s'efforçait de ne jamais penser, car cela lui aurait paru un affront à l'amour si ample et si profond qu'il portait à Claire, semblait aujourd'hui, de façon étrange, s'épancher par un retour sur elle-même. Fiacre aimait maintenant son père comme le rejeton qu'il n'aurait jamais, ce fils mourant et déformé que la médecine lui avait prédit à la suite de la grave maladie de Claire.

Désiré acceptait cet amour avec l'avidité qui avait toujours caractérisé ses désirs. Lorsque l'heure de l'arrivée de Fiacre approchait, il commençait à guetter le coup de sonnette lointain — car son fils n'utilisait pas le heurtoir trop solennel de la porte d'entrée — le craquement des cordes de l'ascenseur, le pas à la fois pondéré et décidé sur la moquette du couloir. Lorsque son fils se trouvait retardé par un embarras de la circulation il s'impatientait, poussant malgré lui de petits geignements comme un animal qui rêve. Mais Fiacre arrivait en coup de vent, tout embrumé de l'air du soir. Il s'asseyait, s'excusait, et son père le regardait comme un nourrisson contemple sa mère quand il a faim.

Cette demi-heure journalière rendait Fiacre heureux. Claire l'accusait en souriant de la tromper avec son père et affirmait n'avoir jamais songé qu'il pût se rendre coupable d'une aussi abominable turpitude. Mais elle en plaisantait, car elle savait quelles blessures profondes avait laissées en son mari son enfance solitaire et abandonnée. Le besoin d'amour le trouait comme un puits infini, qu'elle-même n'avait pu parvenir à combler, bien qu'avec les années elle eût vraiment appris à l'aimer. Surtout, elle avait aimé lui donner, car les êtres qui savent si bien accueillir ce qu'on offre suscitent chez les autres un don plus grand. Mais elle savait que ce besoin datait d'avant elle. Si elle pouvait aider son mari à vivre, elle était impuissante à le guérir. Non qu'elle pensât que le vieux Désiré en fût capable. Tout cela était très ancien et irrémédiable. Mais il pouvait sans doute déposer sur les plaies de Fiacre le baume bienfaisant de l'oubli, la certitude de l'espoir et la pensée que toute cette souffrance n'avait pas été vaine.

Jean-Edward était jaloux de cette relation tardive entre deux êtres qui avaient paru si longtemps étrangers l'un à l'autre. Il trouvait, surpris, un danger là où il n'avait même pas pris le soin de craindre. Mais il se rendait compte que cette morsure de la jalousie, elle aussi, était ancienne et ne correspondait pas à la situation présente. Fiacre n'était pas ambitieux — ce pourquoi son jeune frère l'avait toujours trouvé un peu imbécile. C'était un bon bougre qui se contentait de ce qu'il avait. Il savait qu'un pouvoir supplémentaire l'aurait empêché de s'occuper de sa femme. Fiacre ne lui disputerait jamais la succession de l'empire Mollard. Par ailleurs, la dévotion tardive de celui-ci rendait bien service. Car la maladie de Désiré provoquait au contraire chez Jean-Edward le surgissement d'une haine jusque-là assez profondément enfouie pour qu'il se soit permis de l'ignorer. Il avait toujours redouté son père. Cette crainte l'avait comme estropié. C'était à cause d'elle, en partie, qu'il n'était jamais devenu un homme, ce dont au fond de lui il avait conscience, une conscience sourde et lancinante comme une rage de dents. Maintenant que son père était malade et faible, cette peur le quittait comme une inondation qui se retire. Jean-Edward commençait à peine à mesurer l'étendue du sinistre, avec l'amertume des lendemains de catastrophes.

En même temps que cette crainte cédait, elle faisait place à la haine, qui recouvrait lentement le même terrain. Depuis que son père était diminué et lamentable, Jean-Edward trouvait en lui-même le courage de le détester, ce dont il n'avait auparavant pas été capable : la peur, trop puissante, l'en avait empêché. Il se prenait à souhaiter sauvagement la mort du vieil homme. Ce n'était pas pour les mêmes raisons que Guénolée. Il était encore assez impressionné par son père pour ne pas oser le chasser de sa place. Et puis, tout simplement, il ne parvenait pas à s'imaginer occupant ce poste, tout comme les gagnants au tiercé ne s'accoutument que peu à peu à l'idée qu'ils sont riches. Mais il lui en voulait de se montrer faible et faillible. C'était donc pour cela, c'était donc pour si peu, c'était donc pour rien qu'il avait tremblé tout ce temps ? King Kong l'invincible n'était plus qu'un vieux singe pelé, tremblant de fièvre au fond de sa cage, recroquevillé sur lui-même comme un fœtus. J'aurais pu vivre, j'aurais pu vivre ! se répétait Jean-Edward comme le prisonnier libéré après de longues années ne comprend qu'en défaillant sous l'intensité du bleu du ciel tout le mal que son geôlier lui a fait.

Cette haine était si violente et étouffante qu'elle lui coupait la parole devant son père, tout comme autrefois la peur l'avait rendu muet et balbutiant. Il voyait le vieillard le moins possible, se bornant à des visites de politesse devant témoins. Seul en présence de Désiré il lui venait, comme une obsession, le désir de serrer ce cou maigre de vautour déplumé.

Désiré, de son côté, ne réclamait pas son plus jeune fils, comme s'il comprenait le danger. Fiacre se chargeait de tout — il avait toujours été un peu bête, disait Guénolée. Maryjane elle-même semblait s'éloigner de son mari. Pourtant, ce n'était qu'une illusion : elle n'en avait tout simplement jamais été proche. Dans les premiers temps de leur mariage, elle s'était occupée de lui, l'avait soigné, continuant son travail de gouvernante. Car il lui avait fallu un certain temps, à elle aussi, pour comprendre que sa position était sûre, qu'elle était maintenant mariée, qu'elle ne se trouverait pas soudain évincée de la demeure Mollard, rejetée dans les ténèbres de la pauvreté et des tâches subalternes. Petit à petit, elle avait compris, aidée par Bob, qu'elle était maîtresse de maison. Elle avait dissimulé son absence de chaleur par l'assiduité qu'elle développait dans cette grande tâche : faire de la tanière Mollard le lieu illustre et raffiné qu'elle méritait d'être. Désiré ne lui avait d'ailleurs jamais demandé davantage, semblant parfaitement satisfait de ce qu'on pourrait appeler un mariage de fonction.

Aujourd'hui, Bob lui aussi était vieux. Il ressemblait à un gros bébé rose et blanc. Il vivait aux environs de Paris, dans un château Renaissance décoré avec un luxe effréné. De jeunes éphèbes le rejoignaient aux week-ends, au bord de la piscine. La réputation de sa maison de couture était un peu tombée. Il n'avait plus l'inventivité des premiers temps. Mais il était maintenant comme un monument culturel français, avec heures de visite. Maryjane et lui déjeunaient ensemble une fois par semaine dans un restaurant calme de la rue Marbeuf, non loin de ses bureaux de l'avenue Montaigne. Grâce à ses conseils, Maryjane ne s'était pas laissée aller. Ses liftings, ses régimes, ses massages et ses piqûres de vitamines l'avaient aussi bien conservée qu'un meuble ancien en vitrine chez un antiquaire. Bob avait récemment expliqué à Maryjane stupéfaite, au cours d'un de ces déjeuners rituels, qu'il n'avait jamais aimé qu'elle, et qu'au fond son homosexualité avait été une erreur, une erreur qu'il était maintenant bien trop tard pour réparer.

29

Retour

Depuis quelques jours, le vieux Désiré est très nerveux et me fait travailler de plus en plus vite. Un télégramme est arrivé pendant que j'étais occupée à lui faire la lecture du *Figaro* entre deux réminiscences. Il était signé Marcel et annonçait l'arrivée prochaine de celui-ci à Paris, accompagné de sa nouvelle épouse. Agité par cette nouvelle, le vieux m'a immédiatement demandé d'appeler pour lui Los Angeles, car l'agence Pinkerton ne l'avait pas averti des noces de son fils. Lorsque je pus obtenir la ligne, une voix nasale et lointaine répéta :

« *Sorry but we are not aware of any wedding, shall proceed to immediate research on this point.* »

Ce que mon anglais rouillé et scolaire m'a permis de traduire par :

« Désolés, mais nous ne sommes au courant d'aucun mariage. Nous allons immédiatement lancer une recherche à ce sujet. »

« Bande d'idiots ! Avec ce que je les paie ! » a marmonné le vieux d'une voix plus intelligible qu'à l'habitude.

Le renseignement arriva quelques jours plus tard. Les privés n'avaient pas eu beaucoup de mal à se donner, parce qu'à ce moment-là on pouvait de toute façon l'avoir à Paris en lisant le dernier numéro du *Herald Tribune*. Marcel Mollard, le célèbre « business tycoon » d'origine française, roi du fast-food mexicain, depuis peu recyclé dans les croissanteries, venait d'épouser à Las Vegas et en secret Mlle Joujou Larue, starlette, actuellement vedette de la revue du casino de l'hôtel Sands, et fille de Daisy Larue, autrefois célèbre sous le nom de Daisy Maggiori, ex-rockette du Radio City Music Hall.

« Eh bien, vous n'êtes pas content de voir votre fils enfin marié ? Vous qui craigniez qu'il ne soit pédé ! » dis-je à Désiré inquiète après l'avoir vu virer au rouge, puis au noir, puis au blanc.

« Fille de rockette et montre son cul dans les casinos ! répétait-il balbutiant. Rien à faire, c'est de famille ! »

« Comment ça, de famille ? » dis-je surprise.

« La danseuse de Fiacre ! Et puis... Je vous raconterai ça une autre fois... Maintenant je suis fatigué, très fatigué... »

Et le vieil homme laissa retomber son menton sur la couverture qui l'emmitouflait. Sous le choc, Désiré s'était endormi.

NOTES D'ISABELLE

Lorsque Marcel rencontra Joujou, il se sentait, comme on dit, au bout du rouleau. Depuis quelque temps, la vie pour lui n'avait plus aucune saveur. Il venait d'achever une thérapie primale extrêmement coûteuse qui l'avait laissé épuisé, sans voix et n'avait en rien réglé son problème. Evidemment, comme le lui avait fait observer le docteur Frank Fürter, il était maintenant devenu tout à fait capable de s'exprimer. Dans les board meetings de la Mollard Inc. lorsqu'un de ses gros actionnaires se mettait à l'embêter, il poussait des barrissements dignes des éléphants de la forêt cinghalaise, sur les hauts plateaux, au bord des plantations de thé. Cela désarçonnait complètement l'adversaire. Depuis qu'il utilisait cette technique, les valeurs Mollard avaient monté de cinq points à la Bourse de New York.

Cependant, ce beau succès en affaires ne s'était pas accompagné d'un changement dans le domaine où Marcel l'avait espéré, et en vue duquel il avait laissé tant de dollars dans l'escarcelle du docteur Fürter, qui s'obstinait à taxer ses patients proportionnellement à leurs revenus. Ce qui, dans le cas de Marcel, équivalait à des honoraires carrément prodigieux. Le docteur Fürter venait de s'acheter deux Rolls, une pour la semaine, une pour le dimanche, et avait fait installer dans sa résidence de Palo Alto un système vidéo qui le reliait à tout instant à son ranch de Forest Hills. Il était très content de l'arrangement. Mais Marcel se retrouvait Gros-Jean comme devant, examinant mélancoliquement sa verge semblable à un poireau flapi laissé pour compte à la fin d'un marché dans sa France natale. Pourtant, ledit organe était de dimensions très raisonnables, au repos s'entend, et même carrément impressionnantes au dire de certaines putes, qui malgré leurs efforts pour faire redresser la tête à ce corps que les encyclopédies déclarent spongieux, n'étaient arrivées à rien. Marcel désespéré s'examinait en ressassant cette vérité consternante : depuis le remariage de son père il n'avait jamais, jamais bandé. Pas une seule fois.

Dans l'espoir de se consoler, il se rappelait les concours de bites quand il avait huit ans, à Vitry, avec les copains. Ils se mettaient tous en ligne à pisser contre un mur. Ils invitaient à leur servir d'arbitre la petite Ginette, fille d'épicier, une blondinette mignonne avec deux nattes retenues au sommet de la tête par un ruban bleu. Ginette n'avait pas l'air d'y tenir tellement. Elle disait :

« Oh moi, vous savez les gars, c'est bien pour vous faire plaisir. »

Ce qui était un peu vexant. Mais enfin, elle donnait son avis quand même, et dans ce temps-là c'était toujours Marcel qui gagnait.

« La guérison totale met parfois un certain temps à intervenir, avait déclaré le docteur Fürter à la fin de la dernière séance. Mais, à mon avis, cela ne saurait tarder. Je crois que nous n'avons plus rien à nous dire. »

Marcel, de plus en plus désespéré, était allé se présenter chez le docteur Mjövotar, freudien strict, qui après entretiens préliminaires lui promit la guérison pour dans dix ans. La belle jeunesse de Marcel serait alors définitivement derrière lui.

« Cependant, nous ne pouvons pas savoir. Vous avez été très bousillé par cette thérapie primale, aussi ce sera plus long. Parfois, quand même, on obtient des *break-through* spectaculaires chez les patients particulièrement motivés », avait dit Björn Mjövotar avec un fort accent norvégien. A la fin de cette phrase, il avait fermé son clapet gothique. Trois mois et quatre-vingt-dix séances plus tard, il ne l'avait toujours pas rouvert.

Marcel, vraiment à bout de forces, décida de s'offrir une semaine de vacances à Las Vegas.

Car il avait l'amour du jeu. La roulette, le *backgammon* et même à l'occasion les vulgaires *fruit-machines* le mettaient en joie. Elles lui procuraient la satisfaction la plus proche de l'orgasme qu'il réussît jamais à éprouver.

Cette fois-là, même la vue d'un tapis vert ne lui fit aucun effet. Il était descendu comme à l'accoutumée à l'hôtel Sands, qui dresse sa tour orgueilleuse au milieu de la platitude ponctuée de cactées et d'autoroutes du désert du Nevada. Le Sand's Hotel a une histoire glorieuse. De nombreuses vedettes y ont séjourné, flambant dans les salons du casino des fortunes trop vite acquises. Marcel y réservait toujours la même suite — pas dans la tour le long de l'autoroute, mais au fond des jardins, dans les bâtiments bas en bordure de la piscine. Une véranda ombragée s'étendait devant la baie vitrée, et protégeait l'occupant des regards indiscrets. Derrière sa haie de pistoporums Marcel, lorsqu'il n'était pas assis à une table de jeu, se livrait à l'espionnage des belles nageuses en maillots échancrés aux cuisses. Car avec les années et la confirmation de son infirmité, il était devenu, à l'égard des femmes, d'une timidité maladive. Dès qu'une créature du sexe le regardait, il avait le sentiment que son absence de bandaison se voyait, tout comme une fille dépucelée de fraîche date croit que sa mère lira le stupre sur sa figure. Il se cachait donc et observait des femmes pendant des heures, tel le lion à l'affût d'une proie, dans l'espoir fou qu'une apparition, un geste ferait surgir la tumescence tant espérée.

Car Marcel gardait au fond de lui, au milieu du désert de sa désespérance, une petite oasis d'espoir. Comme le bédouin qui a marché longtemps, abandonné par sa caravane, il savait qu'un jour, soudain et comme par miracle, il se retrouverait. Sa vie était donc devenue une longue et torturante attente de ce moment magique. Ses associés en affaires, qui respectaient Marcel comme le chef des chefs, l'homme sous les pieds duquel l'or poussait, auraient été ahuris d'apprendre la stupéfiante vie secrète de cet homme qu'ils enviaient. Et pourtant Marcel, si la vérité avait été connue, n'aurait paru que plus admirable, car on aurait su que s'il était toujours ou presque gagnant en business, ce n'était pas comme le disait la légende à cause d'une époustouflante capacité de travail. Au contraire, pour lui, les affaires n'étaient qu'une distraction, un moyen d'échapper quelques instants à l'impuissance qui le torturait; comme le tricot est la planche de salut d'une ménagère qui s'ennuie. Marcel élaborait de fantastiques combinaisons financières comme d'autres font des mots croisés, afin de se changer les idées. Il avait eu le premier l'idée d'implanter des fast-foods de cuisine mexicaine juste comme le public commençait à se lasser des hamburgers. Au moment précis où un surplus de tamales s'annonçait sur le marché, il avait lancé le croissant au jambon, le croissant au fromage, le croissant à la pizza, sans compter sa spécialité, le croissant au croissant. Ce plat était le triomphe des croissanteries « Chez Marcel » qui depuis peu avaient essaimé à travers toute l'Amérique, émaillant les Etats les plus reculés, de l'Iowa au Dakota du Sud, de ses enseignes en forme de béret basque. Et comme l'impuissance le torturait toujours, et qu'il rêvait la nuit de son organe viril sous les espèces d'un molossol pas frais, il avait sans cesse de nouvelles idées. Depuis peu, il songeait à lancer une troisième chaîne Mollard, spécialisée dans le fast-nouille, ce que personne n'avait encore jamais fait. Somme toute, pensait Marcel, le seul problème à résoudre était l'invention d'une fourchette à spaghetti en plastique avec manivelle, qui ne revînt pas plus cher que les petites cuillers à touiller le café.

Le pire, dans toute cette douleur, c'était qu'en fait Marcel avait du succès avec les femmes. Les plus belles filles du monde se trouvaient à ses pieds. Les femmes d'affaires les plus avisées et les plus charmantes auraient signé pour lui plaire des contrats véreux. Ce qui séduisait en lui, ce n'était pas sa musculature encore très impressionnante à soixante ans, grâce à son entraînement quotidien dans un des gymnases Mollard. On n'est jamais si bien servi que par soi-même, et d'après ce principe, Marcel avait acheté une chaîne de saunas, piscines et salles de musculation équipées de nautilus et autres cyclorameurs pour obsédés de la gonflette. Cet homme considérait le soin de sa forme beaucoup trop important pour être confié à d'autres qu'à lui-même. Effectivement dans le genre fort des Halles — ce qui au pays des cow-boys n'était pas pour déplaire — Marcel était encore très bel homme, bien qu'un peu voûté depuis quelques années. Mais aurait-il été gringalet qu'il eût séduit. Rien de plus érotique que l'argent, et Marcel sentait le fric comme un derrick le pétrole. Et puis, ce qui attirait les femmes, c'était sa réputation de loup solitaire. On savait qu'il n'était pas homosexuel car sa fréquentation de call-girls de haut vol n'était pas passée inaperçue. Cependant, il les payait très bien pour ne rien faire et se taire. Aussi toutes les femmes croyaient pouvoir un jour le guérir de son goût pour les putains en lui apprenant ce qu'était l'amour véritable. Celle qui y arriverait ferait la capture du siècle. Mais Marcel, terrifié, honteux et baissant la garde restait de glace, dissimulant sous la table ses mains tremblantes. On prenait pour du dédain et de la froideur ce qui n'était que de la honte et de l'écœurement de soi.

Il allait en quête de femmes là où il savait qu'on ne le reconnaîtrait pas, ou du moins qu'on était à un niveau si bas que les détails de sa quête ne parviendraient pas aux oreilles de ses relations et connaissances. Car Marcel, dans sa douleur, n'avait pas d'amis. Se fût-il laissé mettre en confiance qu'il n'eût pas manqué de confier sa honte. Il se tenait donc à l'écart des hommes comme des femmes. A l'exception de son boy, un Vietnamien qui lui était entièrement dévoué, personne n'approchait Marcel dans son intimité, lorsque ses défenses de requin des affaires étaient tombées.

Ce soir-là, la nuit était chaude et sèche à Las Vegas. Le vent du désert rafraîchissait à peine les grands cactus solitaires sous la lune. Marcel se sentait encore plus malheureux qu'à l'accoutumée. En une demi-heure, il venait de gagner trois mille dollars au casino du Sand's, et avait quitté le tapis vert les poches pleines de billets. Titubant car il avait un peu bu, il s'arrêta en sortant devant une des *fruit-machines* rangées près de la porte. Une femme blonde, la quarantaine et les cheveux laqués, allait et venait devant ces appareils en se demandant lequel choisir.

« La deux », dit Marcel au passage.

La femme mit une pièce. Un bruit de cascade métallique se fit entendre. Aussitôt la blonde, rapide comme l'éclair, sortit de son cabas un sac de plastique qu'elle disposa sous la machine. En un instant, le sac se trouva rempli à ras bords de pièces de monnaie. Quelques-unes tombèrent à terre. La femme les ramassa, ferma en faisant un nœud et se laissa tomber dans le fauteuil le plus proche. Son chemisier était trempé de sueur.

« Ça faisait dix ans que je prenais le sac, pour le cas où », haleta-t-elle.

Lorsque la blonde eut retrouvé ses esprits et couru dehors dans l'espoir de rattraper le généreux inconnu qui lui avait ainsi porté chance, elle vit les feux arrière d'une DeLorean qui s'éloignait dans la nuit chaude, en ronronnant sur l'autoroute déserte. Marcel, une fois de plus, était parti en quête de celle qui, telle une bonne fée, lui rendrait sa virilité.

Sur le bord de l'autoroute, à la sortie de la ville, les enseignes rouges, vertes, jaunes clignotaient encore de leurs néons déments. Cependant, elles se faisaient peu à peu plus petites et plus rares. Aux portes du désert, Marcel freina. La dernière enseigne, minable, annonçait « Girls ». A vrai dire, le l était tombé, mais on pouvait quand même deviner. Un chien jaune flaira le bas du pantalon de Marcel comme il traversait une courette où s'éparpillaient des jouets d'enfant.

Marcel savait qu'il prenait un risque en se rendant seul dans ce type d'endroit, mais même la présence de son boy lui était insupportable dans ces moments d'égarement. D'un geste machinal, il tâta sous sa chemise Saint-Laurent achetée chez Neiman-Marcus à Houston, et sentit le renflement froid de son Smith ß Wesson.

Il poussa une porte à ressort, qui retomba derrière lui avec un grincement sinistre. A l'intérieur du cabaret, la salle était déserte, à l'exception d'un gros Mexicain complètement saoul qui dormait, les cheveux trempant dans une bière renversée.

« Où sont les girls ? » dit-il à la petite serveuse noiraude qui ne devait guère avoir plus de quatorze ans, après lui avoir commandé un tequila Sunrise.

« Miss Joujou, elle arrive tout de suite », répondit la fille avec un fort accent hispanique.

Effectivement, la lumière rouge qui baignait la salle s'éteignit. Marcel sentit en coup de vent la présence rapide de la serveuse qui venait de déposer devant lui le verre de tequila Sunrise. Le seul endroit éclairé était maintenant la scène minuscule en planches disjointes disposée au fond de la salle. La lumière n'était plus rouge mais violemment orangée. La pièce semblait baigner dans un verre de Fanta. Une musique stridente se fit entendre, un air de disco qui avait été à la mode l'année précédente, et qu'une chaîne stéréo lamentable restituait. Les basses trop fortes faisaient trembler l'air.

A pas légers, se tournant de droite et de gauche, Joujou entra. C'était une fille petite et râblée qui à vingt et un ans en faisait douze. Elle avait le corps dodu et charnu d'une fillette de cet âge en bonne santé. C'était une réplique à peine plus grande que nature. Sa peau d'enfant était satinée comme celle d'une pêche et recouverte d'infimes duvets blonds qui captaient la lumière. Elle avait des yeux grands et ronds couleur de miel sombre, un nez un peu épaté et une bouche mignarde courbée comme celle d'un cupidon de carte postale. Elle était très bronzée. Ses petits seins aux aréoles roses oscillaient comme des balles de ping-pong sur l'eau. Elle était nue sauf pour un slip de bain en vichy bleu et blanc attaché sur les côtés par des petits nœuds coquins. Ses cheveux blonds et courts étaient retenus en deux couettes minuscules sur le sommet de sa tête. Elle souriait. Derrière elle, sur le mur du fond du cabaret, un projecteur éclairait une toile peinte représentant un paysage de bord de mer.

Soudain, un caniche nain s'élança sur la scène en sautant et en jappant. D'une mâchoire experte, il happa le fond du slip de Joujou comme celle-ci prenait des airs effarouchés, portant sa main à sa bouche en signe de feinte horreur. Le petit chien jappait toujours et ne lâchait pas prise. Le slip de Joujou tenu dans la gueule minuscule descendait lentement. Lorsqu'il eut presque atteint le sol, elle sauta hors du chiffon bleu comme on joue à la marelle, en deux bonds. Ses fesses musclées à la fois petites et incroyablement rebondies étaient aussi blanches que le reste de son corps était doré. Le Mexicain leva le nez de sa flaque de bière et poussa un « caramba » hoquetant. En deux bonds supplémentaires, Joujou était sortie de la scène et avait disparu.

30

Quatrième triomphe de l'amour

JOURNAL D'ISABELLE

Le mépris prétendu de Désiré pour son aîné Marcel ne m'abuse plus. Depuis l'annonce du mariage et de l'arrivée prochaine au bercail du fils prodigue, le vieux a les mains qui tremblent. L'autre jour, il m'a demandé de lui apporter un miroir. Il s'est regardé dedans et a dit :

« Il va me trouver bien changé. »

L'agence Pinkerton lui a fait parvenir des photos de Joujou Larue. C'est un incroyable personnage, une espèce de Lolita bien mûre, un mélange d'innocence, de sensualité et de vulgarité.

La dernière photo avait été découpée dans le *Los Angeles Times* et représente Marcel au bord de la piscine du Sand's, trapu, musclé et radieux. Ses cheveux sont blancs aux tempes. Il porte une Joujou souriant aux anges comme un bébé sur une peau de panthère, vêtue en tout et pour tout d'un minuscule bikini. Ce vêtement fait string et révèle généreusement ses fesses justement célèbres. La légende précise que ce postérieur étonnant est la seule chose célèbre chez la starlette. Marcel la tient dans ses bras comme un pêcheur un brochet superbe pour le faire admirer à ses copains.

A l'interviewer, Marcel a répondu :

« Quand on a d'aussi jolies fesses que ma fiancée, ce n'est pas pour les cacher. J'aurais des fesses comme elle, je les montrerais à tout le monde tout le temps. »

« Il n'avait quand même pas besoin de l'épouser », a chevroté Désiré.

En guise de cadeau de mariage, Marcel a offert à Joujou une pelisse d'hermine et le plus gros solitaire de chez Tiffany.

Maxime est rentré du Salvador, amaigri et bronzé. Bébert, lui, a pris un pruneau dans le bras : blessure de guerre. Il est très fier, et Maxime aussi puisque ça aurait pu lui arriver, à lui. Avec Mimi la femme de Bébert, on a bien rigolé au Belfort en disant qu'on avait des mecs, des vrais.

Maxime se plaint que je ne pense plus qu'aux Mollard. Il prétend que je suis amoureuse du vieux sans m'en rendre compte. Ça m'amuse de le savoir jaloux.

NOTES D'ISABELLE

Après la sortie de Joujou, Marcel resta quelques instants cloué dans son fauteuil. Il craignait que le plus petit mouvement ne dissipe le rêve. Il n'osait pas y croire. Sensation divine et inespérée qu'il retrouvait après tant d'années ! Précautionneusement, il se tâta.

« Muy sexy, eh ? » dit le Mexicain tout à fait réveillé, à qui le geste n'avait pas échappé.

Marcel demanda le chemin des toilettes. On lui indiqua une porte et il se retrouva dehors sous la nuit étoilée. Un coyote hurlait dans le lointain. Marcel se tourna contre le mur et ouvrit sa braguette.

« L'amour, toujours l'amour ! » souffla-t-il émerveillé en contemplant son organe tumescent qui se dressait dans la lumière lunaire, droit et fier comme un cactus sans épines.

Il rentra dans le bouge. Le Mexicain avait disparu. La petite serveuse emportait le verre de tequila Sunrise que Marcel avait vidé d'un trait à l'apparition de Joujou.

« Où est la jeune fille au petit chien ? » demanda Marcel en fourrant un billet de dix dollars dans la main de la fille.

Elle désigna un rideau rouge.

Dans sa loge — la seule de l'établissement — Joujou se démaquillait. La moitié de son visage était encore recouverte d'une épaisse pâte semblable à de la boue alors que l'autre était enduite de crème démaquillante, ce qui lui donnait l'air d'un petit clown. Ses fesses passées au blanc d'Espagne étaient posées sur le coussin de velours rouge du tabouret comme deux pêches sur du papier de soie. Elle se retourna en entendant Marcel rentrer.

« On frappe ! » cria-t-elle d'une voix aiguë.

« Y'a pas de porte », dit Marcel.

« Ça fait rien, on frappe quand même », répéta Joujou d'un ton très digne.

Marcel la trouva adorable et le lui dit avec un culot qui l'étonna.

« Vraiment ? » demanda-t-elle d'un ton sérieux.

« Habillez-vous, je vous emmène finir la soirée au Sand's. Au champagne. »

« Comment je peux savoir que vous êtes un type sérieux ? » demanda Joujou.

Marcel tira de son portefeuille sa carte de visite et la posa sur la table au milieu des pots de cosmétiques. Lorsque Joujou lut :

Marcel Mollard
Président de la Mollard Incorporated
Fast-foods, salles de musculation, saunas, piscines

elle ouvrit la bouche toute grande et regarda le reflet de Marcel dans la glace de sa coiffeuse.

« Les tamales Speedy Gonzales, c'est vous ? » dit-elle.

« C'est moi », dit Marcel.

« Y'en a à un kilomètre d'ici, dit Joujou. Emmenez-moi et si on nous laisse bouffer gratis, je saurai que c'est vraiment vous le patron. »

« En route », dit Marcel.

Lorsqu'elle vit la DeLorean stationnée sous l'enseigne « Girls » à laquelle manquait le l, elle poussa un petit cri. Marcel ouvrit cérémonieusement la portière en forme d'aile d'oiseau.

Joujou monta. Elle portait une robe de panne de velours orange vif style années trente, avec de fines bretelles et un décolleté plongeant. Elle n'avait pas de soutien-gorge. En se penchant, Marcel pouvait voir ses petits seins aux pointes roses. Autour de son cou était enroulé un boa mité de couleur turquoise. Elle était chaussée de mules à talons très hauts ornées de houpettes de cygne. Elle s'en débarrassa et posa ses pieds sur le tableau de bord. Sa robe remonta jusqu'au haut des cuisses.

« Ça ne vous embête pas que je me mette à l'aise ? » demanda-t-elle.

Marcel fit non de la tête. Il regardait résolument la route déserte. Discrètement, il ferma l'unique bouton de sa veste de smoking. Il bandait toujours.

Arrivés devant le Sand's, il freina. Un chasseur se précipita.

« Wouh, quelle bagnole ! » s'écria Joujou en descendant.

« Vous aimez le jeu ? » demanda Marcel.

« Je sais pas, j'ai jamais essayé que les *fruit-machines*. »

Marcel l'entraîna jusqu'à la table de roulette.

« Quel âge avez-vous ? » demanda-t-il.

« Vingt et un ans, grand curieux ! »

« Le 21 », annonça Marcel au croupier.

Une demi-heure plus tard, ils quittèrent la table. Joujou fourra les billets pêle-mêle dans son sac de vinyle noir imitation cuir verni. Jamais de sa vie elle n'avait été aussi riche.

Sur la véranda, Marcel fit servir du caviar, des toasts et du Dom Pérignon. A la deuxième coupe de champagne Joujou fit glisser sa robe et partit en courant plonger dans la piscine. En quelques instants, Marcel l'avait rejointe. Il la saisit dans ses bras. Elle était glissante comme une anguille.

« On sent bien que vous êtes un homme, un vrai », murmura Joujou en sentant contre son ventre la virilité de Marcel qui sous le lastex du slip de bain semblait s'être changée en statue de sel.

C'est alors que Marcel eut pour la première fois le geste qui devait devenir célèbre et que les photographes lui feraient répéter en de nombreuses occasions. Il sortit de la piscine tenant Joujou toute nue dans ses bras, frissonnant et gloussant. Lorsqu'il lui fit passer le seuil de la chambre elle mit ses bras autour de son cou.

A peine Marcel avait-il glissé son arme virile dans le joli fourreau de velours rose qu'il éjacula. Son sperme jaillit en un jet glorieux comme le Dom Pérignon peu auparavant, et lubrifia glorieusement les entrailles de Joujou. Celle-ci voyait des rouleaux furieux se briser écumants sur les plages du Pacifique. Elle roucoulait comme une tourterelle. Cinq minutes plus tard, Marcel la pénétrait à nouveau.

Au matin, Joujou se réveilla dans la chambre baignée de soleil. La baie vitrée était entrouverte sur les dalles de la véranda. Elle entendait Marcel siffloter sous le jet de la douche, sur l'air de *Chattanooga Choo-Choo*.

Un serveur en veste blanche entra par la porte-fenêtre, poussant la table roulante du petit déjeuner.

Voyant Joujou assise dans le lit toute nue, ses cheveux blonds ébouriffés, il s'excusa et s'apprêta à faire demi-tour.

« Ça fait rien, vous pouvez y aller », dit-elle gentiment, et elle bâilla.

De sa vie, Marcel n'avait eu aussi faim. Il dévora successivement deux œufs brouillés avec pommes de terre aux oignons et saucisses, une portion de jambon de Virginie accompagné de fromage blanc, un grand verre de jus d'orange, une tranche de melon, deux crêpes arrosées de sirop d'érable, trois tranches de pain perdu à la cannelle et trois tasses de café.

En face de lui, Joujou faisait elle aussi honneur au repas. Elle mangea du saumon de la Nouvelle-Ecosse, accompagné d'un *bagel*, un bol de yaourt avec des fraises et un verre de jus de pamplemousse. Elle pensait que c'était le petit déjeuner le plus chic qu'on puisse trouver.

« Tu m'emmèneras manger des tamales tout à l'heure, sans rien payer ? » dit-elle en croquant le dernier toast, devant lequel Marcel avait calé.

« Tant que tu voudras, dit-il. Je te ferai faire une carte de crédit spéciale qui te permettra de manger tous les tamales que tu veux partout où tu veux, à vie. »

Quelques minutes plus tard, Marcel était à genoux sur le lit. Joujou accroupie devant lui happa son sexe dans ses petites lèvres fraîches. Elle allait et venait le long de son amant qui était en elle comme un poisson dans l'eau. Il eut un grand mouvement et l'écume blanche et chaude de son sperme se déversa dans la bouche de Joujou. Elle l'avala doucement et remercia le Seigneur.

Lorsqu'elle retira ses lèvres, le sexe de l'homme retomba un instant puis se dressa à nouveau. Il saisit la jeune femme à bras le corps et la retourna. Il la pénétra par-derrière. Son membre allait et venait entre les fesses délicieuses. Joujou, le nez dans la couverture, poussait de petits cris. Marcel s'aperçut qu'il avait oublié de refermer la porte-fenêtre. Mais il ne pouvait plus quitter la jeune femme à laquelle il était attaché comme une balle à un jokari. La balle allait et venait de plus en plus vite. Marcel, une fois de plus, s'écoula en son aimée comme une fontaine. Il passa les mains dans les cheveux de Joujou qui étaient drus comme de la paille coupée.

Elle lui fit face.

« Tourne-toi », demanda-t-elle. Et d'une petite main ferme et douce elle plaqua la tête de son amant contre le drap. Elle lui écarta les fesses et se mit à lui lécher l'anus à petits coups de sa langue rose et rêche comme celle d'un chat. La tête dans les bras Marcel rougissait et soupirait de plaisir. Par la porte-fenêtre toujours ouverte un bourdon entra en zigzaguant.

Le lendemain, Marcel ramena Joujou à la boîte de nuit chercher sa valise de carton bouilli fermée par une ficelle et surtout Copper, le chien savant qui participait à son numéro.

« J'ai trouvé l'homme de ma vie », dit Joujou en embrassant la petite serveuse sud-américaine.

Comme la DeLorean s'éloignait sur l'autoroute, Remedios essuya une larme d'un coin de sa robe de coton défraîchi et haussa les épaules. Ce n'était pas à elle que ça arriverait !

« Attends-moi là un instant, dit Marcel à Joujou en la déposant dans un fauteuil à la réception de l'hôtel. Je veux que tout le monde te voie. Tu es trop belle pour te montrer à moi tout seul. »

Il alla trouver le directeur.

« Vous n'auriez pas besoin d'une fille sensationnelle pour le show du casino ? » demanda-t-il.

Le directeur réfléchit. Marcel Mollard était un de ses meilleurs clients.

« Justement, le numéro de jumelles qu'on a depuis quinze jours fait un bide », dit-il.

Le soir même Joujou, vêtue d'un diadème, d'un cache-sexe et de bouts de seins en strass, se tortillait sur un air de Wilson Pickett. Derrière elle, des boys en slip panthère l'éventaient avec des plumes d'autruche. Au finale, accompagné par le tube de Diana Ross, *I want muscles*, une pluie de dollars en plastique chutait du plafond comme des confettis géants et recouvrait Joujou en position de grand écart, tandis que les boys exhibaient leurs biceps huilés. Juste avant la chute du rideau, Joujou bondit hors de la scène et ses fesses phénoménales atterrirent sur les genoux de Marcel en une trajectoire dorée. Ce soir-là, le casino gagna beaucoup d'argent.

Dix jours plus tard, à Los Angeles, Marcel interviewé par le *Hollywood Reporter* déclara qu'il avait l'intention d'investir dans la production de cinéma, car les talents de Mlle Joujou étaient trop remarquables pour être réservés à quelques privilégiés. Il comptait inaugurer la Mollard Productions par un remake d'*Irma la Douce* dans lequel Joujou aurait bien entendu le rôle principal. Il précisa que le film en question serait modernisé et beaucoup plus coquin que l'original. En attendant, il souhaitait emmener Joujou en Europe, où elle donnerait un tour de chant déshabillé. Elle était en ce moment même en train d'apprendre à chanter *Only You*.

En attendant le départ, Joujou, lorsqu'elle ne devait pas travailler sa voix, dévalisait les boutiques de luxe de Rodeo Drive. Marcel et elle avaient quitté Las Vegas au bout d'une semaine de triomphes publics et privés. Ils étaient descendus au Beverly Wilshire où les cris de panthère amoureuse poussés par Joujou mettaient dans tous ses états le cheikh d'un des émirats du Golfe, qui malgré tous ses pourboires et injonctions ne parvenait pas à obtenir des sons comparables des femmes de son harem, logées dans la suite voisine. Rencontrant Marcel dans un couloir, alors que celui-ci venait de descendre à la parfumerie de l'hôtel acheter à Joujou le plus grand modèle du Chanel N° 5 pour parfumer son bain, il lui proposa de lui échanger sa starlette contre le Beverly Wilshire tout entier. Marcel, hautain, refusa. Lorsqu'il eut offert le flacon à Joujou, elle lui en aspergea les parties intimes et les lécha. Marcel craignit qu'elle ne tombât malade, mais il n'en fut rien. Joujou avait de l'estomac.

Il lui avait donné trois cartes de crédit. Elle se choisissait son trousseau avec le plus grand soin. Ils avaient l'intention de retourner à Las Vegas se marier en secret, après quoi ils s'envoleraient pour la France. Marcel voulait lui faire rencontrer sa famille, qu'il n'avait pas revue depuis si longtemps. Joujou tenait à faire la meilleure impression possible, bien que Marcel eût affirmé qu'elle pourrait compléter sa garde-robe à Paris chez les grands couturiers. Pour Joujou, le mot « Paris » n'avait aucun sens. C'était comme s'il avait dit Wichita, Kansas, sauf que c'était plus loin. Marcel lui montra une carte postale de la tour Eiffel, mais ça ne lui fit pas grande impression. Elle lui demanda avec son délicieux sens de l'humour s'il s'agissait là d'une reproduction de sa verge grandeur nature.

Joujou et Marcel se marièrent dans une petite église œcuménique, au bord de l'autoroute en sortant de Vegas. Ils durent trouver deux témoins dans la rue. Joujou portait une jarretière bleue, un mouchoir ayant appartenu à sa mère et son alliance en diamants, avec une minijupe de cuir blanc et un tee-shirt en peau d'ange. Marcel, tout en blanc, était superbe avec son stetson tout neuf.

Ils étaient si heureux qu'ils pensèrent soudain qu'ils aimaient le monde entier.

De retour au Sand's, Marcel commanda à nouveau du champagne et un grand gâteau blanc avec deux petits mariés dessus. Joujou s'effondra dans un transat sur la véranda, et se mit à pleurer.

« Qu'est-ce qu'il y a, ma petite tourterelle ? » demanda Marcel en la prenant dans ses bras.

« Je reviens de loin, tu sais, dit Joujou en sanglotant. Et puis je suis tellement heureuse que j'arrive pas à y croire ! »

« Il va tout raconter à son gros Nounours Marcel, le petit pigeon », dit son amant d'un ton gâteux.

Et Joujou raconta sa vie.

Joujou Larue (prononcer à l'anglaise « Leroux » comme la chicorée). Née en 1960 à Detroit. Fille de Daisy Maggiori et Jim Larue.

Daisy Maggiori, mère de Joujou. Fille d'un épicier italien, deuxième génération d'immigrés. Elevée aux pâtes et à la pizza, la petite Daisy eut la beauté de feu des Napolitaines et les jambes galbées de Silvana Mangano dans *Riz amer*. Très tôt, elle avait montré des dispositions pour la coquetterie. Ses parents, qui ne savaient rien lui refuser car elle était leur unique enfant, lui offrirent des leçons de danse. A dix ans, Daisy dont les yeux noirs étaient déjà si brûlants qu'ils laissaient des trous dans le cœur calciné de tous les hommes qu'elle rencontrait, rêvait de danser *Le lac des cygnes* au Metropolitan Opera de New York. A dix-huit ans elle changea d'ambition et entra comme rockette dans la célèbre troupe de Radio City. A cette époque, Radio City était en pleine gloire. Cet énorme music-hall, le plus grand de toute l'Amérique et donc du monde, drainait chaque soir des foules admiratives. Sa scène gigantesque était pourvue d'un écran pour projections de films et diapositives. Cette scène elle-même se divisait en trois plateaux. Celui du milieu accueillait les danseurs tandis que deux autres plus petits, sur les côtés, contenaient des orgues. Ces petits plateaux étaient tournants, de manière que le public, entre les numéros, pût voir les organistes au travail. La fosse d'orchestre, à certains moments, s'élevait dans les airs à hauteur des spectateurs qui pouvaient ainsi admirer tout à loisir les dames en robe de crêpe vert Nil qui jouaient de la harpe à petits pincements coquins.

Dans la chaîne des rockettes, Daisy Maggiori ne passait pas inaperçue. C'était la seule vraie brune au milieu de toutes ces blondes, rousses et auburn. Ses jambes superbement longues étaient prolongées par des sandales à talons. Les rockettes suivaient un entraînement draconien. Les mouvements étaient toujours à peu près les mêmes, mais ils étaient réglés au centimètre et à la seconde près. Toutes ces filles devaient faire l'effet d'un mille-pattes géant. Le plus dur, c'était quand elles se tenaient assises sur un rebord, les mains sur les épaules des voisines, levant la jambe en cadence à hauteur de la tête. Ça tirait sur les abdominaux et les muscles des fesses. Mais Daisy ne se plaignait pas. Les applaudissements lui tournaient la tête. Elle quittait la scène avec l'impression d'avoir bu trop de champagne.

Un soir, un monsieur bien mis lui fit porter des fleurs dans sa loge. Quand Daisy sortit par l'entrée des artistes, le type aux fleurs l'attendait dans sa Bentley avec chauffeur. Il emmena Daisy souper au restaurant du Plaza. Il lui dit qu'il était à New York pour affaires. Il habitait Chicago où il avait une fabrique de charcuterie. Daisy reconnut alors son nom comme ornant les paquets de saucisses qu'on vendait dans l'épicerie de ses parents. Elle en avait mangé toute son enfance.

Le marchand de saucisses venait à New York une fois par mois. Il sortait Daisy au restaurant. Après il la raccompagnait chez elle. Une fois revenue dans sa petite chambre minable du Bronx — car tout l'argent qu'elle gagnait passait en toilettes — Daisy lavait ses bas dans le lavabo et les mettait à sécher sur un fil qui traversait la pièce. Derrière la fenêtre, de l'autre côté de la cour, un homme lui faisait des invites obscènes.

Le charcutier était riche et très gentil, mais il avait cinquante ans, un grand nez maigre et un teint couperosé. Cependant, Daisy commençait à se sentir seule à New York. Les applaudissements ne lui tenaient pas chaud la nuit et les matins solitaires étaient difficiles. Lorsqu'elle eut son premier congé, elle retourna à Detroit voir ses parents. Elle avait dit à l'industriel qu'elle mettrait cette semaine à profit pour prendre une décision. En effet, il venait de la demander en mariage.

Elle parla à sa mère. Celle-ci lui conseilla d'épouser l'empereur de la crépinette. Daisy, un peu triste, alla se promener dans le parc municipal. Elle y rencontra Jim Larue, un ami d'enfance qu'elle avait connu sur les bancs de l'école. Elle ne l'avait pas revu depuis longtemps, car il avait quitté Detroit pour être G.I. Mais il avait maintenant abandonné l'armée et était revenu au pays. Il travaillait comme camionneur. Daisy se souvenait que dans le temps, au collège, il avait été champion de l'équipe de football.

Jim dit à la jeune fille qu'elle avait bien changé, et qu'il était très content de la revoir. Elle répliqua que, par contre, lui n'avait pas changé du tout. C'était un grand gars bien découplé, le nez aplati par un accident lors d'un match. Il l'emmena manger un double hamburger et un banana split au drugstore de leur jeunesse, et lui raconta l'armée.

Puis, il la raccompagna chez elle. Au moment de partir, il l'embrassa sur la bouche sous le porche de la maison de ses parents.

Daisy ne retourna pas à New York. Elle démissionna de Radio City et épousa le camionneur. Sa mère lui dit qu'elle gâchait son avenir et qu'elle le regretterait toute sa vie. Daisy s'en fichait. Elle s'était commandé une belle robe blanche en organdi par correspondance chez Sear's Roebuck.

Ils s'installèrent dans une petite maison peinte en blanc, avec un saule pleureur sur la pelouse de devant. Un an plus tard, Joujou naquit. Ce furent de dures années pour Daisy. Jim était tout le temps sur les routes. Il ramenait de moins en moins d'argent. Daisy apprit bientôt qu'il avait une femme dans chaque ville. Pour mettre du beurre dans les épinards, elle ouvrit un cours de claquettes. Les leçons avaient lieu dans son salon. Sa mère gardait la petite pendant ce temps-là, et quand Daisy venait chercher sa fille, elle ne manquait jamais de lui faire remarquer qu'elle l'avait prédit.

Daisy serrait les dents. Sa beauté foutait le camp. Elle s'empâtait. Elle se jura que jamais, jamais sa fille ne ferait les mêmes bêtises qu'elle. Elle ne se contenterait pas d'être rockette. Elle serait une star, une vraie. Elle épouserait un prince ou un millionnaire.

A l'âge d'un an Joujou gagna le concours du plus beau bébé. A cinq ans, un commerçant l'engagea pour un spot télévisé sur la chaîne régionale. Le sourire de Joujou, l'arc de sa bouche noyé dans les fossettes séduisit les téléspectateurs. Le savon à la glycérine dont elle vantait les vertus (« Grâce à lui votre peau sera aussi douce... ») se vendit mieux.

Joujou apprit à souffrir. Sa mère ne vivait que pour elle, ou plutôt pour ses succès futurs. Lorsqu'elle repassait les robes d'organdi que sa fille portait pour aller aux auditions, elle la voyait à vingt ans, radieuse, pâmée au bras de Paul Newman. Joujou serait la Marylin des années quatre-vingt.

La petite fille s'habitua à porter des bigoudis : ses cheveux ne bouclaient pas assez. Elle fut très tôt au régime, car elle était un peu potelée. Elle oublia complètement le goût des pommes de terre. Elle n'allait pas jouer avec les autres enfants de peur de salir ses chaussures.

« Marche ! disait Daisy. Mieux que ça ! Tiens-toi droite ! Souris ! Plus large ! Plus décontracté ! Les yeux ! N'oublie pas que tout est dans l'expression ! »

A dix-huit ans Joujou n'avait pas tenu ses promesses. Elle ressemblait à une petite fille montée en graine.

Elle n'avait pas de taille et très peu de seins, et ses fesses agressivement rondes semblaient une publicité pour couches-culottes. C'était une espèce de monstre. Il faudrait les yeux de l'amour pour reconnaître son charme particulier, jamais vu, à contretemps.

En attendant, Joujou ne faisait pas de cinéma. Sa mère l'avait emmenée voir un directeur de casting dans un studio de Los Angeles mais celui-ci ne la regarda même pas. Elle n'était plus demandée pour les spots publicitaires. Son corps trop petit et bizarrement conformé lui interdisait les emplois de mannequin.

Sa mère avait dépensé toutes ses économies dans ce séjour à Hollywood qui n'avait rien donné. La veille du jour où elles devaient rentrer à Detroit, Joujou s'aperçut que Daisy avait vieilli de dix ans. Elle toujours si droite se tenait voûtée. Toute énergie semblait l'avoir abandonnée. Joujou alla lui acheter un flacon de tranquillisants, car elle ne parvenait pas à trouver le sommeil dans la touffeur de leur motel de troisième catégorie sans air conditionné.

Pendant la nuit, alors que sa mère dormait, assommée par le Mogadon, Joujou se leva, tira sa valise de sous le lit, fit ses bagages, et quitta le motel sur la pointe des pieds. De toute la journée sa mère ne lui avait pas adressé la parole. Joujou ne pouvait supporter les conséquences de sa déception. Elle ne rentrerait pas à Detroit travailler comme vendeuse sous les quolibets des amis et connaissances.

Elle se tint sur le bord de la route, la valise à ses pieds. Elle fit de l'auto-stop jusqu'à Las Vegas.

Elle fut ramassée par un camionneur avec qui elle fit l'amour dans la cabine pour manger. Elle resta avec lui deux jours. Dans tous les bars où il faisait une halte, Joujou demandait machinalement si on n'avait pas du travail pour une fille comme elle. Finalement, juste à l'entrée de Las Vegas, il s'arrêta dans un cabaret à l'enseigne de néon rouge dont le « l » ne s'éclairait plus. La strip-teaseuse, une dénommée Louane qui avait été justement la petite amie de passage de Sandy le camionneur, venait de partir pour se marier. Le patron, un Mexicain louche, demanda à Joujou de se déshabiller. Quand il vit son corps de naine il secoua d'abord la tête en signe de refus. Mais soudain l'idée lui vint. Joujou adulte ressemblait comme deux gouttes d'eau à la petite fille de la publicité Coppertone qu'on avait vue sur tous les murs des Etats-Unis pendant des années. Le lendemain, il ramena de la fourrière le petit chien que Joujou baptisa aussitôt Copper.

Joujou était depuis deux ans dans le cabaret lorsque Marcel l'y trouva. Elle avait échappé à sa mère, mais la conscience de son échec l'avait complètement abattue. Daisy lui avait répété qu'elle irait à Hollywood et serait célèbre. Elle aurait son empreinte dans le ciment de Sunset Boulevard. Maintenant, elle se rendait compte que la vie continuait, mais elle ne comprenait pas pourquoi. Elle passait ses journées perdue dans une espèce d'hébétude. Elle ne se sentait revivre qu'au moment de commencer son numéro, qu'elle reprenait d'ailleurs plusieurs fois par soirée, car les clients n'étaient pas très nombreux. Lorsqu'il en arrivait un, elle recommençait. Cependant le patron était content d'elle. Petit à petit le bruit se répandait que cette fille était étonnante. Elle s'était fait une clientèle d'habitués pédophiles refoulés. De temps en temps, pour aller à Vegas s'acheter une robe ou un colifichet, elle couchait avec l'un d'eux, presque sans y penser. Son corps était absent, il était resté là-bas près des palmiers d'Hollywood Boulevard, sur une affiche. Le Mexicain la payait très peu, mais la traitait correctement, car il avait besoin d'elle. Elle s'entendait bien avec sa fille Remedios qui faisait office de serveuse.

Remedios et son père vivaient dans une espèce de cabane au fond de la cour. Joujou logeait là aussi, sur le canapé de la pièce principale où elle dormait en serrant Copper dans ses bras. Au bout de deux ans, elle avait perdu tout espoir de quitter cet endroit. D'ailleurs, elle ne cherchait même pas à s'en aller. Il lui semblait qu'elle vieillirait ainsi lentement, dans la chaleur, et qu'un jour elle mourrait sans même s'en rendre compte.

Lorsque Marcel vint la chercher, elle n'y crut pas. Elle avait l'impression d'être dans un film. Elle attendait la fin, l'écran redevenu blanc, les lumières qui se rallumeraient, la sortie. Ce ne fut qu'après son mariage qu'elle comprit que, pour la première fois, elle venait de se mettre à vivre.

31

Colères

Dans les mois qui précédèrent le retour de Marcel à Paris, les choses s'étaient mises à bouger dans l'hôtel Mollard. L'arrivée de la gauche au pouvoir avait profondément secoué Jean-Edward. Le mouvement qui porta les Français en foule à la Bastille par un soir de mai ne produisit pas sur le pays tout entier un effet de liesse. Dans la rue terriblement bon genre où se trouvait la maison les bruits de la fête ne parvenaient pas. Jean-Edward effondré trouvait dans la mine catastrophée d'Elkabbach l'écho de sa propre déroute. Il n'avait pas prévu que le changement aurait sur lui un effet aussi violent. Pourtant, à la vue du dos du président, il se sentit gravement atteint comme si c'était lui, Jean-Edward, qu'on sortait.

Jusque-là, il avait louvoyé entre la droite et la gauche. Le socialisme n'était pour lui qu'une vague utopie. Les Français étaient des gens sensés qui aimaient leur bas de laine — ce bas n'était après tout qu'une réplique en miniature de la fortune des Mollard. De même, certains habitent des châteaux alors que d'autres se contentent d'en afficher la reproduction sur leur mur sous forme de calendrier des postes. Selon Jean-Edward il ne faisait aucun doute que tout Français rêvait d'être un Mollard. Les Mollard et quelques autres qui seuls pouvaient se mesurer à eux au sommet de la pyramide sociale représentaient ce qu'il y avait de plus admirable depuis la chute de la monarchie. D'ailleurs, eût-on proposé à Jean-Edward de le couronner Mollard II qu'il n'en aurait pas été autrement surpris.

Et tout d'un coup, ce qui déboulait à l'Elysée et dans les ministères, c'était l'anti-Mollard. Il s'en rendait compte en suivant la retransmission télévisée de cette euphorie vulgaire et pour tout dire populaire qui lui rappelait péniblement 68 et son ignominieuse expulsion des tréteaux du discours sorbonnicole. C'était de lui, Jean-Edward, qu'on riait, c'était sur son honneur qu'on dansait la carmagnole. Il prit le téléphone et appela Adhémar.

« Tu peux compter sur moi, j'ai compris », dit-il.

Un tel changement dans un pareil moment peut prêter à surprise. Ce que l'on a vu jusque-là de Jean-Edward tendrait à le mettre dans la catégorie de ceux qui, comme dit La Bruyère, aiment le pouvoir, quel qu'il soit, d'un tel amour qu'ils paieraient pour se vendre. Mais les Mollard avaient trop à perdre en se vendant à un gouvernement qui nationalisait les banques.

Les banques ! Il téléphona à Fiacre.

« Qu'est-ce que tu veux, mon vieux, répondit celui-ci, on verra bien. De toute façon je resterai quand même à bord, nationalisé ou pas. J'ai mes habitudes dans la boîte. Après tout, ça me fera peut-être moins de souci. »

Jean-Edward, qui connaissait mal son frère, ne discerna pas l'amertume très réelle qui se dissimulait sous ces propos.

« Cet imbécile ne se plaît que dans les jupes de sa femme ! se dit-il. Depuis le temps, il devrait quand même en avoir fait le tour ! »

Quelques instants plus tard, sa belle-mère fit irruption dans le salon. Il fallait appeler le médecin d'urgence. Désiré venait d'avoir une seconde attaque.

Celle-ci, après coup, se révéla bénigne. Pendant un certain temps, Désiré fit semblant de croire que Giscard était toujours à la tête de l'Etat. Puis, du jour au lendemain, comme si de rien n'était, il se mit à parler de Mitterrand.

A vrai dire ce qui avait choqué Désiré, ce n'était pas tant le passage des socialistes. Il retrouvait ses anciennes sympathies du temps de la IVe République. Non, là où le bât blessait, c'était la nationalisation possible de la banque Mollard, qui avait été l'orgueil du vieil homme. Le jour où une banque avait porté son nom, il s'était véritablement senti riche.

Ainsi, alors que le reste de la tribu prenait son parti de l'affaire, Fiacre parce que l'amour comptait pour lui avant le pouvoir, Désiré parce qu'il était vieux et pas si bête et Marcel parce qu'il était loin et se fichait des destinées de la France, Jean-Edward fut le seul à sentir la haine lui dévorer le cœur. Un mois après les élections, la vie semblait avoir repris son cours. Fiacre après tout restait à la tête de son navire, qui était trop petit pour intéresser l'Etat. Dans sa joie, il acheta une compagnie à son épouse afin que des ballets modernes s'y créent sous son égide. C'était un renouveau dans la vie de Claire, et Fiacre voyait avec bonheur une passion qui ne lui retirait rien animer les joues de sa femme. Mais Jean-Edward passait de plus en plus de temps avec Adhémar qui le persuadait de se présenter comme député lors des prochaines législatives, qu'il fallait d'ores et déjà préparer.

Les idées d'Adhémar étaient simples, comme d'ailleurs d'une façon générale toutes celles de son parti. Il souhaitait se servir du nom des Mollard, vastement connu, pour donner au M.E.F. un vernis respectable. Il était temps que le parti cesse d'apparaître comme un ramassis de frappes hystériques. Adhémar venait de payer un philosophe qui n'avait plus rien à dire depuis quelques années afin de produire l'ouvrage qui serait en quelque sorte le *Mein Kampf* du M.E.F. Il fallait procéder avec doigté. Il importait de jouer sur les déceptions des Français lorsqu'ils comprendraient que Mitterrand n'était pas le père Noël, sans toutefois leur faire peur par un poujadisme trop évident. Jean-Edward proposa alors de faire aider le philosophe par Lambert Dunoir qui lui avait rendu par le passé un si éminent service. Il était d'autant plus soulagé de cette solution que Dunoir lui pourrissait la vie en appelant sans relâche pour demander si Jean-Edward lui avait trouvé du travail. Son téléphone était à nouveau coupé. Il bigophonait d'une cabine, répétait-il d'un ton lamentable. Jean-Edward n'osait pas donner ordre à sa secrétaire de faire barrage, car il s'apercevait un peu tard que Dunoir avait prise sur lui. Au moment précis où il envisageait une carrière politique, il ne pouvait pas prendre le risque de voir ce type déclarer à la presse de gauche que c'était lui qui avait écrit *Une vie pressée*.

Le M.E.F. se lança dans une série d'opérations démagogiques. Jean-Edward se fit photographier portant des kilos de sucre à une petite vieille dans son galetas, et embrassant un bébé sur un marché. Adhémar lui avait trouvé l'arrondissement parfait. Le candidat de gauche y avait été élu de justesse. Le quartier se composait d'un mélange de bourgeois effrayés par la menace bolchevique et de petits commerçants rendus furieux par le blocage des prix. Jean-Edward, avec son image de père de famille bon genre, était sûr de l'emporter. Ce serait une superbe victoire.

Adhémar s'aperçut que la plume de Dunoir faisait merveille. Elle donnait aux raisonnements les plus tortueux une apparence de candeur. Ce nègre blanchissait tout avec une extraordinaire facilité. Jean-Edward regardait avec étonnement Dunoir changer physique-

430

ment. Il ressemblait de plus en plus à la sorcière de Blanche-Neige. Il se tenait courbé. Aucune turpitude ne l'effrayait plus.

La principale difficulté résidait dans la personne du candidat élu. Dunoir fut chargé d'enquêter sur le passé, les origines et la vie actuelle de Melchior Léchangé.

Ce jeune loup du parti socialiste, âgé de quarante ans, avait acquis en un temps record une extraordinaire popularité. Et il fallait effectivement un tempérament hors du commun pour réussir à l'emporter dans une circonscription où de mémoire d'homme, aucun candidat de gauche n'avait jamais été élu.

Dunoir eut rapidement terminé son enquête. Melchior Léchangé venait de Toulouse. A l'opéra de cette ville, sa mère avait fait carrière comme cantatrice. Elle y avait longtemps chanté pour le plus grand plaisir des habitants. C'était la Carmen la plus émouvante que Toulouse eût jamais connue. Carlotta Metastasio était l'une des personnalités les plus pittoresques de la ville. A cinquante ans passés elle avait encore fait pleurer les jeunes filles lorsque affublée d'une perruque blonde à grandes nattes de chanvre, elle chantait le rôle de Marguerite. Le clou de sa carrière avait été le jour où elle s'était engouffrée dans la trappe dont devait sortir le diable, trappe qu'un machiniste étourdi avait ouverte un peu trop tôt. Quelque temps plus tard, dans le rôle de la Tosca, elle s'était jetée du haut des remparts pour remonter dans les airs, effectuant un curieux exercice de lévitation devant les spectateurs ébahis. On cria au miracle, mais il s'avéra que le même machiniste, troublé par sa récente bévue à la suite de laquelle Carlotta-Marguerite s'était foulé la cheville, avait entassé quatre matelas les uns sur les autres au bas des remparts. Accueillie par ce lit trop moelleux, la Tosca avait rebondi. A la suite de ce deuxième incident, le machiniste, n'en pouvant plus, confessa à la diva l'amour qu'il lui portait et qui lui faisait faire des bêtises, car sous l'empire de la passion il ne se contrôlait pas.

Ce jeune homme avait l'œil charbonneux, sa prunelle brûlait d'un feu sombre. Son débardeur révélait un torse large et velu rendu luisant par la transpiration amoureuse. Carlotta voulut répondre, mais s'aperçut que pour la première fois de sa vie, elle était sans voix. Elle porta la main, qu'elle avait fine, soignée et bagouzée, à sa gorge blanche et palpitante. Sans un mot, le jeune homme la prit dans ses bras. Comme l'homme de la préhistoire emporte dans sa grotte la femelle de son choix, il entraîna Carlotta stupéfaite jusqu'à sa loge, et ferma la porte. Quelques instants plus tard, le personnel du théâtre au grand complet entendit la diva dans un numéro à la fois roucoulant et suraigu qu'elle n'avait jusqu'alors jamais inscrit à son répertoire.

« Il faut avouer que dans le félin elle est sublime », dit le ténor plein de regrets.

Du jour au lendemain, Carlotta cessa les fréquents voyages à Paris au cours desquels on supposait qu'elle allait retrouver un amant mystérieux. Un mois plus tard, elle épousa en grande pompe Balthazar Léchangé. Un journal local décrivit ainsi l'événement :

« Toulouse, rouge fleur d'été, a vu hier éclore une autre fleur aussi rouge qu'elle. Mlle Carlotta Metastasio, la cantatrice si aimée de nos concitoyens, vient d'épouser un sympathique Toulousain, M. Balthazar Léchangé, bien connu des joueurs de boule de notre ville. La mariée portait une robe de satin crème de chez Maggy Rouff, et des escarpins sang de bœuf. »

Melchior naquit à peine huit mois plus tard. La guerre avait éclaté. Balthazar partit pour le front, laissant derrière lui son amour dédoublé. L'enfant naquit prématuré mais il était grand et gros, signe précoce d'un tempérament exceptionnel. Suite à cette naissance, la gorge de Carlotta, qui avait toujours fait furieusement bander le maire de Toulouse et ses administrés, devint plus resplendissante encore. Un poète local la compara à deux globes laiteux souterrainement parcourus de ruisseaux d'azur. Depuis qu'elle avait travaillé sa voix au lit en compagnie de Balthazar, elle avait gagné en ampleur, et touchait au soprano lyrique. Cela lui permit de chanter l'air des clochettes de *Lakmé*, alors qu'elle était enceinte de sept mois. Ce fut un triomphe. Même avec son gros ventre, elle réussissait à produire l'effet d'une princesse exotique mince et ployante comme une liane. Elle n'allait plus jamais à Paris et se plaisait à répéter qu'on n'est nulle part aussi bien que chez soi, surtout quand la situation internationale est difficile.

Le jeune Melchior avait donc été élevé dans une ambiance mi-populaire, mi-artistique. Entraîné très tôt aux ruses du théâtre, il devait révéler dès l'âge de vingt ans un surprenant talent d'amateur. L'effet saisissant qu'il produisait sur les foules n'était d'ailleurs pas tant dû aux mots qu'il employait qu'à sa façon de les dire. Pour la musique, on avait tôt renoncé à faire de lui quelque chose. Il chantait irrémédiablement faux, mais par contre sa voix parlée à la fois posée et ferme, capable à l'occasion de s'envoler dans les registres de la sincérité et de la passion, avait un arrière-plan de velours qui faisait pâmer les femmes et convainquait les hommes. De plus, il avait hérité de son père une masse de cheveux bouclés qui lui retombaient magnifiquement sur le front lorsqu'il s'emportait. Dans ces moments-là, les jeunes filles disaient qu'il ressemblait à Beethoven.

Melchior réunissait ces qualités qui font les politiciens exceptionnels, les meneurs de foules, les magnétiseurs de masses. Plus tard, ses camarades de parti dirent, plus prosaïquement, qu'il savait mobiliser la base. Il était à la fois rusé et sincère, franc et calculateur, décidé et prudent. On lui prédisait un grand avenir. Pour tester ses capacités, on lui avait proposé de se présenter dans une circonscription réputée impossible. Son propre parti ne croyait pas à sa victoire. On l'avait envoyé au feu pour voir s'il n'avait pas peur des balles. Mais, tel Napoléon jeune, il n'avait pas craint de foncer, surmontant tous les obstacles. Sa victoire avait été une gifle pour les giscardiens. Ils s'étaient dans cette occasion discrédités, tant les qualités de Melchior étaient éclatantes.

Pourtant Adhémar pensait que dans l'avenir le M.E.F. avait quelques chances d'emporter le siège. Ces gens-là, en menant Melchior au pouvoir, avaient élu un homme et non un programme. Maintenant que ce programme leur tombait dessus, ils se réveillaient et se demandaient ce qui les avait pris, tout comme un ivrogne au lendemain de sa cuite ne comprend rien à son crime. Cependant l'effet avait été tel que l'ancien giscardien ne serait sans doute pas réélu. Un autre non plus, car maintenant les électeurs en voulaient à ce parti de les avoir jetés malgré eux dans les bras de la gauche. Il y aurait donc là un siège à prendre. Le M.E.F. décida de commencer son travail.

On n'y alla pas par quatre chemins. On répandit que la mère de Melchior Léchangé n'était même pas française et que ses mœurs étaient notoirement légères. D'ailleurs, Melchior était né huit mois après le mariage pesant quatre kilos, ce qui rendait la paternité de Balthazar douteuse. Et si le député était fils de gitan ? demandait Adhémar qui lui voyait le teint sombre d'un métèque. On somma Dunoir de trouver quelque chose. La réputation de Melchior était impeccable. Il avait toujours été d'une honnêteté parfaite. Il ne logeait même pas dans une H.L.M. de faveur et payait normalement son loyer. On ne lui connaissait pas de maison de campagne ni de compte en Suisse. Il avait fait son service militaire et ses chefs l'avaient très bien noté. Après réflexion, on décida que, somme toute, sa seule faiblesse était le célibat.

On lui envoya des petits jeunes gens charmants. Ils se présentèrent à son état-major très désireux de donner tout leur temps libre à la cause. Melchior les remercia gentiment et ne leur accorda pas un regard.

On lui offrit des jeunes femmes. Un soir, en descendant au parking prendre sa voiture, Melchior trouva une ravissante blonde couchée sur le capot. Elle lui dit qu'elle l'aimait, et que tant qu'il ne lui aurait pas fait l'amour elle ne le laisserait pas démarrer. Lorsqu'il tenta de l'arracher de là, elle menaça de se jeter sous les roues. De guerre lasse, Melchior céda et la ramena chez lui. Le lendemain, Adhémar avait des photos. Très développée pour son âge, la fille qui s'était attribué vingt-trois ans, n'en avait en réalité que dix-sept.

« Ça y est ! » dit Adhémar. Il téléphona à deux feuilles à scandales. Le lendemain, ça s'étalait à la une. « Le député de gauche détourne des mineures... On soupçonne une affaire de ballets roses... »

Le lendemain, Sandra Bouton, la blonde violentée, déclarait sur TF1 aux informations du soir :

« Melchior Léchangé ne m'a pas séduite, c'est le contraire. D'ailleurs, je lui ai menti sur mon âge. Vous pouvez voir que je suis très développée... Melchior est un homme extraordinaire que j'admire follement. Avec lui, pour la première fois, je me suis sentie femme. »

Avec l'argent qu'on lui avait donné, Sandra s'acheta un manteau de loup et une Fiat Panda rouge.

« On ne peut même pas lui faire payer ça, dit Adhémar. Ça serait encore dans les journaux le lendemain. »

A la télévision, interrogé à son tour, Melchior fut très émouvant.

« Si j'avais su que Sandra était mineure, jamais, au

grand jamais, je ne serais sorti avec elle, dit-il pudiquement. D'ailleurs, je n'aime que les vraies femmes. C'est précisément ce qui m'avait séduit chez celle dont j'apprends aujourd'hui qu'elle n'est qu'une enfant. Je ne la reverrai jamais et je regretterai cet acte inconsidéré toute ma vie. »

« De toute façon j'étais pas vierge, hein », ajouta Sandra.

L'histoire de la fille sur le capot fit pleurer les femmes et rêver les hommes. Au bout du compte, Melchior s'en tira avec un supplément de charisme. On commençait à trouver qu'il ressemblait à Gérard Philipe. Il eut des propositions de cinéma qu'il refusa.

« Ça va être plus dur que je ne pensais », se disait Adhémar. Heureusement, la réputation de play-boy aux tempes grises de Jean-Edward battait son plein. *Charme* le mit en tête du hit-parade des séducteurs français. Jean-Edward avait signé un gros chèque pour obtenir cet honneur.

« Faut lui faire craquer les nerfs, à ce Don Juan de sous-préfecture », dit Adhémar.

Dunoir mit au point une campagne de coups de fil anonymes. Toutes les semaines Melchior changeait de numéro, mais à chaque fois Dunoir arrivait à connaître le nouveau chiffre.

Les femmes qui passaient dans la vie de Melchior se mirent elles aussi à recevoir des coups de téléphone.

Adhémar appela Jean-Edward.

« Il faut qu'on se voie, mon vieux. Il se pose un grave problème. Un problème d'image. »

Jean-Edward, avant de partir pour le rendez-vous, se regarda dans la glace, de face puis de trois quarts.

« Je suis le président de la République », se dit-il. Il essaya de prendre l'air d'un chef d'Etat, l'œil grave et la bouche noble.

« Après tout, je ne suis pas si mal. »

436

Il eut le sentiment d'avoir été trop longuement méconnu.

« C'est pas la peine d'embrasser les petites vieilles, dit Adhémar, tant que ta femme et sa bande de gueulardes continueront à publier leurs obscénités. Tu ne peux pas espérer être crédible dans ces conditions. »

« Tu crois, à ce point-là ? » dit Jean-Edward.

« Je ne le crois pas, j'en suis sûr. Ça fait un moment que j'hésite à t'en parler. Ça ne peut plus durer. Tout le monde se plaint. Ça démobilise les gens. Les militants se sentent trahis. »

« Je ne peux quand même pas divorcer », dit Jean-Edward, à qui cette idée sembla un instant lumineuse.

« Sûrement pas ! Ça serait désastreux ! Non, il faut arrêter ce fichu canard ! »

« Je ne peux pas faire ça ! Ma femme ne voudra jamais ! Elle ne se laissera pas faire ! Tu ne la connais pas ! »

« Justement, j'en ai beaucoup trop entendu parler ! Il n'est pas question d'arrêter le journal, juste d'en faire quelque chose de convenable ! C'est ton blé, après tout ! Vide-moi ces pétroleuses et remplace ça par des recettes de cuisine et des patrons de tricot ! »

Jean-Edward réfléchit à la proposition. Et, plus il réfléchissait, plus il lui paraissait injuste que sa carrière à lui fût sabotée par celle de sa femme, alors que Guénolée n'aurait jamais rien fait sans le fric et le piston Mollard.

De toute façon, depuis quelque temps, *La Femme libre* se vendait moins bien. Au cours des mois et des années, le coup de ciseau sadique de Guénolée avait fait des ravages. Lasses de se faire supprimer toutes les idées qu'elles pourraient avoir, les femmes de la rédaction avaient pris le pli de ne plus penser. Le journal ressassait les mêmes thèmes, qui n'étaient autres que les dadas de la patronne. A mesure qu'elle réglait ses comptes, l'univers de Guénolée rétrécissait.

Elle se sentait acculée et ne réagissait plus que par la défensive.

Ce fut également vers cette période qu'on sut qu'elle s'intéressait aux jeunes gens. Le grain de peau, l'ombre de moustache d'un adolescent l'émouvait. Elle qui n'avait jamais été sensuelle se découvrait sur le tard une passion un peu pédophile. Cela avait commencé lorsque Clémentine se mit à ramener des garçons à la maison. Elle fut étonnée de voir avec quelle gentillesse sa mère les accueillait. Dans un premier temps, Guénolée en fut étonnée elle-même. Puis, elle eut honte. Enfin, elle passa à l'action.

Elle les mettait en confiance, par exemple lorsqu'ils venaient voir Clémentine qui n'était pas encore rentrée ou qui finissait un devoir. Guénolée leur offrait le thé et les faisait parler. Puis, elle embrayait sur le numéro de charme. Elle leur baladait ses jambes sous le nez. Cela la ravissait. Il y avait eu si longtemps qu'elle n'avait pas eu envie de plaire ! Elle voyait avec fascination les yeux du garçon devenir fixes et comme embrumés. Elle se levait et lui passait maternellement une main dans les cheveux. S'il se laissait faire, elle descendait dans le cou.

Elle ne les gardait jamais longtemps. Très vite, ils perdaient pour elle l'attrait de la nouveauté. D'ailleurs, eux aussi avaient bientôt envie de retourner vers des filles de leur âge. Ce que Guénolée aimait vraiment, c'était séduire. Elle revivait éternellement les années manquées de sa jeunesse. Tous les garçons qu'elle n'avait pas pu aimer en ce temps-là défilaient maintenant dans son lit aussi frais et vigoureux qu'alors. Pendant une heure ou deux, Guénolée pouvait remonter toutes les pendules.

Les choses commencèrent à mal tourner entre elle et Clémentine. Celle-ci découvrit un jour le pot aux roses par l'intermédiaire d'une de ses amies, devenue sa rivale dans les affections d'un étudiant en droit champion de tennis qui, prétendaient les demoiselles, ressemblait à Gary Cooper. Des deux jeunes filles, Clémentine l'avait finalement emporté.

« De toute façon, c'est que de la seconde main, ta mère les a toujours essayés avant », jeta Christine avec la méchanceté du désespoir. Clémentine pâlit, lâcha sa raquette et s'enfuit en courant. L'étudiant la poursuivit, mais elle avait déjà quitté le Racing et filait sur sa moto à un train d'enfer. On la retrouva le lendemain matin. Elle avait passé la nuit au Bois de Boulogne, couchée contre sa machine. Par miracle il ne lui était rien arrivé, mais elle attrapa une pneumonie.

Elle refusa de se laisser soigner à la maison. Elle était comme folle et criait qu'elle ne voulait jamais plus voir sa mère. Pour une fois, Guénolée appela Claire à la rescousse. Clémentine aimait beaucoup sa tante. Claire profita de l'occasion pour faire observer à Guénolée que, lorsque sa nièce serait guérie, il serait bon qu'elle habite seule. La timidité de Clémentine, figée dans une adolescence prolongée, l'inquiétait. Guénolée craignit que si la jeune fille restait une heure de plus chez elle dans l'état où elle était, Jean-Edward ne fût mis au courant de sa vie secrète. On transporta Clémentine boulevard des Invalides, rouge de fièvre et de colère, hurlant d'une voix rauque des insultes et des obscénités :

« Salope... T'es qu'une salope... Sale pute hypocrite... T'es plus ma mère... Quand je pense que tu t'es fait mes copains... Tu l'as fait exprès pour me pourrir la vie... Je veux plus vivre, t'es plus ma mère... »

On installa Clémentine dans la chambre du haut de la maison des Invalides. On raconta à Jean-Edward qu'elle était partie passer quelque temps chez une amie.

Jean-Edward choisit précisément ce moment difficile pour annoncer à Guénolée ses projets concernant *La Femme libre*...

« Ecoute, voilà... Depuis quelque temps le journal ne

marche plus aussi bien... C'est un grave problème... Je suis extrêmement inquiet... »

« Mais la baisse est très faible... »

« Oui, ma chérie, mais si tu avais comme moi l'expérience de la presse... Car tu m'accorderas que je travaille quand même dans ce domaine depuis plus longtemps que toi... Tu saurais que c'est très grave... Un journal qui baisse est un journal fichu... Une fois que ça a commencé, ça dégringole très très vite, et après, c'est la catastrophe... C'est pourquoi je pense qu'il faut rapidement rectifier le tir ! Le volume publicitaire est faible, et on ne peut pas survivre sans les annonceurs... D'ailleurs, regardons les choses en face : je crois que tu te fais beaucoup d'illusions sur les femmes... Tu penses qu'elles sont toutes comme toi, intelligentes, lucides et courageuses... Mais, en fait, ce n'est pas ça du tout... La femme de la rue n'a pas changé... Au contraire, elles sont beaucoup plus conservatrices que les hommes... Les femmes ont toujours été les gardiennes des traditions... Elles ont peur du changement... Elles ne veulent pas qu'on touche à leur petite vie... Parce qu'enfin, tu sais comme je comprends tes idées, mais il faut bien dire qu'à part quelques types évolués comme moi, qui savent faire la part des choses, il y a un grave danger... Si les femmes passent leur temps à se plaindre des hommes, ils vont tous devenir homosexuels... Parfaitement... Il ne faut quand même pas oublier que la femme a toujours été le repos de l'homme... Oui, je sais que ça te fait bondir, mais aussi, tout ça t'a un peu tourné la tête... Tu perds le sens des proportions... Tu ne vois plus qu'un seul côté des choses...

« Et puis enfin, soyons réalistes ! Ton combat, comme tu dis si bien, a eu un sens pendant un certain temps, mais maintenant tout ça, c'est fini, c'est réglé... Le viol, l'avortement, les touffes de persil, les aiguilles à tricoter, tout le monde est au courant ! D'ailleurs, tu

440

as bien vu, la loi a changé! L'avortement va être remboursé, ce que je n'approuve pas d'ailleurs... Les violeurs prennent vingt ans, ce qui n'arrangera rien, absolument rien... Enfin, maintenant ça y est! Il suffit de regarder autour de soi pour comprendre que les gens sont informés! Aussi, ma chérie, tout cela n'est plus d'actualité! Et c'est ça qui est très grave! Parce que le journalisme, justement, ce n'est pas autre chose que l'actualité... Tu commets l'erreur la plus funeste! En tant à la fois que spécialiste des problèmes de presse et que ton mari qui t'aime, je crois qu'il est urgent et de mon devoir de t'arrêter sur un chemin qui te conduit à la catastrophe... Je ne peux pas prendre le risque d'un cassage de gueule! N'oublie pas que la crise est là, et qu'en ce moment je dois calculer très très serré... Ne me rends pas les choses plus difficiles... Il ne faudrait quand même pas oublier d'où je t'ai tirée... Sans moi, tu serais aujourd'hui femme de notaire dans une sous-préfecture... Excuse-moi de te ramener aux dures réalités, mais c'est pour ton bien...

« D'ailleurs, il y a autre chose qui est également extrêmement grave... Depuis quelque temps je dois te dire que je me sens négligé... Oui, négligé... Tu n'es jamais là quand je rentre... C'est très bien d'être consciencieuse dans ton travail, mais enfin, encore une fois, je me vois obligé de te rappeler quelques vérités élémentaires : pour une femme, la vie privée doit passer d'abord... Et il n'y a pas que moi, il y a mes enfants... Mandarine, ça ne va pas du tout, elle est de plus en plus morose et de plus en plus renfermée... Mais il y a pis... L'autre jour, la bonne est entrée dans sa chambre, elle était en train de se masturber... C'est absolument scandaleux... On voit bien que cette enfant est abandonnée... Quant à Clémentine, je crois de mon devoir de te dire qu'elle ne songe qu'à quitter la maison... Si si... Car figure-toi que si à toi elle ne dit rien, à moi, son père, par contre, elle parle... Elle se confie...

« Finalement, elle n'a que moi, car tu es trop loin d'elle... Tu n'es jamais disponible... Oui oui, c'est peut-être un âge difficile pour une fille, mais enfin il est quand même anormal qu'elle ne puisse trouver en sa mère une alliée... Tiens, par exemple, en ce moment, elle est partie chez une amie... Eh bien c'est révélateur... Elle ne se plaît plus à la maison... Ses études souffrent... D'ailleurs, elle ne semble pas heureuse dans ses rapports avec les garçons, et ça aussi que tu le veuilles ou non, c'est signe qu'elle n'a pas une vie de famille sereine et satisfaisante... Il serait grand temps qu'elle .pense au mariage, et pourtant, rien ne se présente... Tu ne voudrais quand même pas que ta fille gâche sa vie rien que parce que tu as perdu momentanément la tête, hein ? »

Guénolée resta comme assommée par cette déclaration. Le ciel venait de lui tomber sur la tête au moment où elle s'y attendait le moins. Elle qui était si fière de son efficacité, qui voulait prouver à Jean-Edward qu'elle y arrivait, que ce journal n'était pas seulement un joujou de petite fille gâtée dont il lui avait fait cadeau... Et voilà qu'il lui reprochait justement ses efforts... Elle qui serrait les dents pour rester au bureau le soir une heure de plus alors qu'elle était crevée... Qui n'avait plus jamais de temps pour les loisirs ou flâner un peu... Rien que des petits rendez-vous d'une heure dans des hôtels... Elle qui croyait avoir si bien réussi...

Ce qui l'atteignait le plus, évidemment, c'étaient les accusations concernant les enfants... Depuis si longtemps, elle s'efforçait d'oublier ce qui était arrivé à Mandarine... Cette vieille histoire avait laissé en elle une cicatrice qui se réveillait par mauvais temps... Elle ne pouvait pas dire à son mari que si elle avait négligé ses filles, c'était à cause de son incapacité à faire face à cette horreur...

Depuis ce temps-là, elle sentait chez Clémentine le

442

reproche. La jeune fille ne lui en avait jamais parlé, mais chaque jour Guénolée le lisait dans ses yeux. Elle tentait de se persuader que ce n'était là qu'une illusion, qu'en fait sa fille ne savait rien et ne pouvait rien savoir, puisque justement Mandarine était muette... Mais malgré tout Guénolée sentait le soupçon et elle avait peur... Clémentine, qu'on s'obstinait à traiter en petite fille, à vingt-cinq ans passés, semblait refuser de devenir une femme, disait ne jamais vouloir d'enfants... Si un jour sa fille aînée découvrait le pot aux roses, ce serait le déshonneur, le drame absolu... Et si jamais Mandarine retrouvait la parole... Guénolée en était réduite à souhaiter que Mandarine reste muette... Et donc c'était vrai, elle était une mère indigne... Elle négligeait ses enfants, mais pas comme Jean-Edward le croyait naïvement, parce qu'elle était trop absorbée par son journal. Au contraire, c'est parce qu'elle ne pouvait faire face à ses enfants qu'elle travaillait tant...

Guénolée était effondrée. Puis, elle réfléchit. Et elle vit qu'on lui demandait d'abandonner ce qu'elle avait mis tant de temps à bâtir.

Le lendemain, elle dit à Jean-Edward qu'elle n'était pas d'accord.

Jean-Edward savait qu'il avait le temps et l'argent pour lui.

La semaine suivante, il lui amena un employé de la firme McKinsey, spécialisée dans le sauvetage des affaires croulantes. Celui-ci, chiffres et graphiques en main, démontra à Guénolée qu'elle avait tort et que son journal était condamné.

Guénolée pleura pendant trois heures, seule dans son bureau. Puis elle s'essuya les yeux, prit rendez-vous chez le coiffeur et décida de ne pas céder.

Jean-Edward tenta de mettre Fiacre de son côté. Il passa chez lui un soir à l'improviste et vit Clémentine traverser le couloir.

Clémentine fondit en larmes dans les bras de son père et lui raconta les turpitudes de sa mère.

Jean-Edward rentra chez lui, transporta son pyjama dans la chambre d'amis et mit à Guénolée le marché en main. Ou elle cédait sur le journal, ou c'était le scandale et le divorce.

« La France saura tout sur tes gigolos ! J'aurai l'air d'un imbécile, mais tant pis ! »

Deux jours plus tard, Guénolée céda. On commença les études de marché. Puisque le but était de draguer les annonceurs, on leur demanda ce que devait être un bon journal féminin. Les marchands de bagues de fiançailles et de soutiens-gorge se réunirent, et décidèrent ce que voulaient les femmes.

Au bout de trois mois, le travail était au point. Guénolée resterait nommément directrice du journal mais Lambert Dunoir y était nommé comme sous-marin. Dunoir était chargé d'écrire chaque mois un éditorial bien-pensant, qu'il signerait du pseudonyme de Roselyne Marnier.

Jean-Edward en personne se déplaça pour annoncer à la rédaction les changements prévus. *La Femme libre* s'appellerait désormais *La Femme*, tout court. Les pages « actualité » seraient remplacées par des patrons tricot. La rubrique « livres » par une rubrique « cuisine ». Enfin, en guise de gage de bonne volonté, Jean-Edward distribua à chaque membre de la rédaction une gourmette à cheville sur laquelle « *La Femme* » s'inscrivait en lettres anglaises.

Le lendemain, les trois quarts de la rédaction démissionnèrent. Jean-Edward chargea Dunoir, portant dûment la gourmette, du recrutement de l'équipe de remplacement. Guénolée partit en « voyage de repos » en Floride.

Lorsqu'elle rentra, un mois plus tard, on ne reconnaissait plus ni les bureaux ni le journal. Marilou, une ancienne maîtresse de Jean-Edward, qui s'était montrée digne de confiance, avait été nommée rédactrice en chef. Guénolée était toujours « surmenée » et ne devait venir au journal qu'à mi-temps. Un mois plus tard, on l'opéra d'un polype à l'ovaire. Tout le monde crut à nouveau à une maladie diplomatique. Trois mois plus tard on l'opéra d'une tumeur à l'utérus. Hystérectomisée, amaigrie, Guénolée n'était plus une menace pour personne. Jean-Edward était à nouveau amoureux de Marilou. Pour sa sortie de clinique, il offrit à sa femme une corbeille d'orchidées.

32

Celle par qui
le scandale arrive

Fiacre fut chargé d'aller accueillir Marcel à Roissy, car Jean-Edward était retenu par un conseil d'administration. Il aurait très bien pu se passer d'y assister, Dunoir étant de plus en plus souvent chargé de le remplacer dans ce genre d'affaires. En fait, le retour de son frère le mettait de méchante humeur. Bien sûr, il ne pouvait pas se permettre de le montrer, mais l'arrivée triomphante de Marcel après une si longue défection lui paraissait scandaleuse. Sans compter qu'il avait eu le mauvais goût de se marier, ce qui signifiait la possibilité d'un héritier mâle. Jean-Edward, toute son enfance, avait à la fois méprisé et craint son aîné. Il s'apercevait que si le mépris avait disparu à l'annonce de la fabuleuse fortune accumulée par Marcel outre-Atlantique, sa crainte, pour cette même raison, avait plutôt augmenté. C'est pourquoi il avait préféré retarder le moment des retrouvailles jusqu'à l'inévitable dîner du soir.

Fiacre se rendit donc à l'aéroport accompagné de Claire. Celle-ci était curieuse de rencontrer sa nouvelle belle-sœur en qui elle croyait retrouver en quelque sorte une collègue, puisque Joujou, après tout, se produisait sur une scène.

« Tu crois que tu vas les reconnaître ? » demanda-t-elle à son mari.

Cette question se trouva vaine. Personne n'aurait pu manquer de repérer Marcel coiffé d'un stetson blanc, avec à son bras Joujou enveloppée de sa cape d'hermine. Au creux de l'autre bras nichait le chien Copper dont la tête était, comme celle de sa maîtresse, surmontée d'une petite couette liée d'un nœud de satin rose. Lorsque Joujou marchait, sa cape s'entrouvrait, révélant une tenue époustouflante. Elle portait une minirobe de mousseline rose taillée à la grecque, qui laissait une épaule découverte et descendait en diagonale jusqu'à mi-cuisse. Là-dessous, on voyait un porte-jarretelles rose qui retenait des bas, roses également. Toute cette lingerie était apparente, ce que Marcel pour sa part trouvait extrêmement sexy. Aux pieds, la fille de Detroit portait de courtes bottes texanes incrustées d'imitations de pierres précieuses. Elle s'était abondamment aspergée de Chanel N° 5 ainsi que le chien Copper. Cette odeur aphrodisiaque l'enveloppait comme un nuage. Derrière le couple venaient quatre chariots contenant un assortiment complet de bagages Vuitton. Parvenue à l'attente des passagers, Joujou s'immobilisa et sourit comme si une vingtaine de flashes l'avaient mitraillée à la fois. Alors, Fiacre et Claire s'avancèrent. Les deux frères se donnèrent l'accolade. Fiacre vit dans les yeux de Marcel le miroir de ses propres larmes. Joujou, un instant, dévisagea Claire de ses yeux ronds pailletés de miel, puis lui sauta impétueusement au cou, déclenchant chez Copper une gamme de jappements suraigus.

« Qu'est-ce qu'elle est chouette ! dit-elle à son mari. Tu m'achèteras un manteau en loup comme elle ? Et le beauf, dis donc, il est pas mal non plus, hein ! »

Ne comprenant pas l'anglais, Claire perdit tout le sel de ces remarques. Fiacre, par contre, se trouva partagé entre une violente envie de rire et une tout aussi forte consternation.

448

La quantité de bagages était telle que le coffre de la BMW n'y suffit pas. Il fallut louer une autre voiture.

A l'hôtel Mollard, Marcel regardait son père, cette ruine tenace et rancunière, avec fascination. Pendant ce temps la ruine, de son fauteuil, regardait Joujou, cette mauvaise herbe poussée dans une faille de l'asphalte américain.

La fureur montait chez le vieux qui devenait de plus en plus rouge. Soudain, sur sa route, elle rencontra la rigolade qui déboulait en sens inverse. Ni l'une ni l'autre n'eurent le temps de freiner. A la sidération générale, Désiré, pour la première fois depuis bien des années, éclata d'un rire strident et fêlé. Pendant quelques instants, il fut porté sur la houle de son rire comme une mouette par temps d'orage.

« Mais qu'est-ce qu'il a, celui-là, à se marrer comme ça devant une dame, c'est pas poli ! » articula Joujou en son idiome Donald Duck.

« Ne t'inquiète pas, ma colombe », murmura Marcel, et il lui baisa la main.

Les yeux de Joujou s'arrondissaient. Ils ressemblaient à des billes de verre. Elle se tortilla comme si elle avait eu envie de faire pipi. Un moment, Fiacre redouta le pire. Puis Joujou à son tour éclata de rire. Elle se gondolait comme un encéphalogramme en bonne santé. Ployait des genoux. S'en tordait les chevilles. Ses yeux, plissés, avaient disparu. Son visage était capitonné comme un fauteuil Napoléon III. Finalement, elle s'effondra dans les bras de Fiacre gêné. Elle bavait sur son Cerruti. Puis, elle s'arrêta. Elle eut encore deux ou trois hoquets, comme une deux-chevaux par temps froid. Elle lâcha Fiacre et chut sur les genoux de Désiré. Heureusement qu'elle n'était pas lourde. Il ne faiblit pas. Personne n'osait bouger. Jean-Edward pensa avec bonheur qu'elle allait tuer le vieux. Elle posa deux gros baisers sur les joues ridées et se releva.

« Je veux dîner en bas », dit Désiré à haute et intelligible voix.

Ça n'était pas arrivé depuis la dernière attaque. Guénolée, folle de rage, alla faire rajouter un couvert.

On descendit le vieux par l'ascenseur.

« Je veux être à côté de mon fils et de ma belle-fille », dit-il hypocritement.

Joujou mangeait ses huîtres de façon obscène, en roulant des yeux comme Joséphine Baker. Chaque fois qu'elle avalait, elle avait un petit tressaillement de plaisir. Marcel respirait le bonheur et la santé. Fiacre était joyeux à sa façon calme. Jean-Edward avait rétréci. Guénolée était noire comme un pruneau. Toute cette histoire semblait l'avoir calcinée.

« Marcel, c'est mon premier amour », glissait Joujou à Désiré d'une voix luxurieuse. Elle ne parlait pas fort mais pour une fois le vieux entendait très bien.

« C'est lui qui m'a fait devenir une vraie femme », ajoutait Joujou.

« Yes, yes », disait Désiré qui avait toujours prétendu ne pas comprendre l'anglais.

« Marcel, c'est un grand timide, mais c'est vraiment un homme et vous savez, il n'en reste pas beaucoup. »

Guénolée avait mis les petits plats dans les grands. Joujou y fit honneur. Elle siffla successivement le champagne, le bordeaux, le traminer et même le Courvoisier. Guénolée avait essayé de lui refiler de la Smirnoff qu'elle avait eue gratis mais ça n'avait pas pris. C'était une fille qui savait ce qu'elle voulait. D'ailleurs, elle voulait Marcel et elle l'avait eu, la petite salope, pensait Guénolée qui évaluait l'anatomie de Joujou pour savoir si ce corps d'enfant pourrait justement en porter un autre. Toute une vie d'espoirs anéantie !

Après le café, Joujou insista pour chanter *Only you*. Elle n'avait pas de voix mais ce petit filet blanc carrément asséché par endroits tenait l'auditoire sous le charme.

Quand elle eut fini, elle regarda autour d'elle d'un air satisfait, puis elle dit :

« Ce qu'il y a, c'est que vous ne pouvez pas vous rendre compte comme ça, parce que je n'ai pas mon costume. »

A ces mots elle retroussa sa jupette de mousseline. Fiacre toussa. Jean-Edward banda. Marcel, comme d'habitude, boutonna son veston. Guénolée haït. Le vieux souriait aux anges.

« Je crois qu'il vaut mieux rentrer, mon bichon, tu es fatiguée », dit Marcel doucement en la prenant par le cou.

« Mes fesses, c'est quand même ce que j'ai de mieux », dit gravement Joujou pour être tout à fait claire.

Joujou et Marcel ne restèrent que huit jours à Paris, le temps de remplir une nouvelle panoplie Vuitton. Après ils partirent pour Cannes, Monaco, puis l'Italie. Marcel était plutôt content d'avoir revu sa famille pour leur montrer l'homme qu'il était devenu. Mais il ne se sentait pas à l'aise parmi eux. Qui plus est, il n'avait aucune envie de s'y sentir à l'aise. Il était seulement déchargé d'un poids. Il avait réglé une vieille affaire.

Jean-Edward fut fort content de son départ. Marcel était venu lui pomper l'air au moment précis où il commençait à se porter mieux. Guénolée avait été opérée de sa tumeur et pour l'instant ça allait, mais on pouvait espérer des métastases. *La Femme* avait considérablement chuté question ventes, mais au moins le journal ne choquait plus personne. Dunoir mitonnait des papiers foyer-pantoufles. Les femmes étaient rentrées à la maison. Tout était pour le mieux dans le meilleur des mondes. Jean-Edward se sentait de nouveau un homme. Finalement, la tradition avait du bon. Il suffisait de montrer qui était le maître. D'ailleurs, c'est ce qu'elles demandent. Elles sont bien plus heureuses comme ça. Toutes des salopes et des connes de surcroît.

Depuis son opération, Guénolée ne voulait plus faire l'amour. Il n'avait donc plus à redouter le cocuage. Il venait d'acheter un appartement à sa fille aînée. Ainsi, elle n'inviterait plus d'amis à la maison. Le vieux Désiré n'avait rien su du scandale, ce qui était l'essentiel.

C'est alors que la bombe éclata.

Oh, ce n'était pas le genre de bombe qui souffle les vitres et fait tomber les plâtres. Jean-Edward fut réveillé à sept heures du matin par Dunoir qui, insomniaque, était descendu acheter *Le Parisien libéré*. Ça s'étalait en première page, invraisemblable et obscène :

« Le député Melchior Léchangé demi-frère de son adversaire prospectif, Jean-Edward Mollard-Smoldew. »

Jean-Edward, malgré l'aide de Dunoir, mit quelque temps à comprendre. Ils titubaient tous les deux, appuyés l'un sur l'autre comme deux ivrognes qui n'arrivent pas à mettre la clé dans le trou de la serrure. L'affaire était pourtant simple.

Carlotta Metastasio venait de mourir. A son chevet elle avait laissé des lettres cachetées avec consigne de les envoyer aux principaux journaux immédiatement après sa mort.

Une fois les yeux de sa femme fermés, Balthazar était allé poster les lettres dans la boîte la plus proche, sans même se poser de questions. Il avait l'esprit ailleurs, il était toujours avec Carlotta. Du plafond de la scène, il faisait tomber sur elle de faux flocons de neige, comme aux jours heureux d'autrefois. Il eut d'ailleurs du mal à parvenir jusqu'à la boîte, car sa vue était brouillée. Il avançait à travers la tempête de ses larmes.

Le texte rédigé en plusieurs exemplaires, était le suivant :

« Messieurs,

« Je m'appelle Carlotta Metastasio. Mon nom vous dit sans doute quelque chose car je suis diva à l'opéra de Toulouse qui n'est pas plus méprisable qu'un autre. Mon interprétation du rôle de Carmen m'a rendue autrefois justement célèbre.

« Au moment où vous lirez ces lignes, je serai morte. Si je crois bon de révéler à la presse une vieille histoire qui semblait enterrée à jamais, c'est que l'avenir de l'être qui m'est le plus cher est en jeu, c'est-à-dire de mon fils, Melchior Léchangé, député à Paris.

« Melchior porte le nom de son père présumé, Balthazar Léchangé, mon époux, machiniste à l'opéra de Toulouse. Cependant, l'enfant naquit à peine huit mois après le mariage et son poids important (quatre kilos) n'était pas celui d'un prématuré.

« En effet, Balthazar n'est pas le père de mon enfant. Le véritable géniteur est Désiré Mollard, l'industriel bien connu.

« J'étais devenue la maîtresse de Désiré après la mort de sa première femme, Félicie. Vers cette époque, j'avais obtenu un rôle dans l'opérette *Rose de Noël* qui se donnait au Châtelet. Désiré Mollard, m'ayant vue, m'a fait la cour. J'ai succombé. Nos rapports ont persisté pendant plus d'un an. A cette date, il décida d'épouser Maryjane Smoldew, la gouvernante de ses enfants. Profondément bourgeois, il répugnait à épouser une chanteuse. Nous rompîmes alors un lien aussi passionné qu'éphémère. Quinze jours plus tard, je tombai amoureuse de Balthazar Léchangé, un homme charmant. Comme je venais de découvrir que j'étais enceinte des œuvres de Désiré Mollard, je décidai d'épouser très vite Balthazar, afin qu'il n'apprenne pas la vérité. Je savais que l'enfant à naître et lui-même seraient plus heureux croyant qu'ils étaient père et fils. Effectivement, Balthazar a été un excellent papa pour

Melchior, mais ce n'est pas son vrai père. Melchior est enfant de bohème.

« Aujourd'hui, je vais mourir. J'aurais la consolation de disparaître en sachant que mon fils est promis à une brillante carrière politique, si justement Jean-Edward Mollard n'était pas en train de la saboter par les moyens les plus infâmes, usant pour cela de la fortune de Désiré.

« Je révèle donc tout. Les Mollard ne sont pas aussi blancs qu'on le pense. Mon fils les vaut bien et plus encore.

« La paternité de Désiré n'est pas difficile à prouver. La famille Mollard est tarée. Ceci a été caché au grand public. Les mâles Mollard viennent au monde avec une vertèbre en trop. Cela leur fait, si on regarde avec soin cette partie de leur anatomie, une petite queue. Certains Mollard ont fait opérer ce défaut, mais en ce cas il reste une cicatrice. De toute façon, je sais par les confidences de mon ancien amant Désiré que ses fils n'avaient pas été opérés à la naissance, leur mère s'y étant opposée. Moi non plus, je n'ai pas voulu faire opérer mon fils Melchior doté de la queue Mollard, car j'avais l'intuition qu'un jour il pourrait être nécessaire de faire la preuve de ses véritables origines.

« Le but de cette lettre est d'amener Jean-Edward Mollard-Smoldew à cesser de persécuter un être qui est en réalité son demi-frère.

« Veuillez, je vous prie, recevoir mes ultimes salutations,

> « Carlotta Metastasio. »

Jean-Edward s'agrippait aux accoudoirs de son fauteuil. De grosses gouttes de sueur lui parcouraient le corps comme une rosée malsaine.

« Il faut faire interner cette folle », articula-t-il péniblement.

454

« Avez-vous ou n'avez-vous pas une vertèbre en trop ? » demanda Dunoir très maître de lui.

« Ça se voit à peine », balbutia Jean-Edward.

« Je crois qu'il faut avertir Adhémar au plus vite », affirma tranquillement Dunoir. Et il sortit de la pièce comme un chat, sans faire de bruit.

Pendant ce temps, dans l'appartement de Melchior Léchangé, sur les bords du canal Saint-Martin, le téléphone sonnait. Seulement Melchior ne l'entendait pas, car comme à l'habitude il avait débranché. Il ne fut tiré du sommeil qu'une demi-heure plus tard, lorsqu'on sonna à la porte. Il se dégagea des bras enfantins de Sandra Bouton qu'il avait en rentrant la veille au soir trouvée une fois de plus endormie sur son paillasson. Sandra commençait à aimer faire l'amour et cet éveil émouvait Melchior qui avait le talent pédagogique et le désir d'élever les masses.

Melchior ramassa son pyjama tombé par terre près du lit, l'enfila à la hâte et se dirigea au radar vers la porte.

« Je savais bien que je courais encore aux ennuis avec cette fille, se disait-il vaguement. Pourvu que ce ne soit pas la police. »

Ce n'était pas la police mais un copain de section.

« Enlève ton pantalon », dit Raoul Ramonot d'un ton sec.

« Qu'est-ce qui te prend, t'as viré de bord ? » demanda Melchior affolé.

Ramonot, sans ménagements, le poussait dans le couloir. Melchior trébucha au seuil de la chambre. Sandra s'était dressée sur son séant et se grattait la tête.

« Encore celle-là ! dit Ramonot. Mais mon vieux, t'es kamikaze, fallait prévenir ! »

Puis, s'adressant à Sandra :

« Est-ce qu'il a une petite queue ? »

« Oh non, plutôt standard », répondit la jeune fille les yeux rêveurs.

« Je veux dire derrière, ajouta Ramonot. Une deuxième. En os. »

« Ouais, dit Sandra. Il a une espèce de petit machin marrant en haut des fesses. On le voit pas tout de suite, mais ça se sent quand même... Je ne sais pas si on peut vraiment appeler ça une queue... »

« Je t'interdis de me toucher, tu m'entends ! Les hommes, je ne supporte pas ! » hurla Melchior à Ramonot qui s'approchait l'air féroce.

« Très bien, ça va se régler devant les experts, dit le militant. De toute façon, cette fois je te préviens, ta carrière est fichue. »

Au même moment, Adhémar téléphonait à Jean-Edward :

« Inutile de te dire que ta carrière est fichue, ce dont je me fous. Mais une histoire pareille, le parti ne s'en relèvera pas. Je te revaudrai ça. »

Pour le bien de la France et la nécessité de l'information, on organisa une confrontation devant deux éminents professeurs de médecine, l'un de gauche, l'autre de droite. Le toubib de gauche devait examiner Jean-Edward pendant que l'autre zieutait Melchior. Les deux ex-jeunes loups de la politique durent baisser culotte devant un aréopage distingué, tout comme autrefois les reines accouchaient devant leurs ministres. L'événement fut retransmis à la télévision, aux « Mercredis de l'information ». Les téléspectateurs constatèrent que Melchior donnait dans le genre minislip, tandis que Jean-Edward restait fidèle au caleçon américain, ce qui fut jugé moins sexy mais plus distingué. De toute façon, la télé fit dans le pudique. Les gens eurent juste le temps de voir les deux lunes illustres l'espace d'une seconde. Puis, ce spectacle étonnant fut remplacé par l'arrière de la tête des toubibs qui était comme un double de la première image, car ils n'avaient plus que quelques poils sur le caillou. On n'eut pas le temps de voir les moignons

456

fatidiques, de taille trop réduite pour être perceptibles, sauf par l'artifice du gros plan, ce que les bonnes mœurs interdisaient.

L'émission eut un succès extraordinaire. L'audience dépassa celle de « Champs-Elysées », le programme de variétés vedette. Melchior et Jean-Edward reçurent beaucoup de lettres de femmes qui leur écrivaient que lorsqu'elles faisaient l'amour avec leurs maris, elles pensaient respectivement, et selon la forme de leur Œdipe, au slip Jil ou au caleçon américain. La vente des caleçons monta en flèche. La marque Fruit of the Loom se trouva en rupture de stocks. Certaines femmes particulièrement vicieuses pensaient même alternativement aux deux types de sous-vêtements. La cote de popularité de Melchior et de Jean-Edward monta vertigineusement. Pourtant, rien à faire, leurs partis ne voulaient plus ni de l'un ni de l'autre.

Jean-Edward se consola le premier. Il se trouvait enfin dans la position qu'il avait rêvé d'occuper toute sa vie : celle de Don Juan. Son bureau ne désemplissait pas. Il n'avait même plus besoin de payer.

33

Ultime triomphe de l'amour

Les événements récents sont si graves que je ne sais plus comment en rendre compte. En un télescopage absurde comme un accident de la route, l'histoire rejoint brutalement le présent. Et moi, devant ces rétrécissements et cassures du temps, je faiblis. Mais il faut que je mène ce récit jusqu'au bout. Je n'aime pas les histoires inachevées. De toute façon, il n'y en a plus pour longtemps. Bientôt je serai libre. C'est ma vie que je pourrai vivre. Mais en attendant, mon existence et celle des Mollard se mêlent. Je ne peux plus les dissocier.

Au milieu de cette révolution, la préoccupation constante de Fiacre fut d'éviter à son père une vérité qui risquait d'être fatale. Dans son état, le vieil homme était imprévisible, pensait Jean-Edward. Qui savait comment la découverte d'une paternité supplémentaire pourrait modifier les données du jeu ? Marcel les rejoignait sur ce point. Fiacre reçut un télégramme en provenance de Monte-Carlo :

« Cache tout au vieux débranche la télé souvenirs Marcel. » On débrancha donc les postes en prévision de l'émission à venir, et on cria à la panne. Contrairement à ce qu'annonçaient les publicités, le réparateur Darty n'arriva pas dans le quart d'heure. Il fallut aussi cacher les journaux, faire croire à une grève générale.

Cependant, tout cela sous-estimait l'acuité d'esprit du vieux Désiré. Lorsque, le lendemain midi, je vins prendre mon service, il me dit :

« On me cache quelque chose. Vous allez me dire quoi. De toute façon, je le saurai. Tout a été enregistré. J'ai mon système, vous savez. Ce n'est qu'une question d'heures maintenant. Je ne vous propose même pas d'argent. Je vous le demande juste pour moi. »

Je réfléchissais. Je venais d'être, sur ce même sujet, dûment chapitrée par Guénolée, dans le sens opposé bien sûr.

« De toute façon, je vous donnerai de l'argent quand même, dit Désiré. Mais j'aime mieux le faire par amour. On peut se permettre d'être gratuit sur la fin de sa vie. Et puis, je sais que vous en avez par-dessus la tête de cette maison et de moi-même. Alors, allons-y. Le plus tôt sera le mieux. »

Le vieillard se contrôlait comme il pouvait, mais son inquiétude faisait peine à voir. Je me suis demandé ce que je devais faire. Je savais qu'il avait ses moyens d'information. Sinon, comment aurait-il pu avoir, sur la vie privée de ses enfants, tous les renseignements qu'il m'avait dictés jour après jour ? Il n'était quand même pas le bon Dieu.

Je me sentais dans la position de l'infirmière qui refuse de donner à boire à un malade sous prétexte que ça pourrait lui faire mal. Je n'étais pas infirmière et je n'aimais pas voir souffrir les gens. La torture de l'attente est l'une des pires qui soient. J'ai finalement décidé de parler au vieux tout de suite. De toute façon quoi que je fasse, je me sentirais coupable.

Racontant, je regardais Désiré, prête à sauter sur le téléphone. Mais il encaissa très bien le choc.

« Ne vous inquiétez pas, ça va, dit-il. Mais je suis ému. Cette Carlotta... Elle avait des cuisses qui sentaient si bon et puis... quand elle faisait l'amour elle aimait ça... C'est peut-être ce que je n'ai pas pu supporter... Qu'elle aime ça... Qu'elle m'aime homme, tout nu, vous comprenez... Toujours cette histoire de queue... Je ne me suis jamais supporté nu... Seulement habillé de pied en cap... Evidemment, j'ai raté ma vie... Comme tout le monde d'ailleurs... C'est ce qu'on se dit en arrivant à la fin... Du moins j'imagine... J'aurais dû épouser Carlotta... Il a l'air très bien, ce Melchior... Si j'avais su... Si seulement elle m'avait dit... Comme on est bête...

« Maintenant mon petit, vous allez me laisser. Je suis fatigué. Nous nous sommes vus pour la dernière fois. Je n'ai plus rien à raconter. Ne vous inquiétez pas pour moi. Vous voyez bien que ça va. Partez sans rien dire aux autres, ils vous embêteraient. Je vous enverrai un cadeau bientôt. »

Je me suis penchée, et j'ai déposé un baiser sur le front de vieil oiseau. Je me sentais vraiment émue. En arrivant à l'arrêt du bus j'ai pleuré un peu. Puis j'ai pensé que Maxime m'attendait pour m'emmener dîner.

Ce fut Maxime, précisément, qui m'apprit la suite des événements, le lendemain matin. Il s'était levé avant moi et tandis qu'il faisait le café dans la cuisine, il écoutait la radio. C'était un dimanche, des cloches lointaines sonnaient. Depuis quelque temps, nous avions fait des progrès. Nous arrivions bien qu'avec difficulté à sortir de notre danse rituelle, qui consistait à effectuer deux pas en arrière lorsque l'autre faisait deux pas en avant. Nous parvenions presque à nous toucher et ce frôlement était un début de bonheur. Je devenais fidèle. De temps en temps, dans la rue, j'avais un petit choc en voyant un sourire masculin, ou simplement une paire de chaussures posées sur le sol du bus, dont l'angle m'émouvait et faisait surgir en moi le pincement des mauvais désirs. Mais très vite, à cette image se superposait celle de Maxime. Je m'abandonnais à la vie et au temps. Me relâchais. Ça donnerait ce que ça donnerait.

Maxime apporta le plateau du café. Il avait beurré les biscottes. Lentement, comme un nageur épuisé atteint la côte, je sortais du sommeil.

« Je crois qu'il vaut mieux que je te dise, chuchota Maxime en m'embrassant sur le front. Le vieux est mort hier soir. »

« Quel vieux ? » dis-je encore endormie. Les sables de la fatigue et de la nuit avaient déjà recouvert ma mémoire.

« Comment ça, quel vieux ! Mais *le* vieux ! L'emmerdeur ! Le vampire de Neuilly ! Souffle au cœur à dix-sept ans, et il claque à quatre-vingt-dix berges ! Beau parcours, quand même ! Après avoir enquiquiné le monde tout le long du chemin ! On peut dire qu'il ne s'est pas embêté, celui-là ! »

« C'est drôle, j'avais déjà presque oublié. »

« On n'oublie pas les Mollard comme ça ! » dit Maxime en mettant trois sucres dans mon café, juste comme je l'aime.

« Ça me fait triste mais j'arrive pas à y croire, dis-je encore. C'est comme quand mon chat est mort, j'ai mis quinze jours à comprendre. »

Maxime raconta. La veille au soir, une heure après mon départ, Désiré était resté seul devant le feuilleton *Dallas*. Le reste de la famille était en bas dans le grand salon, à tenir conseil. *Dallas*, ce soir-là, faisait dans l'émotion. Elly acceptait enfin pleinement au sein de la famille Ray Kreps, le cow-boy, bâtard de son mari Jock. Suite à cette généreuse action, tous les Ewing tombaient dans les bras les uns des autres en pleurant. Elly se réconciliait avec Jock son époux, et la compagnie Ewing était sauvée.

462

On ne savait pas exactement à quel moment du feuilleton le vieux était mort. Il avait, pensait-on, dû clamser doucement, comme on s'endort. Quand elle était montée, Maryjane n'avait pas compris tout de suite. Il avait l'air aussi vivant mort, que mort vivant. C'était du moins ce que je me disais, lorsque je m'installai diligemment à la machine à écrire, pour ajouter au récit de Désiré ces quelques mots que je pensais finaux.

Pourtant, le feuilleton Mollard n'était pas terminé. Le soir du dimanche, la télévision annonça la disparition de Mandarine. La jeune fille paraissait s'être envolée. Elle n'avait rien emporté avec elle. On pensait à un enlèvement.

Le lundi matin, les journaux annoncèrent une autre disparition, celle de Melchior Léchangé. Son domicile ne répondait plus. Raoul Ramonot, venu perquisitionner avec un passe, s'aperçut que le politicien dégommé avait pour sa part pris la fuite en emmenant une petite valise et quelques affaires. Ce geste scandaleux semblait devoir confirmer la thèse officielle en voie de constitution : Léchangé était devenu fou. Il venait de prouver par ce départ inopiné son incapacité à remplir ses fonctions — car pour l'instant, quel que fût l'anathème prononcé par Ramonot, Léchangé était toujours bel et bien député.

Le lundi soir à dix heures, on sonna. Ce coup de cloche mystérieux et insistant interrompit un essai de coït dans une position inédite entre Maxime et moi. En balbutiant, nous venions de nous avouer que nous nous aimions et depuis, nous prenions ensemble des libertés timides qui marquaient l'instauration d'un état de confiance. Comme je venais de réussir à faire à Maxime ce qu'on appelle vulgairement « une cravate en peau de cuisses », je me dégageai en soupirant. J'enfilai un peignoir et ouvris, pendant que Maxime, défrisé, allait bouder dans la salle d'eau.

Une jeune fille brune se tenait sur le seuil, vêtue d'une combinaison de pompiste. Son visage était mangé par d'énormes lunettes noires. Elle avait à la main une valise.

« Voilà, c'est pour vous, de la part de Désiré, dit-elle. Il est mort et il vous laisse ça, c'est un héritage. »

Sa voix était sourde, hésitante, comme rouillée.

« Qui êtes-vous ? » demandai-je craignant le traquenard.

« Laissez-moi entrer, dit la jeune fille. Je ne peux pas rester là, c'est dangereux. »

Sans plus de cérémonie, elle passa dans la pièce. Elle observa le désordre du lit.

« Vous étiez en train de faire l'amour, dit-elle. Je sens que j'arrive au mauvais moment. »

« Pas du tout, dis-je bêtement. C'est juste que j'oublie souvent de faire mon lit. »

« Vous avez le regard en dedans et les joues rouges, dit-elle encore. C'est comme moi avec Melchior, quand je me regarde dans la glace après. »

« Maxime, tu peux venir », criai-je.

Maxime sortit de la salle de bains. Drapé dans une serviette, il ressemblait à un jeune empereur romain.

La fille s'était assise au bord du lit. Elle ôta ses lunettes, et d'un geste, ses cheveux. Elle avait d'autres cheveux en dessous. Dans ces épis à demi aplatis, je reconnus la tête, mi-merveilleuse mi-punkette, de Mandarine.

« Ça tient chaud, cette saloperie, dit-elle. Je ne peux pas rester longtemps, Melchior m'attend en bas. Il porte une fausse barbe et un chapeau, mais on ne sait jamais. »

Je compris alors pourquoi sa voix m'avait fait une aussi étrange impression. Elle était rouillée comme une machine qui n'a pas servi depuis longtemps, qui a traîné dans l'herbe avec les pommes suries et les vers de terre.

464

« C'est Melchior, dit-elle. C'est quand je l'ai vu à la télé pour l'affaire Sandra Bouton. J'ai su que j'étais amoureuse de lui. J'ai su que si cet homme-là m'aimait, je pourrais reparler. Seul un homme qui m'aimerait, voyez-vous, pouvait me redonner le goût des mots. On s'habitue très bien à être muette. Il suffit d'apprendre à ne pas vivre.

« Juste après votre départ, grand-père m'a confié la valise. C'est moi qui ai pris les documents dans le coffre et qui les ai rangés là-dedans, dit-elle fièrement. Grand-père m'a dit que c'était pour vous, qu'il fallait que je vous l'apporte sans que personne le sache. Il a ajouté que je pouvais regarder le contenu, puisque j'étais muette. Quand la valise a été pleine, j'ai allumé la télé pour lui. Tous les autres étaient en bas pour un conseil de famille. A la télé, il y avait *Dallas*. Je déteste ce feuilleton ringard. Je suis repartie dans ma chambre. J'ai regardé ce qu'il y avait dans la valise. Je sais tout. J'y ai passé la nuit. Après, je l'ai cachée sous mon lit. J'ai réfléchi et je me suis dit que puisque je savais, il était temps que j'aille chercher l'homme qui saurait me faire retrouver ma voix. J'ai une voix pas mal, vous ne pensez pas ? Melchior dit que ça lui fait courir des fourmis partout. Mais je ne peux pas encore parler longtemps. Ça me fatigue.

« Melchior et moi, on part tous les deux. On va se cacher dans le Vaucluse, là où un de ses amis a une bergerie. C'est désert. Personne ne nous y trouvera. Melchior dit qu'il ne veut plus rien faire d'autre que m'aimer, étant donné qu'à part moi, qui suis en couleur et même en technicolor, le monde entier il le voit en noir et blanc et il en a marre. Vous trouvez que j'ai l'air en technicolor ? »

« Oui, tout à fait », répondis-je.

Mandarine remettait sa perruque.

« C'est dommage que vous ne connaissiez pas Melchior, ajouta-t-elle. C'est vraiment un type formidable. »

« Je l'ai connu autrefois. Je l'ai vu à la communion de mon cousin Arthur, dans le Morvan. Ma mère était une cousine par alliance de Carlotta Metastasio. Carlotta n'était pas italienne du tout, d'ailleurs. Elle s'appelait Charlotte Métasse. Elle était auvergnate, comme ma mère. »

« Alors, on est cousines à la mode de Bretagne, dit Mandarine. On s'embrasse ? »

« Bien sûr », répondis-je.

« Bientôt, vous savez, je ne m'appellerai plus Mollard mais Léchangé. J'en ai tellement marre, de m'appeler Mollard. »

« Comme je vous comprends », dis-je encore.

Et je reconduisis Mandarine jusqu'à la porte. Quelques instants plus tard, j'entendis le bruit d'une voiture qui démarrait.

« Bon, alors cette fois, on va peut-être pouvoir y arriver », dit Maxime en se débarrassant du drap de bain.

Moi aussi, comme Mandarine, j'ai lu dans la nuit le contenu de la valise. J'ai même écouté les bandes, sur le magnétophone que Désiré avait pensé à joindre à l'envoi.

Je n'ai rien appris de nouveau : il s'agissait là, tout simplement, de la matière première du récit du vieil homme. Toutes les notes prises, ses journaux intimes, très fragmentaires, ses carnets, et surtout les enregistrements, fruit de l'extraordinaire système d'écoutes fourni à l'hôtel Mollard par la Gestapo qui avait occupé la maison pendant la guerre, lorsque la famille était en fuite dans le Midi. Non seulement des micros avaient été insérés dans les murs, mais encore, derrière un tableau dans la chambre du vieux, se trouvait une trappe qui, lorsqu'elle était ouverte, permettait d'entendre ce qui se passait au rez-de-chaussée.

Ainsi donc, Désiré avait dit vrai. Il avait souhaité que je lui raconte l'affaire Melchior uniquement dans le but de se faire confirmer ce qu'il savait déjà. Lorsque j'ai compris cela, je me suis sentie libérée d'un poids : je n'étais pas, après tout, responsable de son décès. Il était mort à son heure, tout simplement.

La lettre qui m'était adressée, et que je trouvai à l'intérieur de la valise, me donnait toute liberté d'utiliser les documents à ma convenance. Maxime, évidemment, m'enjoignit immédiatement de négocier la vente de ces extraordinaires témoignages auprès d'un journal ou d'un éditeur.

« Je ne sais pas, lui dis-je. Ça m'ennuie de faire de l'argent avec ça. »

« Ne dis pas de bêtises, dit Maxime. C'est bien pour cela qu'il te les a donnés. Il faut respecter la volonté des morts. »

« Peut-être. »

J'ai tout rangé à nouveau dans la valise. J'ai ajouté les derniers feuillets que je venais de rédiger, et qui constituaient la fin de l'histoire. Puis, j'ai mis une veste et je suis allée dans la rue. J'ai attendu deux minutes et je suis montée à bord de l'autobus 38.

Je suis descendue quai Saint-Michel, et je suis allée au bord de la Seine. C'est un endroit que j'aime bien. J'avais besoin de réfléchir seule dans un lieu tranquille. La valise pesait lourd.

Je l'ai jetée à la Seine. Un instant, j'ai eu peur qu'elle ne flotte. Mais le magnétophone était dedans, il a fait poids. La valise a coulé avec un glouglou sinistre. Les eaux sales se sont refermées dessus. Tout était fini.

J'entendis un bruit. Je me retournai. Maxime était là. Il s'assit, les jambes pendantes au-dessus de l'eau.

« Je sais où tu vas quand tu veux penser un peu », dit-il.

« Après tout, je fais quand même partie de la famille », dis-je pour expliquer mon geste.

« J'ai fait des photocopies hier soir, au journal », dit Maxime.

Je me souvenais. Dans la soirée de la veille, il était sorti deux heures.

« Le coup de feu du bouclage », avait-il dit.

Et moi, à ce moment-là, je n'avais pas pensé à vérifier le contenu de la valise. Pourtant, avec des types comme Maxime, il faut toujours se méfier. Ils ont plus d'un tour dans leur sac.

« J'ai toujours pensé que tu avais un côté un peu escroc », dis-je.

« Je l'ai fait pour toi, se justifia-t-il. Tu aurais regretté. »

Je regardai la Seine et ses eaux ténébreuses comme du granit.

« Tu n'as que les notes. Les preuves sont au fond de l'eau. »

« La vie coule, la mémoire flotte. L'important, c'est l'histoire. En fin de compte, c'est tout ce qui reste. »

Je soupirai et regardai autour de moi. Pour la première fois depuis longtemps, je m'aperçus que le ciel était vraiment bleu. Je me sentais très légère.

Je me retournai à nouveau. Je venais de comprendre quelque chose.

« Les chiens de fidélité, c'était toi, dis-je à Maxime. Et les fleurs... »

« Et les fleurs, oui. J'en avais aussi offert à la concierge. »

Je dévidais la pelote. Comme il me l'avait un jour prédit, le fil invisible devenait une grosse ficelle. Mais le fil qu'on se révèle avoir à la patte n'est pas toujours celui qu'on pensait. Dieu merci.

« Et le type du compteur à eau, un soir, c'était toi ? »

« Oui, c'était moi. J'avais envie de te voir, comme ça, une impulsion. Et puis après avoir sonné... Quand j'ai entendu ta voix... Méfiante... Je me suis dit, il ne faut pas aller trop vite... Alors j'ai raconté n'importe quoi. Je savais que tu ne m'ouvrirais pas. Mais plus tard, tu m'as ouvert... Tout vient à point à qui sait attendre...

Même chez une enfant de bohème, l'amour connaît parfois des lois... »

Maxime se tenait debout dans la lumière tremblante de Paris au matin. Pour la première fois, je trouvai qu'il n'avait plus l'air d'un garçon. Il avait l'air d'un homme.

L'histoire était finie mais, aussi, elle commençait.

Impression Bussière à Saint-Amand (Cher),
le 23 septembre 1987.
Dépôt légal : septembre 1987.
Numéro d'imprimeur : 3243.
ISBN 2-07-037875-6./Imprimé en France.